歸海

WHERE WATERS MEET

ZHANG LING

張翎

目次

第一章

一次死亡，
一個百寶箱，
以及一隻藏著珍珠的蚌

1

喬治・懷勒的丈母娘蕾恩十天前死了，死得有點突然。

沒錯，她是病了很久，她的病症寫出來是一張長長的單子：腎盂腎炎，糖尿病，胃潰瘍，風溼性關節炎，還有已經發展到無可救藥地步的阿茲海默症……如此等等。不過那些病，哪一樣也不是說掛就掛了的急症。「心臟病發作。」醫生跟家屬解釋。家屬不信。她的心臟可是她五臟六腑裡最強壯的，從來沒有鬧過事。「到了她這把年紀，身上的器官說犯渾就犯渾，不會提早通知你的。」醫生說。**這把年紀**？天哪，她不過才八十三歲。在世界上有的地方，人一不小心就活到了一百二十歲。往那些人身邊一站，蕾恩還是隻嫩雞仔。

無語。什麼個庸醫。

蕾恩當然不是她的真名。除非你是搖滾明星，或者是白雪公主的娘（親娘，不是那個歹毒的後媽），要不是腦子進水，誰會給自己起個名字叫蕾恩呢？蕾恩是Rain的音譯，在英文裡是「雨」的意思。她護照上的正式名字是Chunyu Yuan。Chunyu是「春雨」的漢語拼音，所以就有了英文的蕾恩。

一個人若娶了個中國女人進門，你就等於娶了她的全家。喬治偏偏就娶了個名叫菲妮絲的中國老婆，幸好菲妮絲的家人死的死，散的散，疏遠的疏遠，凋零得只剩下一個媽和一個姨媽。姨媽住在千山萬水之外的上海，想惹事也夠不著。

所以這家剩下的人，實際上就只有菲妮絲和她的寡母，兩人的關係自然就很是密切。「密切」用在這裡多少有點輕浮。豈止是密切，她們母女倆除了幾次不得已的小分離，一輩子都住在一起。菲妮絲結婚的時候，把她的母親像連體嬰兒似地帶進了她的婚姻，三個人住在一片屋簷下，一直住到蕾恩搬進了養老院。蕾恩突然一撒手，菲妮絲整個人就散了架。最要命的不是菲妮絲的狀況有多糟糕，而是她不知道自己有多糟糕。

這天喬治比平常稍早下班。他和菲妮絲說好了要早點吃晚飯，然後開車去「松林」，趕在前臺八點關門之前，取回蕾恩留在那裡的東西。「松林」是蕾恩去世時住的養老院的名字。

這會兒是二〇一一年四月二十日下午四點〇九分。

沿著博渠蒙路往南開，一路都沒塞車。在多倫多這樣的城市，這個時段裡能遇上這樣的路況，真可算是千載難逢。喬治風也似地開到了家，竟比平日快了許多。

進了門，他把手提包放到實木地板上，在門邊的腳凳上坐下來，自然而然地脫下皮鞋，換上廉價的塑料拖鞋。這個習慣是六年前他和菲妮絲結婚後，丈母娘蕾恩把他訓練出來的。蕾恩逼著他學會的，可不止這一樣。最初他也是半心半意地跟她較過勁的，後來就算了。蕾恩是一臺不知疲乏的打磨機，總有法子把腳下的坑坑窪窪磨得平滑，一半靠耐心，一半靠母親的淫威。

他換上拖鞋，朝客廳走去，半道上卻突然停住了腳步——他發現菲妮絲站在凸窗前。他以為她至少還要再過一個小時才能到家。她在一家移民安置中心教英語，週三下午有兩堂課。等她下課坐上地鐵，再倒一趟公共汽車，然後再步行一小段路到家，通常都得六點一刻左右。

這會兒她正透過兩片窗簾的縫隙往街上張望，兩隻手交疊在胸前，雙肩收得緊緊的，像是怕冷。他們的住宅坐落在士嘉堡中區一個相對清靜的街區，幾乎看不見孩子，除了偶爾經過的幾輛自行車，或是兩人結伴行動、挨家敲門推銷上帝的耶和華見證會成員，這條街上一天到晚也沒什麼大動靜。

她到底在這兒站了多久？她肯定是看著他把那輛灰色的日產TEANA開進車道，從車門裡鑽出來，一隻手在口袋裡掏來掏去，在菸盒、皺巴巴的手帕和揉成一團的加油收據中間，摸摸索索地尋找著家門鑰匙。他抽菸，但抽得不凶，只是在社交場合偶一為之。

「你怎麼回來得……」他剛說了半句，突然又縮了回去，因為他看見了擺在客廳白皮沙發邊上的那只箱子。箱子是件老骨董，誕生在滾輪還沒問世的年代，粗帆布的面料，說不上是灰還是黃，正是積攢了二十年的灰塵該有的那種顏色。儘管鎖座已經局部毀壞，箱身上有幾處刮痕和破損，但稀奇得很，這塊千年化石居然還沒有散架。

他認出來那是蕾恩的箱子。蕾恩當年從中國千山萬水帶過來的舊物，如今沒剩下幾件了，這個箱子正是倖存下來的一件。有一回他實在看不下去，就說要給她換個新款的箱子，她卻死也不肯。後來還是菲妮絲勸住了他：「由她去吧，這是她的百寶箱，她的念心兒。」

看來菲妮絲已經去過「松林」了，沒帶上他，也沒事先告訴他。

菲妮絲轉過身來，朝他茫然一笑，模模糊糊地「嗯」了一聲，算是回答了他眼神裡的那絲疑問。

「她的東西，你都……？」他斟酌著字眼和語氣，那副小心翼翼的神情，彷彿她是一件一口氣都能吹裂的大明官瓷。誰也不願意失去母親，天下人喪母都疼，可是菲妮絲的疼看著似乎比旁人的更扎心。旁人的疼若是針，菲妮絲的疼就是錐子。

「嗯。」她簡潔地打斷了他。又一個單音節的路障，活生生地擋在了對話的路上。

「今天我們吃義大利麵吧，肉汁是現成的，就在冰箱裡。」他換了個話題，發覺自己還是在小心地衡量著聲音和語氣，生怕一句話說歪了，把她蹭傷。

他開了爐子燒水煮麵。週三是他掌廚的日子——這是他們剛結婚不久就定下的規矩。在向她求婚之前，他已經把他們共同生活中可能遇到的各樣磕磕碰碰都想到了。兩樣膚色往一塊湊，就夠磨合一陣子了，中間再插進一個丈母娘，實在算不上愛情童話的標配場景。可他沒想到他們迎面撞上的第一個大障礙，竟然是一日三餐。雖然談不上熱愛，他至少可以容忍她們的中國餐。無論是一屋子油煙的煎炸爆炒，黑黢黢的醬油，還是刺鼻的蔥薑蒜，他都認下了。可是他愛吃的奶油和乾酪，到了他丈母娘蕾恩口中，就成了致命的毒藥。

幾頓鬱悶的晚飯之後，他們終於想出了一招。「招」是蕾恩的說法，喬治另有一套詞彙，他管這叫「權利制衡」。每週的二、四、六，母女兩個可以翻天覆地地炮製她們的中國餐，而其他日子裡，吃什麼就由他說了算。到了星期天，一家人不開伙，出去吃飯，三人輪番決定去哪個餐館。沒過多久，他就驚訝地發現蕾恩竟然學會了用黃油炒青菜，而他自己的色拉盤子裡，居然出現了中國店買來的黑芝麻。

世上事，假以時日，總會自己擺平的，他心想。作用力和反作用力，壓力和耐力，彼此試探，此消彼長。在婚姻這門科學中，進門靠的是化學反應，但入門之後，管事的卻是物理學原理。

水很快就開了，蒸汽推搡著鍋蓋，發出一陣咣噹咣噹的聲響，聽起來驚天動地。過了半晌他才想起來他忘了下麵條。

「你最好打開油煙機。」

她就站在他的身後。在她開口之前，他就已經覺出了她的存在。她的影子壓在他的背上，有點沉，也有點涼。

「一會兒就得。」他說。他突然就惱怒了自己聲音裡那份踮著腳尖似地小心謹慎。從進門的那一刻起，他就沒能好好地說上一句完整的話。

他知道是為什麼。

是因為客廳裡那只冷冷的、充滿了戒備神情的箱子。也許是那帆布料子，散發著時光的霉味；也許是那個摔壞了的鎖座，非但不能鎖住那些未了之事，反倒教人無端地生出些窺探的欲念。

那是蕾恩的幽靈在屋子裡徘徊，盯著他們的一舉一動。即使斷了氣，卻還生生地活著，眼觀六路，耳聽八方。

他把爐頭關了，等著蒸汽和鍋慢慢地講了和，才轉過身來正對著菲妮絲，鎖住了她的眼睛。

「妮絲，你打算怎麼安置她的骨灰？」他問。

他的聲音剛爬出喉嚨時還是摸摸索索磕磕絆絆的，漸漸地就找著了路。一聽見「骨灰」兩個字，他就明白他已經過了最窄的那個關隘。

她沒吱聲。她的嘴角朝下顫動著，似乎要哭的樣子，卻最終沒哭。她默默地站在他面前，眼神幽黑，悽惶，茫然，像一隻走失的貓。昨天夜裡，她的臉頰比今天豐滿。

他用雙臂攬住了她，涼意透過她的襯衫傳到他的肌膚上，教他猛然醒悟他們之間相隔的不只是幾層布料。此刻她離他很遠。哀傷複雜凌亂，是找不到頭緒的亂線團。他模糊記得自己身陷其間的滋味——那是在他第一個妻子珍去世的那段時間裡。現在回想起來，那段日子是一片空白，中間充填著一些沒有形狀的灰暗，他對萬事萬物麻木無感。他不敢想像自己再次回到那個場景的樣子。那時的他無力面對自己的哀傷，現在的他無力面對菲妮絲的哀傷。菲妮絲的哀傷與他隔了一層皮，那層皮似乎薄得像紙，又似乎厚如千山。

他不再沒話找話，只是重新打開了爐頭。

她走過廚房，腳步輕得幾乎像飄，在餐桌前坐下，透過沒有窗簾的後窗，直直地望進後院。高大的楓樹已經長出了新葉，傍晚的輕風裡，樹枝在草地上投下搖曳的影子。第一茬的新草間，蒲公英星星點點地探出頭來，一片雜亂，卻生意盎然。這一季的草在地下孕育繁衍的時候，蕾恩已在養老院。草不認得蕾恩，她生也好死也好，在也罷去也罷，都與它無關。

「她死的時候蜷成一團，是胎兒姿勢。」菲妮絲面無表情地說。「她做膩了媽，她只想做一回孩子。」

2

喬治是在七年前認識菲妮絲的。那是在二〇〇四年的冬天，菲妮絲帶著她母親蕾恩來他的診所檢查聽力。那時他已經做了將近三十年的聽力康復師，先是在埃德蒙頓，後來在多倫多。「我是行業裡化石級的元老了。」他帶著自嘲的口吻對菲妮絲說。聽力康復是個相對新潮的行當，和它短暫的歷史相比，他的工作經歷已經長得離譜。

「她打電話時大喊大叫，電視開得山響。」菲妮絲說。這樣的抱怨——通常來自某位家人——喬治已經聽得耳朵裡起了繭子。

蕾恩的英文很差。她拘拘謹謹地說了一句「早安」，就不再說話。她站在女兒的影子裡，臉上浮著一絲忐忑的微笑，雙眉之間有一條細細的紋路時隱時現，彷彿在時刻預備著為表情的變換開路。屋裡開著暖氣，但她一直沒有脫下外套。那是一件說不出顏色的條紋呢子大衣，原先的色彩早已在年復一年的辛勤洗滌中褪盡，但依舊乾淨整齊，每一粒鈕扣都閃閃發亮。看得出來她感冒了，在不停地擤著鼻涕，喉嚨裡發出嘶嘶的喘氣聲，對自己製造的雜音毫無覺察。

診所的祕書因家人生病沒來上班，喬治還得兼帶著照看前臺。他把病人登記表交給菲妮絲填寫，她在姓名一欄先寫下「Chunyu」，然後又在括弧裡加上了「Rain」。

還沒等問，菲妮絲就解釋起Chunyu和Rain之間的關聯，詞義上的，語言上的，文化上的，如此這般，云云云云。「袁是我母親的姓，在中文裡，姓是擺在名字之前的。這兒的朋友圖省事，都管她叫蕾恩。」

「姓放在前頭很有道理，家庭本該擺在首位。」明知接待室裡有一屋子人等著，喬治還是忍不住慇懃地附和著她。

「對不起，我扯遠了。」她半心半意地道著歉，心中隱隱有幾分得意。憑直覺她已經知道：她那張做慣了老師、上哪兒都忍不住要育人的嘴巴，已經找到了一雙並不反感的耳朵。

她沒戴結婚戒指。喬治告訴自己。他簡直無法相信自己竟然能在這個素昧平生的女人身上注意到這樣一個細節。其實，也不能算是完全陌生，他至少知道她的名字。短短的幾分鐘裡，她已經告訴他：她的英文名字是Phoenix（菲妮絲），中文名字是袁鳳。Phoenix就是鳳，鳳就是Phoenix。

要不是第三人稱單數動詞後邊偶爾會丟失一兩個s，菲妮絲的英文幾乎無懈可擊。那丟失的s是個微妙的信號，婉轉地提醒人：她現在使用的語言不是從娘胎裡帶出來的，而是後天學的。後來他才知道，那時她已經在加拿大居住了十七年。

他的診所位於博渠蒙路和芬區路的交界處，是個人丁興盛的移民區。這些年他的診所裡來過很多中國女人，他留意到她們通常不願直視陌生人的眼睛，怯怯的不太說話，除非你先挑起話頭。但菲妮絲看上去跟她們不同。菲妮絲的眼睛正正地看著他，眼神專注，時刻準備著進入對話。她一開口，她的嘴唇，睫毛，鼻尖，還有那頭鬆鬆地挽成一個髻子的頭髮，甚至連那件洋紅色開襟毛衣上的鈕扣，都隨著她的聲音輕輕顛動著，很是鮮活靈動。

當時他還沒發覺她微笑時眼神裡藏著哀傷。那天，當他們面對面地站在他那間亂糟糟地堆滿了病歷、電話鈴響個不停的辦公室裡的時候，他並不真懂她。他只是感覺她的聲音和笑容裡有種說不清楚的東西，把他裹在一層光亮之中，教他呼吸困難。這是少年人才會有的感覺，讓他不由地想起他在辛辛那提度過的那段笨拙的青春期——他原以為他早已忘記。除了神奇的宿命，他無法解釋那一刻裡發生的事。假如他年輕三十歲，哪怕二十歲，**他還可以試著使用一見鍾情**這個詞。在他現在這個歲數上，再說一見鍾情幾乎有點厚顏無恥。可是他就是這樣在第一眼裡毫無防備地陷進去了。

他把母女兩個帶進隔音室，給她們解釋聽力測試的步驟。然後走出來，關上門，進入儀器室。他驚恐地發現他的腦子突然刷地一下一片空白。三十年裡，這套測試程序他已經循環往復地操作過成千上萬個回合，每一個環節都像電腦芯片一樣嵌入了他的記憶裡，他可以隨時隨地讀取，哪怕是在睡夢中。可是今天，記憶猝然消失。

是測聽室裡的那團洋紅，那個充當翻譯角色的女人，讓他分了神。

他終於做完了聽力測試，卻不記得具體的過程。是肌肉在指揮著手，大腦並未參與。在大腦棄他而去的時候，還是肌肉這套老式的機械備用系統靠得住。

「聽力神經有些損傷，同時還夾雜了部分傳導性障礙。」這些字眼從他嘴裡溜出來，像是外星人說的話，**詰屈聱牙**。當年教他臨床課程的教授，若聽到他這樣背天書似地跟病人解說病情，一定會從墳墓中爬出來掐住他的脖子。他今天同時丟失了腦子和舌頭。

她疑惑不解地看著他，他終於回過神來，換了大白話跟她解釋：「你母親的聽力有點問題。有老年退化的因素，但大體上是因感冒引起的，感冒影響了她的中耳功能。」

「那，咋辦？」她的眉心蹙成一個柔軟的小團。

她聲音裡的那份急切突然就讓他心生感動。他母親在他十二歲的時候就死了，是腎病，病了多年。她留給他的記憶是模糊的，基本圍繞著藥瓶子、長久的臥床、醫生一次又一次的來訪，還有最後那段日子裡那些艱難的喘息聲。她沒能像蕾恩那樣活到天年，她沒給他機會照顧她。

「別急，現在什麼也不需要做。兩週之後，等感冒症狀好了，再回來複查。」

這不是他應該說的話，應該說的話在往外走的路上被掉了包。按照常規應該是一個月以後複查，但他臨時改口，一個月變成了兩週。

他沒有等到兩週。

五天後，菲妮絲打電話到診所來，要給她的學生，一個叫阿依莎的阿富汗難民，預約聽力測試。「開個後門插個隊。」她直言不諱。

當阿依莎來就診時，喬治驚喜地看見菲妮絲跟著她一起進來。

「她有點緊張，我覺得還是陪她一下。」她解釋說。

這是藉口嗎？他悄悄地問自己，心中突然湧上一股虛榮心滿足之後的狂喜。虛榮心也犯了糊塗，竟然找上了他。它該找的，應該是那些比他歲數小幾輪的人。

後來，在他們成為情人之後，他曾追問過她：那天她帶阿依莎來是不是為了見他。她輕輕一笑，一句「荒唐」就把他打發了。「荒唐」不是原話，原話是「腦子進水」。她說「腦子進水」在中文裡的意思，類似於英文裡的「bananas」。那是她的一家之言，他無從考證。

阿依莎十九歲，體重嚴重低於標準，幾乎看不出已經懷有六個月的身孕。他開始記錄病史。她用一口破布絮似地英文，努力回答著他的問題。三兩句話之後，她和他同時決定放棄，轉向菲妮絲求救。

「兩年以前，她的村子遭到轟炸，從那時開始她的聽力就不如從前了。那次她弟弟給炸死了，她妹妹炸瞎了一隻眼睛。她覺得這陣子越來越差了——我是說她的聽力。」

菲妮絲向喬治介紹著阿依莎的背景，阿依莎急切地點著頭，表示認同。即使阿依莎什麼也不說，菲妮絲似乎也知道她的心思。那是默契。在默契面前，語言自慚形穢。

噪音導致的聽力損傷，再加上妊娠引起的耳骨硬化症。喬治已經有了初步診斷。

阿依莎不習慣被人注視，他跟她說話的時候，她眼瞼低垂，睫毛如受了驚的昆蟲翅膀似地輕輕扇動。在聽力測試過程中，她緊緊拽住菲妮絲的手，彷彿那是一根浮木，若她撒開手，她就會淹沒在一汪無名的恐懼之中。

「她有中度聽力損失，可能需要配戴助聽器。」他把測試結果告訴菲妮絲，菲妮絲再翻譯給阿依莎聽。「因為她的聽力在妊娠期間惡化，所以要先轉診到耳鼻喉科專家那裡，需要排除其他病變的可能。耳鼻喉專家一開綠燈，我就給難民安置署寫信，申請助聽器經費。」

「社會福利部有食品券發放，她這個時候，尤其需要營養。」他斜瞟了阿依莎一眼，低聲對菲妮絲說。

菲妮絲立刻明白了他不想傷到阿依莎的自尊，回話的時候，也壓低了嗓門：「這事我跟她說，待會兒。」

她幫阿依莎穿上大衣，圍上羊毛圍巾。阿依莎瘦小的身軀陷落在厚重的冬衣裡，如同披掛了一副盔甲。兩人相互擁抱道別，各自回家。

一股衝動突然湧了上來，推著他不由自主地尾隨著菲妮絲到了走廊上。她正要拐到通往停車場的路，他從後邊叫住了她。

「我早上的病人都看完了，你願意和我一起隨便吃頓午飯嗎？」他脫口而出。他的腦子無能為力地看著他的嘴巴自行其是。

她轉過身來，怔怔地看著他，彷彿他剛才說的是某種她從未聽過的外國話。

「有家義大利小食館，父子兩人開的，兩分鐘就到，他們的義麵是全城最好吃的。」他的聲音飄忽不定，聽上去像是一個拙劣的推銷員在竭盡全力地兜售一樁注定成不了的買賣。她默默地站著，低頭揪扯著黑色開司米圍巾上的流蘇，似乎在等著他的話一點一點地慢慢入腦。

「是嗎？」她終於聽見自己在含含混混的回答他。

這算是哪門子的回答？到底是間接的接受，還是委婉的拒絕？據說中國女人這兩樣本事都很在行。

「我是說，假如你願意的話。」他趕緊補了一句，只覺得無地自容。幸虧他們已經走得夠遠，到了祕書的耳朵追不上的地方了。

像是過了一個世紀之久的樣子，他終於看見她的嘴角朝上一揚，一絲微笑綻開來，點亮了她的眼睛和整張臉。他隱隱覺得這會兒他需要瞇上眼睛，因為宇宙猝然變得如此明亮，他承受不下那麼多的光。

「你得保證好吃哦。」她半帶嘲弄地說。

他們在午餐高峰期之前到了餐館，找了個靠窗的位置坐下。從窗口望出去，天空是一片開闊的、毫無瑕疵的、教人心生寒意的蔚藍。窗戶雖然關嚴了，卻依舊可以聽到車流輾過半融積雪時發出的低沉濺水聲。屋裡的暖氣有些無精打采。

「沒想到我媽居然能習慣這邊的冬天。」菲妮絲脫下大衣和圍巾，哆哆嗦嗦地打了個寒噤，在喬治對面坐了下來。

「你們老家沒有冬天嗎？」喬治好奇地問。

「你以為我們老家在哪兒，赤道幾內亞嗎？」菲妮絲出聲地笑了。她用英文說話，尤其是講陳年舊事時，掌握不好那些微妙的語氣，常常失足跌入誇張。後來喬治給她這種說話習慣起了個名字，叫「經過修潤的記憶」。

他要了一份肉丸義麵，她要了一份海鮮義麵，兩人再合點了一份蔬菜色拉。菜很快就上來了。她把青菜從色拉盤子裡一樣一樣地挖出來，萵苣，西紅柿，黃瓜，小橄欖，像小孩搭積木似地堆在麵條上，然後張牙舞爪地揮動著叉子，攪拌混合。他從沒見過誰把生菜和義麵這樣野蠻地攪拌在一起，不免微微有些吃驚。

她覺出了他的眼神，就停了下來。「老習慣了，一時半刻改不了。我出生的時候，正趕上朝鮮打仗。那個時候我們剛打完一場戰爭，緊跟著又來了一場，你想想那日子怎麼過？葷菜難得一見，不能單煮——那是浪費，得和素菜拌在一起，能把肚子填得滿一些。這是我媽的祕密武器。」

又一個，**戰爭的孩子**。喬治暗暗地猜測著她的年齡。若依朝鮮戰爭為算，她應該是五十上下，可是她看起來輕輕鬆鬆能混到四十歲的隊伍裡。中國女人的保養，世界的第八大奇觀。喬治暗歎。

菲妮絲吃飯幾乎完全不用刀子，彷彿把食物切成小塊是一種極大的褻瀆。她大口大口地吞噬著盤子裡的東西，看上去像是一個勞作了一天飢腸咕嚕的人。時不時地，會伸出舌頭舔舐指尖上沾染的湯汁，絲毫不在意吃相。

自從他妻子去世後，他的社交生活乏善可陳，但他也陸續約會過幾個女人。菲妮絲和她們很有些不同。他約會過的女人無一例外都很在意體重，而菲妮絲更在意食品。這樣說也不完全準確，其實她更在意吃的過程。她吃起東西來的樣子，彷彿那是她命中的最後一餐。她顯然並不在意體重。當然，她也沒有理由擔心體重。

「你怎麼不吃啊？」她發現他一直很沉默，就停下來問他。

「我不怎麼餓。」他回過神來，跟她解釋：「看著你吃飯，真是一種享受。」

「你是說，像豬？」

兩人同時放聲大笑。

她身上有股子如同地心引力般不可抵禦的力量，在強勁地扯著他向她靠近。一切顯得如此荒誕。他對她幾乎一無所知。在各自生命中很長的時段裡，他們居住在兩片遙遙相隔的大陸上，他們甚至不擁有同一輪太陽，因為她的日出，是他的日落。

「你有幾個孩子？」他問。

話一出口他就知道了自己的唐突。還沒等她回話，他趕緊設法修補：「看你對待你母親和阿依莎的樣子，我覺得你天生是個好母親。」

「她們受了太多的苦。」她繞了個彎，躲過了直接回覆。

「你對每個學生都像對阿依莎那樣嗎？」

她搖了搖頭，不屑地笑了，彷彿在嘲諷他不可饒恕的愚蠢。「哪能啊，喬治？我教三個班級，每個班級二十五個學生。你以為我是誰？我不是上帝。」她覺得那話說得有點刻薄，又趕緊換了語氣，追補了一句：「可是阿依莎跟別人不一樣。」

她放下刀叉，等著他慢慢追上她吃飯的速度。

「阿依莎的丈夫是她的表兄，他們是在逃亡的路上結婚的。他們那裡表親可以結婚，這樣兩頭都省了聘禮和嫁妝，結了婚也沒有姻親的麻煩——他的母親是她的姨媽，他們從小就玩在一起。」

「我知道，我有阿富汗來的病人。」

他說話的語氣輕柔，絲毫沒有居高臨下的意思，她卻一下子頓住了，深覺難堪。他做了三十年的聽力康復師，診所裡什麼人沒見過呢？**他吃的鹽比你吃的米還多**。她彷彿聽見母親在自己耳邊說。她這是想鎮住誰呢？好為人師是一種毒品，她的癮念已深。

「後來呢？」他把話鋒輕巧地一轉，回到了先前的話題上。

「他們原來是想等到阿依莎二十歲才結婚的，後來她婆婆，也就是她的姨媽，催他們趕緊把婚事辦了。姨媽說誰知道全家能不能都平安逃出來，只要阿依莎活下來，肚子裡懷了孩子，這個家就不至於，不至於，斷了根。」

她避開了他的眼睛——她不想讓他看到她眼睛裡的霧氣。

「那他們全家都……？」他聽出自己的聲音裡有一絲細細的裂縫。

菲妮絲點了點頭，緊接著又搖了搖頭，彷彿在否認先前的點頭。「都逃出來了，除了她母親。心臟病發作，在塔吉克斯坦。」

他們都陷入了沉默，誰也沒想到會進入這樣沉重的話題。

戰爭的溢出物。喬治心裡突然浮上來一個詞。戰爭是固體，氣體，也是液體。戰爭不停地產生溢出物，就像那些萬噸海輪在大洋中溢出來的石油，一路漂浮到遠方，瀝青般地染黑太陽，葦草和飛鳥的翅膀。阿依莎，她死去的母親，她尚未出生的孩子，她那位也是表兄的丈夫，都在逃離這樣的溢出物。而他和菲妮絲，卻是清理溢出物的人。他在他的診所，她在她的教室。洗滌。洗滌。洗滌。他們清洗創傷，也感染創傷。

可是，誰來清洗他們呢？

她的情緒很快平復了。「再過兩個星期就是阿依莎的生日了，她今年二十歲。我們要辦一個慶生會，給她一個驚喜。猜猜我們準備了什麼禮物？」

他當然不知道，她其實也沒指望他知道。

「她是在難民營裡結的婚，沒有什麼正經的儀式，也沒留下照片——我是說我們常見的那種婚禮照片。她有點難過，說將來孩子長大了，怎麼跟孩子證明他們結過婚？他們都沒有一張照片。」

她停下來喝了口水，製造了一個小小的懸念，可惜沒繃住，又馬上把它打破了。

「我們班上有一個學生是從亞塞拜然來的，會畫畫。他要比照著阿依莎在班上分享的全家福照片，給她畫一張結婚圖。」

他突然明白了為什麼這個女人看不出年齡。眼角的魚尾紋，頭髮裡夾雜的銀絲，那些暗示著年齡的細節，她並未曾倖免。但是她眼中有光，有一絲閃閃爍爍的孩童般的渴望，想去品嘗美食，闖蕩世界，行一點小善。就是這一絲不曾乾涸的渴望，抵擋住了歲月的侵蝕。

在後來的日子裡，當他深深地進入她的生活，變得更老也更明智了，再回過頭來看這一天裡發生的事，他才會醒悟他犯了一個錯誤。他沒看錯人，她身上那股生命的熱情是真真切切地存在著的。只是他沒認清那股熱情背後的驅動力——這是一個重大的失誤。他不知道她身後有一股幽黑陰森的恐懼，正如惡犬般緊追著她不放，她在瘋狂地試圖逃離。逃離的路上有很多扇門，毒品是一扇，酗酒是另一扇，肉欲也是，但她選擇了一扇低風險、容易抵達的門。

她選擇了他。

奇怪的是，當他意識到這一點時，他並沒有失望。他反倒覺得自己對她的感情從半空中扎扎實實地落到了地上。他很久沒有被人需要的感覺了，而她需要他，他暮氣沉沉的日子突然就生出了些活氣。在五十八歲上——那是他跟她結婚時的年齡——他還是個天真漢，依舊覺得他能使另一個人的生活因他而不同。

傻啊，他真是傻。

「我有個想法，」他隔著桌子抓住了她的手，聲音裡充滿了興奮。「我朋友泰德在匹克嶺開著一家小照相館，那小子是個電腦製圖天才。他可以給阿依莎夫妻合成一張結婚照，愛德華公園皇家婚禮風範，真實到每一個細節。」

「天哪，喬治，你那個腦子！」她嚷了起來，卻立刻意識到了自己的尖嗓門，尷尬地收了聲。

其實根本沒人注意他們。此時還在午餐高峰期，餐館裡擠滿了用餐的人，喧譁的聲浪幾乎淹沒了他們的交談。他看了一下錶：一點一刻。他遲到了，下午的第一個病人正在診所裡等他。

他站起身來付帳──他堅持要請客，然後他們一起離開餐館走到街上。太陽稍稍斜了，車流稀疏了些，街道看上去有幾分慵懶，彷彿吃得太飽，需要睡上一覺。在等交通燈的檔口上，她轉過身來，突兀地對他說：「喬治，我一個也沒有。」

「你說啥？」他不解地看著她。

「孩子，你問我的。我沒有孩子。」她避開了他的眼睛：「我沒有結過婚。」

天，**還是單身**。他想。這樣的女人，怎麼會缺男人？一連串複雜的情緒從心底交替著湧了上來。先是不可置信：她竟然還沒有被人挑走；接著便是如釋重負，為著同樣的原因；最後則是失望：她還不曾有過**經驗**。在他這個歲數上，閱歷的吸引力遠大於純潔。

他是不是對她太過苛刻了？或者說，對自己太過苛刻了？婚姻不過是一張收在文件夾裡的紙，就像學位證書、徵兵通知書（這兩樣他都有）。有趣的心靈始終是自成一體的，有沒有那張紙都無關緊要。再說，她僅僅是沒有那張紙而已。缺乏一張紙和缺乏經驗之間的距離，可以是半個地球。

還好，他還有足夠的時間來認識她。天下萬物皆有定時。睡有時，醒有時，草木泛青有時，河流漲水有時，就連交通燈變綠，也有定時。

他和她之間的相知，也仰賴上天的定時。

在接下來的幾週裡，喬治又見了菲妮絲幾面，都是她來診所見他。先是帶母親來作複查。蕾恩的感冒症狀漸漸消失，聽力也隨著有所好轉。後來菲妮絲又帶阿依莎來調試助聽器。喬治動用了關係，讓阿依莎很快進入了耳鼻喉專科醫生排期。經過一系列檢查之後，專科醫生排除了其他致聾原因，隨後喬治很快從難民安置署申請到了助聽器專用款項。

在這期間喬治請菲妮絲喝了兩次咖啡，理由是「討論一下阿依莎的治療方案」。第二回咖啡快喝完的時候，他貌似隨意地提到了士嘉堡總醫院的一位聽力康復師。「她人很好，還能稍稍聽懂一些中文，將來可以負責你母親的聽力。」

「為什麼？你撒手不管了？」她有些驚訝。

「因為，」他頓了一頓，才接著說：「因為我想跟你約會。這樣的話，我就不可以再管你母親的事了，我是說不能以醫生和病人的身分。利益衝突，行有行規。你們當老師的，應該懂這個。」

他沒等她回話，就轉身走了。一想到她兩眼圓睜，雙唇微啟，整張臉扭成一個驚歎號的模樣，他忍不住笑出了聲。

四個月後，在他生日的那一天，他們結了婚。那是一個小範圍的婚禮，沒請牧師，在場的只有她的母親和雙方寥寥可數的幾個朋友。他的獨生女兒在日本，沒法過來。

他們在婚禮上交換的誓言，和尋常婚禮上常聽到的那套「生死、榮辱與共」的老生常談相差萬里。具體內容是他們在一頓晚飯的空隙裡，草草討論了幾句之後為彼此擬定的。他的誓言是她用當老師練就的一手好字寫下的：「我發誓：無論發生什麼事，都會照顧我妻子的母親蕾恩．袁，一直到她離開這個世界。」而他給她擬的就簡單多了，只有一句話，是他用醫務人員常見的潦草字體匆匆塗就的：「我發誓會對我的丈夫誠實，永遠如此。」這兩份誓言聽起來像是婚前協議，甲乙雙方都寫下了各自希冀的條款。唯一的差別是：條款裡沒有涉及財產。用不了多久他們就會明白：這些誓言不過是一張廢紙，注定會在不久的將來撕毀。

他們收到的最好的結婚禮物，是一通來自阿依莎丈夫哈菲茲的電話。哈菲茲告訴他們：阿依莎生了一個女孩，雖然比預產期晚了幾天，但一切安好。嬰兒是六磅三盎司，對阿依莎這麼個瘦小的母親而言，這個體重也就算差強人意了。孩子很健康，十根手指，十根腳趾，一根不缺。

他們給孩子起了個名字叫菲妮絲。為了和大菲妮絲有所區分，喬治戲謔地管這個孩子叫菲妮絲二世。

3

從松林養老院取回來的那個箱子，在蕾恩原先住過的臥室裡放了整整兩天，沒人動過。第三天喬治出差去參加一個專業會議，待他走後，菲妮絲才進屋開了箱子。是時候了，她對自己說。死亡帶走了附在肉身上的一切糟粕，包括疾病。靈魂沒有年齡，也不會有老年癡呆症。死亡意外地給她帶來了一個這三年裡求而不得的機會，她終於可以和母親，或者說，母親的靈魂，單獨地、面對面地說一說話了。

母親的房間一直保持著原樣，彷彿她從未離開過。一天裡最後的陽光瘋牛似地從半啟的窗簾裡闖進來，橫衝直撞粉身碎骨地撲到牆上，在身後留下一路憤怒的飛塵。這灰塵怕也是從未見過母親的。床鋪得整整齊齊，被子的每一個角都扯得很平整。菲妮絲在枕套上發現了一根頭髮，深藍色的布料反襯著一根銀絲，觸目驚心。那是母親去養老院之前留下的，似乎還有呼吸。

失去了根的頭髮還能單獨存活嗎？

菲妮絲跪在地上，把頭埋在枕頭裡。母親搬去「松林」已經差不多三年了，菲妮絲驚訝地發現一個人的氣味竟然能存留得那麼久。那是一種糖和汗酸混淆在一起的氣味，像是熟過了頭的果子。半晌她才醒悟過來，那是老邁的肉身發出的腐朽之氣。

很奇怪，那一刻她突然感覺離母親很近。那根頭髮，那股氣味，不過是母親留在身後的東西，一如蛇蛻下的皮。真正的母親此刻正躺在那個擺放在梳妝臺上的金屬罐子裡。罐子閃著一層與世無爭的、被死亡定格成永恆的寒光，冷眼看著世上那些無望地行走在狗苟蠅營之途的人們。無論他們蹦得多高，逃得多遠，最終都會回到一只這樣的罐子裡。

蕾恩失智的最初症狀是輕微而無大礙的，比方說偶爾記錯日期，或者忘了鎖門，或者忘了吃藥。任何人都有過這一類的疏忽時刻，誰也並未特別在意。直到有一天，菲妮絲在冰箱裡發現了一只鞋子。她站在打開的冰箱門前，冷氣撲面而來，她開始顫抖。她終於近近地面對面地看到了那隻野獸。

沒多久，她就遇到了喬治。

他們無所不談，至少他以為他們無所不談。童年的記憶，從前走過的溝溝坎坎，今天身上還留著的疤痕。他帶著她走進他和亡妻珍的前塵往事——珍是在十年前患胰腺癌去世的；他和她談到現在在日本教英文的女兒凱蒂；他也常常說到他的父親，一位在辛辛那提大學教政治學的教授。父親是個自由派，在他所處的那個時代裡，他的思想過於超前。父親鼓勵兒子不用乖乖地聽老師的話，功課得過且過，多花時間讀些課堂之外的書籍。

父親的大膽做派幾乎害他自己丟失了大學的教職。有一天，聯邦調查局的特派員突然走進他的辦公室，為了一個從蘇聯大使館寄到他們家的、裡邊裝滿了宣傳品的郵包。這個郵包是應他的兒子喬治的要求寄來的，當時喬治還是個初中生。喬治給蘇聯駐美大使寫了一封信，說他「不相信歷史老師在課堂上講的關於你們國家的那些事，我想從你那裡了解實情。」父親被喬治的魯莽和天真深深震驚，但卻從來沒有挫傷過他的銳氣，或者嚴詞厲色地禁止過他的行為。

幾年之後，當越南戰場的絞肉機開始吞噬年輕人的血肉之軀時，喬治拒絕服從徵兵令，在父親的協助下逃去了加拿大。邊境線上父子匆匆揮手道別，都沒想到這是他們之間的最後一面。等到十年後大赦令終於下達時，父親已是一坏黃土。

菲妮絲也和他談起她的往事。她的家鄉在一個叫溫州的江南小城，位於上海以南大約五百公里。她說到她在那裡度過的童年，母親為了養育她而吃過的苦頭，用蕾恩自己的話來說，那是「三輩子的劑量」；還有她父親的經歷：一生參加過三次戰爭，卻到臨死也沒有找到太平；還有一九七〇年一個春夜裡發生在廣東大鵬灣的一段驚心動魄的經歷。那一汪水帶走了一個她心愛的人，讓她一夜從少年變為大人。

喬治想得沒有大錯，她的確和他什麼都談——除了那份恐懼。而就是那份恐懼，把她推到了他的懷中。

母親的阿茲海默症是恐懼的源頭，菲妮絲害怕獨自承擔照看母親的責任。一想到要參與到母親病老的那個黑暗幽深的過程中去，她就感到了一種滲入骨髓的驚惶。這是一個對她來說完全陌生的過程，她從未有過親人在她眼前老去的經歷。她的父親沒能活到天年，她也從未見過她的祖父祖母、外公外婆。她熟知她的母親，不過那是一個相對年輕、尚未罹病的母親，失憶把天下的母親都變成了陌生人。

婚後她和母親搬進了喬治的家，起初蕾恩的病情似乎有所緩解。換個環境對母親有好處，菲妮絲心想。從前每一次需要面對生活的重大變遷時，母親就會繃緊身上每一根神經來適應新環境。這一回應該也是如此，變遷讓人緊張，能逼著母親打起精神。

然而，在差不多一年之後，當她們慢慢適應了新家，蕾恩的應激系統就漸漸地渙散了下來。已經咬牙切齒極不耐煩地潛伏了很久的阿茲海默症，開始全力出擊，四處留下凶殘的牙印，先是撕咬她的記憶，然後攻陷她的情緒，把她變成一個丟三落四、捉摸不定、不可理喻的糟老婆子。

蕾恩第一次出現明顯的症狀（後來還會出現許多次），是在菲妮絲婚後的第二年。那是感恩節前的一個夜晚，菲妮絲在廚房給學生批改作業，突然聽到蕾恩房中傳出一串怪異的動靜，像是一隻受傷的野獸發出的沉悶哭喊。菲妮絲衝上樓推開房門，發現母親蜷成小小的一團，雙手捂著耳朵躺在地板上，肩胛骨如兩把尖刀，幾乎要從睡衣裡戳出。屋裡的電視開得山響，正在播放一部抗戰題材的電視連續劇。菲妮絲訂了中文電視臺，專門給蕾恩在自己房間裡看。

心臟病發作。這是菲妮絲心裡湧上來的第一個念頭。「喬治，快！」她發狂似地喊了起來，血刷地衝上頭，在太陽穴裡瘋狂地擂著鼓。她蹲下來看著母親，渾身不由自主地瑟瑟顫抖。她已經完全失去了方寸，不知道該不該挪動母親。從前報紙電視上看來的種種急救知識，此刻像碎紙片似地漫天亂飛，卻不能聚成一句清晰堅定的指令。

地板上那個蜷得緊緊的球變得鬆泛了，慢慢地朝她蠕爬過來，枕靠在了她的大腿上。

「撒謊，他們撒謊！」蕾恩虛弱地舉起一隻拳頭，朝著電視的方向揮舞著。屏幕上在播放一個震耳欲聾的交戰場景。菲妮絲注意到了一團白色毛茸茸的東西，是棉球。原來蕾恩的兩隻耳朵裡都塞了棉球。

菲妮絲恍然大悟：母親一直在用這個小伎倆，來絞女兒和女婿的神經。不知多少次在飯桌上，她和喬治為母親時有時無的神祕失聰以及需不需要配戴助聽器的事，唇槍舌劍你來我往地爭得面紅耳赤，而母親則坐在他們身邊，靜靜地聽著他們拌嘴，臉上浮著一絲無辜的微笑，偶爾怯怯地插上一句：「我聽不懂，英文。」

天，她和喬治，兩個多麼好騙的傻子。

「媽，你是在玩我嗎？」菲妮絲氣急敗壞地嚷了起來，探身從床頭櫃上取了遙控器，咬牙切齒地掐死了電視。

「出了什麼事？」正在地下室洗衣服的喬治，聞聲急急地跑上樓來。

蕾恩看見喬治吃了一大驚，彷彿她壓根就不認識這個人。她的情緒又開始亢奮起來，指著門，用溫州話大聲吼道：「給我滾出去，你！」

這幾個月裡，蕾恩丟棄了這些年在加拿大學到的那點英文，幾乎完全回到了她的鄉音。阿茲海默症像一把泥瓦刀，把她記憶表面的那一層刮走了，只留下完好的底漆——她與生俱來的鄉音。

「媽，這是**他**的家。」菲妮絲疲憊無力地用溫州話提醒母親。

「他，滾！」蕾恩完全不理會菲妮絲的話，依舊堅持要喬治出去。

「她想和我單獨待幾分鐘。」菲妮絲小心翼翼地剔除了蕾恩語氣中的蒺藜，示意喬治先離開房間。

「告訴他們，你告訴他們……」喬治剛走，蕾恩就一把抓住菲妮絲的胳膊，嗚嗚咽咽地哭了起來，像一個在蠻不講理的大人那裡受了委屈、又無處伸冤的孩子。

「告訴誰？啥事？」

「那些，電視上的兵。他們應該省著子彈，怎麼可以這樣浪費？最後一顆子彈，是要留給……」蕾恩突然頓住了，面容僵如岩石，彷彿看見了在屋裡遊蕩的鬼魂。

「給誰？」菲妮絲終於把蕾恩從地板上扶了起來，架著她坐到床上。這是一場角力，她汗流浹背，筋疲力盡。學生的作業明天早上要發回去，她現在連一半都還沒判完。

「他——自——己。」蕾恩答道，每個字上都加了重音。

這天夜裡，兩口子終於歇下了。在床上，菲妮絲跟喬治說起了母親方纔的舉止。「可能是想起了什麼戰爭年代的事，」喬治嘆了一口氣。「我認識一位朝鮮戰場下來的退伍軍人，曾經當過戰俘。五十多年過去了，到現在見了穿白大褂的亞裔醫生，都以為是朝鮮人，還會情緒失控。最糟糕的時候，需要注射鎮靜劑才能平靜下來。」

話一出口喬治就後悔了。他本來是想安慰她的。天下可以拿來撫慰人心的話很多，他卻偏偏挑了這樣一個聳人聽聞的例子。這是他的職業病，就像他不大不小的菸癮，明知不妥，改起來卻費勁。

「她有跟你講過戰時的事嗎？」他還是忍不住，多問了一句。

黑暗中菲妮絲搖了搖頭。「她說她記不得太多。我只知道梅姨曾經參加過抵抗組織，還有，我外婆是讓日本人的飛機炸死的。」

「我們總是記得本該忘記的，忘記本該記得的。」喬治迷迷糊糊地應答著，呼吸漸漸含混沉重起來。

母親的房間死一般寂靜，但是野獸還在黑暗中徘徊。那隻變幻無常的惡獸，一會兒變成冰箱裡的一只鞋子，一會兒變成兩只棉花球，一會兒變成魔幻士兵和他們手中的槍彈。也許在某個時刻，它還會變成一座著了火的房屋。世界大戰已經是記憶中的往事，可是人和獸之間的戰爭，可能才剛剛開始。這是她一個人的戰爭，沒有指揮，沒有作戰計畫，沒有彈藥庫，也沒有盟軍。她得獨自應戰。當然，她有喬治，可是他會參與多少？他能堅持多久？她不敢肯定。

睡意遲遲不至。喬治驚天動地的鼾聲在她的耳膜上戳出一個又一個洞眼。棉球，她現在終於知道了它們的用途。

蕾恩似乎越來越害怕一個人留在家裡。早餐吃到一半，她會突然停下來，怔怔地盯著菲妮絲看，眼中泛起瑩瑩淚光，彷彿女兒不是出門上班，而是要踏上一條不歸之途，她們這一別，就是天人永隔。

看著母親這副樣子，菲妮絲覺得心被蹭破了一層皮。母親曾經是一個凶悍的婦人，為了家人可以毫不猶豫地赴湯蹈火，如今卻變成了一個無助的孩子。

菲妮絲錯了。即使身患阿茲海默症，母親依舊會時不時做出讓她震驚的事情。那個凶悍的婦人並沒有消失，只是進入了冬眠。她會在誰也意想不到的時刻，從那個柔弱孩子的軀殼中一躍而出，滿血復生。

一天夜裡，菲妮絲覺得有點渴，就起身去拿一杯水。往樓下走的時候，她冷不防絆在一團東西上，幾乎跌倒。是蕾恩坐在樓梯拐角處，兩眼在微弱的夜燈光中炯炯閃亮。

「我都聽見了，阿鳳。」蕾恩到現在都還叫菲妮絲的乳名。「你和他，在房間裡。」

菲妮絲的臉頰一蹦一蹦地燒灼了起來——那是一種赤身裸體站在當街的恥辱。

蕾恩扶著牆，摸摸索索地站了起來，胳膊繞著菲妮絲的臀部，將女兒摟住了。她冰涼布滿筋節的手，撩開菲妮絲的睡衣，緊貼著菲妮絲柔軟的肌膚，那肌膚上還殘留著做愛之後的餘溫和溼潤。蕾恩的口臭拂過菲妮絲的脖子，充溢在漸漸濃膩起來的空氣之中。

「這兒，你要多練練這兒的肌肉，要有力氣。他對你做**那件事**的時候，就不會那麼疼。」

蕾恩捏了捏菲妮絲豐滿的臀部，瘖啞地說。

菲妮絲掙脫了她的手，全身僵硬如石頭。這是第幾次了？母親就坐在這兒，在他們臥室的門外，用長著眼睛也長著鼻子的耳朵，專心致志地傾聽著屋裡的動靜？世上有什麼耳疾，可以磨損得了那副耳朵的機敏？

菲妮絲一言不發飛也似地逃了開去。

她沒有告訴喬治這件事，可從那以後，他們再做**那件事**時，感覺已經不同。每一次喬治表現出那個意思時，她都會看見蕾恩的眼睛在房間裡浮動。那雙眼睛脫離了面孔，在黑暗中螢火似地閃亮，無所不見，無所不知，將她身上潮起的欲望瞬間吮乾，變成一片荒漠。

一直到老，蕾恩都還是個極愛整潔的人。她平常都是在晚上八點左右洗澡，幾乎沒有漏過一天。漸漸的，這個常年固定的規律開始動搖，或者說，開始擴充，從一天一次到一天兩次，甚至一天三次。在某個星期天，菲妮絲注意到母親的洗澡次數抵達了前所未有的巔峰——她在這一天裡竟然洗了四次澡。

有一天晚上，蕾恩剛剛走進浴室不久，正在廚房洗碗的菲妮絲聽見她在浴室裡唱歌。蕾恩的嗓子很好，梅姨曾不無嫉妒地說過那是「老天賜的禮物。她從娘胎裡爬出來的第一聲哭，就是天籟」。

菲妮絲記得自己還是個小女孩的時候，常聽著母親的歌聲入睡，又在母親的歌聲中醒來。最初是搖籃曲和童謠，再後來是革命戰歌和領袖頌歌，再後來就成了港臺流行曲。菲妮絲在各個年齡段聽到母親唱的歌，都是從收音機裡學來的時髦曲調。

但這會兒母親哼的是一首對她來說完全耳生的歌，陌生的歌詞綿延編織在同樣陌生的曲調中。後來，趁蕾恩腦子清醒時，菲妮絲問過母親那是首什麼歌？蕾恩停頓了很久，才說她記不得了。

浴室裡的歌聲終於停了下來，但是水聲沒停。蓮蓬頭一直開著，水濺在瓷磚地面上，發出響亮的連綿不絕聲響。那聲響聽著瘆人。菲妮絲看了一眼廚房牆上的掛鐘，母親在浴室裡已經待了一個多小時。

浴室沒鎖門，菲妮絲衝了進去。涼空氣從開著的門裡鑽進來，將濃密的水蒸氣簾幕掏出一個窟窿，窟窿裡露出一個溼漉漉的人影，乳房下垂，瘦癟的肚腹上有暗褐色的妊娠紋。母親站在蓮蓬頭下，發瘋似地撓著泡在厚厚的洗髮水泡沫之中的頭皮。她下手很狠，身體隨著她的動作在激烈地晃動。

菲妮絲伸手過去，把蓮蓬頭開關擰停了，屋裡一下子安靜了下來。蕾恩的嘴唇張開，露出一絲孩童般既不知恥也不知怕的笑容。

「髒，太髒了⋯⋯」蕾恩囁嚅地替自己辯解著。

這樣的情景一次又一次地重演，每一次都把菲妮絲的容忍限度提高到一個新水平。新的容忍限度很快又被突破，成為熟視無睹的新常規。終於有一天，發生了一件事，那件事成為了駱駝背上的最後一根稻草。

4

二〇〇八年的夏天，喬治的女兒凱蒂帶著她的丈夫，一位名叫阿豐的日本工程師和他們四歲的兒子馬克，回到多倫多探親。由於他們沒能來參加父親的婚禮，這算是第一次和菲妮絲見面。

小馬克是在大阪出生長大的，上的也是當地的幼兒園，他的英文還不順暢，所以阿豐和凱蒂只能和他講日語。凱蒂此時已經在日本居住了十年，日語已能應付自如。餐桌上，蕾恩一直很安靜，默默地聽著他們說話。一直到上甜點的時候，她突然毫無徵兆地爆發，嘴裡冒出一串音節短促、節奏極快的話——那是溫州方言裡最歹毒的罵人話。這樣的話，是喝醉了的丈夫用來咒罵自己的婆娘，街頭小屁孩用來證明自己已經成為男人，菜市場的阿嬸為幾個找頭用來懟別人的。這樣的話從母親的嘴裡說出來，菲妮絲的耳朵熱得像兩只柿子椒。桌上其他人都不知道蕾恩在說什麼，但沒聽懂的只是話，臉上的表情誰都看得懂，那是一目瞭然的憤怒。

「你叫他們，住嘴，別再說，那個鬼話！」蕾恩喝令菲妮絲。

菲妮絲無地自容。她無法跟客人解釋母親的舉止。母親的情緒是一枚出了故障的體溫計，沒有人知道下一刻水銀柱會朝哪個方向移動。她只能把蕾恩哄回到她的臥室：「明天，明天一定叫他們滾。」這當然是一句謊話，像前面使過的許多句謊話一樣，只是為了換來一刻的太平。

第二天是週六，一個蒸籠般的大熱天。凱蒂出門參加高中同學聚會，把阿豐和馬克留在家裡，父子兩個在後院找涼快，滋著水龍頭瘋打水戰。菲妮絲在幫喬治準備午餐吃的色拉，蕾恩站在窗口看著院子裡的父子打打鬧鬧，稀疏的頭髮在陽光裡看起來像是一團金色的柔軟的雲。**她已經忘了昨天飯桌上的事了**。菲妮絲對自己說。平生頭一回，她為母親日漸稀薄的記憶力心存感恩。

眼前的一切太平景象，會不會僅僅是幻象而已，只為哄人放下警覺，然後砰的一聲，再給人來一記比先前更毒更狠的黑拳？菲妮絲被自己的想法嚇住了。從什麼時候開始，她已經失去了單純享受當下的快樂、不被憂慮和懼怕綁架的能力？

蕾恩轉過身來，對菲妮絲迷迷茫茫地微笑著。母親現在就是一個孩子，**她的**孩子。過去三十年裡，菲妮絲一直在向上帝討一個孩子。若和一個合宜的男人一同養大這個孩子，那自然是最完美的安排。若沒有這樣的男人，她總還是有母親的。兩個女人一起養大一個孩子，雖不完美，卻也是可行的。然而年復一年，男人來了又走了，她終未能如願。有一次她偶然看到一本心理學論著，講到傷痛的幾個階段，不禁啞然失笑：書裡引用的案例，分明就是她自己，每一個階段彷彿都是為她量身定制。先是否認現實：**我很健康，不可能是這樣的**；然後是忿恨不平：**為什麼偏偏是我**？再後是討價還價：**一個，我不貪心，只要一個孩子**；再後是抑鬱：**沒有孩子，活著是一種慢死**；最後才是接受現實：**這就是命**。直到現在她才恍然大悟：其實上帝已經賜給她一個孩子——一個只會變得更老而永遠不會長大的孩子。

後院的草地上，小馬克渾身溼透，一路瘋跑瘋喊，嗓子已經嘶啞。阿豐讓他進屋喝口涼水歇一歇。在進廚房之前，阿豐脫下他們溼透了的T恤衫，搭在屋外陽臺上晾。進門時他們都赤著膊，身上滴滴答答地淌著水。

阿豐身上的肌肉很發達，三角肌和胸肌硬如岩石，被陽光晒得黝黑的皮膚上，汗珠和水珠在閃著亮。他從冰箱裡取出兩瓶冰水，出於禮貌和尊重，他把其中的一瓶遞給了蕾恩。沒料到蕾恩刷地退後一步，猝然從餐桌上抓過一把裁紙刀，指著自己的胸口，大聲喝斥道：「再過來一步，我就扎死給你看，你信不信？」

馬克雖然不知道蕾恩在說什麼，但卻被她猙獰的神情嚇住了，驚天動地地嚎哭了起來，誰也哄不住。阿豐只好抱著他一路踢蹬著上樓進了他的房間。

樓下廚房裡，菲妮絲把母親摟在懷裡，拍打著她的臉頰，含含混混反反覆覆地安撫著她：「別怕，沒人會害你。真的，沒人，真的……」

喬治站在廚房檯子邊上，聽著樓上他的孫子在歇斯底里地哭喊著，幾步之外站著他不可理喻的丈母娘。他夾在中間，不知所措，突然就覺出了自己的老。

那天下午，阿豐帶著馬克搬進了附近的一家旅館，後來凱蒂也跟過去了。剩下的假期裡，他們再也沒有回到家裡住。喬治去旅館看了他們幾回，有時和菲妮絲一起去，有時一個人。

「松林」的名字第一次出現在他們的談話中，是凱蒂一家回日本的當天晚上。「那是多倫多最好的長期護理設施之一，尤其擅長護理阿茲海默症病人。香港人投資的，護工大多能講中文。有中文食譜，中文娛樂節目。」喬治的口氣像在作報告，對事實瞭如指掌。「低收入的人，可以申請政府補助。離我的診所只有兩條街，探視起來很方便。」

喬治的聲音像隔了一層膜似地，一會兒清楚一會兒模糊，遙遠而支離破碎。「排隊的人很多，我可以找找關係插個隊。」

一場營銷宣傳，腳本寫得好，也排練得當。菲妮絲感覺腳有點冷，白天積攢的暑氣已經被夜風漸漸銷蝕。

從小，只要腳不暖和過來，她就無法入睡，母親總是把她的腳窩在自己的兩腿中間。那是世上最幽深柔軟滋潤的天堂，禁果在那裡催熟，生命在那裡懷胎，生意在那裡成交，權力在那裡換手。那是狂歡的土地，幽密的國度。可是母親竟然屏棄了這些重要的用途，把這塊寶地單單用在了替她暖腳這樣一件無關緊要的瑣事上。那個時候她真的相信母愛無所不能，包治百病。

「喬治，養老院的事，你想了多久了？」沉默了許久之後，菲妮絲發問。

5

菲妮絲坐在地毯上，四周丟滿了從母親箱子裡掏出來的物件。大部分是衣物，是漂洗過多次、已經露出針腳的舊東西，只有一件深藍色的、前襟繡了雪花的羊毛衫是新的，還裝在禮物袋裡——那是去年菲妮絲送的聖誕節禮物。

最好的東西要留在最後用。從小母親就是這樣教導她的。只是母親的**最後**走著走著，就走到了**身後**。母親是一個能把一枚銅板捏出水來的人，又酷愛整潔，從年輕到老，從來沒變。此刻菲妮絲手中正拿著母親的一副老花鏡。那是從一元店買來的便宜貨，菲妮絲卻不得不服母親收拾東西時的那股子仔細勁兒。母親把鏡片擦得一塵不染，兩只鏡腳整整齊齊相互交疊，用一角絲絨方巾平平整整的裹起來，體體面面地裝進一只銀色布盒中，彷彿那是一具經過了無可挑剔的清洗和防腐處理的屍首，正躺在棺槨裡，等候著最後的瞻仰。

那天上床時，母親可知道這是自己的最後一夜嗎？

菲妮絲扭動著脖子，想放鬆一下僵硬的肩頸，眼角突然就掃進了梳妝臺上的那個罐子和它折射在鏡子裡的影子。黃色的金屬瓶身，帶著銀色的鑲邊和雕刻得極是精緻的花紋。莊嚴而不可狎暱的美麗。和剛拿回來那天相比，罐子似乎縮小了些。時間從來不給誰留情面，甚至連死人都不肯放過。

「你想好了，要把它放在家裡嗎？」那天，在殯儀館的停車場，喬治這樣問她。

她點了點頭。

回家的路上他們都很沉默，因為他們中間多了一樣東西。喬治覺出了空氣的厚重，就打開他那邊的車窗透氣。暮色漸起，太陽和一輪滿月同時駐留在天穹上，彼此遙遙相望，神色暗淡慵懶。這樣的天穹，也算是難得一見的奇景。菲妮絲把罐子緊緊抱在懷裡，彷彿在替母親捂暖。想了想又忍不住好笑：母親剛剛經過了火，燒成了海灘上那樣的白沙子，她怎麼還會怕冷？

把母親帶回家來，是她自己的意思，因為她還沒想好該怎麼處置骨灰。喬治提了幾個建議，但母親的死還太近太扎心，她聽不進去。她要等待塵埃落定。直到今天她都不知道母親心裡到底是怎麼看喬治的。她第一次提起喬治時，母親非常意外——她絕對沒想到她的女兒在五十二歲的時候，還要冒冒失失地踩進婚姻的陷阱。母親和天底下所有的母親一樣，在女兒還年輕的時候，催過很多次婚。但在最近幾年裡，母親漸漸不再提起這個話頭了，菲妮絲就知道母親已經接受了母女相依到老的現實。

當最初的震憾終於漸漸平息，母親有機會深入了解喬治的為人時，她的腦子已經潰不成軍。母親對菲妮絲的婚事到底持什麼態度？是完全的祝福？還是徹底的反對？抑或，是祝福和反對中間的某種含糊姿態？這個答案現在藏在那個金屬罐子裡，結結實實地密封著，成為菲妮絲恆久的猜測。將來有一天，會隨著母親永遠埋入泥土之中。

母親帶去墳墓的，還有什麼祕密？

在最後三年裡，蕾恩的腦子就像是一個出了故障的照相機鏡頭，不停地變換著焦距。除了偶爾幾個瞬間即逝的清醒時刻，大部分情況下鏡頭裡出現的都是一長串模糊不清的畫面。隨著時間的流逝，清醒的時刻變得越來越稀少，難得一求。

剛把蕾恩送去養老院的時候，菲妮絲還特意交代護工：假如遇到蕾恩頭腦清醒的時候，一定要給她打電話，因為她要和母親說話。護工也曾給她打過幾次電話，但時間總是不對，她不是在上課就是在地鐵裡，沒有手機信號。那幾次珍貴的時機就這樣浪費了，成為她生命中永久的遺憾。

後來菲妮絲在蕾恩的房間留了一個記事本，讓護工提醒蕾恩有什麼念頭就趕緊寫下來。菲妮絲查過記事本，發現上面一片空白，連個標點符號都不曾留下。沉默也是一種態度：母親對這個世界完全無話可說。

菲妮絲急切地想和母親說上話。**說上話**是一種委婉說法，其實她只是想解釋，像任何感覺虧心的子女那樣：其實，因為，所以，希望……她只想趕在死神把固若金湯的面紗裹上母親的臉之前，能和她有一次清醒的對話。可是母親沒有給她機會。死神的面紗尚未落下，母親已經蒙上了別的面紗。早在她的身體消亡之前，阿茲海默症已經封住了她的靈魂，擋住了任何思維的亮光。**五分鐘啊，請給我五分鐘，我只要告訴她一句話。一句話就行**。菲妮絲懇求上帝，儘管她不知道她是不是真信有這樣一位上帝。那份急切有時能在半夜將她驚醒，一身冷汗，渾身肌肉痠疼，可是她的聲音終究沒有抵達上帝耳中。

自從母親搬到養老院之後，除了偶染風寒身體不適之外，菲妮絲每個週六的下午都是在「松林」度過的。大多都是她一個人去，因為在工作日裡，喬治會時不時自己步行到「松林」和蕾恩一起吃午飯——他的診所離養老院只隔兩條小街。「一起」的說法並不準確，事實上他們僅僅只是在一個房間裡吃飯而已，並沒有「一起」，因為他們之間基本沒有對話。

菲妮絲來的時候，母親有時認不出她。即使認得，母親也會很快昏昏入睡。菲妮絲坐在母親床邊，有時看書，有時批改學生的作業。房間裡彌漫著母親的呼吸聲，沉沉的，鬆弛的，陳腐的，聽得出年紀。很奇怪，那催人入睡的聲音卻讓菲妮絲感覺安心。

有一次，菲妮絲看書看得迷瞪了過去，猛然感到有人在觸碰她，一下子驚醒了過來。睜開眼睛，發現母親正俯身看著她，輕輕地撫摸著她的臉頰。母親的手拂過她的肌膚，帶著一股久違了的溫柔和憐惜，她突然覺得自己是浸泡在羊水裡的胎兒。

「可憐啊，怪可憐的，囡囡。」母親呢喃地說。

眼淚猝不及防地湧了上來。在那一瞬間，菲妮絲幾乎相信上帝真的給了她**那個**時機。

「媽，我沒有丟下你不管，你知道嗎？」菲妮絲緊緊抓住了母親的手腕，母親疼得哼了一聲。一股茫然的微笑漾過蕾恩的臉，刷地沖去了所有情緒殘留的痕跡。她含含糊糊地咕噥了一句什麼話，半晌菲妮絲才明白過來是什麼意思。

「妠，該死，我來晚了，真真該死。」蕾恩說。「妠」在溫州話裡是對母親的暱稱。

菲妮絲立刻知道那個心靈相通的時刻，已經瞬間即逝，成為過去。

後來回想起來，那個下午既令人心碎，也讓人欣慰。心碎是因為母親最後的念想裡裝的不是自己，欣慰是因為母親終於要見到她自己的母親。

三週以後的一個早晨，菲妮絲和喬治被一陣尖利刺耳的電話鈴聲驚醒，他們同時從床上跳了起來。「袁．懷勒太太，你母親昨晚在睡眠中去世了。」松林養老院的值班醫生說。

醫生還告訴他們先前發生的一件事：前一天下午，護士長帶了一名新來的男護士到蕾恩的房間探訪。每次來新員工，養老院都是以這個方式讓他們熟悉情況的。蕾恩看見這位新護士，情緒突然激動起來，想從房間裡逃走。沒逃成，就把自己鎖進了洗手間不肯出來，直到護士長把和蕾恩最親近的小楊護士叫過來，才控制住了局面。

小楊護士是養老院的祕密武器，她手裡似乎捏著一根神奇的線，像木偶師傅牽制木偶似地掌控著蕾恩的情緒。她溫言細語地把蕾恩安撫下來，向她保證那個男護士以後再也不會進入她的房間，蕾恩這才肯開門走出了洗手間。這一天後來太平無事，吃晚飯時蕾恩的胃口不錯，睡覺前還看了一個半小時內容輕鬆的電視節目，看不出有任何異常。

第二天清晨，早班的護士來到她房間想叫醒她起床梳洗，準備吃早餐，這時才發現她已經沒有生命指徵，全身冰涼。

6

箱子裡有一件母親常穿的居家便袍。菲妮絲拿起衣服，手突然停住了，因為她注意到口袋裡露出一樣東西。掏出來，是一個菸盒大小的黑色金絲絨首飾袋，一條絲帶繫成一個結子，將袋口收緊。母親去養老院的時候，是菲妮絲親手幫她打點帶去那邊的隨身物品的。這件東西看起來眼生，是母親在她眼皮底下塞進箱子裡的私貨。

菲妮絲解開絲帶，一只瓶子從布袋裡滑出來，落到了她的掌心。瓶子是由淺棕色不透光玻璃做的，看上去很有些年分了。瓶身的形狀是一個曲線婀娜的女體，貼著一張已經殘缺不全的印刷品商標，上面印著幾個缺胳膊斷腿的字，看起來像日語，背景是一叢褪得看不出顏色的櫻花。那櫻花在新的時候可能是粉色的。菲妮絲把瓶子舉到檯燈跟前細看，就看見玻璃內壁上殘留著一些已經結晶的粉末。

可以拿去給阿依莎看看。菲妮絲心想。阿依莎現在是兩個孩子的母親，在一個醫療化驗室裡當化學分析員。等她歇完這輪產假回到單位，她應該能查出這瓶子裡裝的到底是什麼東西。

布袋裡還有一些別的東西。一個工商銀行的儲蓄本，最近一次更新的時間是在六年前——

那是母親前次回國的日期；還有兩張顏色泛黃的黑白照片，角上已經磨起了毛邊。

第一張照片上是一個三十多歲的男人，穿了一件淺色襯衫，衣服平平整整地掖在卡其褲裡。他坐在一塊假山石上，腿上擺著一本翻開的書。她一眼就認出來那是她的高中英文老師孟龍。

她第一次看見這張照片，是在他的宿舍裡。當時這張照片壓在一塊被茶跡染得變了色、堆滿了書籍和筆記本的長方形玻璃板下面。現在再次見到這張照片，菲妮絲似乎被一道強光刺中，不由自主地瞇了一下眼睛。時隔四十年，他的魅力依舊傷人。

一九七〇年春天，在那趟被老天施了咒的行程中，她們（她和母親）失去了孟龍。回到家，母親耗盡了最後一絲力氣，把傷心欲絕的菲妮絲——那時她還叫袁鳳——調養過來，讓她把沒剩幾天的高中課程讀完。母親把所有能讓她想起孟龍的物件都藏了起來，菲妮絲只是沒料到這麼多年裡母親自己居然還存著他的照片。記憶如潮水般凶猛地湧過來，差點把她捲走。這張她以為早就在無數次搬遷中丟失了的舊照片，竟然讓她猝然泣不成聲。眼淚完全是意外，這些日子裡她的淚水已經在情緒的荒漠中耗乾。

等到情緒漸漸平復，她才拿起第二張照片。上面是個眼生的年輕女子，穿著一件護士服，雙手叉腰地站在一家門面看起來有些寒酸的醫院門口，臉上雖然掛著一絲微笑，眼神卻是憂鬱的。菲妮絲翻過照片，發現背面有一行寫得歪歪扭扭的字，字跡已經模糊：「袁春雨攝於五里野戰醫院，一九四五・三・五」。

菲妮絲覺得身上有一絲麻癢，彷彿有一隻蜘蛛，正慢悠悠地從脊背一路蠕爬到她的後腦勺——這是一個人看著一樁隱祕在眼前展開時的驚悚感。她一直以為母親一輩子就是妻子就是娘，她從來不知道母親竟然在野戰醫院工作過。沒有人，包括父親，包括母親，甚至包括梅姨，跟她說過這事。她好像毫無準備地一腳踩到了母親的蚌殼上。裡頭藏著珍珠嗎？

此刻她手中就捏著這枚蚌殼。興奮尚未衰減，疑慮接踵而至。她有些害怕。母親願意她來窺探嗎？蚌殼一旦撬開，就再也無法合攏了。從無知到知情是一條單行道，一旦進入知情，沒有人可以再退回到無知。

這時電話鈴驚天動地地響了起來，把她從沉思中震醒。是喬治跟她報平安。他已經到了維多利亞並入住了旅館。會議場地就設在那家有名的費爾蒙特太平洋皇家旅館，夢幻般的海港景致，真希望她在身旁。菲妮絲半心半意地聽著，茫然地問了一聲天氣還好嗎？他回了句什麼，她聽是聽見了，卻沒入腦。**一隻耳朵進**，**一隻耳朵出**，就像母親從前說她的樣子。

喬治覺出了她的心不在焉，就轉換了話題，問她在幹什麼。

「整理媽的東西，那個百寶箱，你知道的。」

「有什麼新發現？」

她正想告訴他那個首飾袋的事，但是他語氣裡那隱隱一絲的輕飄卻突然惹惱了她，她就把話從舌尖收了回去。

「沒什麼。」她漠然地說。

一陣尷尬的沉默之後，他猶猶豫豫地說：「妮絲，希望你沒生我的氣。」

她能聞出千里之外他語氣裡的負疚。

「為什麼生你的氣？」明知故問。她對他的心思一清二楚。**松林**，他在想松林的事。把母親送進松林養老院是他倆共同的決定，但他是挑頭的那個人。與其說挑頭，精心策劃可能是個更準確的詞。

又是一陣沉默，然後喬治說：「妮絲，我只想把話說清楚了。在家裡，我們無法提供她需要的那種照顧，你不會不明白吧？」

「你是說**你**無法。」菲妮絲一字一頓地說。

沒等喬治回話，菲妮絲就很快結束了話題。「我要給梅姨打電話了，商量骨灰的事。」

放下電話，菲妮絲突然非常想喝酒。下樓走到廚房，發現冰箱裡還有一瓶開了蓋的朗姆酒。她倒了滿滿一杯，端著走到窗前。四月在多倫多是個四六不靠的季節，它只是冬天和夏天之間的一個曖昧地帶。它帶來的唯一一點變化跡象，就是天漸漸長了，夜色要耗費更長的時間、更大的氣力，才能徹底佔據天空。蟋蟀正在顫顫巍巍地試著第一嗓，但用不了多久，整個夜空就會被牠們不知疲倦的喧譁聲填滿。它們擁有鋼鐵般的意志，要在世上留下自己的聲音。小時候母親告訴過她：蟋蟀只有一兩個月的時光，來唱完一生的歌。

她舉起酒杯，揚頸喝了一大口。烈酒從她喉嚨流到胃裡，然後漸漸漫延到血管和神經。最初是冰冷的，後來就成了一根火繩，將她的身子燃燒成一棵火樹。她一動不動地站著，等待著那轟然一聲爆響，將她炸為齏粉。

但是什麼也沒有發生。

現在是九點差十分。多倫多的夜晚，上海的早晨，是梅姨早飯和午飯中間的那個空檔。正好給她打個電話，談一談母親骨灰安置的事。還有，問一問母親蚌殼裡的那顆珍珠。

7

母親百寶箱裡的物件，促成了菲妮絲和梅姨之間頻繁的電話聯繫。一個問題招致另一個問題，一個疑點牽扯出更多的疑點，漸漸地，梅姨打開了母親的蚌殼。梅姨擠牙膏似地往外擠著真相，每次吝嗇地擠出一丁點，那一丁點就足夠讓菲妮絲一夜無眠。但菲妮絲心下明白，那管牙膏還遠未到擠盡的地步。菲妮絲開始懷疑她這一輩子到底夠不夠長，還能有多少個夜晚可以消耗在失眠上，苦苦等待著梅姨最終把牙膏擠完。有一次通話的時候，菲妮絲失去了耐心，一下子把梅姨逼到了死角，梅姨就再也不肯往下說了：「有些事電話上沒法說，只有見了面才能講。」

菲妮絲把梅姨在電話上說的話講了些給喬治聽，都是些發生在她出生之前的事。母親在世時，天衣無縫地向她瞞過了這些「史前」的生活片段。母親瞞得那麼緊，就是為了讓一個孩子的童年記憶，始於一張無瑕的白紙。梅姨填補了菲妮絲記憶中的一些空缺。在向喬治轉述的過程中，菲妮絲不知不覺地混淆了時間線，夾雜進了自己凌亂的童年記憶——那是發生在其後的事。喬治的震驚是雙重的：事件本身，還有敘述者的語氣。菲妮絲說話時的神情帶著一種置身事外的冷靜，喬治看不見岩石裡裹著的火山。至少在當時。

「我從來不知道她做過護士。五年，整天面對膿血傷口，懷裡躺著奄奄一息的士兵。小時候，我親眼看見她連剖一條魚都要背過臉去。」她淡淡地說，彷彿那是發生在別人家的事。沒有揪心的驚訝，沒有眼淚鼻涕式的傷心，更沒有想從他那裡討取安慰的意思。毫無預兆地失去母親，又毫無準備地遭遇真相，在這樣的雙重夾擊中，她看起來依舊是一個披戴了全副盔甲、鎮定有序、刀槍不入的人。他給她勇士般的自我克制找到了一個解釋：她是在轉述一個二手故事，強烈的情緒在重複走了兩段同樣的路程之後，已經得到了緩解和消耗。

但是直覺上他覺得她的情緒裡一定還隱藏著某個缺口，這樣的衝擊不可能不留下傷痕。這個猜測讓他漸感心神不寧。

「妮絲，假如你把她的故事寫下來，可能會……」

可能會幫助你驅逐心魔。這是他想說的話，但是他沒說。

有天晚上他醒來，發現菲妮絲這邊的床空了。時值凌晨三點。他一個個房間地找，最後在地下室的洗衣房裡找到了夜遊者。

從半截窗口照進來的朦朧光亮中，他看見了一團影子和一個閃爍的紅點，是菲妮絲坐在一個倒扣在地上的髒衣簍上抽菸。據他所知，菲妮絲從不抽菸。她的菸一定是從他的公文包裡翻找出來的。

他打開燈，她嚇了一大跳。她的身子藏在睡衣裡，幾乎縮小了一圈。她的嘴角顫顫地下垂著，輸給了地心引力。那一刻她身上隱隱散發著一股失敗者的氣息。

她丟給他一個扭曲了的微笑。「這是在地下室。」她說。他立刻聽懂了這句話裡隱藏的蒼白辯解。

菲妮絲一直很討厭抽菸的人，尤其是那些在室內抽菸的人。有一次他邀請一位學生時代的舊友到家裡吃晚飯，飯後兩人溜到陽臺上隨意點上了一根菸。那不過是兩個中年人企圖重溫少年舊習的幼稚舉動而已。菲妮絲氣急敗壞，客人前腳剛走，後腳她就把喬治罵得體無完膚，嘴裡吐出來的那些話，連屋裡的牆壁聽了都臉紅。那天她的舉止像推土機一樣溫婉，是個徹頭徹尾的悍婦——那是一個喬治完全不認識的菲妮絲。後來他們好多天都不說話。這是他們婚姻生活中維持得最久的一場冷戰。

此刻他知道她心裡明白他還記得那天的事。她需要長城一樣堅固的防守，才能為她自己在室內抽菸的行為作辯護。可是他沒那麼小心眼，他不想在這種時候讓她難堪。

「你早上有課，趕緊回來睡覺吧。」他說。

她在水泥地上掐滅了菸頭，掙扎著站起來。坐得太久了，腿發麻，她只能斜靠在洗衣機上，等著腿上的針刺慢慢消失。

「什麼話不能電話上說，非得要見面？」她問他。一個實實在在的問題，需要一個實實在在的回答。可是他沒有答案。

他們回到了床上，可是他再也睡不著了。那個在黑暗中一明一滅的菸頭，在他的心中燒出一個個小洞。她的呼吸聲充斥著他的耳朵，尖細的，稜角分明，一環扣一環，扯得很緊。她也絲毫沒有睡意。

「要不你乾脆請一學期的假，或許寫點東西，回趟家見見梅姨？有的是代課老師，一抓一大把，你又不是把學生晾在那裡。」他轉過身來面朝著她，一條腿圈繞在她的腿上。在蕾恩去世之前，尤其是在菲妮絲取回那個百寶箱之前，他們時不時就是以這個姿勢入睡的。可是今天，這個姿勢讓他感覺陌生。

她沒有回話。她已經在心裡盤算著怎麼給學校的董事會寫信。**出於個人原因，申請停薪留職。六個月，從今年九月到明年二月……**她前一次回國是六年以前，說是度蜜月，但她帶上了母親。

是的，是時候了，她該面對面地和梅姨坐下來，一直坐到梅姨把那管牙膏擠到盡頭。

第二章

一枚軍功章，
一個呆頭，
和一副永遠飢餓的腸胃

喬治發給菲妮絲的電子郵件，二〇一一年十月二十日，美東時間二十點十七分。

親愛的妮絲：

飛機上你有沒有睡？

今天下午阿依莎帶著她女兒來診所做聽力篩查，小丫頭聽力正常。沒見到嬰兒艾瑞克，他跟外婆待在家裡。菲妮絲二世已經上學了，新來的祕書麗莎說她是一個長著三張嘴的小淘氣——除了她自己的那一張，她把她爸她媽的嘴全用上了。想像一下菲妮絲二世長到十八歲，穿著剪了破洞的牛仔褲行走在喀布爾街道上，滔滔不絕，口吐蓮花的樣子。她一定要知道菲妮絲一世的去向。我就拿了一本世界地圖，給她指出上海的方位，告訴她那是四小時以後你會抵達的地方。

阿依莎告訴我：你媽留下的那只玻璃瓶裡的粉末是高錳酸鉀，是一種消毒品。阿依莎的日本同事告訴她：瓶子上的商標是某種香水，和瓶子裡的粉末無關。很奇怪你媽怎麼會留著這樣一件東西？不過那個瓶子的確很漂亮。

我快要看完你手稿的第一章了，就是那個關於饑荒和你父親的章節。那不是一個輕鬆的故事，讀這樣的故事時需要一點心理準備。這個我們以後再細聊。

但願時差不會太打擾你，也希望你住的地方環境乾淨，食品不至於太糟糕。

你的老喬治

菲妮絲發給喬治的電郵，二〇一一年十月二十一日，北京時間二十二點十七分。

喬治：

安全抵達。梅姨叫了司機來接我。招待所離梅姨住處只隔半條街，飯食還過得去，不貴。飛機上一眼都沒瞇，有個嬰兒哭了一路，我耳朵到現在還疼。原諒我前言不搭後語，我現在立馬就要上床，希望能睡到世界末日。起床後做兩件事：一是買一張手機卡，二是見梅姨。我不敢想像她會告訴我什麼。

妮絲

喬治發給菲妮絲的電郵，二〇一一年十月二十日，美東時間二十三點四十八分。

親愛的妮絲：

沒給你房間打電話，怕吵醒你。你一拿到SIM卡就馬上告訴我你的手機號。

已經讀完你手稿的第一章。每一個在嬰兒潮中出生的人，都有一個艱難的人生故事，可是你的往事，尤其是那次林中的經歷，老天爺，真是把我驚到了。

我知道你寫英文時總覺得不能完全自如。在訂機票之前，你一直藏著手稿不願意給我看，是不是因為這個原因？但不要為這事分神，你的故事內核和敘述方式都是清晰而有力的。有些用詞和比喻有點問題，濫用逗號幾乎是你的怪癖（這已經是很客氣的說法了）。但是總體來說，我感覺挺好的。假如我們能找到一家出版商（對此我有信心），會有專業編輯團隊來修正這些小問題的。現在你只需要相信自己，把最真實的想法傾情道出。

順便說一聲，我喜歡你處理視角的方法。你把故事從第一人稱敘事變為第三人稱，這樣在觀察人物時，你就有了距離和自由度。也可以說，就具有了上帝的視角。

我附上了草草訂正過的第一章手稿。假如你在上海有空，想繼續修改的話，或許有用。

愛你的喬治

另：你母親有親戚和朋友嗎？在你筆下她顯得非常孤單，與世隔絕。

喬治的電郵附件：菲妮絲的手稿〈飢餓〉。

1

她出生時的小名叫阿鳳，因為母親春雨懷胎七月的時候，夢見了一隻鳳凰棲息在他們家門前的桑樹上。

她不信母親的話，因為她曾多次問過母親夢裡的鳳凰長什麼樣子？母親說不上來。母親給她起這個名字的動機並不難理解：她只是想女兒有大出息。「林中有百種鳥，可只有一隻鳳凰。一林子的鳥，都得拜這一隻鳳凰。將來有一天，你要做這隻鳳凰。」母親對她說。

一九六〇年她七歲，上了小學。母親不上班，從小一直把她帶在身邊，所以她上學之前沒進過托兒所，也沒上過幼兒園。七歲很重要，因為從那一年開始，她才從野猴子漸漸進化為小文明人兒。學校有個規定，所有的學生必須使用全名，於是大家就叫她袁鳳。袁是母親娘家的姓。在她出生之前，她父母就已經說定了：頭生的孩子隨母姓，後邊的孩子隨父姓。這也是母親告訴她的。對袁鳳來說，這是一件「史前」就定下來的事，她沒在場，無法確定真偽。父親姓王。可是父親的姓卻連個影子都沒用上，因為他們後來就再也沒生下別的兒女。

袁鳳不信母親說的這個話，就跟她不信母親先前講給她聽的那個鳳凰夢一樣。街上隨便找個長著兩條腿的人都明白：父親是不可能跟母親達成什麼協議的。父親跟誰也不能，因為他壓根沒這個本事。

再後來，兩生兩世之後，袁鳳來到了多倫多，給自己起了一個英文名字叫菲妮絲——菲妮絲在英文裡就是鳳凰的意思。英文姓名次序顛倒，名在前，姓在後，她又保留了中文名作為中間名，於是她就成了菲妮絲．F．袁。她只是想入鄉隨俗。再後來，在五十二歲上，她嫁給了喬治．懷勒，她的名字又經過了一番整容，變成了菲妮絲．F．袁—懷勒。

現在她五十八歲了，回顧自己走過的一生，她覺得她的名字，或者說她名字的演變史，就彷彿是一條行走的河，在流向大洋的路途中，不停地撿拾起一條條支流，變得越來越肥，越來越臃腫。當然，這話聽起來稍稍有點矯情，好像她生下來就有什麼大洋要奔赴似地。

袁鳳沒有兄弟姊妹。她唯一的親戚是住在上海的梅姨——梅姨是母親唯一的手足。可是梅姨沒有子女，這就掐斷了袁鳳擁有表親的最後一絲希望。她住的這條街上，女人生娃就跟母雞下蛋似地。她這個年紀的男娃女娃，身邊都跟著一群兄弟姊妹。他們在街上竄來竄去，為一顆球，一根冰棍，一本小人書，一個彈弓，一隻死鳥爭來搶去要打出人命。小屁孩的玩意，她不屑一顧。

可是，當一個人才七歲，成天價看著一場場的戲沒完沒了地在眼前上演，誰能甘心只當觀眾，不盼著參與演出呢？街上這些男娃女娃的臉，合在一塊謀殺了袁鳳的快樂。她看不下去，就飛也似地逃開了，獨自朝家裡跑去。街上有多鬧，家裡就有多靜。家裡靜得可以聽見灰塵說悄悄話。

她跑進門，父親還沒下班，母親正蹲在泥地上洗菜，爐子上的火捅開了，但還沒旺到可以把水燒滾的地步。她坐在臺階上，雙手托腮，看著傍晚陰雲密布的灰色天空，鳥兒飛成直直的一條線，她覺得心裡有一個洞。

「媽，我為什麼沒有妹妹？弟弟也行啊。」

母親春雨抬起一隻手，抹了抹眉毛上的汗珠子，臉上綻開一朵蒼白的笑：「你一個人用一張書桌，也沒人跟你搶碗裡的飯，我還以為你樂都來不及呢。」

袁鳳怔怔地看著母親，有些吃驚，因為她從來沒這麼想過問題。她想說「媽，我真不在乎」，可是想了一想，還是把這話吞了回去。她的確在乎。有一張自己的書桌，碗裡的飯全歸自己一人，其實還是很不錯的。這個灰濛濛的下午她突然就懂得了一件事：每一樣東西都有代價，她想要這一樣，就得放棄那一樣，不能都得。這些道理，學校的老師是不會教的。

母親走過來，摸了摸她的後頸，揉亂了她柔軟如無形的雲朵似地頭髮。「最好在你爸回家之前，收起你這張臭臉。他累了一整天，用不著再看你這張臉。」

你爸……你爸……你爸。他在家的時候，老鼠踮著腳尖走路，蜘蛛停止結網，誰也不敢使用腿腳和舌頭。有一天夜裡她做了一個奇怪的夢：父親給封在了一個巨大的瓶子裡。那裡什麼響動都沒有，永遠太平。哈哈。

「行了行了，別苦著臉啦。他們是有兄弟姊妹，可他們的媽會唱歌嗎？」這是母親的祕密武器，無比神奇，屢試屢爽。袁鳳的臉刷地亮了：「媽，唱那個〈九九〉。」她央求著。

九九那個豔陽天，
十八歲的哥哥坐在河邊，
東風吹得那個風車兒轉哪，
蠶豆花兒香啊麥苗兒鮮……

那曲調和歌詞都很歡快，幾乎到了沒心沒肺的地步，可是母親的聲音聽上去卻有一絲沉重，彷彿有一樣東西在墜著她往下沉。袁鳳太小，還不懂這是母親在跟女兒道歉，為沒能給她生出一個玩伴，為沒能給她一個輕鬆快樂的家，為沒能躲避沉悶陰鬱的命運。

「為什麼是十八啊，媽？」

「你說啥？」母親沒聽懂。

「那個坐在河邊的，哥哥。」

「傻子，那就是一首歌而已。十八大概正好是男娃想女娃的歲數吧。」

「十八，那麼老！」袁鳳咕噥道。

母親有點警覺起來，瞪了她一眼：「你可不會是現在就想男娃了吧？」

袁鳳滿臉嫌惡地乾嘔了一聲：「媽！那幾個還吃奶的娃，噁心，別叫我吐出來。」

母親給逗樂了。「都是挺好的娃，只是你的時候未到。你要想有大出息，還得讀好多年書。」

可是她不想有大出息，更不想成為鳳凰。她只想快快走過三生也熬不完的日子，到了十六歲，就好好愛一場，然後十七歲就死。誰稀罕十八歲？那是幾生幾世也走不到頭的日子。

母親太老了，母親不懂。

母親那年才三十二歲。可是對一個七歲的孩子來說，十八歲太老了，三十歲太太老了，四十歲已經是棺材板。

母親比別人多一副耳朵，聽得見葉子落地，鳥兒唱歌，遠處的腳步聲，甚至風變更方向。歌唱到一半的時候，街上若有任何響動，都能讓她猝然住口，陷入死一樣的沉寂。父親在場的時候，母親基本不開口唱歌，倒也不是因為害怕，母親在父親跟前從來都很自在。而是因為她想省力氣——她只想把歌唱給懂她的耳朵聽。父親的世界也有門，只是那扇門通不到母親那裡。天下很大，他們在不同的軌道裡行走。

父親下班回到家，晚飯已經擺在桌子上等他。父親一邊在臉盆裡洗手——那是剛結婚的時候母親灌輸給他的習慣，一邊用簡單的詞語費勁地問袁鳳今天在學校咋樣？袁鳳大多只是敷衍著他，漫不經心地嗯啊幾聲，因為她很明白：無論她說什麼，父親的回話都一成不變。「不錯，乖囡。」父親的回答是一只均碼鍋蓋，什麼鍋都能蓋。

分菜通常是母親的事。先給父親，他是家裡唯一掙錢的人，然後給袁鳳。父親也不看母親，只是慢慢地小心翼翼地從他的碗裡夾出幾筷子最好的菜，放到母親碗裡。母親馬上又撥回去。兩人像下棋似地，來來去去好幾個回合，中間短短地說上幾句話，大家就開吃了。一頓飯吃得那麼安靜，筷子敲在碗沿上像打雷。

兩個人的沉默還勉強能忍，三個人的沉默像是要爆炸。袁鳳再也受不了了，三下兩下吃完了，就逃到屋裡，坐到書桌前，把自己埋在作業裡。家裡唯有那個角落，是她自己的天地。母親沒說出口的一句話，此刻正烙鐵似地火辣辣地烙在她的脊背上：「用功啊，我的囡，你可要好好用功。將來有一天，你是要成鳳凰的。」

2

父親的全名叫王二娃，一聽就知道是某個姓王的人家生下來的第二個男娃，那戶人家捨不得（或者懶得）花錢請先生起名字，就像喚貓喚狗似地用個數目字隨便打發過去了。但是除了戶口本、工作證、榮譽軍人退伍證和結婚證之類的重要文件之外，父親幾乎沒有用過這個名字。當年他身負重傷從朝鮮戰場歸來，他的事跡被印成鉛字出現在各樣大報小報上。即使處於那樣的輝煌巔峰時刻，那些崇拜他的人說起他來，也沒有使用他的全名，而是稱他為「我們時代的英雄」、「最值得尊敬的人」。

爾後時光荏苒，戰爭的記憶開始淡去，世上又有許多新鮮事兒風起雲湧地出現，圍繞著他的光環漸漸散去，他從九天之上落回到日常生活的堅硬地面。人們彷彿第一次留意到美國人的彈片在他腦子和身子上留下的疤痕：原來他不過是個連鞋帶都繫不好、說兩句話也要停下來找詞的廢人。

他們對他的稱呼也因此改變。最初這些變化是微妙的、遮遮掩掩的。從「大英雄」到「慢腦子」的衍變，差不多經歷了六、七年才最終完成，但「呆頭」的綽號，一瞬間就長出了膽子，把所有的遮掩一把抹下，赤裸裸地站在光天化日之下。超級英雄頃刻跌回平地，遭世人冷眼輕看。

母親是最後一個知道實情的。

母親跟袁鳳睡一張床。父親偶爾會叫喚一聲，母親就過到那邊去。母親一進去，父親的房門就喀啦一聲響亮地拴上了。那是一聲明確的警告，叫屋裡所有愛管閒事的耳朵都合上。除了袁鳳——袁鳳的耳朵從來就不服管。袁鳳躺在自己床上，隔壁房間裡沒有人在說話，但她聽得見他倆的呼吸比平常沉重了些，一忽兒高一忽兒低。母親的呻吟聲壓得很輕，輕到幾乎沒法從呼吸聲中剝離。

一刻鐘，至多半個小時，母親就會回到自己的房間，頭髮蓬亂，顴上泛著疲倦的潮紅。有時母親會假裝沒聽見父親的叫聲，父親也就不了了之。頭顱的舊傷讓他神經麻木，他的情緒猶如扯過了勁的橡皮筋那樣鬆泛、遲緩，很少有爆發或折斷的時刻。

有一天母女兩個躺在床上，母親突然發現袁鳳異乎尋常地安靜，便想起她吃晚飯時就沒什麼胃口。「阿鳳，有啥心事？」她把袁鳳攬過來，覺出了孩子身上的乾瘦，小小的肋骨稜角分明，摸上去幾乎割手，七歲的袁鳳看上去活活就是一根豆芽。**這孩子吃什麼都只長腦子，她爸丟掉的全讓她給撿回來了**。母親嘆了一口氣，那聲嘆息成分複雜，說不清到底是擔憂還是得意。

袁鳳沒動也沒說話。母親覺出一絲潮意漸漸滲入她的睡衣，突然醒悟過來那是袁鳳的眼淚。她向來不是個愛哭的孩子。母親吃了一驚，刷地坐起來，問到底出了什麼事。

「媽，你知道人家背後喊他啥？」為了不讓隔壁的父親聽見，袁鳳把嗓門壓到耳語。兩個房間之間只隔著一層三合板薄壁。

這天半夜，袁鳳被尿憋醒，剛要起身，卻又突然縮了回去，因為她發現朦朧的月光裡有兩粒幽幽閃亮的東西，像是丟失了幼崽的母狼的眼睛，憂傷，瘋狂，燃燒著悲楚和憤怒。過了一會兒，等她的眼睛適應了黑暗，她才看清那是母親靠牆坐著。一陣寒意順著袁鳳的脊梁蠕爬下來，她忍不住簌簌顫抖起來。

第二天早上，袁鳳正在上算術課，母親像個剁去了腿腳的鬼魂一樣踅進了她的教室。母親穿了一件全新的藍色雙排扣列寧裝，裡頭翻出一片明黃色的襯衫領子。頭髮齊齊整整地朝後梳去，順著耳廓掖出一道彎，彎上夾著一枚寶藍色的塑料髮卡。這是一個袁鳳未曾見過的母親，陌生，年輕，清新，略略帶著一絲時尚氣息。當然，這都是後來的記憶給事實塗上的膩子，那個年代的詞典裡其實還沒有時尚這個詞。

母親的眼神讓老師略感不安，他一言不發地讓出了講臺。母親的手抖得像一片風中的落葉，她從隨身帶來的布袋裡摸摸索索地翻出了一個木匣子。袁鳳坐在離講臺三排遠的位置上，依舊看得見母親的下巴有根肌肉在噗噗跳動。彷彿過了一個世紀，母親終於哆哆嗦嗦地打開了木匣蓋，扯出一件掛在綬帶上的東西。

「我是袁鳳的媽。」母親先是對老師，然後全班同學輕輕地鞠了個躬，她的聲音微弱而結結巴巴。母親一開口，就回到了原本的樣子——這才是袁鳳認識的那個母親。袁鳳聽見血在身體裡湧動，汗珠子在臉頰上發出滋滋的燙響，她恨不得此刻她已經死了，已被埋葬。

「你要是不知道這是什麼東西，我就告訴你：這是一枚軍功章，三等功。」那個她不認識的新母親這會兒已經追上來了，說話的聲氣漸漸變得沉著，平靜，果斷。

「有個年輕人，才二十四歲，他是第一批被送到朝鮮，和美國鬼子打仗的。」母親思維清晰，不再結巴。「他給派去和一群建築工程師一起工作。這麼說有點嚇人，其實他純粹就是個幹體力活兒的。他們的任務就是把美國佬炸壞的橋梁及時修好，保證運輸順暢，把人員和物資盡快送到前方。

「那就像是拔河比賽，看美國人和中國人誰力氣更大，動作更快。美國人白天來炸，中國人隔夜修好，一輪一輪的，天天一個樣。有一天，美國人的飛機來早了，是突襲，咱們的人還沒準備好。這個年輕人就被炸彈打中了，彈片飛進了他腦殼裡。他和另外三個戰士站在河中央，水淹到他的腰眼上，他們抬著一塊石頭當橋樁，在河裡站了一個多小時。

「零上兩度的天氣，水冷得刺骨。他的腦子已經讓炸彈帶走了，使不上勁，管事的只是身上的肌肉。救援部隊終於來了，這麼說吧，他們看見的是一個死了半截的人，還抬著那座橋不肯放手。他們搬不動他，因為他已經凍成一塊石頭。他就是這樣得到了這枚軍功章的。」

教室裡很安靜，靜得聽得見一根針落地。

「現在你們當著他女兒的面喊他『呆頭』，你們這幫爛了心肝的童子癆！要是沒有他，你們早就是美國人手下的肉碎了，知道不知道？」

呆頭是溫州話。溫州話像天書，但「呆頭」誰都聽得懂。上海人說的戇肚，四川人嘴裡的瓜皮，廣東人叫的傻佬，河南話裡的信球，用詞不一樣，意思都差不多。

「童子癆」也是溫州話，聽懂的人就不多了。上海話裡有「小赤佬」，北方話裡有「小潑皮」，意思差不太多，只是童子癆更多了一層咬牙切齒的歹毒。小赤佬和小潑皮再加上肺癆，你得有多少怨恨？

母親把勛章放回到木匣子裡，喀嗒一聲響亮地合上了蓋子。她朝老師瞪了一眼，彷彿他才是罪魁禍首。老師頓時矮了下去，母親就頭也不回大步走出了教室。袁鳳不知道母親有沒有聽到後來的響動。掌聲是過了幾分鐘才響起來的，先是怯怯的不知所措的，漸漸地就成了經久不衰的轟鳴。

從那天起，再也沒有人在學校裡喊「呆頭」這個綽號，至少沒有當著袁鳳的面，但袁鳳永遠不敢確定有沒有人在她背後嚼舌頭。閒話就像是春天的野草，縱使她有三個厲害的母親、五枚閃閃發亮的軍功章，她也沒法徹底剷除。

不過時間總能擺平一切。傷害留下創口，創口總會結痂。假以時日，痂變成了繭。時光荏苒，心漸漸麻木，生活仍然繼續。

3

一九四三年底，父親還沒滿十七歲，正在豬圈裡鏟肥的時候，就被強行抓了壯丁。那時戰場正吃緊，國軍元氣大傷，徵兵法跑得再急，也趕不上兵馬折損的速度。父親剛繫上軍裝的扣子，就被派到了前線。老天有眼，這個從頭到腳的菜鳥兵，糊里糊塗地打過了開頭的幾戰，居然毫髮無損。到了一九四四年秋，他到底沒能躲得過去，子彈終於追上了他，在他的右腿上接連鑽了幾個窟窿。他在閻王爺門前繞了幾道彎，硬是仗著求生的欲望和年輕生猛的元氣，從嚴重感染中九死一生地活了下來，並僥倖地逃脫了截肢的厄運。

抗戰結束，父親跟部隊請了假回鄉探親，這才發現村子已不復存在，家人無處可尋。他四下打探，聽到了好幾種說法：有人說他們已死於日本人的飛機轟炸，有人說是在霍亂大流行的時候喪的命，也有人說是沒熬過饑荒，他的幾個弟弟妹妹給賣到了他鄉……這些說法是真是假，他無從分辨。即使他知道了確切的真相，也已於事無補，沒有一種說法能幫他找回親人。從那以後，他一生再也沒有見到任何一位家人。

回到部隊後，氣還沒喘上一口，他就被拖進了國共內戰。他的營長是一位共產黨地下黨員，他們連一次裝裝樣子的戰都沒打，就被營長帶著繳械投降，收編為人民解放軍。槍還是同一桿槍，只是瞄準的目標變了。這回他又受了一次傷，左臂被一顆流彈蹭去了一層皮。在他的戎馬生涯中，這次的傷實屬小事一樁，連他自己都差點忘了。

政權易幟後，他也曾想過解甲歸田，後來還是因為害怕而作罷。他舉目無親，無家可歸，不知道還能不能適應軍營之外的日子，對他來說那已經是一個完全陌生的世界。就在他決定繼續留在部隊的時候，他絲毫沒有料到，又有一場戰爭正在醞釀之中。這一回的戰爭，是在別人的國家裡。有天早上他剛醒來，就接到了上級立即開拔的命令。他所屬的部隊是國民黨舊部，雖然換上了解放軍軍裝，依舊不是心腹部隊，他們被第一批送往朝鮮戰場。

到朝鮮沒多久，他頭部受了重傷。三個月後，送他去戰場的那一輛火車，又送他回國，幾經輾轉，到了家鄉溫州，住進當地最好的一家醫院療傷。當他坐在病房的陽臺上，沐浴著江南早晨明媚的陽光時，他不過才二十四歲，卻已經經過了三場戰爭，替兩朝政府效過力，先後挨過日本人、德國人、美國人製造的槍彈。

他在醫院裡住了五個月。他的醫療小組彙集了全省最靈光的腦子，專家們一致認為他的狀況很難再有進一步的改善了。什麼療法、藥物都試過了，就連崇拜者的來信，都不能起到實質性的作用了。這種情況之下，回家休養是唯一明智的選擇。聽到出院的消息，他只提出了一個要求：希望能給他安排一份工作。幹什麼都行，他說，只要有事兒佔著他的腦子就好——假如他還有腦子剩下的話。

這事碰巧就落到了一位嗅覺靈敏的新聞記者耳中，那人就把他在朝鮮戰場怎麼受的傷和他養傷期間私下說的話，大喇叭似地吹成了一篇無私高尚神聖的英雄宣言：**我們的戰鬥英雄懇切地表示要繼續為人類作貢獻**。記者說。就是這樣一篇文章，歷經轉載，傳遍了大江南北，後來被一位中央首長看見了，傳下指令，讓地方政府一定要妥善安置英雄的工作和生活。

第二天早上，當護士把報紙唸給父親聽的時候，他呆住了。護士們和他相處久了，都能從他的眼神裡判斷出他的情緒，她們猜出了他的心思。「人總得做點事吧。」他喃喃地說，下巴不安地緊板著。

「報紙也不過就那麼一說罷了。再說，你在朝鮮做的事，什麼樣的好話不值？」她們試著讓他安下心來。

戰爭還在繼續，儘管他已不在場。作為當地首位從朝鮮歸來的傷員，他的事跡在民眾心中激起千層波紋。當然英雄自己並不知曉，他已經成為了地方政府工作計畫上的一件重要事項。他的心願，自然就不能當作一樁無足輕重的小事看待。市委專門為這事開了個會，討論他的安置問題。經過一輪又一輪詳盡的討論，他們終於作出了決定：父親最終被分派到溫州城裡最大的國營企業冶金廠，擔任倉庫管理主任。這是一個體面的虛職，沒有任何具體要求。上頭給他指派了一位名義上的助手，人家才是真幹活的角兒。

他們還打掃修整出一幢小平房作為他的住處。那房子地處市中心，街角就有一趟公共汽車。

那天會議上討論的話題不僅僅限於他的工作安排，還有比工作更迫切的事情需要解決。如何讓英雄順利地從槍林彈雨的戰場過渡到柴米油鹽的日常之中？那是讓報紙和民眾都牽腸掛肚的事。歸根結柢，在英雄奉獻了一個如此悲壯卻也難免壓抑的故事之後，誰不期待著一個光明愉悅的結局？

領導們深知父親需要一個廚子給他煮一日三餐，一個護士來給他預備日常服用的藥並帶他去醫院看病，一個老媽子來幫他整理房間洗滌衣物，一個勤雜工來給他跑腿購物，一個私人祕書給他管理薪金、票券，照應各種場面上的事。最重要的是，他身邊得有一個具備永遠扯不斷耐心的人，能隨時隨地給他當揩眼淚的帕子和裝情緒的簸箕。英雄也有眼淚和情緒。

他的日常生活計畫，聽起來要比他的工作安排麻煩一百倍，卻幾乎在一瞬間裡找到了解決方案。與會的成員是清一色的男人，他們彼此心照不宣地看了一眼，微微一笑，火速達成了共識：照顧他日常起居的各路人馬，看起來紛繁複雜，實際上由一個人就可以勝任。

這個人就是妻子。

英雄每天收到的來信，都是以麻袋為計量單位的。市委的領導部門根據崇拜者的數量來判斷，認為英雄的婚事應該是件順理成章的事。護士們每天都替英雄處理信件，她們的聲帶遭遇了前所未有的嚴峻考驗，因為她們要一連數小時地給他唸信。寫信的人來自各行各業，大多是年輕女子，有大學生，老師，戲曲演員，商店服務員，車間的工人，鄉下種田的……在信裡，她們對他掏心掏肺，有的還附上了自己的照片。千姿百態，各有風範，有人天真而直接，有人稍稍內斂，懂得委婉，但說的都是同一個意思：她們景仰他，願意照顧他一生。用其中一位的話來說，就是願意「給他撣鞋子上的灰」。從那成千上萬顆熱情如火的心中，挑出一顆最火熱的心，應該不是什麼九天攬月的難事。

可是英雄卻很快教他們明白了什麼叫作一廂情願。上級經過千挑萬選，定下了幾個合適的人選讓英雄過目，沒想到英雄一口回絕。「我不認識她們，她們也不認識我。」他的回覆很簡短，卻語氣堅決，聽著扎扎實實接地氣，既基於常識，又合乎邏輯，教那些腦子完好的人瞠目結舌，無話可回。領導們驚掉了下巴，醫生聽著，心裡暗自揣摩是不是誤診了他的病情。

領導們想不出別的法子，只好讓他在醫院裡繼續住下來——那也是無奈之下的權宜之計。就在這時，一樁幾乎可以用奇跡來形容的事情發生了，眾人提了幾個月的心終於落地。有一個女子懷揣著一張撕下來的報紙，走進了他的病房，那張報紙上有一篇關於他的特寫報導。當然，當護士們第一眼看見這個女子的時候，她們還不知道奇跡正在發生。

又來了一位崇拜者，護士們心想。這種人她們見多了。但很快她們就覺出了這一位和那些人的不同。也許是她走路的樣子，她的腳踩在地上扎實而輕盈，麻利地切開屋裡沉悶的空氣，揚起一絲清風；也許是她看他時的眼神，那眼光裡帶著一絲可以讓暴風雨猝停的寧靜。她站在他面前時神態自如而親切，彷彿她已經認識他一輩子。那是一種母親對嬰孩、梭子對織布機的熟稔。

跟那些衝進病房、用景仰的聲音顫顫地喊他「英雄」、「敬愛的王同志」的女子不同，這個女人連個像樣的招呼都沒打。她站在屋子中間，四周是沾滿了水跡和蚊血的石灰牆。她近近地看著他，嘴裡喃喃地說著「可憐見啊，可憐見」，眼裡突然湧上了淚水。她個子很高也很瘦，皮膚晒得黝黑，骨架勻稱，雖然遠說不上美麗，卻很中看。他的臉上綻開了細細一絲笑意，屋裡的空氣突然充滿了電流。

護士們猛然醒悟過來她們該給人家讓地盤了。不過那也只是裝個樣子而已，誰能擋得住好奇心的誘惑？她們離開房間，在身後關上了門，但又沒真離開，都扒在門上想捎著半耳朵話，可惜屋裡的聲音太含混了，終究聽不真切。

聽不真切的只是他們的對話，聲音和語氣倒是能聽出個大概。她的話比他多，大多是她在說，他在聽，但他也不是完全沉默。時不時的，她流水般的話語中會插入他一兩個字的簡短回應——這已經是從他住院以來跟人講得最多的話了。門外的人誰也不知道屋裡到底發生了什麼事，但她們都隱隱看到了隧道盡頭的一絲亮光。

兩人在房間裡說了大約一個鐘頭的話，有問有答，都是悄聲細語，夾雜著偶爾的笑聲。後來他就開了門出來，緩慢吃力卻又堅決地對門外那些不知廉恥的竊聽者說：「我要帶她回家。」

上頭緊急行動起來，對那個女人進行了一番背景審查。女人的名字叫袁春雨，二十三歲，家庭成員相對簡單：父母雙亡，跟著姊姊在上海住過一陣子。姊姊嫁給了一位級別很高的幹部，可以確定政治上可靠。女人的姊夫發來一份強有力的證明，這樣的證明在今天另有名稱，叫推薦信。這份證明大大加快了結婚審核程序，婚禮就選在了醫院的病房裡舉行。

市委派宋祕書長做代表參加了婚禮。宋祕書長帶來了一樣當時極為稀罕的物件作為賀禮：一輛永久牌二十八寸自行車。

「袁春雨同志，人民政府把王二娃同志交給你了，你可得保證替全城人民盡力照顧好我們的英雄啊。」宋祕書長熱情地握著新娘的手，聲氣裡帶著藏掖不住的歡喜和如釋重負。

春雨稍稍後退了一步，避開了祕書長的眼睛，扭頭看著窗外盛開的粉色夾竹桃花，輕聲說：「我照顧好我的丈夫，政府照顧好你們的英雄。你可得當著這些人的面保證：我們要有事，你得出面管。」

一屋子的人一時瞠目，一片死一般的寂靜。他們從來沒聽過誰敢這麼直愣愣地跟市委祕書長說話，那樣子彷彿是在小菜場為一隻雞或者一籃子番薯跟人討價還價。

宋祕書長深深地看了春雨一眼，與其說是生氣，倒不如說是被她逗樂了。

「好吧，我答應你。」他想了一想之後告訴她。

兩天以後，英雄出院，被接到了一個全新的家，開始了一份全新的工作，一段遠離硝煙的生活。

一九五三年秋天，在結婚二十三個月、歷經兩次小產之後，袁春雨艱難地生下了一個女嬰。她管她叫阿鳳，她的小鳳凰。

4

新婚的頭幾年還算太平無事，他的軍功章光芒依舊，在一定程度上罩著他們遠離日常生活的種種艱難。年輕的共和國尚未從戰爭的舊傷中復元，而北部的邊境線上，又在如火如荼地進行著一場新的戰爭。

幾年之後，饑荒來臨，他們的太平日子就過到了頭。

沒有人告訴過他們饑荒的消息，收音機上沒報，報紙上也沒說。他們家不缺報紙，每天他們都會準時收到北京上海和當地的報紙，那是政府贈送給英雄和他家人的禮物。

假如不把標準設得太高，父親在當時勉強也算得上受過教育。其實他接受的所謂教育，無非就是在村裡上過兩年私塾。這兩年還得刨去收割時節，因為他得在田裡幫工。後來在部隊裡他還上過幾輪掃盲班。腦子受過傷之後，他看報紙就有些費勁。標題和圖片還行，內容部分只能是母親給他做些補充。「得給他那只空腦殼子餵些肉。」母親對袁鳳說。這個比喻用得妙不可言，因為市面上的肉食供應的確越來越緊。

「給腦子餵點肉」的想法，並非母親自己的異想天開。上一回帶父親去醫院做檢查，主治醫生把母親拉到一邊說：「咱們的英雄出院都快十年了，可是情況也沒有太大改善。」他把嗓門壓得低低的，滿臉愁容。「現在看來藥物起不了什麼作用了，你要盡量多給他點刺激，激活他的腦子。」看到母親一臉疑惑，醫生就把話說白了：「你要多跟他說說話，也要盡量讓他跟你多說說話。」

從那以後，每天吃完晚飯，母親就給父親讀報。母親和梅姨兩人都讀過高中，儘管沒能畢業，但在那個年代的女子中，就已經算得上是鳳毛麟角了。母親一目十行地瀏覽過報紙，挑些有趣安全、不燒腦子的內容讀給父親聽。比方說，《人民日報》上有一篇社論，批評蘇共領導人赫魯雪夫關於人民公社的錯誤言論，言辭雖然尖利，但因為說的是別國的事，在母親眼裡就是安全的；《新民晚報》上有個記者寫了一篇關於河南省戰勝惡劣自然條件，獲得史無前例大豐收的報導；溫州當地的報紙《浙南大眾》上，轉載了一篇來自北京的關於全國鋼鐵產量遠超目標的新聞，母親就會把這類消息暗暗地貼上「鼓舞人心」的標籤。

母親的腦子裡有一把看不見的剪子，每天在這些報紙裡兜兜轉轉，喀嚓喀嚓地剪下尺寸合宜的消息，經過自己的咀嚼，再小心翼翼地餵進父親的腦子。腦子也有腸胃和心臟，母親害怕消化不良，也害怕心肌梗死，但她還是忍不住指望著某一天，父親腦子的狹小入口，會因著日復一日的飼餵而漸漸擴充。

可憐的父親不忍拂逆母親的善意，盡力支撐了三五分鐘，便開始走神，精神頭漸漸不濟，忍不住打起了哈欠。「眼皮子黏得緊，」他滿懷歉意對母親說。「獸醫的話你也當真？他們給豬看病還差不多。」他毫不在意地貶損著他的醫生。

袁鳳在自己的房間裡做作業，卻架不住聽見外頭她父母兩個放聲大笑的聲音。那聲響剛一出口，就給一隻看不見的手壓住了，壓成了一陣幾乎聽不清的咕咕低笑。醫生錯了，袁鳳對自己說，父親的腦子這些年裡大有長進，他已經學會了，或者說，他已經重新學會了，用笑話來打發沮喪和失望。

關於饑荒的消息，溫州街頭巷尾的人所知甚少。不過回過頭來看，收音機和報紙的字裡行間還是藏了些蛛絲馬跡的，比如曾有新聞提到某個地區遭遇了百年不遇的特大旱災；又比如收音機裡號召全國人民要注意節約糧米。可是母親的神經太遲鈍，理解不了那些模稜兩可微妙婉轉的表達方式。其實她也並非是木知木覺，只是她腦子裡有一套她自己的天線。她的天線與新聞語言不在一個頻道上，卻能無比敏銳地捕捉到街市的脈搏。街市是一個完全不同的世界。

母親注意到的第一個跡象是糧站供貨短缺。即使帶著一整個月的糧票，每次也只能購買五公斤大米。米粒顏色發黃，摸上去陳腐潮溼，裡頭混雜著用來充填重量的砂石。煮熟之後，米飯嚼起來粗硬硌牙，散發著一股霉味，有一回一粒砂石差點兒崩掉了袁鳳的一顆前牙。

有一天，母親例行到醫院取魚肝油。魚肝油在那個年頭是珍貴的營養品，憑處方限制供應，只提供給三類人：身居要職的、身染重疾的，還有戰鬥英雄。那天門診部外邊聚集了一小群人，堵住了那條狹長的走廊。母親心神不寧，因為她注意到這群人的臉和關節都浮腫變形，面有菜色——那都是典型的貧血和營養不良症狀。用大白話來說，就是沒吃飽飯。

母親忍不住打探了一句。有個女人用虛弱的聲音告訴母親：他們是從一百公里以北的一個村子過來的。女人沒說上幾句話就已經氣喘吁吁。**農民**。母親馬上就懂了。他們沒有城市戶口，不能得到配給的糧食。城裡人有糧票，再不濟也不至於完全餓肚子。

女人還告訴母親：他們一路步行，偶爾搭幾步便車，走了兩天才到溫州。他們已經幾個月沒嘗過米飯的滋味了，因為絕大部分糧食都交了公糧，現在家裡連存下的番薯也快吃完了。樹皮，樹根，野菜，甚至觀音土，拿番薯拌一拌，隨便什麼能填胃的東西，那就是他們的三餐。

他們到城裡來的目的不是看病，他們沒錢，顧不上這事。女人說。他們只想開一張醫生證明，說他們體力不支，幹不動地裡的活兒了。公社規定，這樣的證明必須從市級醫院開出來才算有效。更緊要的是，他們能憑那張證明買到幾片不用票證的公價豬肝。他們早已經過了挑挑揀揀的地步了，如今任是什麼充飢的都行，只要能挨過這一陣子，到了春耕時節，糧種就發下來了。糧種絕對不會等到下地的那一天，一到手就會先落進肚皮。愛怎麼處罰就怎麼處罰，人總得先活著。

有個像是個領頭模樣的男人走過來，冷冷地、充滿戒心地瞪了母親一眼。「省下你這口氣吧，」他用瘖啞的、已經沒有力氣吶喊的嗓音警告那個饒舌的女人。「你白長眼睛看不明白麼？城裡人會管你死活？我們是豬狗，田裡生田裡死。他們幹什麼？連指頭都不用動一根，就有白米飯吃！」

男人的怨氣很衝，拱得母親身子一縮，便踉踉蹌蹌地走了，完全忘了取藥的事兒。往回走的時候，母親發現自己竟然迷了路。縣前頭，這是她那條街的名字，這個名字的由來是因為很久以前，溫州還不叫溫州的時候，這裡曾經是縣衙門的所在地。從縣前頭到市醫院，再從市醫院回到縣前頭，十年裡這條路她已經走了不知道多少個來回。沿路的每一座房子每一棵樹木她都認識，街上的娃子出生老人辭世，她都一一記得。而今天她竟迷失在這樣一條蒙著眼睛都不會丟的熟路上。

她像中了邪似地迷迷怔怔地跑了起來，彷彿身後跟了條索命的鬼影，隨時要咬上她的腳後跟。一忽兒工夫她就已經跑得上氣不接下氣，頭髮胡亂飛散，腳下蹬起一團躁動不安的塵土。那一刻她看起來如同一個瘋婆子。她絲毫沒有覺察到她已經拐岔了一個路口，離縣前頭越來越遠了。

饑荒真的來了。要是不預備著點，饑荒就要神不知鬼不覺地爬進家門了。她聽見自己的心思在肚腹裡蠕爬。

那天她終於回到家時，已經是下午三、四點鐘了。女兒還在學校，丈夫還在上班。她拴上門，拉緊窗簾，跑進臥室，把冶金廠當結婚禮物送給他們的衣櫃上的抽屜挨個打開，翻找那個裝著軍功章的匣子。那東西還在。轉眼差不多十年了，匣子已經開始顯出年紀，紅星的角上爆出幾處鏽斑，顏色也變得灰暗了。

她爬上床，像隻貓似地蜷成鬆鬆一團，躺在冬日的陽光裡，手心捏著那枚軍功章。她覺得頰上有一絲刺癢，過了一會兒才知道那是眼淚。一股巨大的寬慰浪潮似地淹沒了她，她哭得稀里嘩啦，渾身生疼。蒼天有眼，無論她從前遭過了多少劫難，菩薩把這枚軍功章送到她身邊，教她綽綽有餘地得到了補償。軍功章上的尖角刺疼了她的皮肉，可是那疼也帶來了歡喜和平安：只要這顆鐵星星還在，她的女兒就能有一碗飯吃，哪怕是粗硬發霉的飯。女兒是她的肉中肉血中血，是她活在這世上的唯一指望。

傍晚時分袁鳳放學回家，發現灶是冰冷的，火還沒點上，母親蜷成一團躺在床上，沉沉地睡著了，一隻手握成一個鬆鬆的拳頭，唇上掛著一絲安然辭世的人才會有的笑意。袁鳳掰開母親的拳頭，發現裡頭是父親的軍功章。就是這東西，不久前教她在學校裡丟盡了臉，又長夠了臉。

兩個月後，眾人都接到了通知：本來就控制得很緊的糧票和菜油票，還要收緊百分之十五。這就算是正式承認了饑荒。

家裡已經有一陣子沒見著肉了。有天夜裡，母親養的最後一隻雞，一隻白色的萊克亨，被一個翻過籬笆爬入後院的小偷給盜走了。那小偷悄無聲響，活兒幹得極是利索漂亮。只有飢餓才能教出這樣的絕活。第二天早上，母親坐在地上，對著空蕩蕩的雞窩，像條剁了尾巴的狗似地淒厲地嚎啕著。母親總想把最好的東西留到最後，如今才知愚蠢荒唐，卻已是追悔莫及。她的最好，到頭來成了別人的最後。從此母親懶得再去養雞，她實在沒有東西可以拿來餵雞。

袁鳳這陣子正猛長身體，一天到晚喊餓，缺油的腸胃總在惦記著吃，或者說，想念著腸胃飽足的感覺。對母親來說，曾經複雜紛繁的家務事，如今已經簡化為一件事：那就是怎麼把極為有限的食品煮出一副豐富的假象。那是一個耗神費力的過程，不僅需要花時間花心思，還需要一點創造力，甚至一絲魔法。

母親很快就學會了做最實惠的菜泡飯。她把菜湯燉得濃濃的，仔細盤算著該加進多少米粒，來充填分量。通過反反覆覆的試驗，她發明了一百種怎樣改變番薯質地和味道的方法。番薯不需要糧票，從街頭小販那裡就可以買到。她在番薯裡混入不同的湯汁，不同的蔬菜，調試著每樣成分之間的不同比例。有時僅僅是不同的刀法，或者是不同的火候，都能翻出一種新口味。

不過煮飯就完全是另一碼事了。怎麼煮出餵飽一家子的米飯，是對一個女人持家本領最嚴峻的考驗。首先要仔仔細細地洗米篩米，把米中的砂石一一挑出；米飯煮熟以後，舀出來晾在篩子上，攤成薄薄的一層，等著風乾；等到米結成一顆顆硬粒，然後注入新水，再煮第二回；然後再第三回，也就是最後一回；煮完了再滴上幾滴金貴的菜油，攪拌一下，才算完事。煮這一頓飯耗時半天，等到她最終把成品端上桌子時，那一鍋米飯潔淨蓬鬆飽滿、閃著誘人的油光，能矇住任何一副輕信的腸胃，以為真有一餐美食等在前頭。

袁鳳添了第二碗後，驚訝地發現鍋裡還有剩的。她又仔細地看了第二回，生怕是自己看走了眼。

「媽，這個月我們長糧票了嗎？」她的手停在半空中，不敢再盛第三碗。

母親嗯了一聲，打住了這個話頭。同樣的米，煮出三倍的分量，有人會說這是騙局，也有人會說這是魔術。真相到底是什麼？真相是水，流到哪兒就成了哪兒的形狀。袁鳳用不著知道那麼多，就讓她再做會兒孩子吧。母親含含糊糊地笑了，把鍋裡剩下的米飯全部倒進了袁鳳碗裡。

飢餓在一天中教會人的本事，太平年月裡二十年也學不會。母親溺愛地看著女兒打了個響亮的飽嗝，臉上閃著飽足的光亮，一股歡愉溫溫熱熱地湧上心來。當然，腸胃很快就知道，那飽足是一層薄紙，一戳就穿。

過了一會兒，母親正要結束「給腦子餵肉」的課程時，袁鳳上完街角的公共廁所，悄悄地走進屋來，默默無語地站在昏暗的燈影裡。

「今兒沒作業？」母親覺出了那份沉靜裡的重量，從報紙裡抬起頭來，好奇地問。

袁鳳避開母親的眼睛，低著頭，臉上浮起一團愧意和恐惶。「媽，我有點不對勁。」她期期艾艾地嘟囔了一句。

母親放下報紙，定定地看了她一眼，突然有點擔心起來：「你咋了？」

「我剛剛吃了兩碗半米飯，怎麼又，又餓了。是我胃不對勁，對吧？」袁鳳問母親，聲氣裡充滿了對身上那只貪得無厭的器官的輕蔑和厭惡。

一股尖銳的刺疼把母親的心扭成了一個結。她走過去，近近地站在女兒面前，滿心負疚，啞口無言。她不能跟女兒承認真相，她知道她還會繼續撒謊。

「雀子。」

父親的聲音冷不防嚇了她們一跳——她們以為他早已在單調的讀報聲中迷瞪過去了。

「雀子，」他含混地重複了一句。「他們都去打雀子，老程和大楊，打來吃。」

老程和大楊是父親冶金廠裡的同事。

「天爺，那東西都不夠塞你牙縫啊。」一想起雀子在嘴裡的感覺，母親幾乎想吐。

「那也是肉。」父親面無表情地說：「氣槍，我去，打。」

5

第二天是個星期天，父親要去林子裡打雀子，母親讓他帶上袁鳳。

「你最好帶上閨女。這個書蟲子，得出去透透氣。」母親說。但袁鳳明白這不是母親的真心想法。這個時節正是溫州的雨季，天氣說變就變，母親要待在家裡把這一星期攢下的髒衣服洗了。她不放心讓父親一個人出門，尤其是到她眼力夠不著的生地方去。

沒人問袁鳳是怎麼想的。袁鳳並不情願出這趟門，倒也不是因為不喜歡林子。她沒去過幾回林子，母親通常把她拴得很緊。她只是有些怵那個母親推到她身上的隨行人。他不說話時的壓抑，還有他說話時的結巴，她不知道她到底更怵哪一樣。

他們吃了早飯就出門，快走到甌江邊上時，她才漸漸地興奮起來。甌江是城裡最大的、也是唯一一條歷經迂迴輾轉之後通往大海的河流。這條河是小城走到外邊世界的唯一通途，火車飛機都還是很多年之後的事。他們實實在在地走了三刻鐘的路，才終於到了碼頭，就在一條長凳上坐下來，等候渡輪。

早晨的陽光年輕熱切，在江面上跳躍戲耍著，把水分成一明一暗、相互較勁的兩半。離他們近的這一半，是一汪明亮的藍；離他們遠些的，則是沉沉的灰，那分界線像刀劈出來似地凌厲分明，教人看著驚心。水面上行駛著各式的船，舢板，機帆船，烏篷船，運人的，送菜的，載南貨的，來來去去，絡繹不絕。明豔的陽光裡，岸上的人時而能看清艄公的臉，飽經風霜，眉目緊板，彷彿肩挑著全世界的重擔。

水面大體是寧靜的，偶爾有風驟起，便有些潛流將爛菜葉死魚和水禽的屍體翻上來，一路漂去，直至眼目不及的陌生之地。河流寬闊，水載著生命也載著死亡。袁鳳怔怔地入迷地看著，心裡想著水和天相遇之處，是個什麼樣的世界？

終於等來了渡輪。碼頭上等船的人裡，有挑著裝滿了貨的大籮筐的販子，有懷抱嬰孩的母親，也有回家過週末的住宿學生。船太小，載不下，原先排著隊的人群就亂了，誰都想往上擠，因為下一班渡輪還得等一小時。

父親把水壺掛到袁鳳的脖子上，蹲下身子，把脊背亮給女兒。「上來，你。」他說。袁鳳的腦子刷的一片空白，過了一會兒才醒悟過來父親是要背著她走。她一下子回想起三歲，或是四歲，那年的國慶節，父親把她扛在肩上，好讓她看見遊行的隊伍。那情景恍然已如隔世。她已經跨過了渾然無知的那條線，走到了似懂非懂的邊緣。一股熱潮泛上了她的臉頰，她有些難堪。

「靠你自己，擠不進去的！」父親嚷道。她還來不及細想，就已經跨到了父親的背上，雙手不知覺地環繞著他的脖子。儘管頭受過傷，父親的骨架還依舊強壯。她能聞得到他沒洗過的頭髮上混雜著香菸和機油的味道。頭髮能洩露一個人多少祕密？袁鳳驚奇地想。這氣味給她帶來了意外的、從未感覺過的親近。就在那一刻，八歲的她猛然領悟到氣味和語言，甚至沉默，都是一扇門，能把人帶進另一個人的心裡去。

父親背著她，肩上斜跨著裝著氣槍的麻袋，用手肘默默地頑強地在人群中開路。漸漸地，密集的人群裂開了一條縫，給他讓路，因為他們注意到了他身上那件摘除了領章、已經洗得露出針腳的舊軍裝。它冷峻地嚴肅地提醒他們：戰爭尚未走遠。

父親身高幾乎一米八，在身材通常矮小的南方人中間幾乎是個巨人。他被抓丁離家入伍的時候還是一根豆芽菜。就在那些磨穿了無數雙布鞋的長途行軍中，在無數個飢寒交迫露天宿營的夜晚，在一次又一次戰場上遭受的槍傷中，父親神奇地完成了他的成長發育過程。

父親走路的時候，總是有意佝縮著肩膀，彷彿在為自己的高大身軀向世界致歉。在父親的背上，袁鳳覺得自己生出了另外一雙眼睛，發現了一個新世界。人一下子高了，岸邊的那些房子似乎扁了下去，水的顏色深了一層，天矮了些下來，彷彿稍稍努力一下，她伸手就能拽住一角飛過的雲彩。

父親一顛一顫地走著，袁鳳有些頭暈，就記起了母親有一回說的話。那次是她埋怨母親管得太嚴、不許她帶同學到家玩。「你長大了看事兒就不一樣了。」母親說。大人的世界真是不一樣。趴在父親的背上，袁鳳彷彿窺見了大人世界的一個小角。光看一個角，她還說不上是不是喜歡。

上了渡輪，父親就把她放到一個能伸腿的角落上。馬達恨恨地咳嗽了一聲，渡輪就動身了。很快速度就上來了，船頭把水劈開，兩邊湧上一團團洶湧的泡沫。甌江被船扎破了，流出白血。袁鳳暗想，忍不住被自己的野馬般的想像給逗樂了。船身突兀的震動驚醒了船上的嬰孩，他們一個接一個驚天動地地哭將起來，母親們手忙腳亂地拍哄著，全然無濟於事。船尾有一籠子的雞，死命掙扎著想逃脫拴在腳上的草繩，瘋了似地撲扇著翅膀，揚起一片遮天蔽日的羽毛和飛塵。

「爸，我沉嗎？」看見父親眉毛上聚集的汗珠子，袁鳳在嘈雜聲中大聲地問。

父親摸出火柴盒，顫顫地想點火抽菸，卻沒點成。袁鳳就幫著點。風漸漸大了，火苗抖抖的，撲閃了幾下，終於定住了。父親狠狠地吸了一大口，又噴出去，一串小圓圈越升越高，漸漸變大變肥，最終消失了。

「沒你媽沉。」父親恍恍惚惚地說。

「你背過我媽？啥時的事？」袁鳳的好奇心一下給挑了起來。

父親有點迷瞪，彷彿在一條不知所終的記憶長廊裡死命搜索，終究一無所得。他沒回袁鳳的話。父親的腦子永遠在清醒和迷糊之間穿梭往返，她永遠也弄不清楚父親說的話，什麼時候該相信，什麼時候該忽略。

沒多久他們就到了對岸。父親像是很熟悉這一帶，兩條腿敏捷地引領著他的身子和腦子，步履如風地挑著近路行走，袁鳳得一路小跑才能跟得上他。他們走過一塊間歇潦草地鋪了路面的空地，地上蓋了一串木屋，有一處客棧，一家茶館，還有兩家小吃店，零零星星地分布著，破破爛爛的，醜得扎人眼。走著走著，路面就漸漸窄了，變成了一條通往林子的土徑。

「看見那兒了嗎？」父親突然在林子邊上停住了，指著左邊一個山丘說。路在這裡拐了個彎，山丘就看得分明了，一邊的斜坡已經被採石的人剝裸了皮。「山後邊就是我家的村子。」

母親曾經有一搭沒一搭地跟袁鳳說起過父親家裡的事，但這是父親自己第一次提起這個話頭。

「你有爺爺奶奶的照片嗎？」她問。

「傻子，」父親臉上裂開了一條笑紋：「那個時候只有城裡人才會去拍照，我娘才不會把錢扔在這些花哨玩意兒上。」

袁鳳一怔。在她的記憶中，無論在何時何地，父親大概都從未說過這麼長的一句話。自從上了船，他似乎就把腦子裡的那一團雲霧丟在河那岸了。

「我奶奶是什麼樣子的？」她斗膽問了一句。

父親很久沒說話，他盯著日頭，眼睛被那光亮照得瞇縫了起來。

「我走的時候，她讓我咬破了指頭。」他緩慢地說。

「為啥？」袁鳳的好奇心到這時已經滿得要灑出來了。

「她要我發個血誓：我一定要回家。我發了，可是她沒有等我。」

父親的喉嚨裡堵了一塊東西，把他的聲音撐裂了。有一瞬間袁鳳隱隱覺得看見了眼淚，可是他的眼睛很快就變得乾澀迷茫。那個靈光一閃的時刻瞬間即逝，再難尋覓。父親的腦子就像分成了兩半的甌江水，這一半不記得早飯吃的是什麼，那一半卻能一路走回到十七歲。

他們一路無話地進了林子。樹木經過多年的凶蠻採伐，已經稀疏了，但那枝葉依舊還能依依稀稀地擋著天，把陽光切割成一塊塊舞動的斑點，光亮落到這裡就不再刺眼。微風窸窣穿過樹葉，磨平了鳥啼聲中刺耳的尖角。風帶來了各樣的雜味：河流、溼潤的泥土、還有雨後遍地冒頭的蘑菇。林子是個不同的世界，它的聲響，它的沉默，都有另一番風味。城裡的規矩手再長，也管不到這裡。

父親挑了一個樹樁坐下來，從麻袋裡掏出氣槍，把槍柄擱在右肩上，開始四下查看，搜尋第一個瞄準目標。

他很快就發現了十五步開外有一隻碩大的鳥巢，坐落在一棵樺樹開叉的地方，在茂密的樹葉遮掩之下半隱半現。他開了第一槍。一群鳥兒撲扇著翅膀，驚恐萬狀地躍上天空。父親的猜測沒錯，果真是雀子。

噗。噗。噗。

父親接二連三地開了槍。氣槍聲是沉悶的，但聽起來有些急。不遠處隱隱傳來噗通一聲，有東西掉落到地上。接著又是一聲。

「去找，撿起來。」袁鳳還沒回過神來，就看見父親揮著手示意她去拿放在地上的一個布袋。布袋是裝在藏槍的麻袋裡的，父親取槍的時候，把布袋也拽了出來。她撿起布袋，像隻獵狗似地飛跑而去。一會兒工夫就轉過身來，從遠處揮舞著手裡的袋子，氣喘吁吁，興奮不已：「三隻，爸！」

她把戰利品放到他腳下，依舊還沒緩過氣來。「爸，雀兒飛得比鬼還快，你怎麼打中的？」父親又拿出一根菸，這回不用袁鳳幫忙，就把火點著了。「我是神槍手，殺過鬼子。」

「你瞄準的時候手一點也不抖，不像你捏筆和端茶杯的時候。」袁鳳說。

「我討厭筆，討厭茶。」父親咧嘴笑了。

「瞄準的時候，目標要是在動，你得要提前量。」父親解釋給袁鳳聽。這會兒他的五官舒展，臉在陽光投下的樹影裡一忽兒明一忽兒暗。這是她認識的父親嗎？那個見了鄰居來串門連句招呼話也說不全、飯桌上一聽稍稍正經的話題就打瞌睡的父親呢？袁鳳不知道父親為什麼突然變了個樣子。是因為戶外的新鮮空氣？是因為重新拿起了槍？還是因為離開了母親的看管？

林子才是該餵給他腦子的肉，遠比那些勞什子的報紙強。袁鳳打定主意回去要告訴母親。

「有些人生來眼力就好，是當神槍手的料，有些人一輩子就是個呆頭。」父親隨意對袁鳳說，一點兒也沒察覺他正在使用人們在背後稱呼他的綽號。就是這個綽號讓母親淪為街頭悍婦，用她的口水和他的軍功章，跟一群小屁孩打了一場混戰。

四周死一般的寂靜。所有的生靈都被槍聲引起的動靜震懾住了，四下躲藏。除了偶爾一兩聲戰戰兢兢的蟬鳴，林子似乎陷入了沉睡。雀子躲得很深，父親又陸陸續續開了幾槍，運氣就不如第一輪了。

「就這麼多啦。」父親把氣槍放回到麻袋裡，繫上裝著死雀子的布袋口子，把布袋勾在手指頭上試了試重量。「還不夠塞牙縫。」他失望地嘆了一口氣，準備回家。

來時的興頭，到此時已經折損了一大半，他們無精打采地往渡口走去。走到半路，袁鳳突然扯了扯父親的袖子：「我們回林子，再往裡走走？越往裡人越少，說不定雀子多些。」

在後來的日子裡，每一次袁鳳回頭看她走過的路，她都忍不住要詛咒這一天。要是日子可以像錄像帶那樣回放，她多麼希望可以抹去這一刻的時光。就是這個沒過腦子的建議，把他們推入了萬劫不復的沉淪。

6

到他們坐下來吃涼番薯窩頭的午飯時，布袋裡已經裝了十五隻死麻雀——都是在一個鐘頭裡打的。

「你媽教人偷走的雞，全在這兒啦。」父親舉起已經半滿的布袋，臉上泛起得意的光，那模樣就像個在學校裡考了好成績、急於邀功論賞的孩子。

他們完全可以在那一刻收拾了東西上路，帶上他們榮耀的戰利品，在陽光下搭上渡輪回家，等著母親準備出一頓有新鮮烤肉（或者說近似於烤肉）的晚餐。可他們偏偏沒有這麼做。他們對老祖宗世代相傳下來的忠告充耳不聞：福兮禍所伏，月滿則虧，見好就收……他們被愚蠢和貪婪驅使，打定主意不達到二十這個神奇的數字，絕不回家。

再往深裡走，人煙越發稀少，樹木逐漸茂密起來。古老粗壯的樹根半裸在地面上，相互交纏勾連，串成一張碩大繁雜的網。袁鳳看了，忍不住想起醫生辦公室牆上的血管分布圖。

父親舉起氣槍，尋找新的可以瞄準的目標，但很快就走了神，把槍放了下來，因為他看見大約二十步之外的一條樹杈上，有一樣像紙也像布的東西低低地垂掛下來。他們走近來，才看清那是一塊床單大小的布，已經撕碎了一半，剩下的那一半上沾滿了泥土和鳥糞。他們把布從樹上取下來，平攤在地上，上面殘留的圖案突然就針一樣地螫疼了他們的眼睛：青天，白日，紅土。袁鳳知道這是那群人的旗子。那群人十多年前就被趕到了海峽那岸，那裡是他們一退再退之後的最後據點。

從她記事起，大人們就告訴過她：這是世上最髒的物件，見著了就該往上踩一腳，吐一口唾沫。但也就是那麼一說而已，說過就忘了，她從沒想到有一天她會面對面的站在這件東西跟前。她像就要踩上一顆隨時會起爆的地雷似地，蹭地朝後跳了一步，嘴裡發出一聲驚恐的叫喊。過了一小會兒，他們才醒悟過來：他們是偌大的一個林子裡唯一的活人，這才如釋重負，漸漸平靜下來。便又試試探探地往前走了幾步。這時就看見幾步之外的亂草叢中半掩半露著一樣色彩豔麗的東西，是一個拴在一只大板條箱上的、幾乎已經漏光了氣的大氣球。

這是從海峽那岸過來的空投物資。那邊的人丟了江山，看這邊的日子過得緊，就想乘機來嘲弄、誘惑、爭取人心。**心理戰，糖衣砲彈**。沿海的各省，都收到過上頭的警告，不可上那頭的當。

即使在袁鳳這樣幼小的年紀，她也已經懂了：遇到這樣的事，她應該用最快的速度逃離現場，然後向政府報告。可是她沒有。父親也沒有。好奇，或許還有那麼一丁點貪婪，就像豬油蒙住了他們的心，引著他們越來越深地走上一條黑路。這條路太黑，沒有什麼東西能洗得乾淨，連軍功章也不能。

他們緩慢地、小心翼翼地朝那個摔得滿身是傷的板條箱走去。箱子的木條已經在落地時震鬆了，他們順著裂縫往裡查看了一番，還好，裡頭沒有藏著武器也沒藏著人，死人活人都沒有。老天有眼。他們暗自慶幸。

就找了一塊尖角石頭來撬箱蓋子，沒想到輕輕一撬就鬆開了。兩人跪在草地上，一樣一樣地翻看裡頭的物件。先是一疊一疊的印刷品，有宣傳畫，書籍，明信片，小冊子，用的都是學校裡已經不教了的老式繁體字。字雖然眼生，畫倒是袁鳳一看就懂的：女人和孩子在草地上玩耍；衣著體面的男人在燈光明亮的辦公室裡上班；一家子笑盈盈地圍著餐桌坐著，桌上擺滿了食品……一眼就看出是擺出來的架勢。

「鬼扯蛋。」袁鳳把宣傳品輕蔑地扔了，空中飄起一陣白花花的雪片。接著往下翻，底下的東西她只看了一眼，就說不得話了，因為光叫出那些名字來，就能勾起她的腸胃翻滾咆哮。袋裝的大米和麵粉，一包包乾麵條和爆米花，罐裝的豬油、果脯、花生油，最底下壓著幾十件精紡白布襯衫。

袁鳳身子往後一仰，坐到自己的腳後跟上，氣憋得緊，血在她耳朵裡轟鳴。抵擋不住啊，她無助地敗給了心底的那點渴想。天下有什麼原則，哪怕是高入雲天的，能壓得住那樣一點點低賤的渴想呢？

她抬頭看了父親一眼，父親把頭偏了過去，沒接她的目光。父親一臉茫然，毫無表情，一根隱隱發紫的筋，在太陽穴一側蠕爬著。她看得出來他腦子裡——假如他還有腦子的話——有兩支軍隊在熾烈地交戰：一支是渴望，另一支是害怕。父親看得見兩軍交戰，卻不知道該挑哪一邊站。

袁鳳太小，還看不透父親心裡其實還行走著另外一支軍隊——那就是父親對女兒的愛。這第三股力量才是毀滅性的，它在父親原本就不甚清朗的心上又罩上了一層雲霧，推著他懵懵懂懂跌跌撞撞地走向地獄之火，最終全軍焚沒。

父親開始一樣一樣地規整著木箱裡的東西，把那些體積太大帶不走的以及商標揭不下去的物件丟棄在一旁。經過幾輪挑挑揀揀，最後拿了兩罐豬油，一聽花生油，一包乾麵條。這幾樣東西正好能塞進那只裝氣槍的麻袋裡。然後他撕開一個米袋，用手掌舀出幾捧米，把他們身上的每個衣兜都裝得鼓鼓脹脹。

「爸……」袁鳳的眼睛輕輕地掃過一包爆米花，又飛快地閃開了，私底裡為自己孩子氣的貪心羞愧。父親沒說一句話，只是把她的一個衣兜清空了，裝上了滿滿一捧爆米花。

她掏出一顆爆米花放在手心，狐疑地聞了聞，那樣子就像是一隻貓在嗅一樣陌生的食物。一縷香味蜿蜒鑽進她的鼻孔，是海鹽，是遙遠的稻田，是柴火和油的氣味。她身上每一個毛孔蓋子都打開了，她感到了一種怪異的衝動，只想好好地打個噴嚏，吼上一嗓子。她慢慢地咬著那顆爆米花，仔細品嘗著質地和味道。可是她那副幾個月裡只裝過番薯和陳米的腸胃，卻對她那假裝斯文的牙齒和舌頭造起了反，發出一陣驚天動地恬不知恥的吶喊。她一瞬間就把兜裡的爆米花全倒進了嘴裡。三下兩下吃完了，眼裡還有話。眼神說的是：「還要。」

「時辰不早了。」父親終於說話。他又給她裝了一兜爆米花，兩人就起身走上了歸家的路。兜裡的東西太沉，墜得他們的步子搖搖晃晃。他們也不是沒想過萬一給逮住了是個什麼下場，只是那一刻他們更相信運氣。恐懼從來就不是飢餓的對手，古往今來莫不如此，從無例外。

「爸，等一等。」袁鳳讓父親停了下來，自己返身跑回到木箱子那兒去。回來的時候手裡舉著一條白襯衫，一臉自得的模樣。「這東西哪能不要？」

父親猶豫了片刻，就從她手裡接過了襯衫，把它穿在了舊軍裝裡頭。

渡輪準時到了，跟早上相比人少了許多，隨處可以找到空座位，但他們都沒敢坐下來，怕衣兜要炸開。兩人眼神一撞上，就忍不住微笑起來。空氣裡藏著這樣一個能壓死人的祕密，誰還能掌得住不綻開一條裂縫？但他們都沒有開口。

上岸的時候，已經過了五點。太陽還沒落山，依舊在天邊燒出一斑一斑鮮粉色的雲霞，風揚起一股鬱悶的熱浪，袁鳳三里之外都能聞得見父親身上的汗臭。父親查過了身上的每個衣兜，見鈕扣都嚴嚴實實地扣著，才敢把外頭的舊軍裝脫下來，只穿裡頭那件才搜刮來的白襯衫。還是熱，就把袖子捲了起來。

他們並排走著，累得賊死，卻樂得眉飛色舞，只想快點到家，吃一頓來世今生都忘不了的晚餐。過馬路的時候，袁鳳突然感覺背上有一股刺癢，回頭一看，卻是一頭霧水，她不知道為何身後跟了一群人。那人群漸漸肥胖了起來，越跟越緊，最終在他們四周圍成了一個圈，把他們的路堵死了。一個戴著一副厚眼鏡的陌生男人指著父親，撕裂了嗓門大吼了一聲：「你膽大包天！」

順著男人的指頭所點的方向，袁鳳看見父親新襯衫的背上，有兩行被汗水浸泡得越來越明顯的字：

消滅共匪，

光復大陸！

袁鳳怔了一小會兒，才明白了那字上的意思。接下來發生的事，在她的記憶中是一片霧靄。一幅幅場景相互交織，一忽兒清楚，一忽兒模糊，動作和聲響混成一片巨大的嘈雜。尖叫聲，嗚笛聲，警車聲，還有手銬的喀嗒聲。父親被打翻在地上，嘴唇磕破了，往外啐著血。他仰起臉看著她，用眼神向她默默求救，彷彿她是大人，他倒成了孩子。

「他只是個呆頭啊！」她撕心裂肺地喊了起來。她覺出了嘴裡的血腥味，便知道她把聲帶扯裂了。

袁鳳最終獨自回到家的時候，天已經全黑了，母親正在門前那條路燈昏暗的小街上來來回回地行走。遠遠一見到母親的身影，袁鳳忍不住渾身劇烈地顫抖起來，抖得她開始害怕骨頭會不會散架。母親已經預感到了災禍，趕緊將她一把拉進屋子，拴上了門。在歇斯底里的哭泣聲中，袁鳳最終把發生的事講了個大概。當然，她跳過了爆米花那個環節。

母親一言不發，臉緊得像塊石頭，但是袁鳳聽得見母親的腦殼裡有想法在窸窸窣窣地竄動。

「省省你的眼淚水吧，待會兒有用得著的時候。」母親最終開了口。

母親走進臥室，一忽兒工夫就出來了，手裡拿著個匣子。袁鳳一眼就認出來那是裝著父親軍功章的匣子。這一回，母親都懶得拿個袋子裝著，她把那匣子赤身裸體地舉著，好像那是一個火把，一面旗子。

「走吧，趕緊的，去宋市長家。」母親把袁鳳的手捏在自己的手裡，面無表情地說。「到了他家，你只管把眼睛哭瞎，只是別在路上把眼淚都用完了。」

袁鳳跌跌撞撞地跟著母親朝前走著，看見昏沉沉的路燈把自己的影子甩在身前，被她一腳又一腳地踩著，心裡又餓，又疼，又愧。

兩週之後，父親被釋放出獄，鬍子拉碴，惶惶然的，見了街狗都傻傻地笑。宋市長，也就是從前的宋祕書長，在這件事上總算是幫了一手。按著他的罪，他本該判處長刑，他卻幸運地躲了過去，但是他的軍功章，還有他的傷殘補助，都給收走了。

他淪為一介平民。

不對。一介平民是沒得過勛章的人，而父親的勛章是在大庭廣眾之下被褫奪了的。父親如今比平民還低賤一等。

父親從沒說起在監獄裡到底發生過什麼，每次母親問起，他總是千篇一律地說：「我，還行吧。」他再也沒法坐著聽母親讀報了，在家的大部分時間裡，他都躺在床上，或是盯著天花板出神，或是昏然大睡。現在他很少叫母親過去他那邊，可是有一天夜裡，他突然衝進母親的房間，抓住袁鳳的胳膊，瘖啞地咕囔道：「爸對不住你啊，把你的雀子給弄丟了，我的囡。」

母親把他拽到床上，摟在臂彎裡，撫摸著他的短髮。自從那次入獄以後，他就剪成了小平頭。母親最終將他慢慢地安撫下來。那一夜，他們三人睡在一張床上，母親在中間，袁鳳和父親在兩邊，一張小床，擠得翻不開身，奇怪得很，倒是感覺太平安穩。

7

他們捱過了饑荒，但是父親的狀況卻是越發惡化了。他怕世上一切有聲有形有光有色的東西。他走路的時候佝僂著肩膀偏閃著身子，像是怕踩碎腳底下的灰塵，或是驚擾了自己的影子。他的話更少了，偶爾開口，聲音則低如耳語，含混地掩蓋在呼吸之中，彷彿害怕稍一大聲就會冒犯了空氣。他坐的時候，屁股都沒敢黏在椅子上，像是怕他的體重會把椅子壓塌。他聽不得時鐘走動的嘎啦聲，鍋碗瓢盆的碰擦聲，門外孩子的踢球聲，街上經過的腳步聲，甚至袁鳳文具盒的關合聲。任何響動都使他驚駭，明亮的光線和鮮豔的色彩能讓他縮小一圈。

這些年裡，母親已經適應了父親的怪誕習性。母親是水，父親是地形怪異的河床，母親把自己注入到父親那曲折歪斜的河道裡，順著他改變著自己的形狀。父親下班之前，母親會預先把廣播關了，把不急用的燈關了，把嘶嘶地燒著滾水的爐灶調小了火，把袁鳳的口舌也關了，省得一會兒發出聲響。袁鳳相信母親要是有本事，是會把日頭月亮風，甚至雨，都統統關閉。家裡從前就很安靜，現在就像是一間停屍房。

「你是要我像耗子那樣過日子，就跟**他**一樣？」有一天袁鳳正在背一首唐詩，學校第二天要考試，母親就讓她別出聲，改成默誦，因為父親很快要回家。她火了，就頂了一句嘴。

「你碗裡的飯，就是這隻耗子帶來的。」母親譏諷地說。

「你是為了這個才嫁給他的，對不？」袁鳳冷冷一笑，那語氣裡的刺扎得自己的舌頭生疼。

母親怔住了。平生第一回，她意識到她十二歲的女兒已經長大了，有了一雙聽得進風言風語的大耳朵和一條能剮死親娘的尖舌頭。但是那天母親沒回她的話。

母親那天沒回出來的那句話，在心裡一藏，就藏了差不多五十年。最終向女兒顯現時，母親已經被收進了一只金屬罐子裡。罐子離當初問出那句話的地方不遠，中間只隔了一條太平洋。

太晚啊，太晚。死神跑得太快，真相追不上。真相總是在死神之後到來。

那天晚上，臨上床之前，母親給了袁鳳兩張五角的票子。「去交游泳班的報名費吧，只是你練完了要立馬回家，不能在外邊瞎逛。」母親一邊說一邊關了床頭燈。袁鳳已經跟母親磨了好幾個月要參加冬泳訓練營，可是母親直到今天才肯鬆口。

袁鳳在學校裡每一門功課都不錯，但並不出挑。不錯和出挑之間的差別說大不大，說小也不小。在這個不大不小的空間裡，她就糊里糊塗地成為了任何活動中永恆的第二人選、隨叫隨到的替角、時刻準備著卻永遠用不上的預備方案。那些地方要的，都是出挑的人。

學校的作業很輕省，剩下大把的空閒時間，她大多拿來讀閒書。只是手頭也沒什麼太多的閒書可讀：高爾基，馬雅可夫斯基，一兩本普希金和巴爾札克，再就是幾個中國名家。這就是能通得過紅色篩網的寥寥幾位作家，而且篩孔一年比一年緊。對她這個年紀的孩子來說，剩下的精力實在使不完，她就把它全部揮霍在了游泳上。

剛開始也不過是個打發時間的消遣而已。夏天學校裡放暑假，袁鳳就跟縣前頭街上的幾個女孩子一起去一條小河裡玩水涼快。那條小河叫九山河，離她家不遠，她到頭來也沒弄明白為什麼明明是一條河，卻要取個和山搭界的名字。從沒人教過她怎麼游泳，可是她一扎進水裡，手腳就順了，彷彿在娘胎裡她就會水。

除了暴風雨之後水質偶爾變渾，九山河的水幾乎一年到頭都是平靜透明的，河道狹窄，河床很淺，從這岸游到那岸就跟玩兒似地。她很早就能游上許多個來回，且越游越有力氣。她有時都懷疑自己上一輩子是不是一條魚，儘管老師警告過她「上一輩子」是一句不該說的話。無產階級（她覺得自己也是其中一員）是無神論者，不信上帝也不信菩薩，所以既沒有「上一輩子」，也沒有「下一輩子」。

她一扎進河裡，就覺得手腳化成了鰓和尾巴，身子丟了骨頭和重量，岸上羈絆著她的牽引力摩擦力和地球引力，一到了水裡就再也管不住她了。

水還給了她另外一副眼睛。她看見了河的藍，蘆葦的綠，河底鵝卵石的白。那些顏色都和岸上看到的不一樣，它們有一股別樣的純淨，像是從嬰兒初開的眼裡望見的新造之物。當然，老師要是聽見了還會數落她：「創造物」也是一個不該有的想法。

水是她一個人的世界，和岸上的那個世界不同。岸上的那個世界她得和別人分享：和一個永遠讓她閉嘴的母親，和一個在不在場都沒多大差別的父親，和一個並不存在的弟妹，和一群面目模糊、她永遠也辨不出差別的路人。九山河對她來說是個孤獨的世界，但這裡的孤獨和岸上的孤獨不一樣，這裡的孤獨不是因為孤單，而是因為寧靜——一個人被人懂了才會有的寧靜。只有水是真正懂她的。

很快她就覺出了九山河的小，開始轉向甌江，去尋找讓她心動的大世界。跟甌江相比，九山河就是個還流口水的嬰兒。她加入了少年宮舉辦的冬泳訓練營，營裡的孩子有的和她年紀不差上下，有的比她年長許多，差不多高中畢業了。就這樣，一樁本來不過是夏天消暑的隨意消遣，竟意想不到地演化成了常規日程。

那些年，當袁鳳在水中找到撫慰時，游泳已經發展成了一樣全國性的熱門體育運動。本該獨佔鰲頭的籃球、排球、足球、網球、棒球，卻始終沒能在全國範圍內普及開來，因為球類活動需要球場、球拍、球館，再不濟，也得一雙球鞋，剛從饑荒中冒出頭來的人，很難有閒錢可以花在這些樂子上。而游泳的花費至多只是一件游泳衣，連游泳池都不需要。在一個水源如蜘蛛網一樣紛繁密布的國家裡，哪裡都能找到可以游泳的地方：小溪、運河、湖泊、河流、大海。假如你是個男孩子，你甚至連游泳衣都可以省。

再說，他們的偉大領袖也是個愛水之人，已經給他們樹立了榜樣。這些年裡，他已經多次橫渡長江，並將他在水中的感受寫成了一首氣勢磅礴的詩。很快，這首詩就走進了教科書，譜成了五花八門的音樂曲目。他那定格在照片裡的明朗笑容就像是一根魔棒，瞬間把一項最不燒錢的消遣變成了全民的愛國運動。**鍛鍊身體，保衛祖國**。偉人說。你要麼參加，要麼反對，沒有中間道路。

一九六六年七月，快到十三歲的袁鳳正在努力抵達一百次橫渡甌江的目標，而七十三歲高齡的偉人，又一次橫渡了長江——那是他的第十八次，也是最轟動的一次。過後才會知道，那也是他的最後一次。這一次的橫渡頃刻之間成了全國每一張報紙的頭條消息。身體健康，神采奕奕，偉大的領導能力，千秋萬代頌揚……云云，云云。

在多年之後，當塵埃已經落定，人們才會醒悟那次萬民歡呼慶祝的橫渡，其實是一個姿勢、一道充滿了激情卻又不言而喻的動員令。一場醞釀已久、史無前例的風暴，正從地平線上漸漸逼近。這是偉人在滾滾長江激流之中發出的全民預警。別說人沒事先提醒。

革命是這個世紀裡的常事，每一次運動的名稱裡都有一個明確的目標：反帝、反封建、反修、反右、三反五反……但這次的名字相比起來有點含糊：無產階級文化大革命。聽上去不那麼嚴峻，甚至還有那麼一點點詩意。其實是一場超級風暴，需要下一個十年來慢慢消化承受。這次的革命是一把大掃帚，橫掃一切，誰也別想輕易逃過。

這場革命和從前的饑荒很不一樣。饑荒是靜悄悄無聲無息地爬進屋子裡來的，可是這場革命是經過了公開宣戰的。每一臺廣播，每一只高音喇叭，每一張報紙都大張旗鼓地說過了話。可說歸說，真來的時候，母親還是慌了神。

上一次的饑荒母親沒有準備好，這一次的革命她也是一樣。不過也不能怨她，誰能真正自如地應付這樣一場風暴呢？假若非要拿出來比一比，饑荒至少還好防備些，戰場只限制在廚房、爐灶和飯桌上。可是革命不挑地盤，隨時隨地都有可能發起狙擊。一款不該有的髮型，一件不該穿的衣服，一群不該結識的人，一個不該進入的話題，一絲不該有的微笑，一個不該有的父親（或者母親），一段不該有的過去。狙擊者就等在街角，沒有盲點，隨時出手。

有一天母親和往常一樣去菜市場買菜，碰到一個男人一直盯著她看，尾巴似地跟在她後邊。後來他猶猶豫豫地問她：「我們在哪兒見過嗎？」母親狠狠地回了句：「我不認識你。」菜也沒買完，就飛也似地逃回了家。從那天起，革命的影子就鑽進了她的夜夢裡。那影子很鮮活，說不出形狀，倒是有顏色。每一回的夢都是同一種顏色：血一樣的紅。

母親把她的噩夢藏在心裡，沒告訴袁鳳——她還太小；也沒告訴父親——他的腦子比從前更糊塗了。再說父親也有他自己的麻煩事要對付。通往地獄的路是各人的，誰也不能替誰走。革命也闖入了父親的夜夢，把他那個已經埋了很久的黑色祕密重新挖掘了出來：世界沒有忘記他多年前當過國民黨的兵。這段歷史，再加上那件大逆不道的襯衫滋生出來的事，那是多少道理也辯不清、多少善行也洗不白的舊帳。儘管他當年是被強抓的丁，儘管他投誠後對新部隊赤膽忠心，儘管他在戰場上多次負傷，但那也僅僅是儘管而已。他從前光輝燦爛的履歷，如今招來的是懷疑和嘲諷，被一桿大筆輕輕一揮，徹底勾銷。革命一開始，偉大的戰鬥英雄就淪落成一顆誰也不屑一顧的爛蘋果。

8

父親死得很慢，他把他的命零敲碎打東一塊西一塊地丟失了，一路丟了幾十年。當日本人的子彈掃穿他的右腿時，他們舀走了他的一勺生命力和半寸男根。而後，美國人的彈片削掉了他的一片腦子，把它留在了朝鮮。他的自尊是在別的場合丟失的：是他被打翻在地上，嘴裡流著血，兜裡裝滿了臺灣白米的時候。比較起來，倒是他的驕傲丟失得最痛快：那是他在三千名同事眼前被收去了軍功章的那一瞬間裡，一口氣利利索索地丟光的。

死亡的種子也許比這更早就已經種下了，就在他十七歲那年，當他被強行從家裡帶走，離開了他父親、他父親的父親出生長大的那片土地的時候。他像一棵無根的植物在貧瘠的表土上浮浮地活了這麼多年，這本身就已經是奇跡。

冶金廠新成立的革委會一眼就盯上了父親這個最容易辨識的目標，但很快就懊喪地發現：他們手裡那把躍躍欲試的掃帚找錯了對象。

父親被一輪又一輪地找去問話。父親臉上掛著一絲孩子臉上常見的茫然笑容，對每一個甩過來的問題給出千篇一律的回答：「大概，沒有吧。」審問他的人不知道，那是父親的恐懼神經反射。還要過一陣子他們才會醒悟：他們從這個男人身上擰毛巾一樣擰出來的那些回答，不過是一串毫無意義缺失邏輯的胡話。

不過在審訊室裡度過的時間也不都是浪費。這些審問過程雖然沒有讓誰長出什麼新見識，卻讓父親長了歲數。每一次從那間屋子裡走出來，父親都老了一歲。母親這回就懶得找人疏通了，因為她既沒有舊軍功章也沒有新淚水來給她撐腰壯膽。再說，宋市長現在也在隔離審查之中，落得比父親還慘。

經過幾個月徒勞的折騰，革委會終於對父親失去了興趣。人縱有天大的力氣，踢一袋棉花又能有多大意思？挨打的多少總得有點反應，打人的才能保持興奮。而父親身上缺的，恰恰就是反應。終究誰也無法從一塊沒有毛孔的石頭裡擠出血水。

終於有一天，父親的材料被封進一只牛皮紙大信封，收到一個文件櫃裡積攢灰塵，等待著一場新的革命催生出另一雙手，來打開信封，攪擾灰塵。

最後一輪審訊結束了，父親回家的時候，身上唯一鮮活著的部位是他的胃。他在飯桌旁坐下來，和平常一樣寡言，卻狼吞虎嚥一口氣吃了滿滿兩大碗熱氣騰騰的雞蛋麵——那是母親專為他新做的。父親已經好幾天沒洗過澡了，隔著桌子，袁鳳也能聞見他身上的氣味。有氣味的不僅是身子，還有腦子，那是一股太久不用了的餿爛味。她一句話沒說，可是她的眼睛替她說出了她的嫌棄。

「活死人。」當她和母親單獨在廚房裡清理髒碗筷時，她用一個十四歲的人能有的所有歹毒，對母親說出了這句話。母親被這句話戳懵了，怔怔地盯著她看，然後把手裡的洗碗布狠狠地摜到了牆上。叭的一聲，洗碗布沉悶地貼到了牆面，像是一面千瘡百孔的旗子。滴答，滴答，水從牆上流下來，落到泥地上，流成一個個小黑坑。

「你以為他想活著，就這個樣子？」母親壓低了嗓門，不假思索地說。「他從朝鮮回來就想死了，是我求他活下來，為了我，因為我想要一個娃。要是沒有他，這世上會有你嗎？」

袁鳳的心被一股冰水螫了一下，一股寒意順著她的血，一路爬到了她的腳尖。平生第一次，她意識到了她生命的沉重。在她這個歲數，她已經懂得每條命都有代價，但她不知道她的命在還沒有成為命的時候，就已經有了代價。許多年後，當她在多倫多大學的課堂上第一次學到「原罪」這個詞時，她覺得前世就已經熟知。她生而有罪。不，她還沒有生出來的時候，就已經有罪。不是罪惡的罪，而是負罪的罪。

9

父親又撐過了一年，瘦得跟空氣似地，在活著與死了之間的那片灰色地帶裡浮游。在他生命的最後幾個月裡，他單位的同事都已經懶怠搭理他了。他幾乎是個隱身人，連街上颳過的風都懶得看他一眼，繞著他的身子走過。在一個悶熱的夏夜裡，母親突然留意到父親睡覺時已經不用蚊帳了，連蚊蟲都嫌棄他血液裡的那股餿味。

然而，他死之前做的最後一件事，卻讓他的妻子和女兒無比震驚。那件事在袁鳳的記憶中留下了一道永遠塗抹不去的印記。用大白話來形容，可以說是貓死之前的最後一跳。假如換一種稍微聳人聽聞一點的說法，你還可以說那是夕陽的最後一抹餘照。

父親是在一九六八年冬天死的，離新年只差三天。

那天天很陰沉，到下午就下起了雪。對於溫州這樣一個地處亞熱帶的城市來說，下雪是一件稀罕的事。在後來的日子裡，袁鳳常常會想起這場雪，總覺得那是老天的意思，特意藉著它來標誌父親的辭世。四十一歲。短暫的、大起大落的一生。悲劇中的喜劇，抑或是喜劇中的悲劇？

快到傍晚的時候，雪下得越發凶了。街市很快丟失了顏色和線條，被一片銀光閃閃的白絨所覆蓋。房子空了，把孩子傾倒在街上。他們大多沒見過雪，瘋了似地四下亂跑打雪戰，滿街都是喧嚷聲。母親也出來了，幫著袁鳳和鄰居的兩個女孩兒一起搭雪人。

母親時不時地會停下來，怔怔地看著孩子們玩。年輕，生氣勃勃，這些女孩兒讓母親無由地生出感觸。這倒楣的一年總算過去了，她暗想。這一刻的平安是如此珍貴如此稀罕，母親一小口一小口地品嘗著，幸福得幾乎暈眩。

街上有位鄰居是攝影師，就拿出照相機給幾個女孩子拍了張照片，背景是那個搭了一半的雪人。這張照片經過了幾十個年頭和數不清多少次的搬遷，竟然奇跡般地存留了下來，跟著袁鳳一路來到了多倫多。每一次袁鳳，不，那時她已經改叫菲妮絲，看見這張已經泛黃模糊不清了的照片，她腦子裡就會自動浮現出它的拍攝日期。

就在那天，她失去了父親。

那天父親和平常差不多時間到家，但是晚飯還沒有準備妥當，因為母親和袁鳳都剛剛從外邊雪地裡瘋玩回來。父親直接進了自己的房間，點上了晚上的第一根菸。門開著一條縫——那是他在家的意思，煙從門縫裡絲絲縷縷地漏了出來。

「你有沒有被雪淋溼？」母親一邊扇著煮飯的爐火，一邊從廚房裡探出頭來問。

的沉默。

父親模模糊糊地回了句什麼，她們沒聽清楚，但也沒有追問。三個人陷入了早已習以為常

突然間母親覺出手裡的蒲扇有點沉，過了一小會兒才明白過來那是壓在她手上的一團影子。她抬起頭來，發現就在廚房和飯桌中間燈光黯淡的地方，站著一個男人。她像見了鬼似地跳了起來，一下子想起來這就是那個前陣子在菜市場裡跟在她身後的男人。

「你是誰？你怎麼進來的？」袁鳳正在削紅蘿蔔皮，她停下手來，眉毛狐疑地蹙成了一個小團。

「瞧你這話，你家又沒鎖門。我是誰？這事你最好問你媽。」男人笑了一笑，算是打過了招呼，語氣幾乎有點老相熟的意思。「我敢說她一定記得我，小虎，那個幹雜活的男娃，當然囉，我現在可不小了。」

「我不認識你。」母親回答說，聲音裡有一絲輕輕的哆嗦。

「行啦，文枝，你們，你和你姊姊，怎麼會不記得我？你忘了他們對我做下的孽？」男人不等邀請，自說自話地走進了廚房，把右手直直地杵到母親眼前。那手上缺了三根手指，暗褐色的斷茬上結著蛆蟲似地高低不平的疤痕。

袁鳳噁心地偏過頭去，輕輕地驚叫了一聲，但立刻被母親制止住了。

「我沒有姊姊，你認錯人了。」母親垂下眼睛，回了男人一句，心中有些不安——為自己在女兒面前撒下的謊。

「你有姊姊，幸枝，對，她就叫幸枝。」男人不依不饒地說。

鍋開了，米湯冒出來，嗤嗤地落到灶圍上，屋裡飄溢著半熟米飯的香味。

「你到底想要什麼？」母親有氣無力地問道。她手裡的蒲扇滑落到地上，可是她懶得去撿。

「我的手這個樣子，還是右手，什麼活也幹不了。這些年我過得像個叫花子，你抬個手指就能幫我。」男人央求道。

「我看上去像個有錢人嗎？我自己都找不著工作。」母親站起來，把削了皮的紅蘿蔔挪到砧板上，開始切菜。

「我都打聽過了，你男人在部隊待過，現在給公家幹活。他總能湊幾個銅板，幫一幫像我這樣的**老**朋友。」他在那個「老」字上加了幾分重量，彷彿那字沒力氣自己站穩似地。

「別把他捲進來！」母親咆哮了起來，猛然間身體一橫，朝著男人撞了過去。男人沒有防備，跌跌撞撞的幾乎摔倒，最終拽住了母親的腕子才穩住了身子。

「別上火嘛，文枝，我都低賤成這樣了，你鐵定不想我告訴你女兒……」他猝然頓住了，因為他覺得腰上有什麼東西杵了他一下。轉過身來，他看見身後站著一個男人。男人個子很高，卻佝僂著腰背，頭髮已經有些灰白，身上散發著隱隱的機油和菸草味。他們的眼睛咬上了，彼此上下打量著，他看見一股怒氣把男人的眼睛蠟燭似地燒化了。

他看清了頂在他腰眼上的東西是一把斧頭。他開始顫抖，渾身被冷汗溼透。

「要是我再看見你，就讓你試試這個！」高個子男人用掄大錘的力氣，把那把斧子砸在吃飯桌上。砰的一聲巨響，那張用了多年、泛著油亮的桌面吃下了斧子，咧開了一個露著肉的大傷口。

斧子在半空飛過的那道寒光刺疼了小虎的眼睛。他避開那光亮，眼珠子滿屋漫無目的地亂竄，最終找到了母親的目光。他茫然失措，像石頭似地定在那裡，可憐巴巴地用眼神哀求著她。

「還不快滾！」母親指了指門，從牙縫裡擠出幾個字。

小虎一下子聽懂了，跳起來拚了死命地往外跑。天已經大黑，街上空了，他的腳踩在雪地上發出一串急急的溼重迴響。

母親整個身子癱軟下來，折成了兩半，那樣子彷彿在忍著一股尖銳的疼痛。她把臉埋在手裡，從頭到腳簌簌顫抖。父親扶不起她來，只能站在一邊無助地搓著手。

「走了，春雨，他，沒事，過去了，都。」父親咕囔著說出一串含含混混顛三倒四的話，像是說給母親的，也像是自言自語。他一直在等母親的回話，而母親一直沒有說話。無論是母親還是袁鳳都沒留意到父親是什麼時候離開廚房，回到他自己房間的。他從來來去無聲。

又是一陣沉默，不過這沉默和以往不同。那個右手只剩下兩根手指的男人改變了一切。有過了他，什麼都不再是從前。這新的沉默如同液體水泥，滲入並封住了這場喧譁留下的每一條裂縫。

袁鳳從屋角裡慢慢走出來，接著切母親留在砧板上的紅蘿蔔。刀一滑，蹭下了手指上的一小塊皮。她把指頭塞進嘴裡吮著，一股鹹鹹的金屬味泛了上來。那是血的味道。她喉嚨一緊，嘔的一聲吐出了那口帶血的唾沫，把指頭泡進了水盆。那盆水原本是用來洗切好的蘿蔔的。盆裡的水就生出了一根紅線。那根線搖曳舞動著，漸漸長成了一股珊瑚色的細流，然後就開出了一朵粉色的花。這血水在她心中喚出各樣畫面：落日，倒翻了的番茄醬，從盛開的牡丹花落下的花瓣，潮紅的臉頰……那些畫面裡卻唯獨沒有那把冰冷的菜刀，它才是始作俑者。

「那人是誰？」袁鳳轉身問母親。

「我不知道。」母親忍著抽泣回答道。

「他為什麼叫你文枝？」

「我不知道。」

這就是母親千篇一律的回答，袁鳳便不再往下追問了。

晚飯終於得了。母親喊了幾回，父親卻沒有現身，袁鳳就被母親支使著去父親的房間查看。屋裡很暗，安靜得有些瘮人，她的腳步聲在四壁之間來回碰撞，生出些教她心悸的回聲。她拉下燈繩，才發現父親躺在床上，口吐白沫，雙眼緊閉，已經失去知覺。

聽見袁鳳的尖叫，母親衝進屋來，抱著父親使勁搖晃，想把他晃醒。沒用。她連棉襖都顧不得穿，就急急地出了門，往兩條街外的街道醫院跑去，想找個值班醫生過來。留下袁鳳一個人在家，獨自面對父親和朝她漸漸逼近的那團陰影。她太小，還認不出來那是死神。

她坐在床沿上，把父親的手團在她的手裡，看著他的身體微微痙攣著，呼吸越來越緊。麻木如水湧上來，她既不哀傷也無懼怕。

「爸，你等著媽回來，你等著啊，你等著……」她聽見自己一遍又一遍機械地重複著同一句話，好像在背誦著一道數學公式。

她覺出一根指頭在她手心輕輕抽了一抽，父親的眼睛猝然睜開，睜得那麼大，大到彷彿把她整個地吞了進去。「血，指頭，你媽……」父親含混不清地說。

她怔了一下，就立即懂了。她探下身去，對父親舉起那根被刀切傷的指頭。傷口已經草草包紮過了，紗布上有一塊乾涸了的血跡。

「爸，我發誓，我會照顧好我媽。」她拽緊了他的手。

一團陰雲罩上了他的臉，他的眼睛漸漸黯淡了下來。

第三章

一位年輕教師，
一片湍急的海灣，
以及一次令人心碎的旅程

喬治寫給菲妮絲的電郵，二〇一一年十月二十二日，美東時間二十二點十七分。

親愛的妮絲：

給你的新手機號打過幾次電話，老是告訴我號碼不在服務區。也給你旅館房間打過電話，沒人接聽，估計你正在梅姨那裡。給我一個她家的電話號碼備用，我需要聽到你的聲音。夜很長，屋子很空。

為了打發時間，你這位鬱鬱寡歡的孤老頭子試著繼續往下讀你的手稿。我沒料到我在給自己挖了個什麼樣的坑。妮絲，我到底認識你多少？或者說，我真的認識你嗎？我們常常談到你母親蚌殼裡藏著的「珍珠」，但我沒有意識到你的蚌殼裡也藏有珍珠。或許，我們每個人的蚌殼裡都藏有自己的珍珠。在尋找別人的珍珠時，我們不經意間打開了自己的蚌殼。真相可能是殘酷的。讀到你少年時代的生活，讓我感覺有點兒刺疼，不僅因為我看到了你被迫經歷的往事，也因為我沒能在那個時候出現，借給你一個肩膀。

還有一層傷痛我在猶豫該不該告訴你：你的文稿教我想起自己的處境有多麼岌岌可危。我這雙患關節炎的、皮枯肉縮的腳，如何來穿一雙巨人留下的鞋子？在你的文字裡，那個年輕俊朗的老師栩栩如生，隔著三里路都能聞到他身上散發的魅力。他帶你走進了英語的世界。從慷慨激昂的「萬歲……」，到關於天氣的日常寒暄，你的英語走過了什麼樣的進化之旅？他打開了你的眼界，引你進入這麼多扇門，我忍不住懷疑：他還剩下什麼門留給我來開啟、讓我引你進入呢？我能從你的文稿裡感受到你失去他的疼痛，是那種令人生顫的燒灼般的傷痛，彷彿一切都發生在昨天。除了《聖經》裡的約伯，誰還能扛得過這樣沉重的損失？可是你扛住了。

你真的扛住了嗎？

請原諒我的囉嗦。我其實就是想說——我也不知道該怎麼說才合適——我痛恨自己錯過了你人生中這麼多的以往。

喬治

又：假如你的時差還沒過去，乾脆起床做點愚蠢到家的事，比如看一部特別沒勁的電影，讀一本電腦說明書，或者聞一聞你的臭襪子。隨便挑一件讓自己感覺疲乏的事來做，睡意會回過頭來找你。

菲妮絲發給喬治的電郵，二〇一一年十月二十四日，北京時間一點十七分。

親愛的喬治：

我好像聽見了誰在什麼地方哭哭唧唧？我沒想到你會有這樣的反應。是不是也有丁點兒嫉妒的味道？即使在一條老狗身上，也難免會找到一、兩個新特徵。我親愛的可憐的老喬治。

孟龍只是我的記憶。我讓他活了幾十年，直到我把他裝進了這些文字和段落裡。我就這樣殺死了他。作家都是殺人犯：我們先是給人一條性命，然後再通過最精細的預謀，把這條性命拿走。我剛才在說「我們」了嗎？真是厚顏無恥到頂——我還沒有發表過一本書呢，就已經把自己擠進了那支隊伍。當我把孟龍裝進文字裡去的那一剎那，他就離開了我，進入讀到這些文字的人的生命裡去。這些人也包括你。

智者像使用肥田粉似地使用他們的記憶。「所有的過去都滋養我們，讓我們成長。」他們總愛這麼吹噓。我是個傻子，記憶對我來說就是一只枕頭，供我在上面睡覺，做夢。假如我真的需要肥田粉，我會到加拿大輪胎（註：加拿大一家知名的百貨店）去購買。再說我也早就（至少大體上）已經過了「成長」的階段了，不再需要肥田粉。這話聽上去像不像安慰？

不過，穿別人留下的鞋子的想法，聽起來倒多少有點意思，至少能讓你老實點，對我在意一些。假設我非得要對付自己身上的某一樣弱點，我寧願對付自滿也不願意面對自卑，我向來如此。

你撥打我手機時加了地區號嗎？這張手機卡是本地的，所以你要加地區號。梅姨的電話號碼我貼在家裡冰箱門上了，那張貼紙上還記了幾個看醫生的預約日期，你可能沒注意。盡量少用她的電話號碼，她不太願意接陌生來電，這邊的詐騙電話實在多得防不勝防。

我每天都去看梅姨。她身體不錯，總是忙碌。看到她享用食物時的樣子，真是讓人驚歎。

記得我們剛認識時，你也這樣說過我。她有興致的時候，會和我說起一些她和我媽年輕時的事，但她不喜歡被人刨根問底。我知道得越多，就越感覺到她有些重要的事情還瞞著我。我不知道到底是什麼東西在阻攔著她。尋找答案的過程是殘酷的，真相的代價很高。有時候我會疑惑，不知道自己是否承受得起這個代價。

你那邊是週日了，你收到這封信後請立即給我打電話，我反正也睡不著。我有種感覺：有人在急等著人哄，按理說我才是那個遍體鱗傷的心碎之人。

妮絲

菲妮絲發給喬治的電郵，二〇一一年十月二十八日，北京時間十六點十一分。

喬治你好：

現在是多倫多凌晨四點，我沒法給你打電話，再說國際漫遊話費簡直要殺人。可是此刻我必須和人說上話，否則我要爆炸，所以只好給你寫信。

梅姨剛剛告訴我：我媽和梅姨有十三個同父異母的姊妹，一個同母異父的哥哥。想像一下我表兄弟表姊妹的數目！一天以前，我一個表親也沒有，一天以後，我擁有一個表親王國。這是什麼樣的數學演算？聽起來幾乎就像是《一千零一夜》裡的一個荒誕故事。請把我搖醒。記得你問過我：為什麼我媽總是那樣孤單、與世隔絕？我也很想知道她為什麼不和她的親人們保持聯繫？只有梅姨手裡握著那把打開謎底的鑰匙。我現在離謎底很近了，近到幾乎可以聞見它的氣味。不知我可憐的神經還能不能撐到見到謎底的那一天？我一直在辛辛苦苦字字句句地記錄下梅姨告訴我的每一件事。

我已經訂了明天去溫州的高鐵，安排給我媽骨灰下葬的事。骨灰罐放在梅姨的房間裡（更準確地說，在梅姨的櫃櫥裡），她一直都不怎麼安心。

妮絲

喬治發給菲妮絲的電郵，二〇一一年十月二十九日，美東時間十九點四十九分。

親愛的妮絲：

我還在慢慢從震驚中復甦。就親戚數目而言，現在連阿依莎都不能與你匹敵了。這些年的疏隔，一定有一個比「彼此互不對路」更合理的解釋。十四個兄弟姊妹，那得吵多少場架才能一個一個地割捨啊？此事必有蹊蹺。

聽你講這些事，我倒感覺有點放心了。在多倫多的時候，你太安靜了，靜得讓人害怕，那時我很替你擔心。天知道梅姨下一輪會扔下什麼樣的炸彈？我只能耐心等候最後一只靴子落地。

那天我們在電話上談得太投入了，我都忘了告訴你：我又讀完了你的一部分文稿。這封電郵裡我附上了已經看完並稍加修訂的章節，以備你有空時進一步潤色用。再細聊。很快。

喬治

電郵附件：菲妮絲的文稿〈老師〉。

1

父親之後的日子和戰爭之後的日子有許多相似之處，都是以統計損失開始的。首先要盤點到底丟失了什麼，以及還留下什麼；然後就是再次瓜分地域，重組資源，最後列出一張新的資產負債表。

其實父親沒帶走多少東西。他只是帶走了飯桌上的那個位置、屋裡那股混雜著菸草和髒頭髮的氣味。他連那氣味都沒全帶走，因為有一部分已經滲入了石灰牆的毛孔裡，需要時間來慢慢消散。當然，他也帶走了那只小小的裝著他每月薪水的信封，不過那是個不值一提的小細節。

與他帶走的東西相比，他留在身後的，可就殷實多了：一間突然大了許多的房屋——儘管他在世的時候，誰也沒覺得他佔了多少位置；一張他女兒現在可以稱作「自己的」的木床；一些可以隨意打破的沉默；還有兩條漸漸變得魯莽而無所不能的聲帶——他的妻子和女兒現在終於可以恣意發怒、哀嚎，或者偶爾隨著廣播裡的音樂哼曲子。

父親的離世改變了一切事物的計算方法。「一切事物」是個綜合詞，泛指他的過去，他寡妻的現在，以及他女兒的未來。這三樣東西匯總起來，就是一份新的現實，黯淡無光，模糊不清。父親在世時，他每月的薪水是四十五元。他一走，家裡的收入就掉到了每月十五元。那是他的撫卹金，一直支付到袁鳳十六歲、到法定工作年齡為止。

聽說撫卹金的數目後，母親二話不說就扯著袁鳳衝進了冶金廠的食堂，把正在吃午飯的革委會主任堵在了飯桌上。「十五塊，你哄誰呢？還不夠餵一隻雀子。你可以不管我這個老太婆，可是他還有一個女兒。她是革命後代，將來要接過革命火種的，你敢餓著她？」

這個時候食堂裡滿滿的都是吃飯的人，就有看熱鬧的朝她們走了過來——那正是母親想要的聽眾。她手臂上繫的那條黑布，此時就是一面小小的戰旗，她指望旗上燒著的戰火會把那些眼睛燎疼。母親很清楚自己的一舉一動會引起什麼樣的反應。

「可憐見的。」有人嘆了一口氣。那聲嘆息誰都聽見了，卻沒有人敢附和。漸漸地，人群圍著她們站成了沉默的一圈。母親的鼻子很快就聞出來，他們的沉默是有氣味的，那股氣味叫同情，或者乾脆說是不忍心——母親喜歡直言不諱。那不忍心裡頭還摻雜著一絲憂慮和恐懼：誰能擔保自己不會落入這般下場呢？或許自己的下場比這還要淒慘呢。那是兔死狐悲的驚恐。

父親剛進廠的時候，是披紅戴彩的英雄，遭所有人另眼相看。日子一久，即使在還沒出事之前，熱切勁就已經過去了，眾人只把他看作一個呆頭。沒有人記得他是怎麼成為呆頭的，於是他就成了和街上走過的任何一個呆頭一樣普普通通的呆頭。呆頭在廠裡跟誰也沒交上朋友，正因如此，他跟誰也沒真正結下梁子。他的離世沒留下什麼傷疤，也沒有破碎任何一顆心。要不是此刻他的遺孀重新攪起已經落地的灰塵的話，他怕是早已被人淡忘。這個姿色雖然淡去卻依舊風韻猶存的女人來了，就是為了攪擾他們的午餐，擾亂他們心裡的太平。

「媽，別在這兒丟人現眼了，求求你。」袁鳳小聲央求著，突然就嫉妒起父親來了。他一走了事，再也不用捲入這樣的鬧劇之中了。

丟人現眼。沒錯，這正是母親要做的事。袁鳳太小，她還不懂，人活在狗的世界裡，就要學會狗的把戲。在狗的世界裡，吠叫是唯一有用的語言。

「他一身血一身汗，上了兩次戰場，就為了保全你們的性命。到頭來，他的家小遭你們欺負，你虧不虧心啊？」母親絲毫不理會袁鳳的央求，鐵了心要順著潮勢往前走——她知道此時正是順潮。她看起來像個瘋婆子，其實她是悄悄存了心眼的，知道什麼該講，什麼該收。其實父親上過三次戰場，只是有一次他穿錯了軍裝站錯了隊伍。在話已經溜到嘴邊的最後一刻，母親靈機一動，把那一次的經歷從父親漫長的軍旅生涯中扒了下去。

主任早已習慣了眾人的唯唯諾諾，對這個婆娘發起的這場突襲絲毫沒有防備，一時臉色煞白，脖子卻漲得赤紅，氣急敗壞地衝著母親嘶吼了起來：「算你這個婆娘撞上大運，他沒死在牢裡。論他做下的那些事，你還有臉來討補助？他有什麼資格？一分一釐、一個銅板都不值！這個錢是廠裡發了善心，你愛要不要！」他咆哮著衝出食堂，身後留下一碗吃了一半的午飯和一團憤怒的飛塵。

母親垂頭喪氣地離開了廠子，拉著袁鳳往家走去，一路無話。隨後的幾天裡她一直惴惴不安，坐如針氈，吃不準自己的這一場大鬧，會不會連那份菲薄的撫卹金也給鬧飛了。

到了月頭，她總算收到了第一筆收入。數了數，是十八元，著實吃了一驚。那一場狂吠就算沒給她贏來一尺，也算是掙來了一寸。

把十八塊錢的收入維持到月底，光靠精打細算是不夠的，還需要一點的想像力。母親很快就知道：每天下午四點半，即菜市場關門的前半個小時，是買菜的最佳時段，因為有些菜販子住得遠，不願意再費力氣挑著貨物步行回家，他們寧願把剩菜做成半價甚至三分之一的賤價賣了。勞累了一天的菜市場，到那時就該吐出一天的垃圾了。從垃圾堆裡翻翻找找，時不時也能找到幾件稀罕物，比方說爛了根的豆芽，長了齒的土豆，爆了肚皮的臭魚。有一回，母親甚至找到了一盒長了幾個霉點的月餅。

其實認真想一下，世上本無什麼「爛透」了的食品，總有些個部位還能派上些用場，拿水好好洗一洗就行了。母親對袁鳳說。母親說這話時，帶著哲學家的睿智，科學家的冷靜，還有乞丐的驕傲。

在漫天的混亂中，至少還是有一樣東西是沉穩不變的，那就是物價。後來有些老人家甚至把它稱為福氣。就是靠著這樣東西，母親每個月的預算才不至於徹底失控。通貨膨脹還是未來的事，現在政府手裡牢牢地捏著供求鏈條上的那把鐵鎖。用不著因為害怕漲價而囤貨，昨天花錢買的一枚郵票，今天再去買還是同樣的價，明天後天也是，只是換了更漂亮的票面。

買菜燒飯對母親來說只是小菜一碟，剩下的大把時間她奢侈地揮霍在新近找到的零活上。那些活計五花八門，居多是計件的，包括（但不限於）黏信封、糊火柴盒、織孩子穿的小毛衣、給上班的鄰居看孩子。

這些雜活不僅蠶食著她的時間，也一寸一寸地盤踞著她的空間。家裡堆滿了各式各樣的工具和雜物：盛膠水和牛奶的玻璃瓶、裝漿糊的罐子、毛線團、各種尺寸的刷子，和毛衣針、剪刀、刀片、一個竹編的嬰兒圈椅、幾只放髒尿布的木盆，還有幾個裝皂角的口袋，諸如此類，不勝枚舉。假如她運氣不錯，那麼到月底時，零零總總加起來，這些雜活可以給她的錢包裡添上七八塊錢。

這就是後父親時代裡母親的生活狀況。母親的生活在女兒的生活中只佔一塊地盤，因為袁鳳有自己的亂線團需要釐清。後父親時代是個新世界，有許多舊習需要去除，也有許多新招需要學習。

後父親時代裡袁鳳學會的新招之一是寫信。通過持續不斷地親身實踐，她很快就成了高手。她的信儘管是寫給不同部門的，目標卻大同小異，都是為了申請減免各樣費用：學校的學雜費、學工學農活動的路費、游泳訓練營的註冊費（她現在依舊喜歡游泳），等等等等。她的信字跡工整，語氣謙恭，總是以一句例行的套話打頭：「作為一名貧民家庭出身的無產階級革命少年……」稍稍有點戲劇性，但總能精明地抵達目的地。少年人的驕傲被撕開第一個口子時很疼，但她驚訝地發覺傷痛很快就變得麻木。

但總有些費用是無法用一紙減免申請信可以解決的，比如盛暑下午的一根棒冰，大年初一的一件新衣。新年新衣是世代相傳的習俗，她躲是躲不過去的，只能用一件母親穿小了的、看起來還七八成新的布襖來蒙混過關；還有學校時不時組織的郊遊，通常需要交幾毛錢午餐費。她只能藉故推托，而她的藉口變得越來越離譜，從平淡無奇的頭疼腦熱、拉肚子，到母親心情不好，再到貓在生病，她把想像力扯到了盡頭。

一切很快都會過去。她這麼安慰著自己。到秋天她就十六歲了，那是法定的就業年齡。她會成為一名女工，每月掙一份薪水，再怎麼菲薄，也能幫襯著母親跳出這個老鼠洞。

「你休想停學，除非我死了管不了你。」母親大聲吼道，臉扯得很緊，帶著一絲死神才能融化的堅定。母親還生活在幻想之中，不肯從那個鳳凰涅槃引領百鳥的美夢裡清醒。那個該死的可憐的編得如此蹩腳的神話，害了多少人。袁鳳暗暗詛咒。

袁鳳的後父親時代開始於一次平順的轉身，因為她已經，或者說她以為她已經，蛻下她身上的老皮，長出一身刀槍不入的新皮。若有人讓她來描述這個改頭換面的演變過程，她大概會使用「換血、快速大修、徹底改造、成為一張白紙」這樣的修辭。當一個人不再感覺恥辱時，就不再會有恐懼。沒有恐懼就沒有傷痛。

偶爾在夜深人靜難以入眠的夜晚，袁鳳想像著自己是一隻鳥兒——是麻雀而不是鳳凰——自由自在地進入人生的第十六個年頭，對前面的路沒抱任何期望，所以也不會有任何失望。

直到她遇到了孟龍。

2

Down with the imperialism and all its running dogs!

Long live Chairman Mao!

（打倒帝國主義以及一切走狗！

毛主席萬歲！）

孟龍在黑板上緩慢而精心地寫下了這兩行英文字，每一個字母都是藝術。他寫板書時手臂伸展出來的那條弧線，他手指捏住粉筆時那份彷彿怕要融化的小心翼翼，他頭上那綹隨著他抑揚頓挫的聲音而抖動的頭髮，他舉手投足間蘊含著的那份溫存，與周遭的環境是如此的格格不入，卻又如此令人著魔。

中學教學內容裡新近又加回了英語課，用來取代俄語，倒不是因為美國人不再那麼討人嫌了，而是因為蘇聯人越發遭人恨。現在的英語課和從前不同，用不著那麼著急地學習字母表，語法也可以再等一等。大革命的年代裡，思想意識永遠是佔首位的。理念沒有耐心站在發音規則和動詞變位這些瑣碎小事之後排隊。

黑板上這些弧線、直線、小圓點以及它們組合在一起的流動感，讓袁鳳覺得怪異卻又入迷。她忍不住納悶：這些怪怪的字母會搭建成什麼樣的語言？承載什麼樣的想法？在她的胡思亂想中，她把這些字母想像成了寧靜水面上的落花，旖旎月光下的漫舞，還有，愛情。即使只是暗想著這個詞，就已經讓她面泛桃紅，她突然就覺出了自己衣裝的寒酸，還有頭髮的醜。夏天裡母親怕她招蝨子，剪去了她的辮子，給她剃了一個愣小子似地短髮型。這頭髮還要多久才能長回去呢？兩個月？一個學期？到那時她可能已經死了。

當她的英語老師孟龍在那兩行英語詞旁邊上寫出中文翻譯時，她不免有些吃驚。這門新語言，帶著一身洋裡洋氣的花哨，一旦真用起來，跟她的母語也沒什麼差別，都是拿來書寫一紙慷慨激昂的聲明，一份宣戰詔書的。母親常說陳瓶裝新酒，而孟龍在做的，卻是陳酒裝新瓶。

假如讓袁鳳回憶一件（只限於一件）能讓她能立刻想起孟龍的事，她大概會挑選孟龍的眼睛。他的眼睛很大，眼眶深陷，目光深邃，閃著隱隱一絲光亮。那光的源頭來自閱歷，還沒被世故所黯淡，既誘人卻又具有威懾力量。他眼中那股設了防的魅力幾乎在頃刻之間抓住了她的心，揪著她來不及多想，就飛蛾撲火般地撲向了他。

從見到他的第一眼起，她就知道她會心甘情願地匍匐在他的腳前，把她的愛慕熱切地、赤裸地、義無反顧地呈現給他。她的激情和她一樣年輕天真，從未經歷過試探。她願意把什麼都交給他，完完全全，毫無保留，任其在他的光亮中焚為齏粉，然後化為一縷青煙。能在輝煌中活過一刻就好，不惜在此後進入永劫。人在十六歲的時候，死亡有不同的含義。

她還必須提到他的聲音。她怎麼可能忘記呢？蔚藍色大洋的波瀾，撩人地揉搓著她大腦中的那些灰色褶皺——這是她能夠聯想起來的畫面。那汪大洋有時也是洶湧激盪的，但大多數情況下都很寧靜，載著她來到一片海岸，憑直覺她就知道那裡是安全的。他的聲音來得正是時候，把她從一個眾聲喧譁的世界裡營救出來。那個世界到處充斥著瘋狂的山呼海嘯般的口號、咆哮、掌聲和跺腳聲，一切都是以革命的名義。

可是袁鳳也同樣忘不了他的衣裝，或者說，他的著衣風格。他們相遇的時候，全民都以洗得褪了色的橄欖綠和海軍藍為傲。橄欖綠和海軍藍可以有多重解釋，往低了說是對軍警制服的廉價模仿，往高了說是英雄崇拜情結的熱切渲染。而孟龍卻穿了一件毫不起眼的立領連袖老式灰布中裝。他的衣裝給他開闢了一小塊介乎於合群和出挑之間的安全領地，既沒有隨波逐流的意思，又不至於招致另立山頭的嫌疑。

然而，他也還沒有老道到能夠完全扼殺心中那絲有別於烏合之眾的欲望。他含蓄的抗爭方式，就是將一條黑色的羊毛圍巾閒閒地橫搭在肩膀上。走路時，他的黑圍巾襯著灰色布襖在風中翻飛。這就是他的時尚宣言，微妙、婉轉，卻不容錯過。據一個可靠來源，他的這條圍巾是他的亡妻給他親手織的生日禮物。從入秋到改年春天，長長的幾個月裡，那條圍巾一直沒有取下來過，彷彿他的脖子是他身上最最畏寒的一個部位。那圍巾上興許能找到粉筆灰，但絕不會有頭屑。

還有他的氣味。當他在課堂上俯下身來，隨意問她一個什麼問題的時候，他身上那股剛洗過澡的新鮮肥皂氣味，天爺，瞬間就把她整個人拆成一堆碎片，一張臉紅得像一盞火油燈，舌頭打成了死結。

關於他的記憶，那是一張複雜紛繁的蜘蛛網，她很難單單只挑出其中的一樣而忽略其他。孟龍在她生命中留下的印象是一團亂線，牽一髮而動全身。

多年之後，當她已經改名為菲妮絲，在多倫多大學的課堂裡聽教授上英語詩歌課時，久遠的往事毫無預警地朝她襲來，來勢如此凶猛，幾乎將她從椅子上掀翻。

假如真有彌爾頓詩歌中所述的創世場景，那孟龍一定是在一個至美的明媚春日裡被創造出來的。上帝剛從世紀小睡中醒來，神清氣爽，身旁放著一杯甜香無比的瓊汁玉液，心中沒有一絲陰影。在袁鳳眼中，在孟龍以前，世上還從來沒有過一個所造之物能和孟龍相比。

在她整個成年期裡，她從沒停止過詛咒孟龍。她的詛咒中充滿了毒汁——是那種只有愛到極致的人才能釀製出來的歹毒。他不可更改地鑄就了她對男人的口味：她要的是一個她從未有過的兄長和一個她還來不及理解就已經失去了的父親。父親的腦子小如豌豆，心卻大如天地。她那時太小，還不知道那樣的一個腦子是容不下那樣的一顆心的。父親常年在腦子和心的撕扯中度日，她不懂他的掙扎和苦楚。等她懂了，他早已不在了。

除了兄長和父親，她還要一個讓她想起來就生出欲念、全身疼痛、失魂落魄的情人。他必須是她的刺，扎進肉裡，一生一世也難以拔除。

孟龍就是他們的合體。

失去他之後的很多年裡，她一直都在別的男人身上尋找他的影子，從一張床找到另一張床，從一段戀情跳到另一段戀情。一次又一次，她都企圖說服自己：他就在那兒了，很近很近了。最終她才明白：他們和他之間，隔的是一場永遠不可穿越的夢。

她不寒而慄，陷入絕望。

3

孟龍到袁鳳所在的學校報到之前的那個星期，一只裝得鼓鼓囊囊的牛皮紙信封就已抵達校革委會辦公室，裡邊裝的是他的人事檔案。或者說，他的行蹤紀錄。一個星期的時間不長也不短，正夠讓流言醞釀成熟、名聲徹底腐爛。

他檔案袋裡的內容論道理只是給革委會成員過目的，可是誰沒有三兩個親朋好友呢？祕密是用來吊人胃口、與人分享的，傳話的那張嘴總是期待聽的那副耳朵來把守大門。當孟龍帶著他的全副家當，一只乾癟得幾乎可以用可憐來形容的帆布包，走進學校的傳達室時，他不知道他是赤身裸體的，因為學校裡每一個人的手上，都捏著一片他的人生故事。甚至連袁鳳的耳中，都刮進了有關他聳人聽聞的過往的隻言片語。袁鳳只是一個微不足道的高中生，這樣的學生學校裡有近兩千人。

沒有幾個人真正有機會看到那只棕黃色牛皮紙信封裡的內容，可是誰真會對那個刻板的官方版本感興趣呢？那不過是一系列日期、簽名和紅印章而已，乏味得讓人昏昏欲睡，怎麼能和那些活色生香的私下傳聞相比？所以，當從信封裡洩露出來的第一個細節流落到第一副耳朵上時，流言的漫長旅程就已經開始了。從一條舌頭行走到另一條舌頭，每一條舌頭都順道添上了自己的顏色和氣味。故事很快就成了形。隨著時間的拖延，情節漸漸演變，這裡一拐那裡一扭，故事就走了形。孟龍以往的種種軼事，經過孜孜不倦的口口相傳之後，早已分不清何為真相何為想像了。彷彿在窺探一場顛鸞倒鳳的房事，死水一潭的學校，竟因著孟龍的到來，無端生出種種興奮，攪起層層波瀾。

孟龍畢業於全國頂尖的學府北大。畢業後他留校任教，先是講師，後來晉升成為北大最年輕的教授，可謂一帆風順。命運的轉折，發生在一九五七年。那一年他把自己抛進了一場運動的漩渦。「抛」在這裡僅僅是字面上的意思，並非比喻，也沒有延伸的意義。他是如何讓自己墜落到那個地步的？這個過程極具戲劇性，用今天的話來說，很狗血。

據說當時上頭有個未成文的規定，各單位要按百分比劃出右派。這就讓系支書犯了難。那人是個老幹部，腦子慢，有些木訥。一頭是必須完成的任務，另一頭是需要放過的無辜——系裡的那群老師，的確個個眼睛長在頭頂上，自以為是，一身酸臭傲氣，但怎麼也不至於是人民的敵人。可憐的支書夾在中間，左也不是右也不妥，一時失了主張。

他想破了腦袋，筋疲力盡，依舊沒想出萬全之計。只好召集全系的教職員工開會，把難題擺在了桌面上，指望著能有幾個頭腦發熱的人站出來，自願獻身來蹚一趟通往地獄的渾水。然而迎接他的是一片死一般的寂靜。空氣凝結成一片脆玻璃似地固體，一絲稍微沉重的呼吸，一個飽嗝，一聲噴嚏，一個屁，都有可能導致一條裂縫。

孟龍命中注定該有此一劫。就在這個繃得很緊的時刻，他的身體對他發出緊急呼喚，他必須馬上跑一趟廁所。等他回到會場，他發現自己已經成了右派隊伍裡最新的一名成員。他被革去教職，發配到一家區圖書館任職。與周圍的一些人相比，這已經算是很仁慈的發落。

這個關於孟龍如何成為右派的故事，在學校裡流傳甚廣。這樣的故事不可能記載在牛皮紙信封裡，但傳的次數多了，就變成了事實。假設這個傳言有幾分真實成分，那麼孟龍就是撞上了喝涼水也塞牙的霉運。不過話又說回來，他自己也不是完全潔白無瑕無懈可擊的。在他的文學課堂上，他就說過一些聳人聽聞的話，那些話再往前走半寸，就會踩上某些脆弱的神經。

「一個真正的愛國者，首先要愛全人類，因為愛和真理一樣，是沒有地理邊界的。」他在給一個大班上課時，曾經這麼說。「希臘人為什麼至今念念不忘拜倫？那是因為他到死都還在為希臘的獨立抗爭。伊麗莎白・勃朗寧夫人寫了那首〈致國會〉的詩，就是罵本國政府不顧義大利人民的死活。也沒有人覺得他們不愛自己的祖國。」

他被發落到圖書館時，認識了他後來的妻子，一位在科學院工作的物理學家。這當然是從前的事，此時的她只是圖書館裡的一名清潔工。她被打成右派的原因，也是因為出言不慎。她認為國家的天平過於傾向工科，而忽略了基礎科學。在她看來，工科不過是一樣實用工具，而理科才是探索宇宙真理的學問。「科學是宇宙語言，不是某一群人的私產，它不屬於資產階級，也不屬於無產階級。」她的觀點就是這樣偏激。

後來他們認識了，就說起各自的境遇。兩人將各自的過犯作過對比，不免感覺好笑。一個是文學教授兼詩癡，一個是物理學家，兩人的生活軌道原本相隔萬水千山，卻因為命運拐了一個意想不到的彎，而陰差陽錯地重合在一起：他們都相信國際主義。如此南轅北轍的兩個人，竟然會在這件事上心意相通。其實，他們的國際主義理念，算不上認真，也談不上堅定，幾乎是隨心所致的。然而就是這些隨意的言行，把他們帶入了共同的劫難。

他們的結婚申請很快就獲得了圖書館領導的批准。「還是把這些一丘之貉圈在一個巢穴裡為好，省得流竄到社會上禍害好人。」書記言之鑿鑿地說。

她和另外一名清潔工一起，負責打掃分布在三個樓層的三十六間辦公室。別人下班之後，她才開始工作。等她終於下班，回家已經筋疲力竭，再也沒有精神頭讀書寫字，或者從事任何稍稍費腦的事。有時他和她做愛，她會在中途睡著，留下他一人欲念半遂，充滿愧疚。

不久，她就養成了鉤織毛線的癖好。他們的宿舍房間裡到處塞滿了她編織的手套，毛線帽，圍巾，毛線口袋，襪子……這些編織物越堆越高，多得可以應付十個冬季。看著她全神貫注地做著這些簡單重複的事，做到一半就在椅子裡沉沉睡去，那樣子簡直就像個心滿意足的慵懶妻子，他幾乎相信她已經與這個世界達成了某種和解。

他真是個沒長心眼的白癡啊，耳朵是如此的聾，眼睛是如此的瞎，跡象都已經明明白白地擺在他面前了，他卻絲毫沒有覺察。

他依舊堅持閱讀。莎士比亞，華茲華斯，拜倫，彌爾頓，惠特曼……當然不是在看書，因為書早就已經絕跡了，而是依仗那些篆刻在他記憶中的文字段落。他可以隨時在靜思中索取著記憶中的文字，精確到最後的一個標點符號。他對知識的持續興趣讓她驚訝，也遭她膩煩。她時常會停下手裡的毛線活兒，直直地盯著他看。**你怎麼可以，假裝什麼事都沒有發生過？**他突然就明白了她靜默之中的慍怒，不禁被她內心積藏的幽怨所震撼。一絲羞恥泛上來，他竟然無言以對。

「你看溥儀，現在在賣門票。」猶豫了半晌，他才喃喃地說，為自己的行為作著空泛無力的辯解。前朝的君主，清宮裡的最後一位皇帝，現在也只是一介平民，在京城的植物園裡做工，用那雙原為金銀綢緞以及尊寵而生的帝王之手，來掙碗裡的每一粒米飯。更何況你我？治不了的病，就只能忍受。這是他想回她的話。話已經溜到舌尖了，他卻覺得太過陳詞濫調，最終還是嚥了回去。在遇見他的妻子之前，他已經沉靜地、幾乎逆來順受似地接受了命運的安排，可是她讓他第一次對自己聽天由命的生活態度感覺不安。

十年之後，當他遇到了學生袁鳳，又從袁鳳那裡認識了她的母親袁春雨，他突然就從袁春雨身上找見了自己的影子。厄運不是偶然的。世上本無偶然。出於他們至今無法解釋的怪誕原因，厄運在千千萬萬張五官模糊的人臉中一下子發現了他們，把他們單獨挑選了出來，彷彿他們身上已經蓋過了命運的印章，就像是一頭耳朵上釘著牌子的母牛，或是一匹身上烙了印記的馬。他和春雨天生就是吝嗇地支出能量的人，娘胎裡出來就懂得該如何最低限度地使用著生命的氣血，盡可能省下最後一滴，用到非用不可的節骨眼上。在別人使用情緒的時候，他們使用耐心，慢慢地熬著日子，最終熬穿了厄運。

他的妻子不能接受他的處世態度，覺得那樣病態地活著，是對生命的慢性磨損。直到她不在世上了，他才真正領悟了她的決絕，知道他和她確實來自兩個星球。

在物理學家的眼裡，世界是由線條、數字和方程式組成的。他的妻子對形容詞、情緒和詩歌之類的東西不屑一顧。**概念模糊，缺乏依據，近乎荒誕**。這是她對這些玩意兒的評價。她幾乎完全無法信任任何未經數據演繹而來的結論和不能量化的陳述。在她看來，支撐宇宙微妙平衡的槓桿，除卻真理別無他物。一個人若接受謊言，哪怕僅僅是默認，那就是犯了比堅持偏見更令人髮指的罪行，因為偏見來自無知，無知可以通過知識和時間來化解，而支持或默許謊言，卻是明知中的故犯。她的精神色譜裡只有黑白兩種顏色，即使偶爾出現灰，灰也會因為先天不足加上後天失調而匆匆夭折。

一天早晨，上班的路人發現她躺在圖書館門前的血泊中，已經死去。警察趕到現場，三十分的調查得出了一個倉促的結論：她是失足從圖書館樓頂墜落的。一起事故。

然而，醫生卻透露了一件對他來說相當震驚的事。她去世幾個星期之後，他因為持續不癒的感冒去了一趟醫務室，醫生告訴他：他的妻子去世時懷有四個月的身孕。醫生說她當時很猶豫，不知該不該把一條小生命帶進她身陷其間的那潭爛泥之中。

所有的疑點剎那間刷地連成了一條清晰的線。

那天晚上，他從街角的小鋪買了一瓶廉價燒酒帶回家來，邀請他的妻子，準確地說，是他妻子鑲在黑框裡的那張照片，一起痛飲。這是他們第一次在一起喝酒，也是最後一次。電閃雷鳴間，他突然醒悟：他們結婚的這三年，該是她生命中最寂寥的日子，若非如此，她如何會把心掏出來給一個陌生人，而不是她的丈夫？

當她站在圖書館的樓頂，俯身向下看著那條街上日復一日一成不變的景象時，她一定想到了飛翔。她嚮往著鳥兒的自由，地心引力的魔爪夠不著鳥兒的翅膀。她縱身一躍，對謊言肆虐的世界發出了最後一聲吶喊。如此決絕，如此響亮，但是所有的耳朵都錯過了。這個「所有」裡，當然也包括了她的丈夫。

他安葬了她，第二天就回到單位上班，沉默寧靜，面無表情，但辦公室同事卻發現他在整理書目卡片的時候，手在微微顫抖。他的哀傷，他的隱忍，不經意間觸碰到了幾顆柔軟的心，從前緊閉的門，漸漸為他打開。同事開始邀請他參加週末的籃球比賽，喊他一起去難得的集體郊遊，或者一年一度的新年聚會，有一回他甚至成為了一場婚禮的座上賓。他從不拒絕任何一隻向他伸過來的手，但是每個人都明白，在他的心底，他從來不是他們中的一員。

此時距他戴上右派帽子已經過去了十二個年頭，本來他是有希望摘帽的。摘帽的機會離他似乎很近了，領導甚至找他談過話，隱晦地提到了可能性。然而，機會卻在最後一刻從他的指縫裡溜走了，因為他在錯誤的時間點上收到了一封不該來的信。

信來自他的母親。

在一九四九年政權交替之際，他母親丟下了丈夫和才十五歲的兒子，和她的情人一起，搭上最後一班船，逃去了英國人的地盤香港。那時候，那塊小小的殖民地被一些熱血之士稱為「帝國主義的腐朽之鄉」。

在信裡，母親叫他去香港與她會合，然後母子一起搬去加拿大定居。他一直沒有回信，倒也不是因為腦子有多熱，而是因為他的心很蒼涼。他過十五歲生日時，母親帶他去六國飯店吃了一頓飯，給他買了一只德國產的牛皮書包。那正是金圓券如糞土的年代，他知道這個生日過得有點奢侈，但他卻不知道那是母親的道別——三天之後她就離開了北平。

在母親走後的日子裡，他才慢慢醒悟過來：那只書包其實是母親買給她自己的，並不是用來裝他的書，而是用來卸她的歉意。那是他們見的最後一面。關於那天的情景，他已經記不清楚。也許她用親過情人的嘴唇，吻過他剛剛長出第一茬鬍鬚的臉頰；也許她用撫摸過情人肌膚的手指，梳理過他不服管教的少年亂髮；也許她說過再見，也許她沒有；也許她嘆息過也流過眼淚，也許她沒有。記憶在二十年的路途中跌跌撞撞走走停停塗塗抹抹，無論是帶走的還是留下的，可能都已不是真相。他唯一記得的，是母親的決絕。二十年的決絕已經結成了冰川雪山，豈是一封信可以融化的？哪怕信裡有再多的悔不再、恨不能、巴不得。

他沒想回信，更沒想過要去香港，但是他卻犯了一個天真愚蠢的錯誤：他忘了他周圍有無數雙三百六十度無死角、晝夜不眠的眼睛。他既沒有銷毀這封信，也沒有把它交給組織，直到一切都已無可挽回。

他已經不是第一次犯錯了，慣犯的懲罰自然會比初犯嚴苛。這次他被踢出京城，發落到溫州。跟京都相比，溫州簡直是個稍大些的村落。在這個村落一樣的小城裡，沒有機場不通火車，人們說著外星人一樣的方言。他被分到一家中學，教一群連字母表都沒見過的孩子學英語。

4

袁鳳已經有些日子沒到九山河游泳了，河水的感覺跟上次有些不同。十月在溫州是個水性楊花的季節，夏天的尾巴還沒收緊，冬天的尖嘴卻已經伸進來了，兩頭在進行著一場膠著的拔河比賽。一陣風，幾滴雨，或者一團飛過的雲，都有可能瞬間顛覆局勢的平衡。

今天實在是個好天，日頭，光線，風和雲都好——是那種多一分太過，少一分不足的正好。這樣的日子出門上街，你覺得腳底有風，世道太平，沒人敢欺負你。假如你恰巧心情也正好，你甚至會覺得你正站在世界的巔峰，無所不能。可惜袁鳳今天沒這個心情，她還在為早上的事生悶氣。

其實，她的悶氣不是從早上，而是從頭天晚上開始的。夜裡躺在床上，在似睡非睡的那個灰色地帶裡，那張已經攪擾了她多日的清單，突然間又浮現了上來，把她上床時那點可憐的太平心境嚙咬得千瘡百孔。那張單子列著她所需要的物件，那些物件的排列次序也許會隨著日子和心境改變，可是擺在第一位的那樣東西，卻從來沒有挪動過位置。

那是一件新的游泳衣。

她十六歲的身體已經在那件十三歲時買的游泳衣裡囚禁了很久，她的乳房是第一個站出來反抗布料的壓迫的。布料已經在經年的使用中丟失了顏色和彈力，變成了一塊慘不忍睹的破抹布。乳房在野蠻生長，乳房和泳衣都成了她的仇敵。若非得讓她挑一個來恨，她憎惡乳房遠勝過憎恨泳衣，儘管它們都讓她無計可施。她唯一能做的，只是變換站立和走路的姿勢，聳肩佝背，盡量縮小著身體的面積，彷彿在時時刻刻為她惹眼的體型道歉。她現在突然就理解了當年父親走在人群中的那份不自在。每一次她站在泳池邊上準備下水時，她都覺得泳衣在放肆地嘲弄她身體，她的胸前貼著無數雙眼睛。她羞愧難當，只好退出了少年宮的游泳訓練營。九山河，甌江，甚至訓練營的報名費都沒有難住她，最後壓倒她的，卻是一件泳衣。

除了游泳衣，她還需要一個新的乳罩，尺寸要比現在的大出兩號；還有，她也需要一雙新襪子。她班裡的大部分同學，甚至包括兩個住在城郊鄉下的女生，都換上尼龍襪了。尼龍襪是新產品，市面上的時髦玩意兒，可是她至今還一直穿著老骨董的手織紗襪，那棉紗還是從母親穿舊的毛衣上拆下來的。

要是能有一只新書包就更好了。她現在的書包是她升初中的時候母親買給她的禮物，邊角上已經磨出了一個洞。她最心愛的一枝鋼筆，就是從那個洞裡越獄潛逃的。不過，在她心裡的那個棋盤上，書包是一枚「需要但不是必需」的棋子，可以靈活地挪動著位置。好好縫補一下，它還可以輕而易舉地再活上六個月。

她已經去百貨公司逛過好多回了，就是為了看看實貨。她對價格已經倒背如流：一件最最普通、沒有花紋的藍布游泳衣，標價是三塊二。一個棉布胸罩是一塊三，不需要布票。一雙尼龍襪子是兩塊五，有點貴，可誰讓它是上海貨呢？這幾樣東西加起來是七塊錢，大體上佔母親每月撫卹金的三十九％。假如她把襪子從這個單子裡去除——那是她可以忍受的妥協，那麼花銷就減到了四塊五，那是她們月收入的二十五％。假如她還肯再咬咬牙做個割捨，只留下游泳衣，四捨五入一下，花銷就降到了月入的十八％。不過，游泳衣是她鐵定需要的，她已經割了再割，再也沒有可以割捨的東西了。

這是一盤在她腦子裡走了無數回合的棋，她已經把這筆帳算了又算。在她這頭，她把能省的都省了，剩下就是母親的事了。無論如何，母親就是把每一個銅板捏出水來，也得捨出幾個銅板給她。她在心裡排練著該怎麼跟母親開口，不同的用詞，不同的語氣，一遍一遍的，直想到腦殼子炸裂，頭疼萬分，一夜的睡眠給攪得細細碎碎的如同一團爛布絮。

早上起床，套上那雙散發著腳汗味兒的破舊棉紗襪子，她發覺昨晚的心事像隔宿的酒，還沒消散，攪得她到現在還昏頭脹腦。一股子怨氣沒處發洩，隨時要在她的腦殼裡炸出一個大洞。前幾天冶金廠革委會的頭頭通知她們：明年袁鳳高中一畢業，廠裡就要停發母親的撫卹金了，因為袁鳳可以進廠上班，頂替父親死後留出的那個空缺。這事先前沒人跟她們打過招呼。袁鳳進廠是學徒工，拜師期間工資只有十五元，跟現在相比，每月還少了三元——那是一件游泳衣的錢。父親在世的時候，她覺得家裡過的是地獄的日子，直到現在她才知道真正的地獄是什麼樣子。那時她真是個寵壞了的孩子。

今天一下水，就覺出了河水的不同，但她又說不出來到底是哪裡不同。興許是水的質地，今天的水似乎有點濃膩。她的手腳每划動一下，都感受到水的阻力。她依舊還是魚，水卻不是水了，水成了沒有結成團的稀果凍。

興許是水溫。水肯定不冷，可是她卻一直在發抖。寒意彷彿是從骨髓裡絲絲縷縷往外滲的，她的皮肉一次又一次告訴她水溫正好，可是她的骨頭卻自有主張，不為皮肉所動，只是一味地喊冷。

興許是水的顏色？她是少數幾個可以幸運地在水下睜開眼睛游泳的人。當她深潛下去，抬頭四下張望時，她看見了在她之上有一塊碩大無比、光滑的、半透明的紅色玻璃，彷彿是太陽蛻在河面上的皮。那是血的顏色。母親的血，從母親的血管裡流到玻璃瓶子和橡皮袋子裡。滴答，滴答，滴答，滴得很慢，卻教人聽著毛骨悚然。

這天早上起床後，袁鳳坐到飯桌上，沉默無語地喝著稀粥，腦子裡反覆思忖著該如何開口要錢。她知道這是要割母親的肉，她已經為這場對話愁了一整個暑假。

母親也很沉默，袁鳳無法猜測她到底在想什麼。自從父親走後，母親一直都很吝嗇地使用著表情，彷彿情緒也標了價，不能濫用。袁鳳的神經扯得很緊。假如頭疼也有重量，昨晚的頭疼是三兩，這會兒的頭疼已經長到了一斤。

清晨的陽光很是生猛，鑽進窗口，朝著飯桌劈頭蓋腦地擲下一把白光。桌子是結婚時的舊物，用了多年，不再光鮮，在黑暗中尚看得過去，遭陽光一照，便露出了種種老相。東一條西一條的劃痕，一塊爆了皮的油漆，幾根嵌在木頭縫裡的魚骨頭，幾粒飯疙疤，一團抹布漏過了的灰塵，還有十個月前父親的斧子留下的那個咧著嘴的大傷口。陽光給所及之處都塗上一層病懨懨的菜色，桌子一下子又老了十年。

不行，她不能再等了。袁鳳對自己說。在這個每月的預算只有十八塊錢的家中，沒有哪個時刻是適宜開口的。

「媽，我要一件新的游泳衣，三塊……多一點。」她脫口而出，被自己的話吃了一驚——她原來不知道她身上竟有這樣的膽氣，這句話說出來竟然是出乎意外地容易。真是枉費了那些在腦子裡來來回回走了多少遍的棋局，那些多日裡害得她茶飯不思惴惴不安的揣摩，還有那一場又一場白捱了的頭疼。

母親只是默默地點了一下頭。這個點頭既明白也含糊，不像是拒絕，也不像是首肯，充其量只表示她聽見了。母親站起來，把空飯碗往邊上一推，探過身去取掛在牆上的網兜。

「我要出門了，割幾片新鮮豬肝回來。」

「你弄到證明了？」袁鳳吃驚地問。豬肝是一樣近乎奢侈的稀罕物，雖然不歸在憑票供應的範圍之內，卻比憑票供應的物件更難弄到手，因為只有拿到醫院證明的人，才有資格享用，而醫院的證明只開給重病號和嚴重營養不良的人。

「你得有口肉吃。」

母親沒有和她多費唇舌，就走了。半個身子已經跨到門外了，又轉回來，指著一個堆滿了髒衣服的木盆，吩咐袁鳳：「這都放了好幾天了，今天週日，你不上學，幫我洗洗晒了吧，都說下午有雨。」

袁鳳無心無緒地吃完了早飯，就撿起英語課本來看。英語是她最喜歡的課程，可是這會兒她卻怎麼也定不下心來，翻了幾翻，終是興致闌珊，那件懸而未決的游泳衣依舊在腦殼裡晃悠。

剛才在腦殼裡晃悠的，只是一件游泳衣，現在又多了一盤爆炒豬肝。上次嘗到豬肝，已經是六個多月以前的事了。母親告訴她：那一次是求著汪阿姨要到了一張醫生證明。汪阿姨住在她們那條街的下首，跟她們隔著三個門。汪阿姨的兒子是區醫院裡的醫生。

袁鳳想像著母親把豬肝切成薄片，放進騰騰的熱油裡。那些小薄片一瓣一瓣花兒似地開放起來，先是粉紅色的，然後漸漸變成紫褐色，襯著奶白色的蒜瓣和鮮綠色的蔥花，那急火逼出來的青翠，光在腦子裡過一遍，就已經讓袁鳳流出口水，更別提那香味。氣味是世上最長命的魔鬼，可以沉睡、冬眠，卻永遠不會真正死去，只要一想起來，瞬間便能生龍活虎地復甦。她的腸胃咕嘟地抽了一抽。

買豬肝的錢，當然也可以拿來花在游泳衣上。一邊是豬肝，另一邊是游泳衣，她到底應該挑哪一邊？可是她沒得挑。從小到大，哪件事也沒容得她挑選過。若問此刻的感覺，豬肝似乎離她稍近一些。可兩樣都是她的心頭好，哪樣她都捨不下。

她放下英語課本，朝著木盆走去，心不在焉地開始翻衣服口袋。洗衣服時，要把每個口袋都掏一掏，看有沒有裝著東西，然後再放進水裡泡，這是從小母親就教她養成的習慣。她在自己的外套口袋裡找到了一條手絹，在母親的褲兜裡翻到了一枚五分錢硬幣——那簡直是百年一遇的奇跡。她還在另一個口袋裡找到了一張一兩的糧票，那是最小的糧票單位。她簡直被自己挖到的寶貝給嚇住了。

母親的腦子一定出了問題，要不她絕不會在任何地方落下任何東西。袁鳳暗想。母親吃過飯的碗裡，若是能找到一根還剩著一絲肉的魚骨頭，那只有兩種可能性：要麼就是人傻了，要麼就是貓成了精。哈哈，那是天大的笑話。

誰先看到誰先得。縣前頭的每個小屁孩都懂這個道理。可是她已經不是小屁孩了。她到底還是不是小屁孩？小屁孩和大人的分界線，到底該劃在哪個歲數上？她突然有些迷糊。

袁鳳木樁似地站著，心被渴望和恐懼撕成兩半：一半想用手掌裡的那枚硬幣和那張糧票，換一只新鮮出爐的燒餅，另一半害怕自己會被母親逮個正著。誰敢說這不是母親設下的陷阱？天下做媽的都擅長用圈套來試探兒女，看他們會不會失足陷落。渴望和懼怕在袁鳳心裡打了一會兒拉鋸戰，眼看著渴望要佔上風了，她眼角的餘光裡突然掃進了一只印著藍邊的白信封。這只信封被壓在母親的襯衫和一條髒毛巾中間，露出一個尖角，想來是從某個衣兜裡不小心掉出來的。

她彎腰把信封抽了出來。是一封航空信，寄信人是梅姨，郵戳上的日期為一個星期之前。這些年裡，梅姨和母親之間一直保持著書信往來。梅姨的信裡說的多半都是她工作上的事。梅姨在上海靜安區的教育局任職，單位裡的事情很繁瑣也很辛苦。梅姨信裡也說到了姨夫陳伯伯。陳伯伯原來在上海一個政府部門身居要職，文革開始後，就被貶職發落到一個基層單位工作，一直心情不好。他的鬱鬱寡歡，她的精疲力竭，他們頻繁的搬家，新鄰居的種種不堪……，梅姨的信裡都是些諸如此類的車轂轆話，這一封和那一封也沒什麼區別，日期一改幾乎可以重複使用。梅姨曾經幾次說過要匯錢給母親，幫襯這邊的家用，可是母親堅決不肯接受。

袁鳳再往裡一掏，發現信封裡還有一張折疊成一個小方塊的紙。這張紙和梅姨的信似乎沒有什麼關係，卻不知為何給塞進了同一只信封裡。她把那張紙攤平了放到飯桌上，想看清楚上面寫的到底是什麼東西。原來是一張從醫生的處方箋上撕下來的紙，上面有兩行手寫的字，字跡是醫生特有的那種潦草，右下角蓋著一個印章：

血型：O，四百毫升，已付四十元整

臥床休息一天，營養餐，六個月內不可重複

這些字單個擺著她都認識，意思她也都懂，可是它們排成一個句子之後，突然就變得模糊陌生起來。紙上唯一一樣一目瞭然的東西，是那枚帶著不容置疑的威嚴神情的紅色印章：「五馬街道醫院財務科」。

漸漸的，她的腦子裡長出了一根線，把這些互不相干自說自話的字眼，一個一個地連成一條隱隱若顯的邏輯。天花板有點傾斜，窗外投進來的陽光變成了一根根尖利的針。她頭昏目眩，閉上了眼睛，可是那些在陽光裡銀光閃爍的塵粒，在黑暗中依舊狂亂地飛舞。

她睜開眼睛時，發現自己像頭瘋牛似地在街上狂奔。她完全不記得她是什麼時候、怎樣從家裡出來的。一直到她跑過了整條街，到了街尾，她才意識到她手裡捏著一樣東西——是她那件已經洗得像破布絮一樣不堪入目的游泳衣。她的身子如同燒得正旺的鍋爐，每一個毛孔都在往外噴射著熾熱的懊悔、負疚和憤恨。沒有什麼東西能澆滅那樣的烈焰。家裡沒有，街上也沒有。她急切地需要找到水，河也好，海也好，大洋也好，再晚了她怕自己會被焚為一堆灰燼。

為什麼？

她沒有央求老天爺托胎投生到這個世上。這是什麼世道？想吃上一盤炒豬肝，就得放棄一件游泳衣；想要一件游泳衣，就得放棄一只新書包；若又想吃豬肝、又想要游泳衣、還惦記著新書包，那就只有一條出路：讓你的親娘去賣血。

她撲通一聲扎進了九山河。河水碰到她滾燙的臉頰時，發出了滋滋的驚歎聲。

5

袁鳳坐在孟龍自行車的後座上，任憑清風拂過她的嘴唇，撩起她的頭髮。她覺得她剛剛吞下了九個太陽，每根指尖上都發著光，那光可以照亮五個夜晚。彈指之間，一個發霉餿爛的早晨突然就搖身一變，變成了一個雲開霧散、歡喜到幾乎癲狂的下午。這樣的奇跡只有在十六歲的時候才可能發生，早一年不行，晚一年也不行。

兩年以前，父親曾經答應過她：等她到了十六歲，就給她買一輛自行車。兩年過去了，這個承諾不再新鮮，已經隨著父親的身體腐爛。父親說了不算的，又豈止是這一件事？父親答應過她一定會把她穩穩妥妥地撫養長大。跟這個承諾相比，一輛自行車又算個什麼東西？她難道還真能拿這樣的瑣碎說事，控訴父親不負責任嗎？人一死，萬事休，死亡替世間的一切承諾鬆了綁。

再說了，要是能坐在孟龍自行車的後座，她為什麼還要有一輛自己的車？只要能坐上他的車，她什麼都能立刻丟下，連眼睛都不會眨一下。新泳衣，新胸罩，新書包，尼龍襪子，爆炒豬肝，一切的一切。這一刻的快樂癲狂，拿命去換都值。在十六歲的詞典裡，死和癲狂本來就是同義詞。至少是近義詞。他的體味透過他的襯衫鑽進她的鼻孔，她只覺得一股溫熱絲絲滲入她的大腿根。這是一種她從未體驗過的感受，她甚至都不知道那種感受到底該叫什麼名字。荷爾蒙。這是她後來學到的詞。

他們很快就到了縣前頭街，在袁鳳家門口停了下來。那是一座小平房，是在清末民初的年代裡建造的，地基打得很結實，進門有兩級高出街面的青石臺階，為的是防洪。這一帶地勢低，從前常有澇災。屋前有兩棵樹，一棵是桑，一棵是梧桐，大約都見過房子打下第一塊石椿的時候，如今皆垂垂老矣。兩棵樹的樹幹中間，拴著一根晾衣繩，繩上晾的衣服在風裡刷啦刷啦地拍打著，擋住了些街上的景致。

屋門開著。剛過正午，屋裡的光線蠻橫生硬，把照到的每一樣東西都變成透明體，所有的汙垢失去了藏身之處，纖毫畢露，一覽無餘。母親坐在飯桌邊上，糊著摞成一堆的火柴盒，頸子埋得低低的，鼻梁上蹙出一團亂紋，臉色比先前更為蒼白，是少了四百毫升的血之後的那種蒼白。

「四百毫升是多少？」在路上袁鳳曾向無所不知的孟龍打聽。「一瓶醬油通常是五百毫升。」孟龍給了她一個參照物，她就明白母親失去的血，相當於一瓶子剛用過一丟丟的醬油。她突然醒悟過來六個月之前吃到的那盤炒豬肝，或許還有在這之前吃過的那一盤，甚至更早的，都是母親的血換來的。腥鹹的，帶著點金屬氣味，她想起了父親死的那天，她吸吮被刀割傷的手指時嘗到的那股味道。腸胃抽搐翻滾起來，她差點想吐。

她正要從自行車上跳下來，卻被孟龍攔住了，他的注意力被屋裡發出的聲音扯住了。那是母親在哼著歌兒。她的聲音很輕柔，帶著點羞羞怯怯的意思，可是奇怪得很，居然把別的聲響都蓋住了。一首聽不出詞兒的曲子，一圈一圈地繞著彎，有點像遙遠的大海的波濤，一潮近一潮遠，腼腆的試試探探的，卻又勾著人心。那聲音裡有一樣說不清道不白的東西，在人心裡掏出一個窟窿，孟龍毫無防備地感到了疼。袁鳳聽出來他的呼吸帶上了一絲潮氣，泛起了卷邊。

母親手裡的漿糊用完了，她站起來，探身過去夠桌子那頭的一個新漿糊瓶子，卻突然停住了。她驚訝地發現門前的臺階下站著兩個悄然不語的偷聽者。

「媽，這是我的英語老師，孟龍，孟老師。」袁鳳結結巴巴地說。她不知道母親會有什麼樣的反應。介紹來客是一塊她從未涉足過的新領地。從小到大，她沒帶過任何一個人回家。母親絕對禁止，沒有商量餘地。

母親站在兩級臺階之上，仔細端詳打量著孟龍。

「她惹什麼禍了？」母親突然叫嚷了起來，聲音裡充滿了疑惑，那神情就好像袁鳳還是個剛戒了尿布學走路的孩子。

求你，別這樣。袁鳳用眼神央求著母親。

「我分分鐘都操著心，身子是十六歲的身子，腦殼呢，還是個三歲的娃。」母親絲毫沒理會袁鳳的暗示，依舊在叨叨絮絮。

天下母女間的鬥智鬥勇，多少像是一場實力懸殊的賽跑，無論女兒逃得有多快，總跑不過母親。母親永遠追得上。袁鳳心裡湧上一股苦楚的絕望。母愛不挑時間地點，沒有邏輯也沒有界限，總喜歡在最煞風景最荒謬的場合裡出現。母愛說來就來，沒人擋得住，在大雪天裡給你送上一根冰棍，在烈日之下為你捂上一件棉衣。放心好了，母愛不是一天裡養成的，也不會在一天裡改變。袁鳳氣急敗壞，最終還是將那一腔怨恨忍了下去，因為她知道更糟糕的還在後頭，她得留著力氣。

「她比你想像得成熟。」孟龍說，一句話就把袁鳳從羞愧難堪的沼澤裡撈了出來。

袁鳳從自行車上跳了下來，母親稍稍閃了閃身子，勉勉強強地做了個歡迎的姿勢，讓他倆進屋。

「她要是沒惹事，那你來家裡做什麼？她的班主任連我們家的門檻都沒跨過……」母親說了一半的話突然噎在了喉嚨口，因為她發現袁鳳在用一隻腳一跳一跳地走路。

「天，她怎麼啦？」母親的嗓門調高了幾分，從擔憂升級到了驚恐。

「腳上扎了個小口子，消毒包紮過了，你別擔心。」孟龍扶著袁鳳進屋坐下，用平穩的語氣，將母親攪起來的漫天飛塵漸漸浥了下去。「那些人不像話，不該把垃圾這麼隨手扔在河邊。袁鳳，下回你從水裡出來，應該馬上穿鞋子，不要赤腳在地上走。」

「她是游泳去了？我說呢，連門都沒鎖。那你是跟她一起去的，孟老師？」母親問道。到這會兒她終於安靜下來了，驚恐已經化解為好奇。

「我是騎車散步的時候碰見她的。」孟龍說。

「她腳上這傷口，會不會感染生病啊？」母親的眉毛挑了起來，又有新愁湧上。

「放心，都處理完了，不會有事的。袁鳳，你這幾天不能下水。」他一邊安撫母親，一邊叮囑女兒。

「你對她的好，她都知道，回家有說。」母親終於徹底放下了心來，嗓門便有些哽咽。

「沒說我壞話吧，袁鳳？」他問。

袁鳳坐著不吱聲，看著孟龍和母親來來回回地打著太極拳。母親當著她的面說她，卻又一直繞過她，彷彿她全然透明。這是母親的推手招式，把袁鳳推入嬰兒期，永世不得翻身。孟龍則一反手，把她從坑裡輕巧地撈了出來，進入平等的對話。天下並無真平等，只能取個近似值。久經考驗的母女聯盟，從前聯手抵擋世界的那個「我們」，此刻正在分崩離析之中。一個新的聯盟正在形成，那是孟龍和女兒的聯手。現在是「他們」在對抗世界，而在這個世界裡，也包括了母親。

袁鳳簡直被孟龍說話的方式鎮住了，他在講述發生的事情時沒有浪費一個字。他並沒有撒謊，他只是對事實進行了篩選，忽略修剪了一些細節而已。被剪除的區域不大，若放在世界地圖上，也就一個西伯利亞的面積。從他的話裡本來可以挑出一萬個疑點，可是母親卻沒有追問。袁鳳平安無事地回了家，母親揪得很緊的心，這會兒終於可以鬆開，她還顧不得其他。

「袁同志，我聽見你唱歌了，那是什麼歌啊？我覺得像……」他頓住了，苦思冥想地搜尋一個合宜的詞，眉毛輕輕地朝中間匯攏，擰成一個沉思的結。「像是掏著了心。」他最終找到了想要的那個詞，一朵微笑綻放開來，延展到他的眼角，那臉上便蕩漾開一汪孩子似地真切歡喜。

母親的臉刷地漲得赤紅，那紅暈湮漫至頸脖，連那沾著漿糊的指尖，似乎都冒出熱氣。那丟失的一醬油瓶子的血，每一滴都回到了她身上。袁鳳幸災樂禍地看著母親在她眼前土崩瓦解，那座在颶風海嘯面前巍然不動的城堡，竟然會在區區一句恭維話面前，瞬間散成一地瓦礫。好話是世上最便宜卻無堅不摧的武器。

「小時候，我媽哄我睡覺時唱的，不好意思讓你聽了去。」母親囁嚅地說，羞臊得無地自容。

「歌詞是講什麼的？」孟龍問。

「一隻蜘蛛，瞎忙，給家裡每人織一張網，再討樣東西。我媽說我從來撐不過第三輪，就睡著了。」母親毫無防備地被童年的記憶擊中，情不自禁格格地笑出了聲。

「唱給我們聽聽吧。袁鳳，你說呢？」孟龍催促著。

「媽。」袁鳳拖長了聲音央求著。

母親架不住，只好小聲哼了起來：

小小一個蜘蛛啊忙織網，

織了一團又一團，

一團又一團，
一團又一團。
第一團，給我親娘，
娘阿娘，你送我一朵紅花戴頭上。

母親掌不住笑，就停在了半道。

「有意思，你接著唱啊。」孟龍懇求道。

小小一個蜘蛛啊忙織網，
織了一團又一團，
一團又一團，
一團又一團。
第二團，給我親爹，
爹阿爹，你送我個弟弟陪我玩。

母親腦子裡的歌詞全都混成了一團，便再也唱不下去了。袁鳳和孟龍很快跟了上來，順著那曲調，兜著圈唱著「一團又一團，一團又一團」，樂不可支，笑得渾身亂顫。

「媽，我怎麼從來沒聽你唱過這個？」袁鳳的嗓子笑得暗啞了，說起話來嘶嘶的。

「那是小娃娃的傻玩意，你都這麼大了。」

「袁同志，這『一團一團』地唱下去，唱到十團八團的，親戚都唱遍了，咋辦？」孟龍還沒理順喉嚨裡噎著的那口呼吸，說話上氣不接下氣的。

「找一門八竿子遠的親戚，姪子的丈母娘什麼的，再胡亂編個什麼禮物送一送，總是有的。」母親隨口回答道，三人不約而同又爆出一陣哄然大笑。屋裡的牆壁清靜慣了，聽不得這樣的呱噪，便有些惱怒。

孟龍朝袁鳳眨了眨眼——那是他們之間的摩斯密碼，她立刻看懂了。**跟你說過吧，不用發愁，一切都在掌控之中**。這是他藏在眼色裡的話。

「你就叫我春雨吧，『同志同志』的，怪嚴肅的，受不起。你稍等一下，讓我把這一團亂糟糟的東西清理完了。」母親揚起下頜指了指桌上那一堆快要完工的火柴盒說。「孟老師，你留下來吃晚飯，我說了算。今天家裡碰巧有幾片豬肝，那東西可不是每天都有的。」

他一下子陷入了沉默，不知該找一句什麼話來回應。他已經知道了豬肝背後的那個故事。一旦進入了別人的祕密，就再也無法佯裝無知，全身而退。

6

這天早些時候，孟龍騎著自行車到了九山河岸一處人煙較為稀少的地方。每個週日，他都會在這裡騎車兜一圈風，或者下河游幾個來回——他也是個水性極好的人。他原是想借此偷得一時半刻的清閒，養養心神來對付接下來一整個星期的瘋狂，卻沒想到在岸邊遇上了袁鳳。袁鳳剛游完泳上岸，腳被河灘上的一根釘子扎破了，流著血，此時正捂著傷口坐在岸邊的一棵榕樹底下，等著路人經過幫她一手。

孟龍教兩個年級十個班的英語課，學生太多，他記不住每個人，可他卻認得袁鳳。倒也不是因為她格外羞怯，動不動就臉紅——這是少年人的通病，連革命也無法治癒，而是因為她上課時那份旁人沒有的專心致志。她交上來的作業極其認真工整，常常在本子的空白處寫著她在課堂上不敢問的問題。他會在她問題邊上隨意寫上幾句回答，他做夢也沒想到她會把他的答覆當作經書一樣看待，每個字每個標點都細細揣摩、回味、膜拜。

後來他才意識到：她對英語課的興趣，也不見得比數學和物理（那時叫工業基礎知識）更多。她喜愛這門課，純粹是因為她喜愛教這門課的人。英文裡有個成語：愛一個人，也得愛他的狗。中文更簡潔，叫愛屋及烏。

他把袁鳳扶上自己的自行車後座，馱著她去了附近一家醫院處理傷口。清洗，消毒，包紮，又打了一劑破傷風預防針。該做的都做了，完事時，已經過了中午的飯點。他就馱著她去了街邊的一家小麵舖，給他倆一人買了一碗魚圓麵。這是他第一回請學生吃飯。

舖子裡沒有一個顧客，死一樣的寂靜，一幅沾滿油跡、被煙火熏得發黃的毛澤東肖像，從牆上望著他們慈祥地微笑。那是一種由年歲、不可挑戰的威嚴和一頓舒心的飽餐之後才可能有的微笑。蒼蠅魔鬼似地肆無忌憚地嚶嗡飛舞著，有一隻心安理得地歇在了畫像的鼻尖上，給偉人製造了第三只鼻孔。他們不敢彼此相視，害怕那眼神若是一撞上，保不準就會引爆一場不合時宜天誅地滅的大笑。

他僅僅是有點餓，而她則是餓慌了。她一言不發，直接把頭埋進了飯碗。滋溜，稀里，嘩啦。他嚇了一跳。一個如此安靜的女孩兒吃起飯來竟然有這麼大的動靜。「你多久沒吃飯了？」他問。一句純粹的笑話而已，沒想到幽默一出口就拐錯了彎，拐到了一個通往災難的路口，引出來一大泡淚水。大大的，飽實的，毫無由來的淚珠子，順著她的臉頰淌下來，在桌面上鑿出一個個洞眼。

他毫無防備，一時怔住了，腦子飛快地旋轉著，想搜尋一兩句稍稍能勸慰她的話。他的詞彙庫存量很大，居多是從已故詩人身上學來的，可是此刻一點也派不上用場。死人的話只能安慰死人，對活人不管用。空氣中充斥著她還來不及結痂的委屈和傷痛，小舖的主人視而不見心無旁騖地翻著一張舊報紙，牆上那張肖像上的微笑，不知何時已經變成了一絲嘲諷。廢物！孟龍暗自詛咒著自己的無能，竟挖了一個這麼深的、不能自拔的坑，黏上了這麼個哭哭啼啼的十六歲的女孩子。在來到這個學校之前，他沒有應對過這個年齡的人，既不能把他們當作孩子，也不能把他們當作大人。在人際關係的雷達屏幕上，十六歲是個盲點。

最終她哭過了勁，自己慢慢安靜下來。她一開口說話，就把他從坑裡撈了出來。她跟他說了家裡的事，那些年的羞辱，掙扎，那些傷口。她本沒想說的，一切都是意外，那些話沒經過她的腦子，就逕自挖了一條逃路，越獄似地跑出了她的舌頭，她和他都同時吃了一驚。話一旦逃出生天，就匯成了一條小溪，一條河流，最終成為一汪大洋。她根本無法制止那些滔滔不絕的傾訴，就跟她無法制止颱風和地震那樣。世上沒有一條堤壩能攔阻得住這樣洶湧的急流。

急流漸漸平息，變成一條涓涓細流，最終過去了。

她感覺通身都被洗了一遭，清朗潔淨，身上那一層爛皮囊，已經蛻在了小鋪的飯桌上。桌子早已聽慣食客留下的各樣私密，絲毫不為所動。她把家裡的那點底都亮給他了，她脆弱得像層輕輕一捅就破的紙，但是很奇怪，她卻不再懼怕他。他現在知根知底地知道了她生命中最難堪的東西，她的煎熬已經過去，恥辱失去了束縛力。真相剝去了衣裝，她赤裸低賤地站在他面前，空前絕後地自由，前所未有地勇敢。

他聽她講著她家裡的事，只覺得這個比他小得多的女孩給他打開了一扇門，裡邊那個世界的卑賤和艱難，幾乎讓他目瞪口呆。他是政治上的棄兒，一個流放者，但是按字面意義嚴格來說，他算不上貧窮。在那個年代，大學生還是稀罕物，那張北大的畢業文憑給了他一份足以維生的薪水。在他的認知中，貧窮是有的，卻在遠方，在某座邊城，在某個水源匱乏的村莊，她讓他知道了城市也有自己的賤民。

他很想擁抱一下她，說一句一切都會好起來之類的話，可是他最終遏制住了這股衝動。生在一個既不能改也不能動的世界裡，沉默或許比謊言更容易讓人活下去。更何況他突然發覺再也不能像先前在課堂裡那樣對待她了。今天下午，就在他眼前，她剛剛經歷了一場說不清道不明的蛻變。

她不再是個孩子，一切的說教對她都是居高臨下的侮辱。

除了孟龍選擇告訴她的那幾句話之外，母親對那天早上發生的事一無所知。袁鳳那天回到家就像變了個人似地，竟然願意跟大人好好說話，且很把老師當回事。母親謝天謝地，驚喜都來不及，根本沒想深究。最近一陣子，袁鳳進入了一個不可理喻的階段，彷彿和天下的大人都有仇，一舉一動都像是在挖戰壕築城牆，攔阻大人的進犯。她眼中的那個大人世界裡，守在最門口的就是她自己的親娘。這個年輕的英語老師真是老天爺送來的及時雨，不早不晚地出現在一個憤怒悖逆的女兒和一個茫然失措的母親中間，成為一個正合時宜的緩衝地帶。

正好家裡有豬肝，留下老師吃一頓晚飯，或許就能把關係拉近了。這就是母親的私心。留人吃飯，這在她們家就算是件驚天動地的大事了，這張飯桌有史以來就沒見過生人的面孔。

母親開始整理手頭的亂攤。火柴盒子只須貼上標籤，就可以完工了。標籤是跟著潮流走的，每一批進來的貨，貼的標籤都不一樣。這一批是一句口號，用美術字印在一塊紅豔豔的背景上：**備戰備荒為人民**。

「你得讓我也出一點。」孟龍猶豫了幾秒鐘，終於說。

「啥？」母親聽糊塗了。

「他要給點錢，要不然就不留下吃飯。」袁鳳一下子聽懂了孟龍的話，就解釋給母親聽。

「這樣吧，我去買三只燒餅，一人一只。」孟龍補了一句。

「胡說什麼呢？」母親的臉立時就緊了。

「餡兒要雪菜肉絲的。」袁鳳賊眉鼠眼地笑了。

「阿鳳！」母親吃了一大驚，狠狠瞪了她一眼，懷疑自己是不是稀里糊塗的跟哪個陌生人換過了孩子。

「就這麼定了！」孟龍手腕輕輕一壓，心不在焉地把這個話題壓下了。他只想好好看看她們兩個是怎樣搭手幹活的。他不開伙，三餐都吃在食堂，也不抽菸，除了偶爾夜裡斷電需要點蠟燭或煤油燈，他很少用到火柴，也不知道火柴盒子竟然是手工糊出來的。母女兩人那流水般的默契和速度，只看得他眼花撩亂。母親貼上了標籤紙，輕輕一推就把盒子傳到袁鳳手裡。袁鳳麻溜地一碼，就排成了一條直線。再一碼，那直線又排成了一個方陣。每只盒子之間留出的距離，都劃了線似地精準齊整，彼此挨得很近，卻又留下足夠大的縫兒讓漿糊風乾。那是千次百次的熟生出來的巧。

「春雨，他們怎麼給你算錢，火柴廠？」孟龍好奇地問。

「一百個盒子五分錢。」母親回答說。

「每個盒子能裝多少根火柴？」

母親怔了一下，便笑了：「還真沒人問過這個。這不歸我管，是廠裡的事。」

「沒準，八十到一百根，裝滿為止。」袁鳳搶著回答。

他每個月的薪水是五十六塊錢。需要糊多少個盒子，才能掙到這個數？他飛快地心算了起來。

十一萬兩千。他聽見自己在喃喃自語。

「你在說什麼？」母親又聽糊塗了。

每個月十一萬兩千個盒子，或者說，至少八百九十六萬根火柴。這個數量的火柴，能燻黑世上一半人的肺葉、點燃地球上所有的森林。一年是十二個月，一生又是多少年？誰能說得準這個數字？這條隧道沒有盡頭。**一團又一團**。他突然想起了春雨唱的歌裡那隻永無止境地織網的蜘蛛。一陣無法排遣的、長夜般的絕望，突然席捲而來，將他徹底淹沒。

母親抬頭看了他一眼，似乎看懂了他的心思，輕輕一笑：「我有一隻小鳳凰要餵養，糊一只是一隻，再小也是錢。」她平靜地說。

他躲過了她的眼光，羞愧難當。

袁鳳坐在邊上幹活，半心半意卻又滿心歡喜地聽著母親和孟龍之間的對話。他們的聲音像沙灘上的潮水似地，一會兒進一會兒退，輕輕地拍打著她的耳膜。這些年裡，她過的都是禍福相倚的日子。愛和負疚，羞辱與得意，指望和失望，都是形影不離。每一件好事之後，禍事必然緊追不捨。她雖然只有十六歲，但已經見過了太多的事，她知道對她這樣家世的人來說，出門一腳踩到屎的機會，遠勝過撿到一張五元票子。遠勝的意思是百倍千倍。

今天老天爺大概睏了，竟然讓這麼好的運氣溜到了她手上。可是，天知道會有什麼樣的災禍在前頭等著？該來的就來吧，她管不了這麼許多，她只想好好地仔仔細細地享受這一刻的時光。愛已經麻木了她的感受，就像日頭黯淡了蠟燭的光亮，把她丟棄在一團盲目的懶散的一動也不願動的歡喜之中。

她當然聽到過關於他的閒話。學校裡流傳著許多個版本的故事：他頭上那頂自找的右派帽子，他的亡妻，他胎死腹中的孩子，還有那封選錯了時辰的香港來信……但那都不過是扔在他身上的汙泥。汙泥也長眼睛，專挑著好人、能人、跑得快的人沾。這些人太強，太遭人嫉恨，命裡注定要比別人倒楣。汙泥能弄髒他的衣裳。要是他不小心提防著，或許還能髒了他的皮囊，卻碰不到他的心。心是任什麼東西也弄不髒傷不著的。她才十六歲，還不懂皮囊是身體的居所，就像身體是靈魂的居所一樣，兩者本是一體，你中有我，我中有你。一個傷著了，那一個豈能安然無恙？

即使她懂，她也毫不在意。無論他是天使還是魔鬼，是正人君子或是惡棍，對她來說毫無區別。他把她從地上一把抱起來，馱在他的自行車上，她只想跟著他兜風。天堂也好地獄也罷，她才不會去操心他會帶她去哪裡。她不要像母親那樣過日子，摳摳索索地捨不得花掉一生中最好的年華，像壓制噪音那樣地壓制著激情，只在有人召喚的時候，才擠牙膏似地擠出一丁點愛，每一天都在害怕情緒超支，感情破產。她絕不這樣過日子。絕不。她想要愛，愛得熾烈、瘋癲、喪心病狂，愛到五臟六腑碎裂，生出劇痛。為這樣的愛她什麼都可以捨，她不想為自己留一毫一釐的後路。

還要過二十年，她才會參悟一條亙古不變的真理：世上每一個女兒都嫌棄過母親，都渴望逃離母親那樣的日子。可是到頭來，哪一個也逃不過命。到老了女兒才會明白，她過的，其實就是母親的日子。她的女兒，她女兒的女兒，一代一代都如此，周而復始。

「春雨，往後每個週三和週五，下課後我都會過來，幫袁鳳補習英語。她還真是喜歡這門課。」袁鳳聽見她的老師對她的母親說。

從那以後，孟龍如約每週兩次到袁鳳家裡補課，但他把時間換了，不在課後，而是晚上七點半，以避免陷入主人留飯的尷尬場景。那個關於豬肝由來的故事，已經將他的腸胃攪得翻江倒海。後來很長的一段時間裡，他都會在眼前擺著的任何一盤菜裡看見鮮血。

他會時不時帶點東西過來，一只新出爐的燒餅，一小包酸甜橄欖，兩個從北朝鮮進口的蘋果……，都是些很隨意不值錢的東西，這樣的小東西讓袁鳳母親抹不下臉來拒絕。他無法拯救世界，他其實都拯救不了自己。他不過是盡力想把她母親下一次賣血的日期稍稍往後推一推，一個月，一個星期，哪怕一天也好。在他的善意和她母親的自尊之間，只隔著一條細線。他心裡明白，再多的善意也磨不平自尊的稜角，他只能小心翼翼地行事。

他用來給袁鳳補課的課本，是天下無二的獨創。封面看上去，絕對是一本標準的中學課本，翻開頭幾頁，也的的確確都是課堂上教的那些課文，比如：

I am a little driver.
I drive a long train.
My train runs very fast.
It is running to communism.
（我是一個小司機，
我開一輛大火車。
我的火車跑得快，
一路快跑到共產主義。）

假如你再往下翻幾頁，就會翻到完全不同的對話：

I like hot weather best.

Really? Personally, I prefer winter.

（我最喜歡熱天。

是嗎？對我來說，我還是偏愛冬天。）

「這是《英語九百句》，美國人用的英文課本。」孟龍解釋給袁鳳聽。當然，那是經過了改頭換面之後的偽裝本。

有一天晚上，他來時手裡提了一個包，進屋就反手拴上了門，並且小聲吩咐母親拉上所有的窗簾，把用不著的燈全關了。他看著她們，一絲頑童似得意的笑意，在他臉上蕩漾開來，彷彿他剛剛得了一件了不得的玩具，正等著顯擺出來，把天下人鎮懵。牆上的掛鐘屏住呼吸，急等著看一場好戲。只見他從包裡掏出一個長方形的盒子，隆重地高舉著，定格在一個亮相的姿勢裡，然後極其小心翼翼地放下來，擱到桌子上。

「我的收音機，新買的。」他宣布，兩頰泛起興奮的紅光。話一出口，他就立即懊悔了。幸虧在家時他就已經把價格標籤撕了，要是春雨看到這個價，他會無地自容。她要糊多少只火柴盒，才能攢到這個數字？他連想都不敢去想。數學能夠摧毀一切，數字能把滿心的歡喜攪成一灘狗屎般的愧疚。到底是從什麼時候開始，他學會了把火柴盒作為天下所有物件的計價單位？

袁鳳的嘴張成了一個大大的紋絲不動的圓。她是在有線廣播和高音喇叭聲中長大的。一年以前，她曾經在一個同學家裡見到過一臺礦石收音機。同學的父親是機電工程師，那臺收音機是他自己動手裝搭的。幾個鐵疙瘩，幾根線，草草地裝進一個露著半邊臉的破木盒裡，這就是她的全部印象。她只是模模糊糊地聽人講過晶體管收音機，不過聽了也是白聽，她一點也不懂，她對那玩意的無知程度，基本等同於對彗星和恐龍。這會兒傳聞中的新奇竟然面對面地擺到了她的眼前：一個漂亮的乳白色的塑料盒，兩只大大的棕褐色的眼睛，當然，你叫它耳朵也行。它們是旋鈕開關，一只管頻道，一只管音量——這都是後來孟龍告訴她的。裡頭是什麼樣子的？還是一樣的鐵疙瘩和一樣的亂線團嗎？她問自己。塑料盒子嚴絲合縫地關起了所有的祕密，看不見的東西讓人生出不著邊際的想像和好奇。

他擰開音量開關，裡邊正在播送中央人民廣播電臺的新聞聯播。這個節目他們平時都是從有線廣播裡聽的，只不過收音機的聲音更清脆些，彷彿把北京扯到了緊跟前。然後他把音量漸漸調低了，低到幾乎聽不清楚聲音，而只是感受到了低音的震顫。「別說話。」他警告她們，然後用手勢把她們招呼到離收音機更近的地方。懸念像電流般嘶嘶啦啦地穿過耳膜，充溢在空氣之中。

他敏捷地調節著旋鈕，從一個頻道滑到另一個頻道，動作極是輕微，彷彿是在一張平滑而毫無瑕疵的鋼板上尋找一條細縫。除了交流聲，還是交流聲，聽上去像是細雨、大洋的浪潮、天邊遙遠的滾雷、樹葉在風中的窸窣，或是燃燒的木柴發出的劈啪聲。那聲響是壓抑的，邊角模糊，彼此相互混攪。

突然，那毫無意義的聲響裡流出了一串音樂。那曲調乍一聽很是怪異，把耳朵嚇了一跳，肌肉就收緊了。聽著聽著就聽順了，不再覺得驚悚。懷疑和警覺漸漸消退下去，耳朵覺出了安全，就把那繃緊的神經放鬆了下來，最終竟對那調子生出些莫名的好感。

接著傳出一個女聲，講的雖是普通話，那說話的語氣和聲調格外的平和柔軟，與平日耳朵裡刮進的聲音不太一樣。熟悉的語言，聽著竟像是外語。

這裡是美國之音對中國廣播時間……

母親渾身一抽，神情猝變，臉色煞地白了，彷彿剛剛又失去了四百毫升的血。

「這要是讓人知道了，他們會……」母親把後半截話生生地吞了回去，彷彿那話若出口見了天日，就會變成了鐵板釘釘的事實。

「咋會有人知道？除非你去報告，那你就是同謀。」他反駁道。說那話時嘴角一歪，歪出一臉詭笑。**諒你也不敢**。那是他眉眼裡的意思。

「媽，就咱們三個人知道，沒事的。」袁鳳央求道。他的詭異欣喜如傳染病傳給了她，她已無藥可救。

現在收音機裡說話的是一個男聲，嘟嚕嘟嚕地說了長長一串話，袁鳳的耳朵只斷斷續續地鉤著了一兩個字。

「這是美國人嘴裡的英語，在播報國際新聞，後邊就會有中文翻譯。」他解釋給她聽。「你要學地道的英語，你就得聽地道的英語廣播。」

「豹子膽啊，你們。」母親徒勞地抗議著。一對二，一場實力懸殊注定要輸的戰役。

這天夜裡，袁鳳怎麼也睡不著，突然覺得身下的那張床太小了。

7

自從到袁鳳家補課以來，孟龍對袁鳳的態度稍稍有了些變化。他們在學校裡見面時，他跟她打招呼，甚至看她的樣子，都比先前添了些客套。人前顯示距離，就等於間接承認了那個懸在空氣中屬於他倆的私密。她喜歡這種人前的刻意。

喜歡的同時，她突然生出了恐懼。恐懼如野草，在完全意想不到的地方突然就鑽出頭來。飯吃到一半的時候，剛有睡意但還沒進入夢境的時候，第一縷晨光舔開她眼瞼的時候，或者在她毫無防備地拐過街角的時候。再過三個月她就要高中畢業了，他就不再是她的老師，她也不再是他的學生，所以他也沒有理由再來給她補課。跨出校門她就要直接到冶金廠上班，三年的學徒期，然後期滿轉正，成為一名長期工。長期。長期有多長？長到永遠，長到她太老了幹不動活了，或者她倒地死了，看這兩個哪個先輪到。

這就是她的一生，陋街窄巷一樣，一眼就看到了底。

假如她從來不曾認識過他，她的前景雖然黯淡，卻也還不至於到難以承受的地步。他為她點燃了一根蠟燭，教她看見了一角溫州城之外、她的眼界所不及的那個世界。在這個歲數上，她的心正是最柔軟可塑的時候，他在她印泥一樣的心上留下了印記。他留下了一片他自己。可是，他留下一片他的時候，也同時帶走了一片她。

可是人總是要走的，誰也攔不住誰。這是大自然的法則，就像白天要離別黑夜，春天要脫離冬天，果子要掙脫樹木，父親要拋下女兒一樣。她離開學校的那一天，他們——她和孟龍——就要各行己路，永無交匯了。想至此，她忍不住打了個寒顫。這些惶恐和雜念在她心底隱藏著，隨著日子的流逝一天一天長大，她的身子已經裝不下了，隨時要赤裸裸地爆炸在光天化日之下。他知道嗎？他要是知道，又知道多少呢？

她必須要告訴他。她沒有選擇，再憋下去她就要瘋了。

每一次他來給她補課，聽完美國之音後，為安全起見，他都會小心翼翼地把收音機調回到中央臺。這天晚上，他正在調旋鈕，她突然對母親說她要出去走一走，透透氣。母親有點驚訝，因為天色已晚，但沒有阻止她，只是吩咐她不要走得太遠，要挑有路燈的地方走。自從她上了高中，母親纏在她頸子上的繩套似乎稍稍鬆了些，於是她和孟龍兩人就一起出了門。

他提出來帶她騎車兜一圈風。在往常她一準會樂得頭重腳輕，可是今天不行。今天她需要走路，能有點時間來慢慢地切入一個話題。這個話題她想了很久，卻一直沒有想好一個合宜的開頭。

她堅持要散步。

這天的月亮差不多就是滿月了。月光亮到發藍，照到哪裡，哪裡就生出一團淡淡的紫。而照不見的地方，就舞動著些奇奇怪怪的影子。冬日剛過，夏日未至，萬象已經復甦，每一樣活物都在用嗓子佔據夜空下的領地，誰也不肯讓著誰。青蛙的嗓門最大，其次是蟋蟀，再就是紡織娘，牠們都躲在附近的灌木叢中和小河邊上。溫州城裡蜘蛛網似地到處都是塘河，在還沒有城的時候，水就在了，水比人的記憶還老。可是現代化的腳步在悄悄逼近，再過個一、二十年，這些河都會被泥土充填，消逝在高速公路和高樓大廈之下。

不過當時水和人都還不知道這些。孟龍和袁鳳走在月光之下，根本沒有料到那天他們聽到的夜聲，將會是老城近乎最後的哀鳴。世道很快就要改變，新潮流所至之處，就會生出新景致，老城即將成為一本過時的地圖裡一頁泛黃的廢紙。革命留下的殘局，馬上會有商機來收拾，利利索索的，什麼也不會浪費。

「看看你，都長得多高了。」孟龍看著袁鳳，驚歎道。她走在他身邊，身子藏在他身子投下的陰影之中，異常地沉默。

這一年裡她的確長高了許多。她身個竄得太猛了，為了不擋住同學的視線，新學期開始時，班主任把她的座位從第三排調到了最後一排，和班裡個子最高的男生坐在一起。在女生中，她鶴立雞群，站在那裡什麼話都不說，就已經讓她們感到了威脅，因為她讓她們覺出了自己的弱小。在那個群體中，她格格不入，沒有人會對她推心置腹，被孤立是自然而然的結果。或許，換個角度說，她自覺自願地把自己打造成了一個孤獨的流放者。她心裡藏著一個成人才會有的祕密，而她們才剛剛玩膩了布娃娃——假如她們買得起布娃娃的話。

「大概是，隨我爸吧，我爸個子高，像江心塔。我媽說我太費布票了，現在輪到她穿我穿小了的衣服。」袁鳳有一搭無一搭地回著孟龍的話，心裡卻在盤算著下一步的行動計畫。

「你媽有沒有說，你現在變得，那麼……」孟龍猶猶豫豫地停住了，在腦子裡搜尋著合適的詞。「那麼像個大人了。」最終他說。

其實不用他說，她已經猜到了他在那個小小的停頓裡吞下的那半截話。同樣的話，母親衣櫃上的那面鏡子——那是她的鏡子，已經明明白白地告訴過她了。她已經不再是那個皮包骨頭的小丫頭了，顴骨上的太陽斑也已消逝殆盡。她的眸子裡閃著火花——那是未經世事熏染的光亮，誰也沒法澆滅它，因為點燃那光亮的燃料是自給自足的，「風吹雨打都不怕」，就像那首人人皆知的兒歌裡唱的。每個星期她都昏昏沉沉地打發著日子，無精打采地等候著他來家裡的那兩個晚上。他來了，她整個人就猝然活了，每一根神經都充滿了電。

除了家裡的鏡子之外，她還有另外一面鏡子，那就是他的眼睛。這面鏡子不像家裡的那面那樣挑剔，卻比家裡的那面更敏銳，更懂得她的好。他眼睛裡的鏡子證實了家裡的鏡子——那面真鏡子——已經告訴過她的事實：她的容顏對得起世上所有的鏡子。但是他說話時那隱隱一絲**你這個可愛的小丫頭**的語氣，卻突然惹毛了她，激起了她反擊的欲望。她那一米七四的軀體上的每一個細胞，都急於在他面前顯示她已經不是孩子。

「我一上班就要搬出去住，搬到單位的宿舍裡。」她的臉突然間繃緊了。

他吃了一驚。「這事跟你媽商量過嗎？」

「沒有必要。」她脫口而出，說完了立即為自己磨刀石那樣堅硬的語氣懊悔，口氣稍稍軟了些下來。「以後再跟她說吧。」

他笑了，是那種輕柔到幾乎縱容的笑。

「你還得好好長身體呢，別操心布票的事，我把我那份省下來給你。下個季度吧，這個季度不行，我都用光了。」他說，帶著一股她先前從未見過的溫存。

她怔住了，一時難以置信。「你是說，你還會來看我，就算我畢業了？」

他沒有立刻回話，而是靜等著她洶湧的狂喜慢慢地退潮。「傻孩子，當然會來看你，除非把我踢出去。」

她如釋重負，全身癱軟了下來。過去的幾天幾夜裡，她一直都在冥思苦想地籌劃著今天晚上要說的話。各樣的念頭，各樣的話，一字一句，一潮一陣，無休無止紛亂無序地在她的腦殼裡閃過，等待著一個合宜的開頭，把它們串成一場大人之間才會有的、別有深意的對話。

在那個男女之事可行而不可言的年代裡，十六歲半的袁鳳對人類繁衍行為的過程以及其間的疼痛和狂歡，都還近乎一無所知。小時候，她夜裡曾經被父親房間裡傳來的母親壓低了的呻吟聲所驚醒。她模模糊糊地猜測過那緊閉的房門之後發生的事，可是沒有哪本書、哪部電影、哪個領略過風情的女友來幫她解開過謎底。連她的母親，也不曾給過她任何指點，哪怕是暗示。她的猜測是飄在半空的浮雲，東鱗西爪，浮游不定，她始終不得要領。可是荷爾蒙總會有自己的辦法，幫她找到路的。

一個吻。這是她今晚計畫要做的事，假如她無法給肚子裡的話找到一個合宜的開頭，或者頭雖然開了，卻拐上了一條通往滅頂之災的歧路，這個吻是拿來救場的。她是在蘇聯小說《鋼鐵是怎樣煉成的》裡讀到冬妮婭親吻保爾．柯察金的場景的。那本書是那個年代所有的年輕人都讀過的小說，他們應該喜歡的是堅強果敢的革命者麗達，可是所有人念念不忘的，卻是那個穿著裘皮大衣，熱烈大膽的小資產階級尤物冬妮婭。書裡那個親吻的場景，每一次想起來，即使在黑暗中她也會禁不住面紅耳赤，手心溼黏。這就是她今晚想要做的事。這個想像中的吻讓她渾身繃緊，手心被汗水溼透，牙齒抑制不住地格格相撞。

他一句「當然會來看你」，出乎意外地解救了她。她不需要非得在此刻找到那個該死的話頭、籌謀那個該死的吻了。這個糟透了的夜晚把她的腦汁像中藥似地熬了一遍，她的靈感乾澀枯焦，再也沒剩下一個鮮活的細胞可以營造愛情。不過她還有足夠的時間去慢慢長大，等著他的布票化成一件新襯衫——最好的蘋果綠顏色的，也等著她的心思意念慢慢生出扎實的根基，結出落地有聲的話語。

「阿鳳，」他輕輕喊了她一聲，這是他第一次叫她的小名。「等期中考完了，我有話要跟你說，是緊要的話。」空氣輕輕哆嗦著，充滿了暗示，她被他語氣裡的鄭重其事嚇了一跳。讓她震驚的，不僅是他的話，還有他的話在她心裡激起的滔天懸念和希望。

她飛快地計算了一下時間。很簡單，從現在到期中考之間的距離，是七個白天和六個夜晚。從今晚到那一天，是她通往天堂，或者地獄，的冗長旅途。

多年之後，她依舊還會想起那個想像之中的吻在她的記憶中燒下的疤痕。那是她的初吻，並未發生，卻刻骨銘心。那經久的折磨，那顫慄的期待，那高燒般的幻覺，已經離現實如此近了，卻被命運之手輕輕一推，遁入永恆的幻象。

期中考來了，又去了，可是那場他許給她的談話，卻沒有發生。它的內容被埋入往事，成為永遠無法解開的祕密。就在那段時間裡，一件意想不到的事情發生了，如一場颱風突兀來襲，在它身後留下一地破碎和狼藉。計畫中的人生在此脫軌，毫無準備地進入了一段不可預測的路程。

有一天上課時，孟龍心不在焉地在黑板上寫下了「Celebration of Nationalist Day」（慶祝國民黨日）。這不是他的本意。他原本要寫的是「Celebration of National Day」（慶祝國慶節）。好好的一首頌歌被他給唱歪了，唱給了不該有的聽眾。一個小小的拼寫錯誤，導致了一場重大政治事故。

後來每每回想起來，袁鳳都不敢確定她的良心在這件事上是否完全清白無辜。孟龍並非魯莽之人，前車之鑒已經教他學會了謹言慎行，做事知道清理首尾，不留把柄，他不太可能犯下這般低級的白紙黑字錯誤。更糟糕的是，課上完了，還會把板書一直留著，彷彿在靜等著人來舉報。莫非他心裡有事？袁鳳的心抽緊了。是那件他要跟她說的事嗎？**緊要的話**。他是這麼告訴她的。

在孟龍遭遇的三起劫難中，前頭兩起或多或少屬於陰差陽錯，是一齣演成了荒誕戲的情景喜劇。但就這一起來說，沒有任何合理的解釋可以幫他脫罪，他完完全全是咎由自取。

幾天之後，處理決定下來了，這回是來真格的。作為已經有兩次前科的慣犯，他被發落到溫州城以北三百公里的一個小村莊。這個村地處山區，是全省海拔最高、也是最貧瘠的地方，沒通電，離最近的汽車站也要步行三個半小時。秋季開學之前，他就要去一所社辦小學報到，教語文和算術。至於英語，那裡一百年之內都用不上。

他從一開始就沒想去報到。二十年裡，他第一次想到了他的母親。她在香港生活了多年，現在在九龍和溫哥華兩地輪流居住。

有一天晚上，他過來看袁鳳母女。幾句寒暄之後，他就跟她們說了他的逃亡計畫。這個計畫不是一時興起，他已經考慮了一陣子，唯一沒想到的是他會脫口洩露給她們。他的原意是想跟她們道個別，絲毫沒想牽連她們。在他人生的這個階段，整個世界上，除了她們，他一無所有。

「這個留給你了。要特別小心，每次聽完了一定要調回到中央臺。」他從袋子裡掏出收音機和那本糊了假封面的《英語九百句》，放到桌子上，特意叮囑袁鳳。

他扔下的那顆炸彈，卻沒有引起他想像中的爆炸。

「為啥不把它賣了呢？」母親漠然地打斷了他的話。「我們路上要用錢的啊。」

「你說啥？」他怔了一怔。

「我們跟你一起走，阿鳳在這裡能有什麼出頭？」母親說。

8

儘管他們已經在腦子裡作過千種萬種的想像，但是那個深夜當他們被帶到這裡，面對面地站在海灣面前時，他們立刻覺得先前的想像實在太貧瘠蒼白。遠處傳來海浪撞擊到岩石時發出的粉身碎骨般的巨響，讓他們知道了海的寬闊和力量。海能養著人，讓人慢慢地活著；海也能毫無預兆地翻臉，教人頃刻之間喪命，死無葬身之地。沒有誰能抵擋得住海隨心所欲的蠻荒之力。腥鹹的海風帶來了海的原始氣味，那裡掩藏著未卜的凶險和未知的機遇。他們被這樣的宏偉和神祕所深深震撼，肅立無語，大氣也不敢出。

天空有一彎細細的月牙，那光亮被空氣中一層薄薄的水氣過濾之後，在水面上灑下隱隱的暗光。這樣的光對他們來說恰到好處，既可以掩護他們悄悄融入背景之中，又不至於黑得讓他們失去方向。船老大日復一日年復一年地在這片海面上混飯吃，從這岸偷渡到那一岸，載人運貨，靠的就是經驗。孟龍他們已經在附近的漁村裡潛伏了四天，耐心磨得紙一樣薄，終於等到船老大發話：就挑今夜行動。

十多年後，到了八〇年代，國門猝然打開，信息蜂擁而至。袁鳳在上海的一家書店裡發現了一張這個區域的詳細地圖，上面標註了這片海面的中英文名字：Mirs Bay，大鵬灣。可是在一九七〇年春天，一張這樣的地圖，對絡繹不絕的偷渡人流來說是一紙難求的稀缺物，市場上全面禁止——至少對公眾如此。然而孟龍想要的東西，他總能削尖腦袋鑽出一條通道。他花了二十塊錢，從一個漁民手中買下了一張手繪的當地地圖。那筆錢比母親一個月的撫卹金還多出兩塊。孟龍讓春雨母女大開了眼界：在北方平原和全國大部分地區，革命原則依舊是至高無上的法典，而在廣東沿海地帶，錢已經開始說話。

從廣東到香港的地下通道已經運行了二十載，經過一年復一年的反覆試驗，手法越發繁多，花樣日日翻新，成功的經驗底下鋪的是一條條人命。

路徑大致有三條，各有長處短處，孟龍已作過仔細研究。假如以距離為算，第一條路最快捷，但需要翻過設在邊境上的鐵絲網。若太平通過，鐵絲網之外還有一段水路，他們要游過去才能抵達那頭。在三個方案中，這條路最快，游水的路程也最短，花費自然也最少，但卻是最凶險的，因為邊防軍和獵狗全天候都在防守。人若沒有一隻比狗還靈敏的鼻子，很難在那樣一道萬里長城中嗅出一絲裂縫。

第二個方案要走很長的山路，相對來說遠了許多。要由一位熟悉林中古道的當地人領路，在濃密的原始森林中步行大約十日。走出森林後，還要游過一段大約五公里長的水路，才能抵達目的地。這條路比第一條路安全，但卻最耗費體能，得有超人的肌肉力量和耐力，才能完成如此長距離的跋涉。行走山路時儘管有樹蔭遮蔽，卻依舊會時時暴露於烈日之下，身背全套游泳裝備和兩星期的乾糧，以及治瘧疾、割傷、蟲蛇咬傷的急救包，負擔沉重。途中幾乎沒法洗澡，且一路不得說話，單是這一條就能把人憋瘋。

這兩個方案很快就被否決了，原因很簡單：母親的水性不行，關鍵時刻指望不上。很快他們就把注意力集中到第三條路徑上。這一條路相比起來最安全——假如這樣凶險的路途也可以用「安全」二字來形容的話。這個方案就是坐漁船於最深黑之夜出海。不費腳力，就是燒錢：每個人頭三百塊錢——在那個年代這是天價。兩下談妥了就得先付一半訂金，另一半寫成一張簽字畫押的借條，到岸後由香港那邊接應的人按數付清。

計畫定了，他們就像採蜜季節的工蜂一樣開始四下奔忙，籌集費用。有了目標，心不再浮游，辛苦是辛苦，卻不覺得倦怠。母親沒想再費時去多糊幾個火柴盒救急，她心下明白即使她日夜不眠，分文不花，也得糊上半輩子才能湊足那個數。她就是有半輩子，船老大也沒有。即使船老大肯等，海潮也不肯。

賣血也救不得這個急。即使她把身上的血抽乾了，變成一具木乃伊，也頂不上那個缺口的一個小角。況且她還得省著體力來熬這樣長的旅途，一根蠟燭燒不得兩頭。

他們唯一能做的，就是變賣手頭的一切。孟龍的父親過世時留給他一只舊英納格手錶，再加上他那輛兩年新的自行車，還有那臺幾乎全新的晶體管收音機，三樣東西加在一起，給他的錢包裡添了兩百一十五塊錢。

袁家的底子薄，幾乎沒有什麼物件值得往舊貨行裡送。父親留下的舊自行車早就變賣了，換成了袁鳳身上的棉襖。但是父親還留下了幾樣舊東西：一塊國產手錶，錶身碰癟了幾處，玻璃面上裂了一條縫；還有幾件舊軍裝，早洗得脫了線，辨不出原先的顏色了。舊貨行的掌櫃閱人無數，見多了世間的沉沉浮浮，早就學會了不動聲色。可是當母親在他審視的目光之下，戰戰兢兢地把這幾樣舊東西放到櫃檯上時，他的臉上竟然罕見地裂開了縫，倒教母親吃了一驚。

「天，這是真貨啊。這年頭，輕易買不著……」他從那幾件軍裝裡抬起頭來，意味深長地看了母親一眼，又覺出了自己的失態，立刻把臉上的熱情壓了下去。過早暴露出對某樣物品的興趣，那是剛入行的小學徒才會犯的錯誤，像他這樣在這一行裡混成了精的老人，應該沉得住氣。

「總共四十三塊，好價錢，沒虧待你。」他板著臉說。

母親愣愣地站著，不知該說什麼，兩隻腳在地上不安地挪來挪去，走也不是，留也不是，臉上寫滿了猶豫。

「四十六塊，沒法再高了。你願賣就賣，不賣就走人吧。」他打住了話頭。

母親抓了錢就走，腿彷彿脫離了身子在獨自狂奔——她是怕那人一會兒就要改主意。文革轉眼就已經到了第四個年頭，革命初期對軍裝的那股崇拜之火，到現在還燒得通紅熾烈。她那個呆頭丈夫，活著的時候一回又一回地救過她。現在雖然死了，還從墳墓裡伸出手來拉了她一把。

她們還想到了另外一個籌錢的法子：變賣家裡的那幾樣家具。理論上說家具是冶金廠的財產，歸廠裡處置。但事到如今，火燒眉毛，誰還顧得上這些？不過是些無關緊要的細節而已。「我那個在上海的阿姊腦子有病，給我匯了一筆錢，非得讓我換家具。」鄰居看見母親往外搬床和桌子，不免有些驚訝。問了，母親就這樣跟人解釋：「我家阿姊說阿鳳睡在她阿爸過世的床上不好，不吉利。你聽聽，這都是什麼封建迷信的想法？」

騙子都是苦日子給教出來的。母親不禁被自己的滿嘴蓮花給逗樂了。那是她現炒現學的新本事。現在她遇上躲不過的事，張口就能編出一溜子假由頭，或者說，真謊言。

其實平心而論，她說的也不完全是謊話。**錢還在路上**。騙子常常是這麼說的。只不過這一回，錢還真是在路上。她給姊姊春梅拍了份電報，讓她電匯兩百塊錢。有急用。她這麼說。這錢是先前她姊姊和姊夫多次要給她、卻被她一次次回絕了的。他們欠她的，豈是這筆錢能勾銷的？

忙碌了一個星期，他們把變賣得來的錢都湊在一處，數了數，共是五百三十五元，再加上幾個零崩，足夠付船老大的定金了。有了這筆定金，他們將踏上通往自由的不歸之路。

訂金有了，他們還缺一張前往南方邊境地區的特殊許可證，那是繞不過去的關卡。這事很快有了著落。孟龍用一塊肥皂，雕刻出了一枚天衣無縫的官方印章。跟真貨相比，假貨無可挑剔，幾可亂真。孟龍的精湛手藝，由此得到了確鑿的印證。當然，他無師自通的本事，還仰賴燃眉之急所賜。

他們上了一艘由小引擎作為動力的漁船，船裡坐了十個人——九名乘客加上船老大。船老大說這個馬力的引擎用在這事上最合適，機器噪音不大，很容易就被風聲和海浪的拍打聲遮蔽過去。每個人上船之後都要低伏身子，不得抽菸，不得說話，誰也不能弄出響動。這是人命關天的事，沒得通融的餘地。

船老大又說這會的天氣正合適，月光正好，風不大不小，又是順潮，更難得這趟船上還沒有小孩子，再也找不出比今夜更好的時機了。可是三千個好頭，也抵不了一個爛尾。他嚴厲警告他們：巡邏艇上的水警可不是吃素的，他們對水上的門道花招瞭如指掌。你有半斤，他就有八兩。你知道今天正好走船，他也知道。大凡遇見好天，狗鼻子就會比平日更尖。

船在深黑的夜色中滑進了水中。水面逐漸開闊，風猝起，船身猛烈地搖晃起來。母親一會兒就頂不住了，心著急地想管住胃，胃不服，狠狠掙扎了幾番，卻兵敗千里。又急又怕之間，一陣天旋地轉，母親哇哇地吐了起來，嗓子被淚水和嘔吐物堵住了。船老大聽不得那聲響，也聞不得那氣味，朝孟龍扔了一條毛巾，讓他趕緊去堵她的嘴。

母親幾乎被那條毛巾的餿味憋得暈了過去。孟龍無助地看著她，只能貼著她的耳根小聲地安慰著：「快了，快了。」

突然間，母親的腸胃停止騷動，安靜了下來。那天其實是腸胃第一個注意到了異常的。母親隱隱聽見遠處有一絲聲音，裹在海聲中間，幾乎無法獨自剝離出來。一開始她不知道是什麼，只是憑直覺感受到了它的存在。她一動不動地呆立了幾秒鐘，才分辨出來那是馬達聲。血轟的一聲湧上頭來，如同一股暑夏的熱潮，癲狂地撲打著她的太陽穴，又猝然變成冰冷得令人顫慄的寒流。她看到了遠處有一小團亮光漸漸逼近，膨脹成一束光帶，將漆黑的夜色掏出一個邊角參差不齊的洞。

船老大嘶啞地罵了一句娘，猛然轉舵，躲避探照燈。船一個急轉身，艙裡的女人一時不備，忍不住驚叫了起來。

上船之前，船老大已經詳盡地跟眾人說過了萬一被抓住的種種後果。

「會先統統帶進拘留所。興許一天，興許幾個月，待多久誰也說不準，看各人的運氣，也看警察的心情。你得立馬認錯，態度要誠懇，淚水有時候比話還管用。」船老大叮囑他們。「你認自己的錯就好，不要扯上別人。記住：你是自己腦子進了水，才會想出這樣的下招，走了這樣的錯路，沒人指點你。千萬不可頂嘴——他們才是明道理的人，你不是，你是笨蛋糊塗蟲。可能會在檔案裡給你記個過什麼的，不大會進監獄。想往那邊去的爛人太多了，要是個個都關起來，天下哪有這麼大的牢房？」

那時他們藏身在漁村裡，第一次聽船老大講行程中的種種可能性時，他們還是更願意相信運氣，耳朵只挑著順耳的聽。萬一抓住，大不了就是輕輕責罰一下，從寬處置，這是他們的腦子選擇相信和記住的內容。事到臨頭，危險在即，記憶突然就改了道，帶他們進入了落到獵狗嘴裡的嚴峻現實。

「我們走了多遠了？」孟龍突然發問。

「差不多一半的路吧。」船老大回話。

孟龍飛快地收拾起他的塑料口袋，裡頭裝的是他的換洗內褲、吃剩下的乾糧、還有一團包在油紙裡的老虎屎——那是他從廣州動物園一個工作人員手裡買來的。這一帶的人信老虎的威力，都說巡邏的狗聞到老虎屎的氣味，就不敢靠近。塑料袋的口子繫得死緊，必要時可以漂在水面當救生圈使。

他把塑料袋繞在脖子上，捏住了袁鳳的手臂。他下手有點狠，她覺出了疼。「對不起，我沒來得及給你，布票。」他輕輕地對她說。還沒容她回過神來，他已經鬆開她，猛然扎進了水裡。

他再也犯不起事了。對別人來說也許是「輕輕責罰一下」，對他來說絕對不是。算上這次，他就是一個連犯了四次錯的慣犯。這一回，要是落到獵狗手裡，即使不生吞了他，至少也要啃走一隻手臂。他已經沒有時間多想，他決定孤注一擲。海水裂開一條縫，給他的身體讓出了路。他劃拉了幾步，又回過頭來，嘴角扭出一絲怪笑，眼睛在黑暗中閃著光。那是一匹窮途末路的狼眼中才會有的光，冰冷，孤獨，令人心驚膽顫。

這是孟龍被深黑寬闊的海面吞沒之前留給袁鳳的最後印象。直至今日，袁鳳還不敢確定這是不是純屬她自己的想像。

「人要找死，誰攔得住？」船老大搖了搖頭，手上加了把勁，船箭似地射了出去。

9

他朝她游過來，離她很近了，近到她可以看見他的頭髮像水草一樣在水中輕柔地漂浮。他向她張開五指，她也如此，他們的靈魂幾乎相互碰觸。夜復一夜。即使是在她高燒的譫妄中，她也清醒地感知到他們活在兩個平行的空間裡。他在努力穿越層層時空阻隔，朝她游來，但他們就像是兩條被一層薄薄的玻璃牆相隔的魚，如此相近，卻如此不可及。

假如當時他一個人啟程，他完全可以挑選一條不同的路徑，或許現在早已安全抵達。他捎上了她們倆，給自己背上了一個致命的包袱。是的，**致命**。在意識的夾層中，她迷迷糊糊地想著。

這麼多年裡，在九山河和甌江水裡游過的無數個來回，在冬泳訓練營裡燒的那些錢和時間，到頭來竟全是浪費。回頭一看，她整個少年時代裡的每一次游泳，彷彿都是在為這一次做的準備。這一次與從前所有的那些次都不一樣，這一次是游向自由和愛情的。但事到臨頭，她卻退縮了。在母親和愛人之間，她選擇了母親。

她覺得耳膜上隱隱壓著一片重量。是一絲聲響，像蜜蜂的嚶嗡，也像雷滾過地面之後留下的那絲震顫。她攀附在意識的邊緣上，漸漸明白過來那是母親在哭泣。

她終於掙醒過來，發現自己躺在地上的一張蓆子上，枕頭聞起來很久沒用過了，一股灰塵味。屋子裡什麼也沒有，空空的看起來既陌生又有點眼熟。不，不能說什麼也沒有，至少還有一只死氣沉沉的爐子，耷拉著身子靠在一面滿是汙跡的牆壁上，等待著食物將它煨暖激活。夢境是朦朧迷糊的，但醒來後的世界似乎比夢境更讓她疑惑。這是在哪兒？她心裡湧上一股衝動想使勁地大喊一聲，可是竟然找不到嗓子。

「阿鳳？」母親從蓆子的那一頭爬了過來。太陽照樣昇起，透過玻璃窗，怒目注視著母親那張滿是蚊蟲叮咬瘢痕的臉。廣東地界上的蟲子凶猛歹毒，最愛欺負不曾相識的陌生臉孔。母親的眼睛是乾澀的，沒有任何淚痕。哭泣只是袁鳳的想像，母親從來不曾自憐自艾。

「我睡了多久，媽？」袁鳳終於找到了嗓子，眼皮卻依舊黏沉。

「兩天。」母親回答道。母親現在撒起謊來很是得心應手，能把事件改頭換面，編織得天衣無縫。真正的事實是：她們從廣東拘留所釋放後，回到溫州已經四天了。袁鳳發著高燒，這四天裡一直在迷迷糊糊中時睡時醒。

陽光把母親的頭髮改了樣子，似乎在上面撒了一層細細的灰。袁鳳湊過去細看，吃了一大驚：就在她沉睡的時候，母親白了頭。

「你沒怎麼吃東西，只在中間醒來時喝過幾口米湯。」母親說。

袁鳳一點兒也記不起來她曾經醒來並喝過米湯。

「你買米了？」她怔怔地看著母親，迷迷瞪瞪地問。

「買了，夠吃到下個月初的。」母親說。

拿什麼去買的？袁鳳正想問，卻又把半截話噎了回去。還需要問嗎？母親又去賣了血。她們已經把家裡每一樣能賣的都賣了，也把每一分錢都花了。母親還得一次一次地接著賣血，直到血管裡再也流不出血來，就像多年前她的乳房裡再也流不出奶來一樣。

「把收據收好，不要給我看到。」袁鳳脫口而出。那是她心裡的想法，不覺間說出了口。

「啥？」母親疑惑地問。

10

風向開始變了。

世上任是什麼運動，拖得久了，就難免把自己拖得疲軟了。文革也是這樣走到了頭。一九七七年寒冷的冬天裡，風颳來了解凍的消息：大學要重新開門，面對社會招生了。一九七八年夏季，冶金廠熟練的車床操作工人袁鳳，用她老師孟龍教給她的英語，通過了競爭激烈的考試，進入上海一所名牌大學讀書。那是她第一次獨自離家遠行。

幾年之後，一名教過袁鳳英語課的加拿大外教，贊助她來到多倫多大學讀書。第一個碩士學位，給她帶來了一份兼職工作；第二個碩士學位，給她帶來了一份全職工作。求學、求職、謀生、熟悉環境，一步接一步的雜亂調整過程裡，袁鳳把母親接到了加拿大，先是以訪客身分，後來就長住了下來。她們在多倫多一起生活了將近二十年，直到母親住進了松林養老院，最終死在那裡。

二〇〇三年一月的某一天，袁鳳——不，這時她已經叫菲妮絲了——和她當時的男朋友，一位從新加坡來的藝術家（同時也是詩人、音樂家、比薩送貨員）以及她的母親（此時已改名蕾恩），一起去多倫多鬧區的一家中餐館吃春節年夜飯。就在那裡，她看見了孟龍。在此之前她一直以為他早已死在了大鵬灣的海水之中。用重磅炸彈來形容當時帶給她的衝擊，都還是太溫和委婉。她雖然一眼就認出他來了，但立刻知道他已不是他。稀疏的髮際線，耷拉的肩膀，一張皺紋深刻平淡無奇的臉，三十載的歲月已經把他變成了一個走在街上沒有人會看第二眼的男人。

後來她再想到那天的事，才醒悟過來其實他真正的變化不在表皮，而是在他的眼神。他的目光裡再也沒有那股克制的惱怒和刀片一樣尖刻的專注。曾經狼一樣的陰森光采，已被歲月吞噬。他已經變成了一個溫順的、人畜無害的、乏味的老男人。**普通**。對，就是普通。這個詞並不完全準確，但也算是差強人意了。

唯一沒變的是他的聲音，依舊溫柔，帶著磁性，穿透三十年的厚壁，正正地擊中她的心，激起一圈波紋。

她怔怔地一動不動地坐著，遠遠地看著他沉浸在闔家的節慶氣氛之中。旁邊坐著他的妻子，看上去比他略長幾歲；他的女兒，長相平平，戴著一副巨大的黑框眼鏡，身邊沒有男人；還有兩個小女孩，一個五、六歲，一個七、八歲的樣子，繞著桌子瘋跑，嘴裡大聲嚷著什麼，手裡歡天喜地舉著一個紅信封，大約是外公給的壓歲錢。

該死的。她默默地詛咒著。命運真是一絲一毫都不肯放過她啊，到這時還要來索取她一生中殘留的幾片快樂記憶。那寥寥幾個未經雕琢的純真青春日子，原本已經被他的死亡定格在永恆之中了，卻因為他的出現被再次謀殺。這一次的死，才是真死，從此永無復活之日。

她沒有過去跟他打招呼，就離開了餐館。恍恍惚惚地走在街上，她不知道該為他活到了今天而心存欣慰，還是該為他沒死在昨天而感到遺憾。前面是虛偽，後面是殘酷，怎麼想都是錯，但怎麼想都真實。

那天母親是不是也看見了孟龍？這個疑問跟隨了她很多年，但她從來沒有問過母親。

第四章

一對姊妹，
一場事先籌謀的久別重逢，
還有一隻街貓

菲妮絲發給喬治的電郵，二〇一一年十一月三日，北京時間兩點零七分。

親愛的老喬治：

我在溫州的經歷幾乎可以用一場法國荒誕派戲劇來形容。我去找我上過學的那所學校，還有我和我爸都工作過的冶金廠。學校不見了，工廠的原址也認不出來了，旁邊蓋起了一座商城。縣前頭（我出生長大的那條老街）現在已經擴建成了一條交通要道，沿街的老屋全部拆毀了。在這座城市裡我再也沒有任何殘留的基因證據可以證明我的身分了。一個需要住旅館的人，還能拍著胸脯說她回到家了嗎？

真正的喜劇高潮發生在昨天，我在街上碰到了一位中學同學。我們同窗四年，而且都參加了少年宮的體育訓練班，她練乒乓球，我練冬泳。可是我們回憶起學校的舊事時，她的記憶和我的完全不同。南轅北轍相差如此之大，我甚至懷疑是不是有人趁我睡著了，在我腦子裡鑽了個洞，換了一個芯片。她完全不記得我參加過冬泳訓練營，她說孟龍出事的原因是「因為他沒把他的小弟弟收妥在褲襠裡」——他睡了一位體育老師，被人家的丈夫逮了個正著，一把告到了革委會。天爺，她爆的那些細節真是香辣生猛。

後來的大半天我都是渾渾噩噩的。我在回憶錄手稿裡寫下的那些栩栩如生的場景，難道不是我的親身經歷？難道我純粹憑著想像力，創造出了自己一整個童年和少年期？抑或我是某種煤氣燈效應的受害者？世上那個可以證實我生存歷史的人，如今已躺在那個金屬罐子裡，默不作聲。但是我還是決定相信自己的記憶，除了記憶我已經一無所有。假若抹去這些記憶，我那塊地理意義上已經消失了的故土，還有什麼地方可去？所以不管天塌地陷，我也得緊緊抓住我僅存的記憶。

壞消息還不止這一樁。我媽骨灰安葬的事，我們原先設想的那個計畫，現在看來會有變數。情況有點複雜，三言兩語講不清楚，等你打電話來的時候，再跟你細說。

手稿裡那個題為〈姊妹〉的章節，你不用著急訂正了。梅姨又跟我講了些先前沒講過的事。前陣子她告訴過我的話，現在她又開始改嘴，變動了幾個時間順序。梅姨說我媽離開上海到溫州和我爸結婚之前，曾經和她有過幾次深談，跟她說了些讓她「很意外」的事情。基於這些變動，我想修改一下原稿，把我媽的視角也糅合進去。等我改好了，你再慢慢挑錯。

妮絲

又：我坐下午的火車回上海。

喬治發給菲妮絲的電郵，二〇一一年十一月四日，美東時間十二點五十五分。

親愛的妮絲：

聽到你的聲音真好。這個月的電話帳單，你最好別看。儘管我想你想得要死，我還得公平地說：這次的遠行對你真有好處。回去一趟，就把你內心的情緒攪動起來了，在多倫多你是一潭死水。

人總是相信他們選擇相信的，記憶是主觀的。從這個角度來說，當我們堅持自己版本的往事時，我們在某種程度上也在對別人施加煤氣燈效應。可是我們總得相信自己的記憶，否則我們就會分崩離析，蕩然無存。

我一掛電話，就想起來我忘了告訴你一件事——我現在的記憶力就跟篩子一樣嚴實。前幾天我在醫院食堂遇到了楊小姐，就是你媽在松林養老院最喜歡的那位護士，她是來我們醫院探望一位住院病人的。她告訴我一件從前我沒聽說過的事。你還記不記得你媽去世的前一天，他們給她介紹一位新來的護士，引得她大發雷霆的事？楊護士說你媽把自己關在廁所裡，一直在哭喊「小虎，滾」。我想起來在你〈飢餓〉那個章節裡，也提到過有一個叫小虎的人，他曾到你家裡來，問你媽討錢。你父親就是在那一天辭世的。你知道那人是誰嗎？

幸好我們把蕾恩的骨灰分了一半葬在了士嘉堡。假如你想不好溫州的事，不知如何定奪，你總是可以把罐子帶回來，合成一體葬在這裡。

好吧，我就等著〈姊妹〉的修改稿。對現在的這一稿，我有很多問題想問你。我猜測她們姊妹倆都是離家出走的，但我不知道出走的原因。她們在上海重聚之前，為什麼一直沒有聯繫？紀代是誰？她看上去很有故事，可是她只在開頭略略提了一下，後來就一直沒有再出現。姊妹倆似乎經歷了一些地獄般可怕的事，我急於想知道到底是什麼。春雨在上海出的那件事，到底誰該負責任？你父母最早是在何時何地相遇的？希望在你的修改稿中，我能找到一些答案。

還有一個問題：你現在寫了幾個不同的章節（〈飢餓〉、〈老師〉以及〈姊妹〉），時間的安排是錯亂的。你為什麼不按事件發生的順序寫呢？這樣讀起來也許容易些。

睡個好覺。

喬治

菲妮絲發給喬治的電郵，二〇一一年十一月十日，北京時間十七點二十八分。

親愛的喬治：

這是〈姊妹〉的修改稿。讀最後一遍的時候我吃了一驚：我以為只是小小地改動了幾處，沒想到這些改動一下子把我媽推到了前臺，而把梅姨推到了不為人矚目的角落。我覺得有點愧疚，不過這種感覺一會兒就過去了。我只能依賴梅姨的轉述而得到我媽的視角——梅姨對她們那幾次深聊的內容記憶深刻。但這也只是梅姨的單方記憶，我媽已不在場，她既不能確認，也無法否認，我媽只能在梅姨准許她存在的那個小空間裡呼吸。我給我媽的聚光燈，光源大多來自梅姨。從這個角度來說，我沒有虧待梅姨。

你問我為什麼不按時間順序處理這些章節？我的回答是：前頭的兩個章節（即〈饑荒〉和〈老師〉）是基於我自己的記憶，而這一章（即〈姊妹〉）卻是「史前」的，事件發生時，我甚至還不是天上飄過的一絲空氣。我決定把我的聲音放置於其他人的聲音之前，你能理解嗎？

很不幸，即使在這個修訂過的版本裡，我仍舊回答不了你所有的問題。其實你的問題也是我的問題。現在梅姨終於屈從了她那個殘忍的、不依不饒的、每天給她施加山一樣壓力的外甥女了，她答應我會告訴我一件「能把所有的疑點連成一片」的往事，但是要等到哪一天她休息好了有精神頭的時候。「跟你交代完這件事，我就可以死了。」她說。我知道這句話的分量。想到馬上要進入天崩地陷的真相，恐懼馬上佔據了上風。然而，在那日來臨之前，暫且讓好奇統領世界吧。

我並不知道小虎到底是誰，他像個鬼魂似地，時不時就會出現。在這一章裡，你會看到我外公寫給我媽的信，外公也提到了一個只剩下兩個指頭的人。把這些線索都串聯在一起，我有種感覺：小虎是一個曾經在我媽的生活中扮演過灰暗角色的人，儘管那次他來我家索錢的時候，我媽一口否認他們曾經認識。

惴惴不安地等待著被真相壓癟的　菲妮絲

電郵附件：菲妮絲的手稿〈姊妹〉。

1

春雨從火車上走下來，春梅猶豫了片刻，才迎上去。面對面地站著，彼此都看見了對方眼中抑制不住地流露出來的震驚。兩人幾乎同時在心底默默地喊了一聲：天，變成這個樣子了?!

時值一九四九年九月，上海解放後的第四個月分。

當她們在一九四四年秋天分手時，春雨十六歲，春梅比她大一歲半，也還沒到十八歲。那場狂風暴雨把她們從正常的生活軌道中拋甩了出去，給她們留下了支離破碎的記憶。她們是在一片惶亂之中匆忙分手的，甚至沒有認真道過別。當時根本沒有心思，都沒想過她們還是少女。哪怕僅僅從生物學意義上來說，她們前頭還有很長的成長之路。

分手之後，她們都經歷了很多事。春雨在離老家不遠的一個小縣城工作，是一家醫院的護士助理，而春梅則剛剛從新四軍轉業，現在在上海的一個教育部門工作。

長大只是一件發生在她們身體上的事，幾乎可以說是一樁意外，她們既沒有準備也沒有在意。當她們在上海火車站的站臺上重聚時，她們中間相隔的，是整整五年的歲月和兩場戰爭——抗日戰爭和國共內戰。她們沒有機會目睹彼此生活中那個循環漸進的成長過程，看見的只是突兀的結果：她們驚訝地發現彼此已經完全長大成人。

跟分手的時候相比，兩人都至少長高了半個頭。春雨臉色病懨懨的，貧血似地蒼白。她從前那股子直愣愣的、毫不閃避、教人心頭一悸的眼神，如今已不復存在。現在她眼中閃爍的是一絲猶如受了驚嚇的動物般的惶惑不安。在過去的五年中，她很少離開過宿舍和病房之間那條狹窄的土路，如今她的腳落在站臺的地面上，她馬上醒悟這是在別人的地界。天爺，這是上海，上海怎麼能是地界呢？上海就是世界，是一整個宇宙。

一下火車她一直渾渾噩噩、不知身為何處。最終平靜下來，已是幾天之後的事了。到那時她才能把心定下來，開始細細觀察周圍的環境。她一遍又一遍地告訴自己：是春梅邀請她到上海來的，從此春梅的日子裡，也會有她的一份。

兩姊妹相比起來，春梅的變化似乎更大一些。戰爭風雲滌蕩過她的臉，砂紙一樣地磨走了她南方女子特有的細皮嫩肉，留下一片黝黑粗糙被風吹得滿是裂口的肌膚，那肌膚上閃爍著一層激情和意志的光澤。她把辮子剪了，現在梳的是短髮，短得幾乎像男孩。這樣的髮型很適宜她身上那件軍裝。或者說，她身上的那件軍裝很適宜這樣的髮型。軍裝舊了，胳膊肘上打著一塊補丁，但每一道皺摺都整潔分明。她腰間紮著一根皮帶，肩膀上斜跨著一只水壺，水壺的帶子上繫著一條白毛巾。除了剛剛摘除的領章之外，她的一身裝扮就是地地道道的軍人。她是精緻的女人，也是英武的男人。她把兩者的精粹碾碎了融合在一處，成為了一個完美的雌雄同體人。

這是一種上海灘未曾見識過的、一時還不知怎樣反應的時尚風格。春雨管不了上海灘的想法，她只是覺得姊姊的樣子充滿了神祕的誘惑。

「四個月，才四個月啊，我們奪取上海到現在。那時誰都不信我們能打贏。到上海的第一天夜裡，我們的戰士，十萬人，全部都睡在街上。淋著雨，誰也沒有吭一聲。早上市民起床打開門來，看見滿街都是我們的兵。都還是孩子啊，睡得那個深，渾身溼透，打著呼嚕，把他們給吃驚的。我們的人誰也沒有進到人家屋裡去，連撒尿的也沒有。一個都沒有。他們一下子就贏了人心！」

看春梅說話的神情，彷彿那十萬大兵，個個出自她的門下，她認得他們每一個人。

春梅的口音也經歷了一場革命。她與生俱來的濃重的江浙腔已經消失殆盡，現在她操著一口幾乎完美的京腔，在名詞後頭不動聲色地捎帶著一個輕輕的「兒」化音。

隨著口音的改變，春梅的用語也經歷了變革。從前春梅動不動就愛說「我／我的」，春雨的耳邊至今還迴響著春梅做小女孩時嬌滴滴的聲音：**我**是班裡第一個做完考卷的人；**我的**書法被選上了參加展覽；等仗打完了，**我**就要去當藝術家；**我**認為徐志摩是新月派裡當之無愧的頭號詩人……自戀，自以為是，自我表現，是春梅少女時代的性情標籤。當然，這一切都發生在那場改寫了她生命的大災禍之前。那些大小姐作派的口頭禪，如今已經被不露鋒芒的「我們／我們的」所替代。歲月磨平了春梅身上的尖角，現在的她不知不覺地認同了千人一面的大眾，心甘情願地驕傲地置身其中。

春梅帶來的各種新鮮印象如潮水般紛亂凶猛地湧過來，幾乎將春雨撲倒在地。春雨開始懷疑自己是不是腦子糊塗了，臆想出了一個不存在的姊姊和一段不存在的以往。她打量春梅的眼光中已經摻雜了最初一絲的嫉妒。春梅的身上，彷彿燒著一把火。這火她也有過。**你的頭頂有一團火。只有命數強的人才會有這樣的火，豁亮豁亮的，鬼見了你都怕**。紀代的臉突然毫無預兆地闖進了她的腦海。紀代是五年前她遇見的一個日本女人，那時候紀代曾經這麼說過她。全天下芸芸眾生，為什麼偏偏是紀代看見了她的火？若她的身上果真有火，那火現在又去了哪兒？她的膽氣呢？才過了五年，為什麼她現在見了什麼都害怕？火車，人群，聽不懂的話，腳底下的地，頭頂上的天。

紀代現在在哪裡？她是不是死在了異鄉，戴著自己送給她的那副金耳環？抑或她還活著，回到了日本，又開了一處「一家子」——紀代喜歡這麼稱呼她的生意。只不過這一回，她供貨的對象變了，是敗兵，一批戰爭淘汰下來的垃圾。

春雨不禁打了一個寒顫。他們從未在她的意識中走遠，紀代和她的那夥人。他們是一團捉摸不定的影子，一直盤踞在她的記憶洞穴裡，專挑她懈怠下來、失去警覺的時刻，朝她猛撲過來。像只有她一個人還被那些記憶纏繞著不放嗎？春梅的眼睛裡沒有陰影。每個人都有記憶的石窟，春梅的石窟裡守護著的，一定是跟她完全不同的內容。勝利，解放，在雨中露宿卻夢想著星空？

她把我頭頂的那把火偷走了，這是為什麼她眼睛裡沒有驚恐。春雨默默地沉思著。一股莫名的怨忿不由自主地湧了上心頭。這五年裡，春梅杳無音訊，她一直緊緊地揪著心，每天都想到了最壞的可能。而事實上春梅卻瀟瀟灑灑地活著，馳騁天下，贏了兩場戰爭，還捎帶著領回家一個男人。風水輪流轉，現在是春梅說了算。

春梅的北方口音這時突然聽起來刀似地刮人耳朵。春雨覺得要瘋，很想扯著嗓子對春梅大吼一句：「好好說話！你不會溫州話嗎？」那可是娘胎裡帶出來的話，是穿尿布的時候就用的話，是她們做小姑娘時躺在床上聊私話、各自玩小把戲爭討父母歡心的話。可是春梅竟然和她說官話。春雨想吼出來的話還沒爬到舌尖，就已經死在了喉嚨中。人長大了，衣服變小，房子變小，天地變小。鄉音也會變小嗎？人也能丟棄鄉音，就像扔掉一雙穿小了的鞋子那樣嗎？

春雨那時還不知道：有一天，當生活轉完了一個大圈，把春梅帶到接近原點的地方時，春梅還會回來認領她們共同的鄉音。只是這個日子離現在還遠。很遠很遠。

她們拖拖拉拉地從火車站走出來，一下子捲進了熙熙攘攘的人流之中。一輛黃包車從身後竄過，吱地揿了一聲喇叭，驚得春雨幾乎跳了起來。一個穿洋裝戴著呢帽子的洋人，從黃包車的擋雨篷底下探出身來四下張望，看見春雨，就招了招手，咕咕囔囔地說了句什麼。也許是英語，也許是德語，大約是晨安之類的問候，春雨沒聽真切。車伕毫無耐心地從人群中橫衝直撞，一只車輪幾乎輾上了春雨的腳。

她們往左一拐，就把人流甩掉了，進入了一條比先前安靜也寬敞了許多的街道。街邊是兩排梧桐樹，樹幹上長滿了斑點，樹枝高大粗壯，精心修剪成了朝著街心相互簇擁的形狀，頭頂便有了一片拱形的天穹。秋風帶著涼意吹過，葉子已經丟失了翠綠，漸漸變成黃褐色，襯著那片從樹蔭中露出來的、被陽光洗成淡藍色的天穹，那顏色鮮活得讓人想哭。

過後春雨才知道，在上海這樣的大都會裡，這樣的街道另有名字。不叫街，不叫路，更不叫巷。林蔭道，Boulevard，這是一個洋名兒。

幾個一看就是有錢人家的女子，從她們邊上擦身而過，身上穿的都是綢緞旗袍，那款式是春雨不曾見過的。在她那點可憐巴巴的小眼界裡，她能見過什麼時髦呢？只見那旗袍的側衩開得很高，隱隱露出了內褲的邊。春雨把眼神閃開了，覺得心彷彿跳到了臉上。在眼角的餘光裡，她看見春梅直直地視而不見地從她們身旁走過，臉上一根肌肉都沒挪位置。

這是她到上海的第一天。一天能容得下多少個第一眼？春雨的腦子塞得太滿了，昏昏沉沉，頭暈目眩，只覺得那雙布鞋太緊了，上了刑似地擠腳。

「你到了家，可能不會馬上見到陳同志。他太忙了，千頭萬緒的，都等著他去開解。全世界都在睜大眼睛看我們的笑話，等著我們敗下陣來。從前他們不信我們能取下上海，現在他們不信我們能管好上海。可是我們一定能贏，信不信由他。」

陳同志是春梅的丈夫。他們是四年前在軍事訓練學校裡認識的，那時她是掃盲班的教員，他是學校的黨委書記。他是她的第一任丈夫，而她，卻是他的第四個妻子。

他的髮妻是童養媳，換種說法，就是家裡白使的幫工。他爹娘逼著他在十七歲和她圓了房。婚後第三年，他就離開了山東老家，光腳徒步走了整整兩天的路途，找到了活躍在北部山區的共產黨部隊，從此永遠捨棄了那段毫無感情的婚姻、一個當時兩歲的兒子，還有那份看不到頭的莊稼人的苦日子。後來他又娶過兩個妻子，都是自由戀愛，用那時的話來說，是他的同志和愛情伴侶。但兩個女人都在戰爭中死了，一個死於小產，另一個死於傷寒。

春雨一邊聽姊姊講著姊夫，一邊暗自納悶：陳同志做的到底是什麼樣的神祕工作，一舉一動竟然能引起世界上的騷動？好奇歸好奇，她卻不敢往深了打探。他們是公家人，做的是公家事，不宜告訴老百姓。她知道自己在春梅的眼裡很無知，她不想因為多嘴讓自己顯得比看上去更蠢。她突然就看明白了：春梅這些年的真正變化其實不全在於個子長高、皮膚變粗、頭髮剪成了摩登的樣式，甚至也不在於走了樣的口音。驚天動地的變化其實來自春梅的內心。春梅的心從前是拿來裝詩歌、狼毫筆、譁眾取寵的小伎倆的，如今這些東西都清空了，她把心單單拿來裝了天下大事。

五年的時間，一個人的心可以長多大？

「等你安頓下來，我們給你找份工作。現在是新上海，不養冒險家和寄生蟲。人人要工作，自己掙飯吃，給社會做貢獻。」春梅把一綹被風吹亂的頭髮往後順了順，聲氣十足地對春雨說。

春梅新近被分配到一個重點學區辦公室工作，馬上就要被任命為那裡的黨委書記，負責培訓從舊政府留任的教職員工，讓他們盡快適應新的社會環境。春梅是為講臺和聽眾而生的。她一開口講話，聽起來就是一篇現成的講課稿，或者一場戰前動員令。其實演說家袁春梅並不是一天裡養成的，也不完全是一場革命的產物，她的口才從小就已經有了苗頭。小時候她在父親壽宴上朗讀的那些詩，她講給同父異母姊妹們聽的那些故事，繪聲繪色，聲情並茂。如今想來，其實一路都在為她今天扮演的角色做著鋪墊。

大概春梅自己也沒想到，從那個時候走到現在這一步，中間要走過兩場血淋淋的戰爭。不過，好時光最終還是來了，現在她終於有了一個真正的舞臺，一群真正的聽眾。

春雨輕輕地嘆息著，半是欽羨，半是痛楚。五年前她丟了一個姊姊，五年後她找回了一個姊姊，但她卻不敢斷定：曾經丟失的和失而復得的那個人，究竟是不是同一個人。

她一直在等著春梅問起老家的事。就在那次春梅打破五年的沉默、毫無預兆地打電話到春雨所在的野戰醫院之後，春雨給春梅寫了一封信，信裡講了她如何跟父親和姊妹們解釋她失蹤的事。她告訴父親他們的，自然是連篇的謊言。春雨給春梅寫那封信的目的，是指望春梅能和她統一口徑，跟家裡說起這事時，能順著她的這個故事版本走。

三週之後，春梅的回信來了，說她現在實在是「千頭萬緒不得脫身」，要看年底之前能不能抽空去一趟東溪探望五年未見的父親。但是春梅在信裡一句都沒提春雨精心編織的那個失蹤故事。春雨感覺怪異，但也很快就釋然了。春雨心裡掛記的事，跟發生在她眼前的那些社會巨變相比，實在是太渺小了，小到了需要借助顯微鏡的地步。春梅幹的是大事，春梅是要在史書上留下自己指紋的。

那封信之後，她們再也沒有涉及那個話題。可是除了東溪老家和她們的童年少年時代，她們還能談些什麼呢？對話漸漸變得乾澀了。

2

真有陳同志這麼個人嗎？他會不會是春梅不著邊際的想像力的產物，就如同小時候她為鎮住姊妹們而編織出來的那些傳奇故事？有天夜裡，春雨躺在床上輾轉反側難以入眠，這個不可思議的想法突然闖進她的腦子，嚇了她一大跳。

到上海的頭幾天裡，春雨一直沒在春梅的家裡見到過陳同志。她上床的時候，他還沒回家；她早上起床，早飯桌上也沒他的人影。她不知道他是什麼時候回的家，或者說，他到底回沒回家。

「他最近太忙了，開不完的會。北京來的大領導在這兒呢。」

「他到崇明出差了，要見見基層的同志。」

「他要聽一門課，講上海工人運動史的。」

每一次吃晚飯的時候，只要春雨往那個空位置上好奇地掃過一眼，就會無一例外地引來春梅的一番解釋。陳同志活在春梅的舌頭上。

然而，也會有一些蛛絲馬跡，間接地證明著陳同志的存在。有一天早上，春雨在廚房的水池裡發現了兩個撳滅了的菸頭。還有一次，保母——那是組織上給他們家配備的——洗衣服的時候，春雨看見她的水盆裡除了春梅的衣服之外，還混雜著幾樣男人的東西。

春雨的耳朵常常聽到有關他的動靜，眼中也時不時看到他留下的蹤跡。她所見所聞的，都是與他相關的消息，卻又都不是他本人。

他的全名好像叫陳天勝，抑或是陳天辰？春梅只是輕描淡寫地提過一回，春雨沒弄清楚是哪幾個字，也不敢追著問。在家裡他永遠是陳同志，可是當春梅或是保母接電話的時候，他在她們嘴裡就變成了陳主任。上海市政府工商局主任。現在春雨終於知道了陳同志的具體職位。聽春梅說那是個至關緊要的部門，全城的輪子轉不轉得開，就全靠他們了。在某種程度上，說他們做的事能影響到整個國計民生，大概也不算太過分，因為要是上海的輪子停了轉，全國也就半身不遂了。

「管這麼大的一攤子，他懂生意上的事嗎，你覺得？」春雨想起陳同志原本是農民出身，後來又多年從軍，便忍不住憨憨地問了一句。

春梅睜大眼睛看著她，彷彿被蜂子螫了一口。

「看來你跟他們也沒啥兩樣。」春梅冷冷地說。

「你說啥？」春雨有點懵。

「你也不信我們打了天下能治天下。」

春雨立即知道自己說錯了話。世上有些事可問，有些事不可問。勝利者的自得，妻子的驕傲，那都是不可置疑的事。春梅已經不全是從前袁家的阿梅了，她現在更貼切的身分，是陳主任的夫人。

若你姊妹兩個一人嫁一個黨，那是最穩妥不過的。萬一將來天下大亂，你倆總有一個是安全的，保得了另一個。

這是母親給兩個女兒的提點。當時無論是說的人還是聽的人都不知道，這是母親留在世上的最後聲音。母親說這話時，不僅是一位母親，也是一個諳熟（或者自以為諳熟）世間之道的女人。她已經混過了兩次婚姻，常年為一個男人的身體和錢包，與另外四個女人虛與委蛇，勾心鬥角。母親的遺願至少已經通過春梅——她偏愛的那個女兒，得到了部分實現。春梅是兩姊妹中長得更好看、腦子也更好使的，她已經選對了她獻身的那個黨。春梅在陳同志身上找到了一塊鐵皮屋頂，遮得了風擋得住雨。母親在世時，同時押上了兩頭的賭注。假如真有天堂，此刻母親遙遙在天，看見自己押對的那一半已經得以兌現，而押錯的那一半終於得以規避——她剩下的那個女兒沒有嫁入另外那個黨，她一定會為自己的遠見自得，為春梅的眼光欣慰。

母親是個睿智的賭徒。在人和命運對弈的那盤賭局裡，她精心籌劃，算了又算，以最保險的手法下了最穩妥的賭注。母親賭的是姊妹情誼，血濃於水。

血真的濃於水嗎？春雨自問。

春雨在上海過起了全新的日子，她每天都在努力消化洪水般湧來的新名詞，那都是春梅從外邊帶回家來教給她的。洪水來得太急太猛，春雨的腦子被沖傻了，一片懵懂。有時候她甚至覺得自己在走一步退三步，終日陷在學習新詞、死記硬背、過後即忘、再重新撿起的怪圈之中，不得超生。

「家務助理。或者簡單點，就叫同志。你該這麼稱呼她。」春梅一次又一次地糾正著春雨，因為春雨嘴裡總是不小心溜出**保母**兩個字。漸漸的，春梅的語氣就嚴厲了起來。「只有資產階級人家才會有保母，她是組織上派來協助陳同志工作的，有那麼難懂嗎？現在是新社會，人人平等，大家都為一個共同的目標工作，還有比同志更貼切的稱呼嗎？」

春雨無言以對。從前在學校學的那些詞，現在還有幾個保持著原先的含義？舊詞換了新用途，意義突然含混，一切似是而非。她覺得自己的智力正在慢慢消退，回到了小學生的水平，腦子粉末似地消融在新詞語的汪洋大海裡，再也無法捏成團。記憶靠不住了，經驗也無法指望。過去和現在成了仇敵，所有過去的一切，都值得懷疑，甚至否定。兩者之間的邊界如同混戰時期的版圖，一天一變。今天的時新等到明天，就已經是最新的過去。**吐故納新**，這個詞用在這裡倒還合適，只是過程太迫不及待，教人眼花撩亂，她怎麼趕也追不上。

解放。**土改**。**地主**。**貧下中農階級**。**資產階級**。**無產階級**。**資本家**。**買辦階層**。**剝削**。**壓迫者和被壓迫者**。這些是春梅教給她的新詞。春雨認得每一個字，但是把這些字排在一起時，她卻看得雲裡霧裡不知所云。從前活過的二十一年，是一場天大的浪費，因為她學過的每一樣東西，現在都需要從記憶中剔除。在惶惑不安心情黯淡的時刻，春雨開始懷疑她的腦子是不是出了問題，要不怎麼會換了個地方，就丟失了那股獵狗般的敏銳，再也嗅不出周遭的氣味？她從前就是靠著狗一樣鮮活的直覺活下來的。

「資本家和小業主是怎麼劃分的？你覺得爸爸該歸在哪個階級？」有一天晚飯之後，春梅難得地坐在沙發上休息，春雨乘機怯怯地問了這個問題。在她們老家東溪那一帶，父親做的是茶葉生意，家產頗豐。東溪離溫州不遠，間隔大約八十公里。

春梅的眉心蹙成了一個柔軟的結子。她想事的時候，大多是這個神情。

「無非就是大錢小錢唄，我猜。」春梅終於回答說。「爸應該比小業主殷實，但也還沒到大資本家的級別。不過他絕對是個壓迫人的人，他和媽之間的婚姻是買賣婚姻，根本沒有愛情可言。」剛開始說話的時候，春梅的語氣是緩慢而遲疑的，說著說著，就長出了底氣。

春雨默默地聽著，不知道該不該全信。誰都看得出母親過得不快樂，不過她到底是不是被壓迫者，春雨還沒想透。不管怎麼說，父親還是給她們提供了舒適的生活環境，有時他還會努力表現一下，想博得紅顏一笑。這樣的時候不多，即使有，也是瞬間即逝。母親心裡到底是怎麼想的，她們無從得知，真正的答案已經隨著母親埋葬了。婚姻如同鞋子，好不好，只有腳知道——這是老生常談。

春雨想回嘴，但最終忍住了，她知道一開口就會後悔。春梅的話不是金規玉律，春雨並不句句當真。但她正在慢慢地修煉心性，把自己變成一個緘默的異議者。直覺並沒有走遠，還在對她高聲耳語：假如你想借春梅的一片屋頂，彼此相安無事地躲雨，你得讓春梅說話，讓她說個夠。她那股子言過其實滔滔不絕的正義感，必須找到一副心甘情願的耳朵。這副耳朵除了你，還有誰能給？

3

春雨在慢慢地適應著春梅家的日子。現在手頭有了大把時間，又不想成為閒人，就時不時地去搭把手幫保母幹活。**家務助理的助理**，她給自己的新角色起了個連她自己都忍不住要笑出聲的名字。

城市還處在過渡期之中，一片混亂。在舊政府殘留的滿是窟窿和補丁的舊管理體制裡，新政府小心翼翼地找著下腳的路。最初的步子是左顧右盼試試探探的，走著走著，就長出了些膽氣。路漸漸朝前開拓，人邊走邊扎下了新的根基。工薪制度還沒來得及建立，給公家幹活的人不領工資，但所有的需要都是上頭供給：食品、住宿、家具、醫療服務、子女教育、結婚、離婚、喪葬。一切每日必需，尤其是靈魂所需，都是免費的分配物。

組織上分配給陳同志的住房，坐落在上海城的西南角，是一棟兩層樓帶一個後花園的法式別墅。房子從中間隔開，分為大小相同的兩半，由陳同志一家和另一家人住，各自分門出入。據說這棟別墅的前主人是兩兄弟，擁有一家規模龐大的紡織廠。在南京城被解放軍攻陷之後，兩兄弟一起逃去了香港。

春雨在野戰醫院工作時，和另外兩個護士助理合住一間比耗子窩大不了多少的宿舍，一住就是五年。在那樣的環境裡住慣了，乍來到上海，只覺得春梅的房子大得讓人暈頭轉向。一個又一個彼此相連的房間，一扇又一扇式樣相似地門。好幾天了，她還沒有弄清房子的布局，動不動就會在那些迷宮式的走廊中走丟。讓一切變得更加複雜迷幻的，是那一面面光怪陸離的玻璃牆和鑲在雕花鍍金木框中的玻璃鏡子。無論她走到哪裡，到處都是自己身體的反射物。玻璃面是她的噩夢，她被包圍在這樣一個萬花筒般無可逃脫的地獄之中，幾乎透不過氣。

「這裡是要用來做陳同志的另一個辦公室的。」這是春梅為住這麼大一棟樓房作出的解釋。但說這話時，她眼中閃過一絲局促不安的神情。「將來他要在這裡接見貴賓，外國記者，國內和國外的資本家。當然，他們首先要願意和我們合作。我們住的地方，是上海的臉面，就像商店的櫥窗，要讓世界看看我們的新國家不是乞丐之邦。從前是，現在不是了。」

可是我從沒見過他在家啊。春雨暗想。她內心那個緘默的異議者很固執，又開始無聲地反駁。人人平等，可也不是人人都能住法式別墅，哪怕是半棟。

有一天，春雨在家裡又走迷了路，誤闖進一個和其他房間分隔開來的儲藏室，裡頭除了一張藤條編的嬰兒床，空空如也。黯淡的午後陽光映照出隱隱一團粉紅，過了一會兒春雨才看清那是鋪在嬰兒床上的一條法蘭絨毯子。毯子聞起來有一股子清香，摸上去毛絨絨的，極是柔軟，彷彿在屏著呼吸急切地等候著一個溫熱的小肉團，用勃勃的生氣來填滿其間的空虛。

這張床看起來是簇新的。這也是組織上供給的嗎？莫不是組織上知道這個家庭即將添丁，事先做好了準備？

突然間，春雨的兩腿之間泛上一股溫熱，那熱流一路狂湧到乳房，乳房便鼓脹起來，緊得她覺出了痛楚。恍恍惚惚之間，她覺得自己變成了一頭巨大的、漲著奶的乳牛。奶水源源不斷地從她的乳房裡流出，流成一條溪，一條河，一汪大洋，足夠餵飽天下所有的嬰孩，還有盈餘。那股狂喜讓她渾身癱軟，幾乎動彈不得，耳中響起一片歡樂的嚶嗡之聲——那是從天邊某個花園中傳來的，那裡有千朵萬朵急不可耐的蓓蕾，要競相綻放出一片如雲似錦的繁花。她沉浸在自己的想像中，竟全然忘了此時已是深秋。

一個孩子，春梅的孩子。雖然不是她自己的，但也足夠連心。

那天晚上，春雨看見春梅一個人在客廳看報紙，就湊過去和她聊天。剛不鹹不淡地扯了幾句閒話，春梅就睏倦地打起了一長串哈欠。春雨被心裡那股子怎麼也按捺不下的好奇揪扯著，明知前頭是雷區，還是不由自主地踩了進去，問起了儲藏室裡的那樣東西。「看見了那張，小床。真的嗎，這事？」她小心翼翼地抑制住聲音裡那絲刀刃般凸起的興奮。

「你要是太忙，把她交給我，我替你養，我反正也沒什麼事。」沒等春梅回話，她就急急地補了一句。回頭一想，倒是好笑，不知為何她在心裡選了一個「她」字，而不是「他」。

春雨的話出了口，就靜等著春梅大發脾氣，長篇大論洋洋灑灑慷慨激昂地給她上一堂大課。和偉大的人類自由解放事業相比，個人的願望算個什麼？塵埃一樣渺小，不值一提。云云云云。但是出乎意料，春梅卻很久不發一言。

「我和他這些年什麼法子沒試過？」春梅最終開口了，聲調很平，沒有任何高低起伏。「最後都想到把他兒子弄過來了。他兒子恨死他了，說什麼也不肯和我們一起住。能怨人家嗎？一走十幾年，沒有一封信，一個字。還算是父親嗎？」

「你才二十二，你還可以自己……」

春雨突然頓住了，因為她看見春梅的嘴角泛起隱隱一絲冷笑，那絲笑把春雨想說的寬慰話生生地凍在了喉嚨口。

「那事以後，我猜你就沒碰過男人吧？」春梅直直地看著春雨，眼神裡嘶嘶地冒著寒氣。「紀代讓我們吃的那些東西，還指望懷上孩子？你這是天真，還是傻啊？」

自上海重聚以來，這是春梅第一次提到**那件事**。那一處的傷，早已結了痂，痂又結成了針插不進的硬皮。現在，硬皮上終於裂開了一絲縫，春雨看見了裸肉。她百感交集。那百感中有長久糾結之後的鬆懈，有寬慰，也有如釋重負。各樣的情緒斂聚成一股莫名的勁道，推著她不由自主地伸出手臂來，一把將春梅摟住。在那一瞬間，她才真真切切地知道她懷裡的那個人，的確是她五年前丟失的姊姊，因為她看見了姊姊身上蓋的那枚印章，印章上刻的是脆弱二字。從此她們不會再走失。

春梅的下巴抵在春雨的肩膀上，輕輕地抽泣著。「他啥也不知道。」她喃喃地說。

4

轉眼就到了星期天。春梅在外頭開會，家務助理休假一天，趕去城那頭看望母親，家裡只剩了春雨一個人。

屋裡安靜得有點讓人害怕，任何輕微的響動都聽得分外真切。衣裳的窸窸窣窣，腳板蹭過實木地板的聲響，鼻子輕輕抽動，甚至呼吸，每一絲聲音都拖著一條長長的瘮人的回聲，追著她從一個房間逃到另一個房間。她在門廳中間慢慢地停了下來，只想甩掉身後那條不懷好意緊追不捨的尾巴。一抬頭，卻猝然看見牆紙上的花蕊啪地睜開了眼睛，齊齊地瞪著她看，眼神深黑，幽怨，帶著一根根冰冷的嘲諷的絨刺，直直地扎入她的心。「冒名頂替的騙子！」眼睛說。她聽出了花的譴責和忿怒。

房子也有靈魂。這是房子的靈魂在說話，把一代一代舊主人揮之不去的記憶，塞給新來的人。它已經苦苦地等候了好幾天了，就為了等來這一刻，趁著她單獨一人，初來乍到，人生地不熟，還沒有被上海修理得油頭粉面，要面對面地告訴她它的苦澀，哀怨和憤怒。

在她之前住在這裡的人，一輩子兢兢業業，用雙手掙來住在這裡的權利。如今他們身已去，心有不甘，化成了不肯離散的鬼魂。鬼魂也知道誰是最軟的柿子，它們挑了她來欺負。她無話可說。她又做過什麼，來配得享受這裡的光鮮舒適，哪怕僅僅是一個角落？沒有。一星一點，一絲一毫，一寸一釐都沒有。她能住在這裡，僅僅是因為有人俘獲了一件戰利品。仔細一想，她與登堂入室的劫匪竊賊有何不同？

她再也待不下去了，驚惶失措地逃出了屋子，飛也似地朝後院奔去，渾然不知自己竟然一路赤著腳。

雖然時已深秋，後院的草地卻依舊蒼翠葳蕤。在這個氣候溫婉的亞熱帶地域，落霜時節還要稍候幾個星期。她光腳踩在被露水泡軟了的草地上，帶著涼意的草尖撓得她腳心微微生癢。方纔那顆野馬般狂奔的心，一下子安寧了下來。

她其實還沒有認真看過後院。後院地盤很大，種滿了各式各樣的植物，第一個闖進她眼中的是向日葵。高大，生機勃勃，帝王般地莊嚴，那金黃色的、不帶一絲雜質的火焰毫無畏懼地向著天空和四周伸展開來。對腳下佔據的地盤，它們毫無愧疚之心，也絲毫沒想悄無聲息地混跡於其他植物中間。它們自己就是一個世界。一個天成的驕傲的世界。在她老家東溪，向日葵很常見。它們無所不在，只要有一角還沒被派上用場的薄土，它們就搶著落下根來，像低賤的野草那樣野蠻生長。但是它們怎麼能和這裡的向日葵相比？上海就有這個本事，任是一塊普通的石頭，只要經過它的手輕輕一碰，就化成了金子；任是什麼樣的凡夫俗子，經它一口氣吹過，就變成了赫赫王公。

春雨把眼光稍稍往遠處挪了一挪，就看見了一叢玫瑰。這是一季裡的最後一茬花，一看就是病懨懨的沒有多少精神頭。她並不在意。她本來就不怎麼喜歡玫瑰，倒也不是因為那些臭名昭著的刺，而是因為那些長得歪歪扭扭不成形狀的枝條。唯一能替它說幾句響話的是它的花，除去了花它簡直可以歸入醜陋一族。

她覺得腦子裡有根神經輕輕抽了一抽，便突然意識到院子裡有人。再一看，遠處草地的邊角上果真有一個男人正揮著鋤頭幹活。隨著鋤頭一起一落，他噗嗤噗嗤地大口喘著粗氣。男人和鋤頭顯然已經廝混得很熟，配合起來嚴絲合縫得心應手。春雨幾乎看得見男人彎下腰時脊背上浮現的一絲笑意——那是一個人幹著自己喜歡的活兒時才會有的得意。那種得意是從心底湧上來的，壓都壓不住。春雨猜測那人是園丁。和家務助理一樣，他大概也是組織上分配過來的。

她該怎麼稱呼他呢？她在腦子裡飛快地耙了一遍這幾日春梅灌給她的新詞彙，可是沒找到適用於這個場合的現成稱呼。**園丁同志？園地管理員同志？花園助理？**她被自己不著邊際的編派逗得樂不可支。

當她終於看明白那人幹的是什麼活的時候，她驚呆了，潮起的歡樂刷的一下徹底乾涸。他並不是在除草，而是在剷除草皮。

「住手，你給我！」

她飛奔過去，上氣不接下氣地朝著那個人嘶吼了一聲。但是已經太晚了，該毀的已經毀了。草地的一個角上，已經被挖出了一個床鋪大小的坑。一塊長方形的裸地上，堆著一灘黑糊糊的溼泥，裡頭混雜著一簇簇斬斷了的草根。那裸地就像是一塊醜陋不堪的傷疤，譏誚嘲弄著一園盎然的蒼翠。

那人抬頭，轉過身來，上下打量著眼前這個衝他叫喊的女人。凶猛的陽光刺得他瞇起了雙眼，稀疏的髮際線上有汗珠子在閃爍。他的臉看上去要比他的脊背老上幾歲，四四方方的泛著些紅光，皺紋隨著笑意四下游動著，彼此簇擁。他的襯衫袖子和褲腿高高捲起，裸露的皮膚上鼓起一根根相互交纏的青筋，看上去像一張區域細圖上標註的河流。

「你見過這麼肥的土嗎？你插根筷子，一眨眼的工夫，它能給你長出一棵樹。」他把身體拄在鋤頭把上，樂呵呵地說。

「你在幹哪門子的缺德事？」看著已經毀了容的草地，春雨怒不可遏。

男人吃了一大驚。不是被她說的那句話，而是被她說那句話時的語氣。他住了手，站在那裡半晌沒吭聲，彷彿春雨的問題太深奧，他一時不知道怎麼回答。然後他把鋤頭放倒在地上，伸進褲兜裡摸摸索索地找出一根菸，擦了根火柴點著了，長長地不慌不忙地抽了一口。

「小同志，你覺得我在幹什麼？這麼好的土，在這兒浪費著，盡種些沒用的。種點菜不好嗎？」在兩口菸之間的空隙裡，男人慢慢地吐出了幾句話。

小。在說誰呢？她離小已經很遠了。這是在顯擺自己的歲數？還是資歷？不能太給他臉了。她忿忿地想。

「你是說要把花園鏟了來種菜？」血轟的一聲湧上了她的臉，她簡直不敢相信他的想法。她當時沒有意識到她說那個「菜」字時，聽上去像是在說一隻叮在腐肉上的蠅子，或是蛆蟲。

「幹麼不能種菜？菜場沒菜，半個上海都不知道拿什麼來填飯碗。大小姐，你吃的是供給制，你缺什麼，都有人送到你手上。你哪兒知道這牆外頭的人，過的是什麼樣的日子？」

他的尖酸刻薄噎得她一怔，過了一會兒，腦子才終於找回了舌頭。

「你又不認識我，你知道什麼？」她毫不退讓地槓上了他的目光，狠狠地頂了回去。「對你不了解的事，最好閉上你的鳥嘴。」

男人並不知道他正正地戳上了她的痛處。

「你做這事，得到陳主任的批准了嗎？」她冷冷地問。剛開始時，她只是在打一場半心半意的防禦戰，到這一會，局勢已經升級到全線進攻了。

「為什麼要他批准？」男人詭異地一笑。

一句看似簡單的問話，卻不知道如何回答。他的問題是誘餌，正引著她往坑裡跳。這幾天在春梅身邊沒白混，她已經學會了警惕。他想引著她進入社會地位的話題，那不僅是坑，簡直就是泥潭，掉下去就再也別想乾淨地脫身。

可是她為什麼要把陳主任拖進泥潭呢？他又能在她的舌戰裡扮演個什麼樣的角兒？就因為他是別墅的主人嗎？主人之前是否要加上一個「準」字？還是因為他是一個了不得的部門的了不得的頭，而他了不得的部門又正好管著一個了不得的城市？世上不缺詞語，可她為什麼偏偏要挑上「主任」這個頭銜來使？她心裡突然湧上一絲羞愧：**勢利小人**。她怎麼這麼快就學會了狗眼看人？要是不藉著別人的手，尤其是一雙舉足輕重的手，她靠自己就打不贏這一架嗎？

「因為他，他住在這裡。」她最終期期艾艾地說。

那人霍霍霍霍地放聲大笑了起來。「看來我老婆沒給你看過我的照片啊。她是不是嫌我太老了，配不上她？」

她一下子醒悟過來眼前的那個人是誰，膝蓋一軟，人一下子矮了半截。

「對不起，陳主任，我不知道，不是有意……實在是，真對，對不起……」她發覺她的舌頭纏上了一團蜘蛛網，磕磕絆絆地怎麼也找不到逃路。

那人耐心地看著她結結巴巴地道著歉，並不著急說話，那神情就像是貓在戲弄一隻捉到了手的老鼠。終於過了那個勁，他才開口：「去他媽的那個什麼『主任』，鬼才吃那一套。沒旁人在的時候，你就喊我老陳吧，你我都省心。」

說話間，一隻手就刷地杵到了春雨跟前，她過了一會兒才明白，那是握手的意思。她骨骼纖細的小手落入他熊掌似地大手裡，倏地失去了蹤跡。這時她才看清了他指頭上焦黃的菸垢和指甲縫裡嵌進去的黑泥，不知怎的，人就漸漸地鬆弛了下來。無論他身居什麼樣光鮮的要職，從根柢裡，他就是一個農民。他的出身和門第，是骨血裡帶來的，是冰冷的、鐵硬的、赤裸裸的現實。世上沒有什麼人，沒有什麼東西能更改那樣的現實。春梅不能，上海也不能。

「我還是覺得把草地和花圃鏟了，有點可惜，人家可是花了多少年的心血打造出來的。」

她輕聲嘀咕著，雖然語氣婉轉，還是聽得出話裡那絲抑制不住的不滿。她腦子這會兒清醒了，先前擋著道的路障已經清除，該說的話平平順順地找到了通往舌頭的路。她已經把他徹徹底底地得罪了，在那樣明目張膽的大過錯之上，再疊加一個無關緊要的小不當，還能壞到哪裡去？

老陳沒有說話。他脫下一只橡膠底的帆布鞋子，扔到地上，一屁股坐了上去，然後脫下另一只，倒過來刷刷地抖出了裡頭的泥土和草根。倒完了，再換一只。終於清完鞋子再站起來，春雨發現他的屁股後頭有兩大塊深黑的水跡——那是鞋子沒擋全的地方。他毫無知覺，或者說，他壓根就沒在意。

「小同志，我可以這麼叫你嗎？往我這樣的老頭子身邊一站，你可不就是個小丫頭片子嗎？你知道那些個狗娘養的是怎麼對付我們的嗎？**敵對勢力**，這話文謅謅的，太客氣，他們就是一群狗娘養的。這一幫狗頭軍師湊在一起，掐住菜市場的脖子。昨天你拿著錢還能買回一籃子豌豆，今天只能買半籃子。明天去，就只有一捧。他們藏著那點臭魚爛蝦，急著想清出去，還要賣個金子價。**睡蟹**。你聽說過嗎？明明是死蟹，還要起這麼個洋花花的名字來糊弄人。」

他越說越氣，嗓門也越來越粗。「想把我們的新國家一口一口餓死。我恨不得親手斃了他們，一個也不放過。還**睡蟹**呢，我給你來一排**睡人**。才一個星期，我那個可憐的司務長，頭髮刷刷地白了。誰會眼紅他的工作？籃子裡沒東西，還想餵飽全城的人？你愛說什麼說什麼，我打死也不會教這樣一塊地閒著，種花養草，還有那個什麼玫瑰。你沒看見同志們吃不上青菜，個個嘴巴爛得流膿流血？」

春雨心裡那個緘默的異議者並沒有死，只是聲氣漸漸弱了。腦子這會兒分成了兩半，各浮著一樣東西：一邊是玫瑰，一邊是豌豆苗。玫瑰原本就是懨懨的，此時更褪了幾分顏色，而豆苗卻越長越壯實，精神氣十足。她覺得自己有點危險了，她還不想這麼快就被這個半老頭子說服。

「你不是老頭子，你才三十二歲，春梅告訴我的。」春雨說。這不全是春雨心裡想說的話，可春雨也不知道到底該說什麼。

「這樣吧，小同志，你讓我在後院種我的菜，我讓你在前院種你的玫瑰和那些個勞什子。我不煩你，你也別再煩我，成不？」

春雨忍不住笑了，這一笑，就笑出了個勉勉強強的同意。

興許，春梅找了這個人做丈夫，除了順從母親的意願之外，還是另有原因的。興許春梅還是真心喜歡這個男人的，哪怕只有一點點。

「這活你打算自己一個人幹嗎？幹麼不找個人來幫忙？你手下有的是人。」春雨精神一鬆，舌頭也鬆了，幾乎有了聊天的興致。

「那當然，想找個人幫忙還不容易？我一招手能來一個軍團。當了那個狗屁主任，這點方便還是有的。可是這活我願意幹，幹起來痛快，就當是休息。辦公室的那些事真是耗頭髮。」

「你管這叫休息？」她狐疑地看著他汗溼的臉和襯衫袖子上那一團團乾成了片的泥巴，忍不住格格地笑了。

「比什麼都管用。」他興高采烈地回答說：「我一見到土，骨頭都鬆快了。那味道，你聞聞，就跟小孩聞到娘的奶，我一輩子也斷不了這個奶。」

他重新撿起鋤頭，她以為他要繼續他的土地改建工程，誰知他抬起鋤尖，正正地指著她，彷彿他手裡捏的是一桿長槍。

「真是搞不懂你們女人家心裡是怎麼想的，總是把臉皮看得比肚皮緊要。苦日子都沒教你們長記性嗎？肚皮空空的，玫瑰能當飯吃？你倒是想想看。」他抬起手肘抹著額頭上的汗珠，咕咕囔囔地說。

農民，渾身上下，每一寸皮都是。春雨暗想。

他轉身樂顛顛地幹起活來，一身的勁道落到鋤頭上，鋤頭被使得一起一落，顛顛顫顫的，春雨消失了，世界不復存在。

春雨的腦子裡突然闖進一個怪異的念頭：剛才他那一通食品短缺的話，會不會只是一個順口編出來的由頭？有了這麼個由頭，他就有了一個理直氣壯的藉口，好在自家的後院裡，把他沒過好的童年和少年再理直氣壯地重過一遍？年輕的時候他曾經那麼嫌惡種田人的日子，撇下了一切，頭也不回地一走了之。他扔下的東西，現在又成了他的寶貝。世上的道理都是這樣擰巴的嗎？是不是人總是憋不住要惦念他們最恨的事情？

「陳主任，哦不，陳同志，我能求你幫個忙嗎？」

老陳突然覺出來有人在扯他的衣袖，一看是春雨，就停了下來：「有話就說。」

「春梅說等我安頓下來，就給我找份事做。我到這兒有一陣了，整天沒事兒幹，骨頭都發霉了。」

春雨看不見自己的誇張神情，陳同志看見了，又是一陣霍霍大笑。

「你從前都做過什麼工作，說說看？」轉眼之間他的臉就收緊了。

這才是他的真臉，每天在辦公室裡跟人談正事的時候，他大概都是這副模樣。春雨暗想。

「高中差一年畢業，因為打仗，日本人。我在醫院工作過一陣子，做……」記憶很重，壓住了舌頭，她猶豫了一下：「……做些個，零工。」

他的眉毛抖了一抖，一下子提醒了她這事還有另外一種可能，那是她打死都想避開的可能。

「我什麼工作都能幹，只要有口飯吃。哪裡都行，除了，醫院。」她說。那話聽著突然就成了央求，聲音裡有一絲輕輕的顫抖。

「醫院怎麼啦？配不上你大小姐的身分嗎？」他反問道，半是疑惑，半是不悅，語氣裡生出了稜角。

翻手雲覆手雨，捉摸不定。春雨默默地警告自己。他那層歷經風霜的粗糙表皮之下，藏著一個敏感的孩子。心底輕輕一絲情緒變動，都會立即浮上臉面，一眼看得清楚。微妙，世故，精緻，圓融，他的詞典裡找不到這樣的詞語。

「你想哪兒去了？」她大聲嚷了起來，臉上猝地泛上一股被螫痛了的潮紅。「我見過了太多病人死人，只想換個工作，不那麼死氣沉沉的。我想多見見，活物。」

他臉上閃過一絲滿意的微笑，眉眼彷彿在說「我就知道你不會……」。一秒鐘之前的不悅和鬱悶，已經一掃而盡。他此時看她的眼神，是嫌棄之後的驚喜，彷彿她是一件無可救藥的爛東西，他原本打定主意要扔掉的，卻突然間意外地找著了一個尚可補救之處。他閉上眼睛，額頭上有一條肌肉在輕輕地挪動。一個想法，或許不止一個，正在慢慢孕育之中。當他睜開眼睛時，他的主意已定，足月臨盆。

「眼前就有現成的事。你就在這兒工作，負責這塊小菜園。需要什麼東西，我給你送過來。我也會過來給你搭手，只要能逃得開身。整天都是開不完的會，有些人就是學不會什麼時候該閉上臭嘴。你可以種豌豆，蒜苗，胡蘿蔔，菠菜，圓白，西紅柿，一年到頭長不完的東西。」

春雨瞠目結舌。在今天，更確切地說是在此刻，之前，她從來沒有把這樣的一樁差使想成是一份「工作」。

「你還可以養雞，弄好了還能養豬，只要隔壁那幾家公子哥兒沒放什麼屁。不是要看活物嗎？讓你看個夠。我的司務長要謝你祖宗。」他越說越熱火起來。「我把你劃到我們部門的花名冊裡。我們現在是供給制，沒法付你薪水。不過你要錢幹麼？反正你需要什麼，組織上都給你供應，就跟你姊一樣。只不過你現在有自己的配額了，不用分你姊的那份。」

配額。春雨的心一動。她現在吃的，是春梅碗裡的飯。春梅的碗很大，餓不著她，春梅也沒給過她什麼臉色看。興許時日還短，春梅還來不及把臉色養上。可春梅的臉色是一把懸在她頭頂的劍，她得時時刻刻小心翼翼地提防著，怕落到自己頭上。假若她有了自己的碗，她可以安安心心地吃自己的飯。真惹急了，她說不定也可以耍一耍小性子，給春梅點臉色看。

她點了點頭，這事就這麼定了下來。

「行啦，就別站著啦，幹活吧。」老陳的頭朝邊上一歪，指了指那堆挖出來的土，吩咐春雨：「把土裡的草根挑出去。根沒死呢，混在泥裡還會活過來。也別扔了，好好晒一晒，乾了就是你下一茬的肥。」

春雨心下明白，接下來還有好多事要學。

從眼角的餘光裡，老陳看見春雨把兩隻光腳丫子扎進溼泥裡，照著他吩咐的開始幹活，幹得很慢，笨手笨腳的，倒也沒什麼囉嗦。

「你跟你姊不太一樣。」老陳說。

「啥意思？」

「你不怕把手腳弄髒。」老陳哼了一聲，淡淡地說。「有些人讀了幾年書就覺得比誰都高，一身酸氣，隔三里地都聞得見。」

她抬頭看著他，半是疑惑，半是好奇。「這是在說我姊嗎？」

他呵呵地清了下嗓子，沒有回話。

5

春雨接手的那份工作，改變了她對時間的認知，日曆成了一樣掛在廚房牆上的擺設。日月照常流逝，但衡量日月的單位，不再是時鐘和掛曆，而是構成蔬菜生長季的一個個小環節：播種時節，間苗時節，施肥時節，架藤時節，收穫時節，如此等等。

老陳送了一個經驗豐富的菜農過來，幫春雨一起收拾菜園子。第二年，這個菜園子成了老陳單位食堂一個小型卻可靠的蔬菜禽肉供應渠道。老陳和他的同事們通常都在食堂吃午飯，遇上加班，有時甚至也在單位吃晚飯。

過了些日子，時不時的，就有人來敲家門，通常是街坊鄰居，帶著抱怨來的。走在路上的時候，這些人心頭的火氣還很盛。走著走著，那火氣被壓了又壓，等進門的時候，說出口來的話，聽上去更像是街坊之間的隨意聊天。用詞都是小心翼翼斟酌過的，語氣極其客氣，帶著一絲微微的敬意。話題是關於半夜三更的雞鳴，還有時不時從他們窗縫裡**隱隱**鑽進來的某種氣味。他們總是刻意繞過了「糞肥」這個詞。當然，風是主要原因，是風向不對，才會颳來氣味。他們說。

流言長著飛毛腿，行走如風。一整條街的人，此時都已經知道了這幢法式別墅裡新住戶的身分。即使是那些反應遲鈍、耳根清淨、不攬是非的人，也已經通過別的渠道得出了相似地結論。他們看見時不時有小轎車拐進樓前的車道，車裡走下看起來身分顯赫的賓客，有一兩回甚至是洋人。這年頭的上海灘，洋人幾乎是瀕臨滅絕的物種。

家裡應門的人通常是春雨，不用任何人囑咐，她就知道該怎樣小心應付諸如此類的場景。她不像姊姊，從不把事情往高處遠處扯，硬要人家在個人的瑣碎不便和國家的嚴峻需求之間挑一頭站。她也從不把陳主任的名字扯進對話之中，連輕輕一絲暗示都不曾有過。來客惴惴不安地站在門廳裡，不肯落座，多少期待著她作出某些辯解。但是她沒有。她壓根就沒打算替自己找任何藉口。她的回應是直截了當的道歉。她的道歉滔滔不絕，絕非敷衍了事，毫無文過飾非之意，砸得來客昏頭轉向，瞠目結舌，最後反而是他們心懷歉意地打斷了她。春雨已經把他們的心揉得軟乎了，正適宜停戰熄火，締結合約。

認錯歸認錯，她的口卻守得很緊，跟在她的道歉後頭的，不會有任何改正的承諾，但常常會有一件禮物。有時是幾枚外殼上用鉛筆標註了日期的新鮮雞蛋（她用這個方法記錄新鮮程度），有時是幾只西紅柿一根黃瓜，有時則是一牙南瓜。禮物是依生長時節而定的，蔬菜的外皮上時常還沾著地裡的溼泥。**不足一提的小東西，一點謝意而已**。她說。

這一類的來訪通常很快就完結，不會超過十分到十五分鐘。等客人走的時候，原本就不甚明瞭的敵意，此時已經淡化成了一團心平氣和。那團寧靜之中，甚至隱約地顯露出一絲友情的可能。在這個萬物稀缺、物價飛漲、每一只口袋都有一個天大窟窿的世道，若想銷蝕怨氣，食物遠比空話管用。

到了晚飯時節，春梅和老陳坐在飯桌前，聽春雨講著白天裡發生的這些事，驚得幾乎掉了下巴。

「你要是當個管事的，世界上哪會有這麼多仗好打？」老陳說。

「看來你在這兒還是學了幾招啊。」春梅說。春梅的意思誰都明白，指的就是春雨剛到上海時那副不知所措的蠢相。時光荏苒，春梅轉眼就在這裡住了差不多一年了。

春雨在姊姊的目光底下漸漸低矮了下去，低成了塵土。**她都忘了，從前的那些爛事**。春梅暗暗冷笑。從前春雨使過多少曲裡拐彎的心計，一回又一回地把春梅從爛泥淖裡撈出來。春梅上了岸，就只想著岸上的事，彷彿世上從來不曾有過泥潭。記憶有選擇，專挑合乎口味的記，剩下的，由忘卻來收拾殘局。春雨現在使的招數，沒有一樣不是先前就會的——那是她還泡在娘胎的羊水裡時，就已經看會了的。這些招數，已經活在她的毛孔裡了，即使在沉睡中，也能一呼即出，立即上手。也只有春梅能有這樣的臉皮和膽量，敢把老天賞給妹妹的本事，輕描淡寫地歸為她的調教之功。

自從家裡開出了這片小菜園，老陳在家的時候就明顯地多了起來。現在他幾乎每天都回家吃晚飯。假如單位不加班，每個週日他也都待在家裡。每次他一進家門，扔下公文包，就迫不及待地朝後院跑。後院重新修過了籬笆，地面已經按著用途分成了幾個小區：需要爬藤的瓜果，貼著地皮的菜蔬，養雞區，漚肥區，工具房，井井有條。

老陳脫下外套，蹭下鞋子，赤腳蹲在通往後院的石階上，手裡點著一根菸，沉浸在菜園子斑斕的色彩之中。豆子依舊翠綠，西紅柿在漸漸變紅，南瓜藤上的花，是一朵朵淡淡的黃，每一株苗子都比他早晨上班時又竄高了一寸。看著看著，他臉上的皺紋就漸漸平服了——那是一個莊稼人看見豐收在即時簡單而純粹的歡喜滿足。

「這小小一塊地，就能讓你樂成這個樣子？」有一天，春梅在飯桌上對老陳說。「假若你要的就是這東西，都用不著離開你家那個村子，老天就能成全你。泥裡血裡走了一萬里地，又是何苦呢？」春梅的口氣裡多少帶著些嫉妒。

老陳放下空飯碗，默默地點上了這天晚上的頭一根菸，看不出生氣，但也懶得回應。在菜園子裡的時候，他就是另外一個人，泥土能瞬間教他的舌頭鬆泛起來。

「陳同志就想在大世界裡建一個他自己的小世界。他心志大，一個世界填不滿。」春雨扛不過沉默，斗膽插了一句。在春梅跟前，她從來不叫他「老陳」。

話一出口，她就立刻懊悔了。每一次都這樣，可她哪一次也沒長記性。她算個什麼東西，竟敢擺出比姊姊更了解老陳的架勢？沉默是有些尷尬，可是她憑什麼要把打破沉默的責任攬到自己身上呢？這沉默又不是她製造的，本不歸她來打破。她憎惡自己的多事。

很奇怪，春雨在種瓜種菜上的千般耐心，一用到家禽身上，就立刻折損過半。家禽這個詞有點誇張，說白了，家裡養的其實只有雞。她在菜場上買回來四十隻剛孵出來的小雞時，頭一陣子還是挺新鮮的，那搖搖晃晃小絨球似地鮮活樣子，她看著也是歡喜。過不了多久，牠們就長成了半大不小的幼雞，竹竿似地細長腿，參差不齊的毛羽之下瘦骨嶙峋的身體，一跳一跳地滿地亂跑，吱呀吱呀地扯著嗓子，急於表現自己。那一副蠢樣子就漸漸浮現出來了，一下子倒了她的胃口。

開始時，她只是不喜歡牠們而已。但在幾個月之後的某一天，她的不喜歡一下子就升級到了憎惡。那天，在圍成雞欄的那塊地上，她看見了一幕恐怖的場景：有一隻公雞，是雞群裡長得最快、身個最強壯的，毫無預兆地對一隻母雞發起了凶悍的攻擊。母雞剛剛長成，瘦小的身子整個消失在公雞的身下，他的重量幾乎把她壓成一地齏粉。他伸出兩隻虎鉗似地爪子，死死地摳住她的脖子，尖嘴癲狂地啄著她的後腦勺，一下又一下，像是一把得了失心瘋的鐵錘，在凶猛地砸著一枚釘子。

母雞歇斯底里卻徒勞無益地撲扇著翅膀，想從他的鐵爪之下掙脫。她哪是他的對手？他兩隻蒲扇似地大翅膀一下子就把她制服了。她的身子癱軟了下來，但卻還不肯臣服。四隻憤怒的翅膀交纏在一起，扇起一片飛塵和羽毛，如風暴遮天蔽日——那是一場地獄般的惡鬥。母雞淒厲的叫聲在春雨的耳膜上戳出一個個洞眼，疼得她的心抽成一團。

突然間，那根繫在她神經上的繩子散了，她的身子和腦子斷成了兩截。她的腦子眼睜睜地看著她的雙手抓起跟前的一把鐵鍬，卻不知道她到底要拿它來派什麼用場。只聽得一聲巨響，接著便有些顏色和動靜在眼前風車一樣地翻轉了起來。她卻不記得到底發生了什麼。

等到她終於清醒過來，她看見地上有一灘冒著泡沫的汙血，血裡泡著一個砸癟了的雞頭，周圍散著一堆羽毛和碎骨。那砸爛了的雞頭上有一隻圓睜著的眼睛，玻璃球似地泛著光，死死地瞪著她看。那眼神冰冷，帶著不可置信的惱怒。她嚇了一大跳。一股厭惡湧上來，她差點嘔吐，趕緊避開了那隻眼睛。她像被抽走了筋骨，渾身癱軟無力，胸口緊得透不出氣來，只好斜靠在籬笆上，將身子勉強穩住了，肚腹裡卻逼上來一股尖銳的尿意。

這天吃晚飯時，春梅和老陳驚訝地發現桌子上除了幾樣家常菜之外，還擺著一盆燉雞。雞肉是大稀罕，需要一個充分的理由才能上桌，比如闔家團圓，比如年夜飯，再比如大壽辰，或者家裡來了稀客。那個年頭沒有人會毫無緣由地端上一盆雞肉。

春梅好奇地問了一聲今天家裡有啥事啊？春雨的臉倏地綳緊了。「我為那個勞什子菜園做的事還少嗎？難不成還不值一口雞肉？」

春雨很少使性子，誰也沒想到這一句話能引出她這樣一頓無名火。春雨的怒氣立時封住了眾人的嘴，再也沒人敢把話題往那個方向扯。但春梅和老陳都看到了，這一頓飯吃下來，春雨一筷子都沒動過那盆雞肉。

6

橘子是在舊曆年底一個寒冷的日子裡來到春雨身邊的。這是新政府建立之後的第二個春節，在春雨記憶裡，也是她有生以來見過最寒冷的冬天，掛在晾衣繩上的溼衣服，都能結上一層盔甲似硬邦邦的薄冰。

這個冬天裡，春雨常常蜷在床上懶得動彈。若外頭出太陽，她就會找個晒得著陽光的地方躺著。最後一茬的蔬菜瓜果都收完了，大部分送去了老陳單位的食堂，剩下的幾籃子黃瓜胡蘿蔔和捲心菜，都已經醃成了鹹菜，留著在開春前的幾個月裡慢慢吃。

這是一年裡最閒散的時節。當然，人若真想幹活，總還是可以找到活幹的，比方籬笆上的窟窿需要修補了，再不補，雞都要撒著歡兒走到街上了；再有，院子裡那間堆放工具雜物的小房間，也需要重新清理一下，好騰出地方裝引火柴和木炭。可是春雨只是感覺倦怠，懶得動彈。老陳派給她的菜園子幫手，主動接管了那群雞，她手頭就有了更多無所事事的時間。每日裡只有兩件事能推著她起床：一件是吃中午飯，另一件是晚飯之前，她得略為拾掇拾掇自己，裝模作樣地等候著春梅和老陳下班。

一種漫無目的的漂浮感，從頭到腳地罩住了春雨。這種感覺對她來說不是第一次，當年在野戰醫院工作的最後一段日子裡，她也曾經歷過同樣的昏沉懶散狀態，只是這次來勢更凶猛。她不知道這是一種病，這種病在許多年後才會進入常用詞詞典，成為一頂均碼帽子，覆蓋在一切無法解釋的病症之上。這種病叫抑鬱症。

三個月前父親去世了。她與老家的聯繫，原本就細薄如絲，父親一走，便失去了最後的牽掛。抗戰勝利之後，她曾回過一次東溪，幾年過去了，她也沒有強烈的願望想再回去一次。她父親娶了五房夫人，有十五個孩子。世上有哪個男人的愛，能經得住五房妻子和十五個女兒的瓜分？二十分之一，那是每個人的平均值，可是誰會滿足平均值呢？紛爭由此而生。父親若有一個兒子，就會分走他天大的一塊心思。這一個兒子顛覆了天平，世上再無平均值，興許還能有些太平，說不定還能聚攏這一大家子的人。可是父親偏偏命中無子。

在後來的年月裡，春雨才慢慢體會到父親走得正是時候。父親無子，她們無兒，對袁家來說反而是一樁幸事。正是因為沒有男丁，父親沒有法定繼承人，他留下的整個家業，就分成了許多份，散落到四房夫人和十三個女兒手中。之所以說十三個女兒，是因為春雨春梅兩姊妹躲得遠遠的，沒有參與那個深奧繁瑣的數學運算過程。冥冥之中彷彿有一隻神祕的隱形之手，事先籌謀了這場家產的瓜分，意想不到地幫著這一家子躲過了後來那場公私合營的風暴——那僅僅是五年之後的事。

感情的親疏是彼此的，不能單單算在她們這一頭上。春梅春雨在上海安下家來，數月之後，春梅寫了封信回家，閒閒地提了一句想在過年時安排個時間回家一聚。五年多了，這是袁家真正意義上的闔家團聚。前次是春雨一個人回鄉的，那時春梅還不知下落。沒想到父親回信說不必了，口氣竟是意外的堅決：「新當局不喜歡富人，吾輩絕非其倚靠對象。你與夫婿若想平安無事，遠離老家之人方是睿智之舉。」春梅對東溪原本就沒有十分熱切之心，父親如此一說，她也就不再提起。倒是春雨看著覺得奇怪：父親和春梅這樣南轅北轍的兩個人，在這件事上，倒是想到了一起。從那以後，春雨的負疚之心便淡了些許。

兩姊妹和東溪之間的聯絡，從此就變得更為稀疏了。有一天，春雨意外地收到了一封她同父異母的長姊寫來的信，告訴她父親突然去世了，是在睡眠中走的，事先沒有任何徵兆。七十二歲。在那個年代，這個年齡是可以錄入宗族的長壽冊的。

長姊的信裡還夾著另外一封信，信口封得很緊，信殼上寫著「春雨親收，旁人不得開啟。待吾離世之後付郵」。字是用毛筆寫的，字體很大，略略朝一側傾斜，春雨一眼就認出來那是父親的手跡。

這封信是兩年前寫的，父親到底還是預見到了自己將不久於世：

……日本人宣布投降不久，有一自稱小虎的青年男子（右手只餘二指）前來吾宅造訪。你先前曾差他來過一回，替你捎信，告知你母不幸辭世之事。他開口索取錢財，說他手之傷殘乃因你所致。他揚言老夫若不予他錢財，他必「傳出不雅之言」。吾予他若干銀兩，然遠未達他獅子口之數額。吾告予他知：吾二女自離家之後從未與老父聯絡，恐早已客死他鄉。因而盡請隨心所欲，老夫已無牽掛。此人從此並未再來，老父此話似乎起了作用，但天知道能管多久。

你二人萬萬不可回來，以免他聽見風聲。那人彷彿只知你們的日本名字，依此尋人應非易事。倘若他真心作難，你二人之去向亦並非不可洩露之天機，總有蹤跡可尋。春梅的夫婿我尚未謀面，聽說在新政府中身居要職。你母若在天有靈，也必深得安慰。你務必小心行事，以防他耳中刮到任何汙言穢語……

天。父親其實是知道的，他一直都知道，他的兩個女兒失蹤的實情。那年她回東溪，父親聽著她那些精心編製、自圓其說的謊言，臉色卻是如此安寧冷靜，沒有綻開一絲裂縫。此刻父親的手跡突然變得模糊不清，過了一會兒她才意識到那是她的淚水湮溼了信箋。她先前從來不知道父親心裡存著這份細緻和關切，現在她知道了，卻已經太晚。他拒絕見她們的原因，竟然完全不是她所猜測的樣子。父親向來無趣自私精於算計，一生裡竟然也有無私和慷慨的時刻。那些時刻縱然罕見，卻也是真切存在的，在暗處閃著光亮。只是她的心太窄了，眼睛蒙了灰，看不見，也不願看見。

但是父親的信裡卻沒提那幾房的人是不是也知道了那件事。袁家女兒們之間的關係從來是變幻多端的，沒有固定的邊界線。今天還是同盟，明天就可能是仇敵，為獲取父親的青睞和鍾愛，她們永不厭倦地彼此交戰。當然，最終的目的還是他的皮夾子。她的祕密要是落在那幾房姊妹的耳中，指望她們守口，還不如指望散沙聚團。父親一死，春雨更加死了心，徹底切斷了和東溪的任何牽連。

自從收到父親的信後，她變得杯弓蛇影。家裡任何一記叩門聲，街上走動的任何一個陌生人，都能讓她一驚一乍。她的祕密已經不再安全。

她沒給春梅看父親的信。她知根知底地知道她的姊姊：眼前站著多少聽眾都不會讓春梅發怵，她能把人群拿捏在股掌之中。可身後只要有一個不露臉的影子，就能把她嚇成一灘稀屎。老天給她倆一人派了一個角色：春梅是那個舉旗子吹號角的人，頭臉光鮮地引領著浩浩蕩蕩的人群；而春雨則是一個清潔工，在陰暗汙穢爾虞我詐的下三濫世界裡，給人收拾爛攤子。世上的爛攤子太多，有多少個春雨都不夠使；而鎂光燈卻只有一盞，只能照一個春梅。她們各自演好自己的角色，不能亂了本分。

有一天，春梅和老陳上班之後，春雨沒吃早飯也沒吃午飯，在床上一氣賴到差不多晚飯時節才起身。迷迷糊糊地坐起來，從窗簾的縫隙中望出去，她看到街對過的裁縫舖子上已經掛出了一對紅紗燈籠。那柔和溫暖喜氣洋洋的光亮，卻教她心中生出一陣寒意：又是一年的年尾了。對無家可歸的人來說，過年是老天爺想出來的最殘忍的事。**無家可歸**。沒錯，父親一走，她就是無家的人了，儘管先前她並不知道父親在她心裡還佔著一塊地盤。

很奇怪，她從來沒把她現在住的地方想成是家。她甚至都不敢確定這棟洋樓是不是春梅的家。春梅比自己也好不到哪裡去，她們都是漂泊者，從一處漂到另一處。一座沒有孩子的房子，絕對不是家。

前幾天她聽見春梅讓老陳給她找一個家。「國家都有長遠計畫，她不能老這樣。」春梅說慣了辦公室的話，都不會說家裡的話了。明明是一個男人可以解決的事，卻偏偏要動用國家。老陳聽了，含含糊糊地嗯了一聲，春雨猜著算是個應承的意思了。一想到要去見一個完全陌生的男人，她身上就噌地浮起了一層雞皮疙瘩。是害怕，又不全是害怕。「用不著告訴他們的。」看出她憂心忡忡的樣子，春梅貼著她的耳根輕聲說。

她怎麼能揣著這麼大的一個祕密，走進別人的家門，跟別人一起過日子，夜裡還依舊睡得安生？一個影子，一個不明就裡的眼神，一陣私語，或者僅僅是一陣風飄過，都能讓她心驚肉跳。守著這麼個祕密過日子，那日子就是地獄；而丟了這個祕密，那就是生不如死。

就在她心情最低落的時候，她遇到了橘子。換個角度，你也可以說是橘子遇到了她。上天看到她們急切地需要彼此，就把她們順手推到了一起。

春雨起了床，無精打采地朝後院走去。家務助理和菜園幫工都回家過年去了，家裡只剩了她一個人。早上菜園幫工走之前，已經把雞放出籠來也餵過了，此刻雞正在收完了蔬菜的空地上嘰嘰呱呱地走來走去，耙食著留在土裡的殘根和種子，到處屙下一團團綠屎——那是明年的好肥。

天實在是冷。這天應該是這一年裡最冷的一個月裡最冷的一天。太陽低矮下去了，蒼白，遙遠，疲軟無力。江南的冬季雖然短，卻帶著一層溼氣，緊緊地黏在人的骨頭上，扒也扒不下去，能把一身的血都凍成了冰。春雨的手腳長滿了凍瘡，又癢又疼，腫得穿不進鞋子。

她去了雞籠，蹲下來查看有沒有白天下的蛋。一個也沒有。雞籠裡鋪的稻草，是菜園子的幫工回家前剛換過的，現在聞起來，有這一季的新潮氣，也有上一季的舊陽光，氣味雜陳。春雨正想起身，突然聽見一絲嘶嘶的聲響，她停住了，往裡一看，就看見了兩粒小燈泡似地亮光。過了一會兒她才明白是一雙眼睛，圓圓的，灰綠色的，熠熠閃動，滿眼都是狐疑和驚恐。

原來是一隻躲在雞籠深處的貓。在微薄的暮色裡，牠的皮毛閃動著一層金黃的接近橙色的光澤，有些褐色的條紋交織其間。待春雨的眼睛習慣了雞籠裡的光線，她發覺她看見了一隻微型老虎——一隻受了驚嚇、每一根神經都繃得很緊的老虎。她朝牠伸出手來，牠驚跳起來，背高高地拱起，毛髮炸成一根根針。

「可憐見的，你這個可憐的，可憐的小東西。凍壞了吧？虧得我沒把籬笆補好，要不你咋辦？」她輕輕地說，被自己聲音裡那股子陌生的溫存吃了一驚。「你沒看見那些雞啊？這是牠們的家，你佔了牠的窩，牠們可不待見你。還是跟我來吧，我不會害你的，你放心，好不？我給你找個好地方睡覺，可憐見的。別怕，跟我來。」

她叨叨絮絮地說了許多話，貓一路往後退，就退到了雞籠的盡頭，再無可退之處。牠直直地警覺地打量著她，身子微微顫動著。不知是她身上的什麼東西，也許是聲音，也許是姿勢，也許是氣味，讓牠逐漸平靜下來，卸下了盔甲。好像過了一個世紀的樣子，牠的毛髮才全部平復下來。牠慢慢地蹭過來，怯怯地試試探探地聞了聞她的手指頭。

橘子。

就在那一刻，她想好了要給牠起的名字。憑直覺，她認定那是隻母貓。

當時她還不知道：除了寒冷的天氣之外，流浪貓橘子走進她的後院，還另有原因。

7

春雨用木柴和稻草，在工具房的一個角落裡給橘子搭了個小窩。這已經是室外最暖和的地方了——她再不忍心橘子，也不能把牠帶進屋裡，把春梅的家變成一個動物園。然後她又急急地跑進廚房，胡亂搜尋了些剩飯菜，和著水裝在兩只碗裡，放在了橘子的窩邊。這就是流浪貓橘子的避風港了。春雨把工具房的門輕輕留了條縫，預備著橘子萬一夜裡要出去。

晚些時候，她又去看了一次橘子，發現水低矮了些下去，食物卻沒有動過，連個齒痕都沒留下。

「你這個挑嘴的貨，不吃我的東西？你要餓死啊？」她把橘子抱起來，懷裡沉甸甸的，便暗自驚訝一隻街貓身上竟然也長了這麼些肉。橘子沒有反抗，而是蜷縮在她的臂彎裡，打起了響亮的呼嚕，一副熟門熟路的樣子，彷彿她已經養了牠一輩子。橘子柔軟的身子暖暖地貼著春雨，突然讓她生出了睡意。「你要是敢逃跑，看我怎麼收拾你！這麼個鬼天氣，連老鼠都不會出洞。」她半真半假地警告橘子。

她正想放下橘子回屋去，突然覺得手腕上有一絲重量，原來是橘子的爪子在拉扯著她的手。橘子定定地看著她，眼睛亮亮的，像兩汪澄澈積攢了月色的水，水裡滿溢著哀傷，恐懼和無助——牠在乞求她留下來。春雨的心抽了一抽。「傻丫頭，我不能一直陪你啊，你總不能看著我凍成冰棍吧，是不是？」

夜裡她隱隱聽見了幾聲貓叫，但又很快睡了回去。橘子的叫聲反倒讓她放下了心：牠沒有逃走，還待在牠的小窩裡，一切太平。

第二天，她趕在春梅和老陳醒來之前，就早早起了床。她已經很久沒有這麼早起床了。裹上外套，抓上一支手電筒，她躡手躡腳地下了樓，拉開門栓，悄無聲響地潛入了後院。冬日夜長，這個時候外邊還是暗濛濛的，天邊剛剛綻開了幾絲細細的晨光。收完了蔬菜的地看上去赤裸，開闊，平展。夜裡下過小雨，地面上結著薄薄一層冰，在黯淡的曙色中微微閃亮。她急急地走到工具房，打開門，把手電對準了橘子的小窩。

橘子還在老地方。突兀的光亮嚇了牠一跳，兩眼瞇成了細縫，不速之客的侵擾讓牠茫然不安。春雨把手電筒從橘子臉上移到身上，發覺一夜之間，橘子長肥了許多。再仔細看了一眼，便驚得幾乎摔了個跟斗——橘子粉紅腫脹的肚皮上，蜷曲著三隻老鼠似地小肉團。那三個肉團皮毛稀疏，溼乎乎的身子輕輕抽搐著，在吱吱嘬嘬地吸吮著什麼。

是貓崽。

春雨突然醒悟過來：橘子之所以來到她家後院，是因為牠知道自己要臨產了。昨天晚上，橘子央求她留下來陪牠過夜，可是，她沒有聽懂牠的話。一條街上多少座房子，橘子偏偏挑了這一家來生下牠的崽；一天路上能走過多少人，橘子卻單單挑了自己，來託付牠的性命。那是一位母親致命的恐懼，一隻畜生本能的信任。牠把自己整個交給她了，可是在牠最急切無助的時候，她卻把牠丟下了，讓牠獨自捱過這樣的難關。

「對不住啊，對不住，可憐見的。」她喃喃自語，心裡充滿了愧疚。橘子意想不到地喚醒了她心裡沉睡多年的渴望：她希望活著，也被人需要。至少，橘子是需要她的。

橘子還是沒怎麼吃東西。春雨把指頭伸進食盆，蘸了些食物想餵給橘子。橘子敷衍了事地舔了一口，就扭回頭去，繼續用舌頭給牠的幼崽洗刷身子。現在春雨看清楚了牠們的樣子，一隻長著白毛，上面散落著幾個灰黑色的圓斑；其他兩隻樣子更像牠們的母親，都是薑黃色的，有一隻下巴是白色的，另外一隻顏色稍深，有幾道更明顯的棕色條紋。**斑斑，小黃，豹子**。她很快想好了牠們的名字。

橘子的舌頭溫存而耐心，不知疲倦地來回行走著，不肯錯過任何一個角落：貓崽的耳朵——現在還只是兩個尚未長出尖角的小圓洞；粉紅色的肚皮，尚未脫落的臍帶像風乾的枝蔓那樣地蜷曲著；小小的爪子，上面的指甲現在還不會自行收縮；被尚未成型的尾巴草草地覆蓋著的小肛門……橘子的舌頭從一隻貓崽轉到另外一隻，從一個地方移到另一個地方。貓崽彼此推搡著爬來爬去，時不時發出輕軟的心滿意足的吱吱聲。

一股無可名狀的感覺潮水般地湧過春雨的肚腹。她知道那是她的子宮所在之處，她感覺天下的虛空皆由此而來。突然間，她就嗚嗚咽咽地哭了。

虛空。她生命中存在著一個巨大的虛空。除非她有了一個她自己的斑斑，小黃，或者豹子，沒有任何東西能填得滿那樣的虛空。她的斑斑，她的小黃，她的豹子，那是夢裡才可能發生的事。她需要一個不著邊際荒誕無稽的夢。

她需要一個奇跡。

照顧橘子一家子成了春雨的新目標，她的生活又回歸到了正常軌道，貓咪的餵食和起居時間，現在成了她安排每日活動的中軸線。

冷入骨髓的日子統共也沒有幾天，天氣很快回暖，各種跡象都表明今年會是個早春。過完春節，菜園幫工回來上班，他和春雨就開始培土，準備春季的播種育苗。貓崽在他們眼前瘋長起來了。牠們的小眼睛張開了，瞳仁有了顏色，是六汪澄澈的、能把人的心都化了的藍。耳廓也漸漸挺立起來了，最先只是兩個醜陋的小茬子，很快就變成了尖尖的抖來抖去的小喇叭，時刻警惕著周遭的風吹草動。皮毛變得厚實了，毛茸茸的閃著一層油光。爪子也長硬實了，可以收縮自如。尾巴，天爺，那是一叢灌木。

可是身體長得再快，也長不過好奇心——好奇心是以火箭的速度增長的。工具房再也關不住牠們了，貓崽撒野的場地已經擴展到了後院的每一個角落，一天比一天更遠。牠們對母親的舌頭那無所不能的清洗神力深信不疑，毫無顧忌歡天喜地地在泥潭裡打著滾，全然不把四處亂竄的雞放在眼裡。

和貓崽相比，雞是巨人。貓崽貼著地皮行走時，只能看見公雞的肚腹。貓崽本該是怕雞的，可偏偏是雞，反倒被這三個相貌怪異、渾身長毛、天不怕地不怕、跑起來比魔鬼還快的小東西給攪得驚惶失措。沒多久，雞就垂頭喪氣地明白了：跟這群混世魔王爭搶地盤是毫無意義的，因為在貓崽的腦殼裡，壓根就沒有「地盤」這兩個字。貓崽此時的心裡，裝的只有四樣東西，按順序排列是：娘、吃奶、玩耍、睡覺。這個年紀的貓，想到什麼就是什麼，想去哪裡就去哪裡，對哪樣東西哪個地方都沒有長性，只求經過，沒想駐留。雞馬上學會了新的相處之道：每當貓崽走近來，牠們就心照不宣地遠遠避開。

橘子的眼睛，一刻也不放鬆地緊盯著牠的兒女。牠總是守著一個不遠不近的距離看著牠們玩耍，若是遇見緊急狀況，牠能馬上衝過去營救，但牠又不想靠得太近，攪擾了牠們的自由。牠慵懶地警醒著，甚至有點慈祥，這就是橘子現在的樣子。有時候牠看起來不像是媽，倒更像是外婆。

「別長大啊，別那麼快。」春雨喃喃自語。看著小黃在風和日麗的午後輕輕嚙咬著豹子的耳朵，斑斑轉著圈追著自己那蓬幽靈般活泛的大尾巴，她心中湮溢著一股心滿意足的懶散的快樂。外邊的世界彷彿被某種魔力催眠，定格在完全靜止的狀態。這一刻春雨覺得自己也和橘子一樣成為了外婆。

可是她的耳邊卻有一個魔鬼的聲音在輕輕地警告她：有禍事要發生了。一切都是假象，什麼都別信。那個聲音貼著她的耳根叨叨絮絮地說著話，聽得她頭皮發緊：**世上好事長不了，福後就有禍。太平日子長不了，要打仗了；貓也長不了，後面跟著閻王；愛情也長不了，你必遭辜負……**

她每日提心吊膽地等著禍事來臨，可是日復一日，日日太平無事。她不禁開始嘲笑起自己的荒唐和愚蠢。只有上了歲數的人，才會如此杞人憂天地活著。她才二十三歲。有的二十三歲是孩子，有的二十三歲是老人，她可能是這個世界上所有二十三歲的老人中最老邁的那一個。貓崽會壯壯實實地長成大貓，到時候小黃——三隻貓崽中唯一的一隻母貓——會生下牠自己的貓崽，然後像牠的母親那樣，用舌頭不知疲倦地給牠的幼崽舔淨身子；到時候牠的幼崽也會長大，再生下牠們的幼崽。子子孫孫，無窮無盡，直至永恆。

就在她慢慢放鬆下來時，禍事就毫無預兆地來了。那是四月下旬平平常常的一天。假如非得較真的話，你甚至可以說那天比大多數平常的日子都還要平常。母雞沒有生出方蛋，雞群裡也沒有出現三腳雞公，黃瓜秧不快不慢地長得正好，春梅——她最近也愛上了貓——也在正常的鐘點下班回家，竟然沒有發單位的牢騷；而三隻貓崽中最壯實也最調皮的斑斑，也像往常那樣探索著牠的新世界。只是這一次，牠的腳有了新的目標——牠要征服一個新的高度。

院子裡有張小板凳。斑斑把板凳做成跳板，跳上了一個樹樁。又把樹樁作為新的跳板，跳上一條低矮的樹枝，而後又上了一條高樹枝。經過三番五次如此這般的試探和驗證，牠終於站到了牆頭，這堵牆是陳同志家後院和鄰居家後院之間的分界線。這個新高度給牠帶來了一片全新的視野，那是一個牠未曾見過的世界。那一刻牠感覺自己正站在九霄雲上，少年的虛榮燒得牠滿腦子昏昏脹脹，只覺得世上萬物都如侏儒般低矮不堪，唯剩下牠一個頂天立地的巨人。

那個自封的王子和征服者，正沉浸在不可一世的狂妄和狂喜之中，絲毫沒有意識到牠馬上就要犯下一生中第一個也是唯一一個錯誤。這一個錯誤剝奪了牠第二次、第三次，以及今後無數次犯錯的機會，將牠定格為貓類中鮮有劣跡的完美典範。假如有先見之明，牠一定更願自己劣跡斑斑，遭天下嫌惡，卻活到天年。可這就是斑斑的命，誰也不能指望一隻三個月大的貓懂得謙卑和審慎。

此時橘子的注意力正在小黃身上。小黃在和豹子捉迷藏，把身子鑽進地面上一個由兩根凸暴的樹根交纏而成的小洞穴裡。當橘子留意到斑斑不見了時，一切都已為時過晚。在旁若無人的探險途中，那個被好奇心支使得不知天高地厚的王子和征服者，並沒有留意到腳下的牆上缺了一塊磚頭。牠腳一滑，一眨眼之間，就墜落到了一面夾心牆之中。

聽到斑斑從牆裡發出的撕心裂肺的叫喊，那隻休眠在橘子體內的母豹，猛然醒了。牠一躍而起，順著牠年少魯莽的兒子幾分鐘前開闢出來的那條路，輕如羽毛地跳上了牆頭，來到了斑斑墜落的地方。牠在牆頭焦急得踱來踱去，岌岌可危地踩在牆的邊緣處，從這頭到那頭，一輪又一輪，無休無止。牠尖厲淒慘地嚎叫著，歇斯底里地想在迷宮一樣層層疊疊的磚縫裡找到牠丟失的孩子。

看著橘子像得了失心瘋的樣子，春雨心急如焚手足無措，只覺得眼睛被什麼東西螫得很疼。那是橘子的目光，如匕首般尖利冰涼，彷彿在指控她的不中用和麻木不仁。除了說大話，你還會幹什麼？她聽出了橘子的嘶吼聲中毫無掩飾的輕蔑。

那天老陳出差不在家，家裡所有的人——春雨、春梅、菜園幫工和家務助手——聚在一起，亂糟糟地想著緊急營救的法子。眾人匆匆拿來各樣工具：梯子，竹竿，一條打了好幾個結子的長繩，一根鐵鉤，一只竹籃，甚至還有一個撈金魚的小網。哪個招數都試過了，哪樣工具都不管用。

日頭將盡，暮色漸起。時間一分一秒地過去，希望隨著天色漸漸變弱，最終徹底消散。眾人終於明白了：一意孤行的少年探險家斑斑，已經永久地敗給了一個最意想不到的仇敵：一堵簡單的夾心牆。

斑斑令人毛骨悚然的叫聲和橘子淒厲的哭嚎，響了整整一夜。春雨實在承受不了了，只好打開春梅家裡備用的急救包，翻找出幾個棉球塞住了耳朵。可是不管用。一位母親傷心欲絕的呼求，一個兒子對絕處逢生的殊死渴求，總是能在最厚實的棉花裡找到一條縫的。上帝充耳不聞。春雨一夜未曾閉眼。

第二天凌晨，天未曙，春雨就起床跑去了後院。橘子匍匐在牆上，已經虛弱得站不住了。斑斑的叫聲漸漸低弱，成了隱隱約約的嗚咽。到晌午的時候，一切都靜止了下來。春雨爬上梯子，想把橘子抱下來。橘子已經完全變了個樣子，乾癟憔悴，眼睛成了兩口幽黑枯涸的深井，身子是一堆被哀傷燃盡了的灰。

就在這時橘子做了一件讓春雨瞠目結舌的事。牠生猛地、兇惡地、竭盡全力地、毫不留情地咬了她一口。春雨從未看見過哪個人的眼睛裡裝著這麼多的嫌惡和憎恨，更別說是貓。

橘子一動不動地在牆上待了整整兩天，誰也沒法靠近。牠不吃不喝，拒絕任何安慰，對另外兩個貓崽完全不管不顧。第三天早上，春雨起床去看牠，發現牠已經帶著小黃和豹子走了。牠們走得無聲無息，沒有留下任何蹤跡，彷彿牠們先前從未存在過，所有關於牠們的記憶，不過是某個瘋狂的腦子胡謅出來的幻象而已。春雨知道這是橘子對她發出的最響亮的無聲抗議，最極致的無言討伐：她撕毀了牠交託給她的信任，背叛了她承諾給牠的愛和呵護。

她無話可說。

橘子走了，春雨真正無邊無際的孤獨和憂鬱，才剛剛開始。

8

橘子後來就成了春雨說話時經常引用的重要參照點。**橘子來的那一年，橘子走後的第二個月，橘子生崽的第三天……**，春雨的敘事常常是這樣開頭的。在橘子出現的那一年，世上發生了幾件重大的事情，這些事情攪合在一起，把春雨的命運推到了一個轉折點。

第一樁大事，是發生在北方邊境線上如火如荼的抗美援朝戰爭。這是短短的十年之內的第三場大戰。陳主任是第一批報名參戰的人。保家衛國是他寫在紙上的理由，還有一個理由他私藏在心底，沒告訴任何人：他想念步槍和手榴彈捏在手心的那種感覺。只是可惜，他對戎馬生涯的懷念，到頭來是剃頭擔子一頭熱，因為兵器也和女人一樣，都喜歡更年輕敏捷的手。他在第一輪體檢中就被刷了下來。三十三歲，按行伍的標準，他已經接近化石年齡段了。

那陣子全國都在轟轟烈烈地捐飛機大砲，春梅毫不含糊地捐出了她的赤金鐲子。母親留在世上的東西，此時早已四散，派了不同的用途。這個金鐲子是唯一一件念心兒了，金鐲子一走，春梅和春雨就成了徹頭徹尾的孤兒。

第二樁變故發生在家裡：後院苦心經營的菜園子，突然就關了張。跟第一樁事情相比，這椿變故實在算不得什麼事。事情的起因是市長辦公桌上出現了一封神祕匿名檢舉信，連祕書都不知道是通過什麼渠道進來的。信上說：「新政府答應過要保護老城的傳統特色，可是你們自己的人卻帶頭違反政策。」

老陳的野心是想在上海灘的法式別墅後院複製出山東老家村落，這事終因遭致街坊眾怒而被腰斬。上級給了他一頓嚴厲的批評，很是讓他丟了些顏面。菜園的幫工給打發回家了，上頭派了兩個從前在租界洋人家裡幹過活的老式園丁過來，重新鋪上草皮，修復花圃，一切回歸從前。這只不過是個引子。在往後的幾十年裡，這樣的拆拆建建，建建拆拆，還會一次又一次地重複，成為周而復始的循環。

菜園的幫工走後沒多久，老陳在飯桌上跟春梅商量事兒，聲音壓得很低，為的是避開正在廚房裡忙碌的家務助理。「又打仗了，國家負擔很重，前面的日子怕是更難。上頭在商量要精簡花名冊上吃餉的人。不如讓她去有小孩的同志家裡，能幫上更大的忙。」

春梅不知該怎麼接這個話頭。他說這話，果真是因為他心心念念惦記著國家的事嗎？怎麼聽起來像是心操得過了頭？國家雖有難處，也不至於養不起一個家務助理。或許他僅僅是找了個藉口，借題發揮說出了他本來說不出口的懊惱，因為他家裡沒有孩子？他挑的這個老婆，外頭看起來樣樣光鮮，裡頭卻是一塊花多少力氣也耕不出莊稼的荒地？或許他兩樣心思都有，混在一句話裡說，讓人分不出孰輕孰重？

「要是叫她走了，那春雨呢？春雨不是也在你的花名冊裡嗎？」過了半晌，春梅才說。春雨聽出來了，姊姊給姊夫出了一道綿裡藏針的難題。而她，就是春梅的針。

這會兒輪到老陳不說話了。桌子上一片靜默，飯菜在嘴裡嚼動的聲響，聽起來在磨著人的神經。一陣驚天動地的咀嚼和吞嚥之後，老陳終於含含混混地開了口，眼睛卻沒看她們倆。「春雨想待多久就待多久，但不能待在那個花名冊上。我們的份額勻給她點。」他的口氣淡淡的，沒有高低起伏，卻藏著一股不可更改的決斷。

一陣羞辱湧上來，春雨的臉漲得緋紅。他們當著她的面談論她，彷彿她是空氣。她怒不可遏。

想待多久就待多久。怎麼個待法？以什麼身分？非正式的家務助理？像個非婚生的野種，盡兒子的一切義務，卻沒有兒子的名分和報酬？

可是除此之外她還有什麼選擇？難不成再回到那個小醫院，做回護士助理，每天再去和病的、死的、傷的打交道？現在又在轟轟烈烈地打仗，誰能斷定仗會打多久、還會有多少人受傷？醫院雖然已經改為民用，但興許還會接受傷員。鮮血，呻吟聲，耗子窩一樣的宿舍，一眼就看到頭的縣城街景，她已經回不去了。在上海待過了這一陣，她已經習慣了四牆之內的居家生活，人群讓她頭暈。

一週以後，公家派的家務助理走了，春雨自如地天衣無縫地填上了那人留下的空隙。沒有人對此抬一下眉毛，提出任何疑問。她接過了她的班，不是意外，一切皆在期待之中。不須開口，每個人都懂。

有一天，老陳在單位加班，春梅比平常略早了幾分鐘到家。屋裡很安靜，空氣中彌漫著一股詭異的氣息。春雨不在客廳，廚房裡也沒有傳出鍋碗瓢盆的動靜——這個時候春雨通常在廚房準備晚餐。春梅往過道走去，只覺得腳下的感覺有些怪異，拖鞋踩在地板上吱吱作響，帶著點溼黏黏的重量。她低頭朝腳下一看，頭皮呼的一下炸了。

是血。新鮮的、潮潤的、散發著隱隱一絲金屬味的血，從廁所的門下蜿蜒地蠕爬出來，在地板的低窪之處匯集成小小一汪猩紅。

春梅馬上想到是有人趁春雨一人在家，闖進屋裡行兇。可是屋裡的一切看上去都是那麼秩序井然：家具沒有被碰撞挪動過，地板乾淨得發亮，抽屜嚴嚴實實地關著，沒有任何跡象表明有人強行闖入行竊或搶劫。

她屏住呼吸，推開了廁所的門，朝裡看了一眼，只覺得房間恍如一只大轉盤似地，在她眼前模模糊糊地旋轉起來。

春雨像一隻受了傷的奄奄一息的巨鳥，手腳四下攤開，躺在花崗岩地板上，面如死灰，昏迷不醒。

「宮外孕。」幾個小時之後，在醫院手術室外的等候室裡，醫生對春梅說。「受精卵落錯了地方，在輸卵管著床。胚胎長得太大了，輸卵管裝不下，就爆裂了。這是大出血的原因。」

醫生耐心地給春梅科普了一番。

「我需要和她丈夫談談。」醫生說。

「她沒，還沒結婚。」春梅期期艾艾地回答道。

「那未婚夫？男朋友？總得有個人吧？」醫生緊追不放。

醫生面對的是一陣沒有裂縫的沉默。

醫生終於不再往下追問了。從他閃爍的眼神中，春梅看出了他對病床上這位年輕女子心懷憐憫。不過那憐憫也不單純是憐憫，裡頭還摻雜著隱隱一絲輕蔑。春梅一下子醒悟過來：醫生是把春雨想成**那種**女人了。最近全城都在以旋風式的速度一一關閉妓院，政府的大掃帚一掃，就從那些地方掃出一堆懷了身孕的女人。那些身孕自然是無人認領、不受歡迎的，最終都被推進醫院的婦產科病房做了了結。春梅知道醫生是怎麼想的，但她沒有心緒跟他澄清。他不是她們的什麼人，出了醫院的門，他和她們再無瓜葛，永不相逢。他不值得她耗費心神。

「要不是我下班回來得早，你這會恐怕都已經去見阿媽了。」

這是那天半夜，春雨終於清醒過來時，春梅對她說的第一句話。麻藥在她身上還留了個尾巴，春雨的腦子時而清楚時而迷糊。春梅說的每個字她都聽見了，可是她費了好大的勁，才理清了那條埋在聲音之中、叫聲音長出意義的線索。她一動不動地躺著，頭深深地陷在枕頭之中，臉頰上泛著一絲若隱若現的潮紅——她在發著低燒。她的嘴角輕輕一扯，扯出一絲平靜茫然的微笑。

在這樣一樁翻江倒海的大事跟前，居然還能這般波瀾不驚。春雨的無動於衷不僅讓姊姊也同時讓自己吃驚。**臉皮比砧板還厚**。母親在世時，每次私下裡說起另外一房比她年輕也比她得寵的夫人時，都會使用這樣的比喻。嫉妒給了舌頭想像力，能想得出來的難聽話，母親幾乎都說盡了，沒想到這些話如今用在她自己女兒身上，也正合適。一個人還能低到哪裡去呢？春雨冷漠地問自己，心中既無哀傷，也無懊悔。

此刻橫亙在姊妹兩人之間的，是一道深淵般的沉默，可是春雨沒有任何急切的願望去填補那道鴻溝。她在安靜地等待著春梅開口，問出那石破天驚的第一句話。可是春梅此刻的想法和她一樣，兩人都在等待把對方的耐心磨穿。最後她倆在同一時刻打破了沉默，她們嘴裡吐出來的話在半空相遇，撞擊出咣啷的聲響。

「他們說沒說我還能懷……？」春雨昏昏沉沉地問。

春梅的問題是：「他逼你了嗎？」

她們都沒有回答彼此的問題。確切地說，春梅一直沒有回答春雨的問題，而春雨的回答，卻是延誤了很久、在春梅就要起身離開的時候才來的。春雨的話有些文不對題，幾乎算不上是回答：「我只是，想要一個孩子。」

春雨在醫院裡休養了三個星期，每天都會沿著醫院後邊的一塊綠地散一圈步。有一天，她在張貼著新報紙的報欄跟前停住了腳步。這段時間報紙的標題大都是關於戰事的，她怕這個話題，通常都避開報欄，可是這天鬼使神差的，她竟然沒有。她偶一抬頭，被一張照片鉤住了眼睛。那是一篇特寫，說的是一名年輕士兵在朝鮮戰場的英雄事跡。

她一眼就認出了照片上的那個人是王二娃。

見四下無人，春雨飛快地把報紙從報欄上揭下來，疊成一個小方塊，塞進病員服的口袋裡。她並沒有意識到：在她揭下報紙的那一刻，她就已經邁出了第一腳。這一腳走出去，她就偏離了日常生活軌道，越走越遠，永無回頭之日。

9

當春雨提著一個裝了幾件換洗衣服和一把牙刷的小網兜，登上去溫州城的輪船時，她並不知道她到底要幹什麼。**頭部受重傷**。報紙上是這麼說的。她不敢確定二娃還能不能認出她來。從上一回分別到現在，已經過去了很多年。準確地說，是七年，中間經歷了兩場戰爭。

她走進了醫院的病房時，依舊不知道她要幹什麼。她看見他站在病房的正中間，四周圍著一大群人。**眾星捧月**，這就是他所處的位置，他並不自知，卻已經習以為常，感覺自如。他見她進來，眼裡倏地閃過一絲亮光。**怎麼是你?!** 這是他沒說出口的話。她沒有錯過，她準確無誤地接收到了他的驚訝。她瞬間就知道了報紙上說的不全是實情，他的腦子並沒有全廢，還剩著些東西依舊在喘氣，在爬動。

屋子裡那些人看見春雨手裡捏著的那張剪報，自然而然地把她歸入到那些每天湧進醫院大門的仰慕者之列。那些人來，只為握一下他的手，聽他說句話，或者要一個他的親筆簽名，簽在哪裡都行，筆記本上、圍巾上，甚至手背上。哪怕僅僅摸一下他的軍功章也好，只要沾一點他的氣息，他的榮光。

護士們每天都要花很多時間篩選來客，控制探視時間，以免讓他過於勞乏。這是她們工作職責之外的事，但她們並不在意。分內的事太單一，太日常，太按部就班，就像是一日三餐裡的米飯，而分外的事才是那米飯之上的豬油和辣醬。除了想給英雄找個好女人的古道熱腸，她們也想給自己找一點小小的樂子和消遣。

可是護士臺的接待員居然沒有看好門，讓眼前的這個女人突破防守，繞過了她們孔眼細密的篩子，直接潛入了他那間對外封閉的病房。房間裡的每個人，包括那位木知木覺到極點的值班醫生，都一下子注意到了王二娃看見那個女人時嘴角輕輕一揚。他對每一位來賓都是客客氣氣的。客氣的意思是指他待人有禮貌，舉止不粗魯。可是微笑，那就完全是另外一碼事了。微笑對他來說是一件珍稀的禮物，他從來不會輕易送出。可是他居然對她笑了。

這個女人看樣子已經走了很長的路，頭髮上沾著塵土，身上的衣裳髒髒地起著皺摺。別的女人看到他，要麼羞怯拘謹，惶然不知所措，要麼急切直接，顧不得任何矜持委婉，而她和她們不同。她不卑不亢，鎮靜自如，絲毫不為周遭的氣氛所動。她身上有股子說不上來的東西，引火柴似地點起了他的一絲暖意。他喜歡她，這是瞎子都能看清的事。屋裡的人一下子都明白了，這兩個人有話要說，不需要旁人在場。

其實春雨暗暗希望他們能在屋裡再待一會兒。她和他還有足夠的時間，私話還可以等。但她需要揣摩透他的心思，才能回答他的問題——假如他有問題問她的話。「怎麼來的」很好回答，「為什麼來了」就有點麻煩。**想來看一看你怎麼樣了**。這是她在路上就想好了的場面話。大體上是實話，但並不是百分之百。到底哪裡不實？連她自己都說不上。

人散開了，屋裡安靜了下來。最初見面時的喜出望外已經漸漸淡薄下去，平常日子裡壓在心上的憂鬱再次冒頭，他出乎意外地崩潰了。「我沒法，實在沒法，這樣過下去了。」他喃喃地說，突然低聲嗚嗚咽咽地哭了，像個碎了一地的破瓷瓶。

她不是頭一次看見他這個樣子。上一次他這樣崩潰，是七年前，在另一家醫院的另一張病床上。那回他傷的是腿，正在等待一次將要進行的截肢手術。而這一回，他傷的是腦子。不管他走到哪裡，戰爭總能找得到他。可憐的人。

「上一回，你的腿給救回來了，記得不？這一回，你的腦子也能治好，相信我。」她說。她的語氣溫存卻堅決，但心底裡，她明白她的話缺了根骨頭，站不住腳。她不再是七年前那個十六歲的女孩子，能赴湯蹈火去營救一條腿和一個男人的尊嚴。那個時候，憑著一腔少年人的魯莽，她敢相信天下真有奇跡。

他停止了哭泣，有點為自己的軟弱感到羞恥，但是眼中的恐懼依舊還在，漸漸變成了一片陰影。「剛開始，我的腦子整個打壞了，過了一陣子又回來了。現在我心裡是清楚的，可是我還，還沒有告訴他們，因為……」他一把抓住她的手，抓得那麼緊，她都能聽見關節碎裂的聲音。「……因為我怕被送回去……太可怕了，那邊……」

她低沉地咳嗽了一聲，制止住了他。她甩開他的手，退後幾步，看了看門窗是否關嚴實了，這才回到他跟前。

「你還跟誰說過這事？」她用比耳語還低的聲音，輕輕地問。

他搖了搖頭。

她如釋重負，感覺渾身輕得幾乎要飛。為什麼要來看他？一路上她都是糊塗的，而在這一刻，她突然明白了，目的一下子變得明確清晰。

「你腦子受了重傷。這是醫生說的。你要待在這裡接受治療和照顧，哪兒也不去。聽明白了嗎？」她的口氣異常堅定，幾近專橫，彷彿那是一道軍令，後邊跟的是句號而不是問號或者逗號，必須堅決執行，沒有任何商量的餘地。

電閃雷鳴之間，他突然醒了。他聽懂了。

七年的別離並沒有沖淡他對她的信任。七年可以發生多少事，七年可以改變多少人。他們重聚的第一面，來不及寒暄問候，他就對她說了他的祕密。那是天一樣大的、生死攸關的祕密，他想都沒想、連個磕巴都沒打，就交付給了她。他信她，簡單的、孩童似的、絕對的、毫無保留的、完完全全的信她。

她心裡一動。

「二娃，咱們結婚吧。」話出口的時候有些突兀，但並不冒失。那語氣裡帶著一股沉靜和鎮定，彷彿這是深思熟慮之後的決定，彷彿在他們別後的整整七年裡，她每天都在想這件事。

上次分別之後，他為什麼不再給她寫信了？他為什麼沒有如約來看她？她沒有問，一次也沒有。不僅在當時，後來也沒有。只要信任還在，為什麼要冒險去蹚感情的渾水？他手裡捏著她的一個祕密，而她手裡也捏著他的祕密，同樣巨大，同樣幽暗。她的祕密是關於她的過去的，而他的祕密卻是關於他現在的。他們守著進入彼此祕密的鑰匙，還有比這更安全牢靠的嗎？他們之間的事，算不上是什麼驚天動地的愛情故事，既不超乎尋常、勾人魂魄，也不會讓人輾轉難眠。然而，他們的事也是故事，一個與信任相關的老套故事。信任站在愛情之上，冷眼看著愛情被情緒支使著狗苟蠅營跌跌撞撞。信任永遠冷靜，所以信任活得最長。

「結了婚咱們就生孩子。」她補充道。「現在你出去告訴他們吧。」

第五章

紀代，
小虎，
以及一場遮天蔽日的災難

菲妮絲發給喬治的電郵，二〇一一年十一月十一日，北京時間十六點三十五分。

喬治：

這會兒我剛從梅姨那裡回來，筋疲力盡，一動都不想動。她終於兌現了她的承諾，跟我說了那件「能把所有的疑點串起來」的事。現在一切都有了答案，每一塊拼圖都落到了應該在的位置。她在講的時候，好幾次我都得打斷她，讓她休息一下。其實我也需要喘一口氣。這樣的故事，誰能一氣講得下去？誰又能一氣聽得下去？我無法在電話或電郵上三言兩語地講給你聽，我必須要把它仔細記錄下來。只有這樣，我才能相對平和地轉述這件事。等我把這章初稿寫完，你會是第一個讀者。不過在那之前，請你不要追問。

今晚恐怕會一夜無眠。

妮絲

喬治發給菲妮絲的電郵，二〇一一年十一月十九日，美東時間八點〇七分。

親愛的妮絲：

這幾天你那裡太安靜了，什麼消息也沒有，但我還是信守承諾不去打探。每一次你關閉自己的時候，我都開始擔心。也許你只是在埋頭寫你的稿子而已——但願如此。每一個人都需要一個出口，否則在某一刻我們都會炸得粉身碎骨。我希望寫作就是你的出口。

你走了有一個月了，這是我們分開最長的一次。我在一天天地倒數著去上海和你團聚的日子。

突然想到一件事：你曾經提到過梅姨和她同父異母的長姊還保持著一些聯繫。你們有計畫回東溪老家一趟，散一散心嗎？

晚飯之後會給你打電話。

愛你的喬治

菲妮絲發給喬治的電郵，二〇一一年十一月二十日，北京時間兩點十八分。

喬治：

今天我收到一封我班上學生發來的電郵（我把它轉給你了），看得我溼了眼睛。可能是老了，我現在心軟得像紙漿。我們大多數時間裡只是為了麵包去工作，而我的麵包還只是薄薄的一片。可是偶爾也會在這個過程裡得到一兩件意料之外的獎勵，比如這封信。從現在起，我爭取不要老抱怨薪酬太低。

讓你擔心我一下倒也不是什麼壞事，這樣會教你稍稍緊張一點，不至於對我太放心。不過不要擔心過頭，我們袁家的女人不光長著一張好看的面孔，必要時我們也會吠叫、撕咬、活下去。我正在夜以繼日地寫我媽媽和姨媽在戰爭中經歷的事，等你看了，就會明白我在說什麼。目前進展很順，希望能在你來上海之前完成第一稿。這個計畫應該是現實可行的。

我姨父陳伯伯走後，梅姨的確恢復了和她長姊的聯繫，不過一直很稀疏。但不知何故，她一直也下不了決心去看她。她們十五個姊妹，目前還有幾個活在世上，包括那位剛剛過了九十九歲生日的長姊。我試試看能不能說服梅姨跟我一起去一趟東溪。她們太久不見面了，人一旦形成習慣，就很難改變。

多吃青菜，少抽點菸。

妮絲

菲妮絲轉發學生來信：

親愛的袁—懷勒太太：

這個學期你請了假，我們不知道是什麼原因。今天維托里奧在學校的辦公室，聽吻了你母親的事，我們都很難過。你為什麼不告訴我們呢？上星期汗太太（我們的代課老師）讓我們談談母親。我們班裡有五個人沒有母親（戰爭、生病），十一個人不能見到母親（離婚、住在海外）。我們理解沒有母親的日子有多難。請你保重，心情好一點。

班級裡每一個人都叫我寫一封信給你，盼望你快點回來。汗太太口音很多，很難聽懂（請不要告訴辦公室，我們不想丟她工作）。你是最好的老師，你盡心盡力幫助我們。我們很多很多想念你。希望我信裡的錯別字和爛語法沒有生氣你。

安舒雅代表全班

菲妮絲發給喬治的電郵，二〇一一年十二月二十一日，北京時間十三點四十六分。

喬治：

我前頭的兩封電郵你都沒回，情急之下我只好打了你的手機，但是一撥通就直接進入了留言模式。頓時所有可怕的想法以光的速度在我心中一一閃過，從腹瀉，到中風，到有人入室搶劫，到失火，到另外一個女人。我甚至登錄天氣預報網查詢了多倫多有沒有龍捲風經過，後來才明白現在根本不是龍捲風季節——這都是因為看了太多好萊塢電影的緣故。你那邊現在是半夜，這個鬼時辰你到底去了哪裡？請你迅速立即馬上聯繫我，趕在我心臟病發作之前。

得了失心瘋的　妮絲

喬治發給菲妮絲的電郵，二〇一一年十二月二十一日，美東時間一點〇九分。

親愛的妮絲：

本想給你一個驚喜，沒想到你壞了我的計畫。你給我打電話的時候，我正在機場過安檢。現在我在候機廳裡，等候半夜的接駁航班去溫哥華，然後轉機去上海。我設法把假期往前提了四天，具體細節就不浪費你的時間了。我一天也等不下去了。我本想到了你旅館門口時再告訴你，現在考慮到萬一你要真是急瘋了，我可擔待不起，所以還是決定劇透我的計畫吧。

用不了一天，我們就會見面了。

喬治

菲妮絲發給喬治的電郵，二〇一一年十二月二十一日，北京時間十四點二十五分。

喬治：

你這個老東西差點讓我心臟病發作。當時我滿腦子都是瘋狂的想法，比如我還能不能用同一把鑰匙打開我自己的家門，或者我回家時，會不會在我的床上發現一件不屬於我的睡衣。

很高興你能早來。告訴你一個好消息：我剛剛完成了我媽和梅姨戰爭故事的初稿（見附件），這一章暫名為「一場遮天蔽日的災難」。這是最艱難的一章，但我卻用了最短的時間完成。在這一章裡，我還是引用了梅姨的視角以及由她轉述我媽和她的聊天內容。但是梅姨不再是我唯一依賴的信息來源。在這個故事裡，有一些誰也無法涉及的盲點，我試著用我自己的眼睛來填補這些空白之處。這一章裡的母親是在我出生之前的，如以前說過，是「史前」的、我不曾見過的母親。但我卻非常肯定我「知道」她，從靈魂最深之處認識她，這樣的認知來自我一生和她在一起度過的時光。

希望在飛機起飛之前你能收到這封信，這樣你就能在飛機上讀到部分內容——假如你不太睏倦的話。

你來了，我就去換個好點的旅館。我待在這家旅館主要是為了方便，當然還為了一個很低的優惠價，因為旅館的老闆是陳伯伯戰友的兒子。

妮絲

電郵附件：菲妮絲的文稿〈災難〉。

1

春雨感覺眼皮很沉，睜開眼睛，才發現是從窗口爬進來的陽光。說窗口有點誇張，其實就是牆上的一個小窟窿而已。天空被框在這個小窟窿之中，卻依舊湛藍，光亮，冷酷。

一陣恍惚之後，她才漸漸明白過來她此時身在何處。

每天夜裡合眼睡覺，其實都是小死了一回。每天早上睜眼醒來，又都是小活了一回。母親曾經這樣對她說。但是昨天夜裡的死不是小死，昨天的死是一個人三生裡所有的小死都加在一起，也抵不上一個小角的大死。然而，無論昨晚的死有多沉多大，她今天早上睜開眼睛，還是又小活了一回。

她居然還活著。世上難道就沒有一種死，能殺得了她，或者說，救得了她？想至此，她驚出一身冷汗。

除了靠窗口的那一小塊地方，屋裡哪兒都照不著陽光，黑洞洞的。她有一隻獵狗一樣靈敏的鼻子，即使看不清，她也能嗅得出周遭的環境。這是一個破舊的、長滿綠霉的、陰沉沉的耗子洞，沒有一絲生氣，從裡到外爛透了。

春梅躺在草蓆的另一頭，還在睡，卻睡得很不踏實。她的腿腳不時地抽搐著，雙手高舉過頭頂，鬆鬆地握著拳，手心捏著一個噩夢。

這是一九四四年九月。

抗戰已經進入到第七個年頭。戰爭咬起人來，依舊還是疼，卻已經不是當初第一口時那麼尖銳的疼了。東溪街上偶爾走過從北方逃難來的人，看著依舊還是難受，卻不像第一次看見時那樣攪動著人的血了。時間是把鈍銼刀，靠的就是耐心，孜孜不倦日復一日地磨著神經的尖角，教顏色淡去，記憶模糊，尖叫變為嘆息。春梅時不時還說要離家出走，一會兒說去延安，一會兒說去重慶。她的那些同學個個神通廣大，每條道上都有熟人。只是春梅的計畫長了很多張嘴，卻沒長腿，說了一兩年了，卻還沒能帶她走出東溪的地界。

七年是官方的詮釋版本，為的是說服民眾：局勢還沒有壞到完全不可收拾的地步。滿洲的陷落，已經是十三年前的事了，卻被合乎時宜地排除在了戰爭的時間表之外。算上滿洲，數字就不一樣了，這場戰爭幾乎已經到了老態龍鍾的地步。多少個城市多少爿天都已經塌陷過了，每塌一爿，就給袁家添了一層新的害怕——怕禍事會臨到東溪。除了害怕，還有一絲不敢說出口的、幾乎帶著罪惡感的如釋重負：至少她們頭頂的那爿小小的天，還是完好的。

直至昨天。

她不能想像她的天，那爿在她頭頂已經撐了整整十六年的天，竟然會在短短一天之內轟然倒坍，碎成齏粉。更不可思議的是，那碎了的天，會在第二天早晨，又重新連成一片，毫無瑕疵裂縫地出現在她的頭頂，就像一隻從第八次死亡中醒過來的貓那樣，彷彿什麼也不曾發生過。天對昨天的傷痛毫無記憶。

狗雜種。

她恨不得朝那輪沒心沒肺的太陽狠狠啐上一口，可是她實在沒有力氣，只能虛弱地擠出一句髒話。

她想坐起來，身子一動，扯得她疼得發抖。便知道恥辱是真的，她不是在做夢。記憶一點一點地回來了。

2

前一天是週日，在縣城中學讀書的春雨和春梅都回家來，和母親一起過週末。傭人正在擺桌子準備吃午飯的時候，空襲警報又響了起來。這是早上的第三回了，前兩回都是一場虛驚。**狼又來了**。母親哼了一聲。母親一點兒也不著急，根本就沒想離家。

「我也不是榆木疙瘩老骨董，我知道現在世道變了，讀過書的女孩子不作興媒妁之言了。你倆要是在學校裡碰到個好人，別在外頭給我隨著性子胡來，把他領回家來給我看看。我只給你們立一條規矩：你們不能學我，打死也不可答應給人做小。這個規矩是鐵板釘釘，沒得商量，聽見沒？」母親一早就在說女兒的婚事，先前被空襲警報打斷了，這會兒又接上了茬。「這仗要是打完了，還說不好下一輪是誰坐天下。這個黨，那個黨，這個皇帝，那個皇帝，對我們都一樣，哪個坐天下，百姓都一樣過苦日子。若想過太平日子，你兩姊妹一人嫁一個黨，那是最穩妥不過的。萬一將來天下大亂，你倆總有一個是安全的，能保得了另一個。你爸那副樣子，明擺著是靠不住的。」

當時誰也不知道，這些話會成為母親的遺言。

她們正說著話，就聽見有人咚咚敲門，是保長來喊她們趕緊跑去防空壕躲飛機。仗打了七年，東溪只被炸過一回，那次轟炸也只在水田裡留下了幾個小坑，田裡當時沒人。所以建一個大型防空洞的想法，就一直是一紙籌劃書，擺在鎮政府辦公桌上攢著灰塵。

她們跑到半路，母親突然拉著傭人轉身往回跑——她忘了把首飾盒帶出來。

沒這個盒子我活不了。母親說。從前遇見緊急狀況，母親也曾這麼說過。母親只是沒想到，這話是一枚硬幣，翻到另一面，就是另一種解釋：**有這個盒子她可能死**。

春雨和春梅沒有在防空壕裡等到母親。

一個小時以後，空襲警報終於解除，她們被放回家來。遠遠的，她們就看見了天邊的青煙。走近了，才看清她們住的那一條街沒了，只剩下一堆瓦礫。在防空壕裡的時候，她們聽見了轟炸聲，就已經想到了最壞的可能，但是眼前的景象比她們能想到的還淒慘萬分。街坊鄰居和救援隊挖了整整兩個小時，才把母親和傭人從瓦礫之下挖了出來。母親挖出來的時候是蜷成一團的，懷裡緊緊地抱著那個首飾盒子，彷彿在呵護一個遭遇突襲的嬰兒。

終於輪到東溪了。東溪苦苦撐了七年的天，今天塌了。

她們就在這一天裡同時失去了母親和家。春雨完全可以詛咒日本人，詛咒那幾架身上印著一輪骯髒太陽的轟炸機。就是那輪骯髒太陽生下的黑蛋，奪了母親的性命。她也完全可以詛咒那片沒心沒肺、從來不記得疼痛的天空。可是它們都離她太遠了，她夠不著也抓不住。她唯一能夠抓得住的，只能是住在鎮那頭的父親。她只想把所有的怨恨和歹毒，都啐到父親身上。要是父親能按時送來每月的家用，母親壓根就不用為那個鬼首飾盒搭上了性命——那盒子裡裝的是她兩個女兒飄搖未卜的前程。

父親是商人，做的是茶葉生意，家底很是殷實。他的茶葉能一路遠銷至滿洲，香港，星洲，錫蘭。仗打得再狠，人還得喝茶，茶把紛亂的人心撫平了，讓人想起太平日子裡的舒適。父親夜夜睡不安生，與其說是在愁煩生意上的不測風雲，倒不如說是擔心他的家產將來不知會落入何人之手。他娶母親的那一年，已經四十八歲，按當地人的標準，幾乎就是老人家了，可是他依舊膝下無子。也就是說，沒有人可以繼承他的家產，延續他的姓氏。

父親是一匹不知疲倦的種馬，在五房太太身上片刻不停地播種，生出長長一串後裔。除了第四房之外，其餘的每一房都比前面一房年輕許多。這五個女人持續不懈地生下了十五個收藏品級別無可挑剔的女兒。只是可惜，那是一個花拳繡腿的軍團，打不了任何仗，卻只會在他的家業上咬下一個個凶猛的齒痕——時辰一到，她們都需要嫁妝。

十五個女兒年紀從五歲到三十二歲不等，除了四個已經出嫁，其餘的都跟自己的親娘單住，每年只和其他房所出的姊妹會兩次面，一次在年夜飯桌上，還有一次是在父親的壽辰。每年的年夜飯上，父親都會毫無例外地給未嫁女兒一人發一個裝著壓歲錢的紅包。一模一樣的紅信封，一模一樣的錢數，這就避免了彼此混淆的可能。父親平時常常會記錯她們的名字，搞混了她們是哪一房的孩子。

春雨的母親是第四房太太。父親娶了她，在當時是一樁不可思議的事，幾乎到了駭人聽聞的地步，因為她不僅比前頭的那一房大了五歲，而且還曾經嫁過人。母親的第一個丈夫是教書先生，後來得傷寒症死了，留下了一個四歲的兒子，由奶奶撫養。

那一陣子父親成了整個鎮上的笑柄，因為他給母親的娘家送上了和其他幾房等額的聘禮。鎮上的人眼界小，不懂父親的心思。其他幾房的女人是付了錢才驗的貨，發現貨不對路時，為時已晚。輪到母親時，父親長了見識，知道應該驗過貨才付錢。母親不像其他幾房的女人，她走進父親家門時，已經在別的男人手裡經過考驗，生下了男丁。跟這樣關鍵的優勢相比，是不是處女則是一個無關緊要、幾乎可以忽略不計的細節。父親是生意人，父親的精明無人能與之匹敵。

母親過了門，讓父親存了一個看起來並非虛妄的指望。到頭來，這指望沒有兌現，卻變成了燒心的失望。不止一次，而是兩次——母親連著生了兩個女兒，中間只隔了十八個月。父親在成為成功的茶葉商之前，曾經是一個莊稼地上的好把式，可是他竟然不懂最基本的農家常識。當田裡沒長出好莊稼時，他只會埋怨土地，而從來沒想到也許是種子不對頭。

這些年裡，父親到母親這邊來的次數越來越少，每月送過來的家用也時有延誤。春雨是兩個女兒中的老小，臉皮比姊姊厚，膽子也大些，天生就不怵討價還價，於是就時不時被母親派去父親那裡，請他（而非求他）把錢包的口子略微鬆一鬆。

那天在瓦礫底下找到母親之後，春雨和春梅就趕緊往父親那頭跑，去通報噩耗，可是她倆卻一直沒有抵達目的地。

春雨已經記不清楚到底是在哪個路口被人攔住的，猝然的家變使所有的感官遲鈍失常。一整天她和春梅都如行屍走肉般恍恍惚惚，麻木卻又麻利地忙亂著。那麻利與腦子無關，純粹是肌肉在管事。為趕時間，她們抄了一條偏僻的近路。當她們覺察到身後有腳步聲時，那夥人其實已經咬上了她們的腳後跟。七個，或許是八個，穿著襤褸的黃綠色軍裝的人。他們的肩上有一樣東西在夕陽中熠熠閃光。春雨知道那是什麼，可是她的腦子刷的一片空白，突然就想不起來那個名稱了。

一陣狂掃而過的颶風。這是她被撲倒在地時腦子裡閃過的第一個印象。她的肩胛骨被緊緊地按在泥地上，疼痛給她發出了第一通警報。腦子和所有的感官瞬間驚醒過來，意識到了危險。

刺刀。她猛然想起了剛才想不起來的那個詞。

春梅呢？她暗問。

她也應該想到母親才是。母親死了好幾個小時了，剛出土，身上只蓋著一張草蓆，露天躺在一小塊從瓦礫中清理出來的泥地上，孤孤單單，又冷又餓，等待著五分之一個丈夫趕來。應該給她好好做一場超度道場，可是蛆蟲可能會趕在和尚之前先到。但那一刻她竟然沒有想到母親。她身上所有多餘的感受都已經被剔除，剩下的只是一副無血無肉無情緒的骨架子。無論何時何地，活人的需求永遠高於死人。春梅比母親緊要，母親可以等。

壓在她身上的男人沉得像一根溼木頭，從他嘴裡呼出的餿臭氣味攪動著她的腸胃，幾乎讓她嘔出聲來。她想轉過頭去，可是他用他的爪子牢牢摳住了她的下巴，逼著她看著他。他把自己的臉近近地推在她眼前，她就看見了他眼中布滿紅絲，毛孔裡塞著路上的泥塵，脖子上布滿了暗褐色的斑點，有的已經長出了膿頭，那都是蚊子咬下的疤。他的鼻翼大大地張開，鼻尖漲成豬肝色，似乎馬上要爆炸。左頰上有一塊黑色的胎記，那形狀隱隱像一隻蝴蝶。

他直直地瞪著她看，眼神陰冷。就在他們對視的那一刻裡，她發現他眼裡閃過一絲猶豫。那絲猶豫停留的時間很短，短得只能以微秒來計算，便瞬間黯淡消逝了。他的身體開始扭動起來，變得滾燙而堅硬，接著猛烈地一捅，一把匕首扎進了她的兩腿之間，在她身體最深處攪動著，把她的五臟六腑撕鉸成碎片。

她剛喊出聲，卻立刻住了嘴，因為她聽見不遠處傳來一聲比她聲音更為淒厲的尖叫。那個聲音聽著讓人毛骨悚然，血刷地結成了冰。

是春梅。她也落在他們手裡了。

就在此時，春雨覺出身上的那個男人癱軟了下來。一股黏稠的汗水，滲入了她的身體。她閉上了眼睛，卻依舊看得見汗水所至之處，她的五臟六腑正一寸一寸地變成陰溝。世上沒有什麼水能洗得清這樣的汙穢，河不行，海不行，大洋也不行。除非她能換一個新的身子，這輩子，她永遠也洗不乾淨了。

緊接著，又有一把匕首刺進了她的身子，這次，是另外一個男人。再接著，又是另一個。每一個男人帶來的，都是不一樣的疼痛。尖刀割肉的疼，鈍剪子鉸腸的疼，石滾碾壓過的疼，炭火貼在皮上的疼……

然而，最不可思議的疼痛並不來自她的身體，而是她的眼睛。傍晚的陽光，把天黑前最後一縷亮光，尖錐般地刺入她的眼睛——它在蹙著眉頭嘲諷審判著她的恥辱。她無法承受這樣椎心刺骨的光亮。**狗娘養的太陽**。她閉上了眼睛。

春梅還在嚎叫，那尖利的聲音刀刃似地刮著春雨的耳膜，刮下一絲絲肉屑。她一身的力氣已成灰。一陣憤怒突然掃過全身，把殘餘的灰燼匯集起來，聚成了一團火球。「別喊了，春梅！」她嚷了起來。那聲狂喊很快就變成一聲低沉的嘆息，因為她意識到了一切都是徒勞。春梅是聽不見的，菩薩或許能聽見，可是祂不在乎。很久以前，自從滿洲陷落之後，菩薩就已經把祂的蓮花指一根一根地洗過了，再也不沾人世間的罪惡。祂有成千上萬根手指，完全可以輕而易舉地從中間挑出小小的一根來，教一切正在發生的事情停止。母親曾經告訴過她，有一位菩薩長著一千隻手。

她周遭的一切漸漸變得模糊黯淡，把她裹挾進一片無邊無涯無縫的黑暗之中。

她昏迷了過去。

3

門被一隻胳膊肘推開了，一個女人手裡端著一只放了兩碗米粥的托盤，小步地倒退著邁進了門檻。她進了屋，停下步子，等著眼睛慢慢適應裡面的昏暗。一堵長滿了青苔、見識過無數次死亡的石頭牆，把所有落上去的光亮都吮了進去，白天和黑夜之間的界限就變得模糊不清了。

女人把托盤放到地上，在圍裙的口袋裡摸索著找到火柴，點亮了一根蠟燭。火苗撲騰跳躍了幾下，終於穩住了，那點小光亮把她的面容拽進了春雨的眼睛：說不出年紀的臉，雙頰帶著勞作的潮紅，皺紋深刻，飽經風霜，但還算不上蒼老。

「他娘的，整個一個冰窟窿。」她從齒縫間嘶嘶地擠出一句咒罵，找了個擋風的角落把蠟燭擱下來。春雨聽出來她說話時帶著明顯的東北口音。

「還睡啊？」她揚了揚下巴指著春梅的方向說。「也好，攢著精神頭，一會兒他們就要回來了。」

「誰？」春雨噌的坐了起來，厲聲問道。疼痛差點把她拽回到地鋪上去，但是她忍下了。

一絲怪異的微笑浮上女人的臉，她的眼睛瞇縫了起來。「你是裝糊塗啊？算你走運，被他們幹過的女人，多半是活不下來的，他們怕憲兵來問東問西的，留了活口總是麻煩。他們看上你倆了，把你們帶到這兒來接茬兒服侍。爹媽沒白給這張臉，什麼時候都一樣，漂亮臉蛋能活。」

剛才模模糊糊地猜測過的事情，這會兒終於得到了證實。最恐懼的噩夢，此時已成現實。春雨的心狠狠地往下一墜，與其說是害怕，倒不如說是絕望。還有什麼好怕的呢？死該是一件多麼貼心的禮物。

「想都不要想逃走。這兒是山上最高點，有三道崗哨，二十四小時全天守候。不管你走哪條路，他們都能看見你，一清二楚。」

一陣抽泣窸窸窣窣地蠕爬進她們的耳朵。像是有聲，又像是無聲，但是空氣被攪動了，泛起一股被壓抑了的歇斯底里的氣息。春梅蜷曲在草蓆邊上，半睡半醒，腦子纏在一團模糊惶惑的雲霧之中，急於想掙脫出來。她哭了一夜，淚水把她的面孔泡得惺忪浮腫，眉眼間掛著一絲茫然的驚恐的微笑。

「你想徹底了斷也行。」那個女人對春梅那頭的動靜視而不見，只是緊緊地盯著春雨看，彷彿讀懂了她的心思。「一個人鐵了心要死，誰還能攔得住呢？這兒有床單，有牆，有房梁，都管用，你知道該怎麼辦。再不成，來個活活餓死也行。我可沒有工夫整天守著你。沒了你，他們下山再抓一個就是了，隨手的事。興許沒你好看，可還不是一樣管用？」

春梅那頭的嗚咽還在繼續，像是一根細弱的蛛絲，彷彿隨時隨刻要斷，卻總也不斷，隱隱約約地、揮之不去地纏繞在春雨的神經上。

春梅是母親在家庭聚會時拿出來給那幾房看的光鮮擺設。春梅是母親的門臉。春梅會在父親的壽辰上當場賦詩一首，用上靈巧的韻腳和機智的比喻；她能用龍飛鳳舞的毛筆字，給父親寫上一副春聯；她能從讀過的奇書裡挑出一兩個聞所未聞的探險故事，講給那幾房的姊妹們聽，把她們聽得一愣一愣的。其實母親也是可以把春雨的嗓音拿出來顯擺的，用一兩首小曲兒解開父親的眉頭。不過春雨沒春梅那麼好支使。春雨平日裡雖然愛唱歌，卻只肯唱給自己聽，旁人若聽見了，那只能是捎上的。春雨固執，腦子一根筋，她的聽眾只能是她自己，娛樂他人在她看來，就有了不地道的嫌疑。

父親是隻老狐狸，一眼就能看穿母親的小把戲，但在場面上，他還能好脾氣地容忍著她的心機。其實他心裡很明白，送女孩子上學堂念書實在是一件徒勞而無功的事。母親就是一個絕好的例子。母親是五房太太中唯一讀過書的人，卻釐不清生活中最基本的道理：一百個再有才情的女兒，也頂不上一個最平庸的兒子。

母親看著春梅風頭正盛，心底免不得湧上一股自得。「你看看，你看看。」母親嘖嘖地讚歎著，臉上湮潤著溺愛之情。「你們十四個女孩子把腦子都擱在一塊，也比不上她這一個。」其實母親誇一句就夠了，那一句話至多傷了一個人。可母親偏偏煞不住車，一竿子打了一船的人。幸好那十三個誰也沒把母親的話放在心上，只有春雨的一腔自尊，被碾成了齏粉。

春梅的花開得好看，可惜只開在風和日麗的天候裡。春雨現在終於明白了，為什麼母親要生兩個女兒，一個是為好天預備的，另一個要拿來擋風防雨。

「安靜會兒，行不？」春雨扭過身子央求春梅。

「要是你真想走那條路，我就走開，成全你的意思。」那個女人點了一根菸，用那根菸在脖子上劃了一個想像中的繩套，劣質的菸草味在沉膩的空氣中鑽開了一條窄路。

「你要走的話，煩你積個德，把這碗粥留下，這年頭誰的日子都不好過。」女人在兩口菸之間的空隙裡說。女人的話是單對春雨說的，彷彿春梅壓根就不存在。女人在世面上混久了，閱人無數，一眼就看出來誰是主事的。

女人已經把路明明白白地擺在她們面前了。活著，必定是在慢刑之下受煎熬；死了，或許倒是痛痛快快得解脫。但是誰能說得準死後的事呢？死後的世界裡就沒有慢刑煎熬？假若還有，她難道還能再死一回嗎？對未知的恐懼，讓天平沉向了一頭。十六歲真是個不大不小的尷尬歲數，既不能像大人那樣為清譽而死，又不能像孩子那樣帶著恥辱而活。世上哪裡都有恥辱，可是這一樁恥辱跟哪一樁也不相同。這一樁恥辱一絲不掛，無處可藏，是永遠不滅的地獄之火，萬死莫贖。這一樁恥辱的每一個毛孔都流膿。

熬過。

春雨突然想起了母親的話。

熬過是母親遇到任何堵心事情時隨意掛在嘴邊的詞。**熬過戰亂，熬過婚姻，熬過遲遲不到的月分錢，熬過另一房女人的臉色，熬過一頓難吃的飯食，熬過一場頭疼，熬過一個下著雨的**

冷天……母親到頭來也沒熬過那枚炸彈。可是那枚炸彈也沒熬過母親，他們在一陣燦爛輝煌的爆炸中同歸於盡。

春雨從托盤裡靜靜地取過一碗粥，遞給春梅，然後又取了另一碗給自己，連筷子都沒用，就直接喝了起來。第一口下肚時，腸胃驚天動地叫喚了起來，肆無忌憚地發洩著積攢了很久的盛怒。上一頓飯是多久以前的事了？上一頓飯時她還是人，這一頓時她已經淪為一隻老鼠，而且是所有老鼠中最低賤的那一隻。

她稀里呼嚕幾口就把碗裡的粥喝完了。

「再來一碗。」她伸手把空碗遞過去給那個女人。

「小虎，你倒是過來啊。一早上到現在還沒見著你個鬼影。」女人衝著門外大聲喊道。

一個男孩應聲走了過來。他剃著光頭，穿了一件洗得太小了的褂子，兩隻手長長地裸露在袖子外頭，搖搖晃晃的像兩隻雞爪。他沒說話，只是默默地站在門邊，偷偷地瞟著春雨和春梅，怯意中帶著一絲魯莽。

「快去添一碗粥過來，放點鹹菜。」女人吩咐說。

男孩點了點頭，從春雨手裡拿過空碗，就風也似地跑了，兩個肩胛骨在布褂子底下棍子似地戳來戳去。說十二歲有點大，說十四歲又有點小。春雨暗暗尋思著。

「我知道你能熬過這一關。你得信我，我啥都經過，一看就知道。」女人咧開兩排被菸草熏黃的牙齒，嘎嘎地笑了起來。「我還長著一隻眼睛，就在這兒。」女人曲起指頭，用關節崩崩地敲著額頭正中。「我能看見你看不著的東西。這個房間裡有人，關在這裡出不去，找不著回家的路。」

春雨身上噌地爬上了一層雞皮疙瘩。扭過臉去，她看見春梅手裡的那只粥碗在微微顫動。

「他們都不敢近你的身。你的頭頂有一團火，只有命數強的人才會有這樣的火，豁亮豁亮的，鬼見了你都怕。你能熬得過去。」

「那我呢？」春梅怯怯地問。

女人轉過身去，第一次正眼打量著春梅，眼中帶著一絲冷冷的憐憫。

「沒有她，你過不去這個坎。」女人頓了一頓，才指著春雨說。

菸快燒到頭了，女人一揚手把它扔到屋子那頭，看著那菸蒂在空中劃了一條弧線，最終落到了牆角，奄奄一息地喘著氣。

「來一根？這玩意比大煙管用，真能止疼。」女人從圍裙口袋裡摸出另一根菸，點著了，遞給春雨。

春雨猶猶豫豫試試探探地吸了第一口。菸先是輕輕地撓了撓她的喉嚨，微微有些癢。後來便像銼刀似地刮了起來，順著她的身子往下走，一路刮出一片裸肉。她劇烈地咳嗽了起來，**扣扣扣**，彷彿把兩片肺葉扯到了喉嚨口，太陽穴上暴起一根青筋。

「沒事，慢慢就會了，文枝。」女人短促地沙啞地笑了起來。

「她不叫文枝。」春梅弱弱地插了一句。

「我不管你從前叫阿貓阿狗，在這裡，每個人都要有個日本名字。她叫文枝，你叫幸枝。」女人說到名字的時候語速很慢，每個音節之間帶著一個拖腔。「不就是一個名字嗎？換個名你又不會少隻胳膊掉條腿。有個日本名字，教他們想起家裡的女人，事情就容易擺平了。」

春梅轉向春雨，想探探她的意思，卻沒找到春雨的眼神。

「那你呢？你叫什麼？」春雨終於擺脫了菸草的凶猛攻擊，停住了咳嗽。

「你叫我媽媽桑就行了，沒必要知道我的名字，名字是我媽的事。」女人冷冷一笑，帶著譏諷的口吻說。「這裡的事兒都歸我管，但記住了我不是你們的傭人。小虎，剛才那個小男孩，他是跑腿的，會給你們送飯。沒有山珍海味，但管飽。」

男孩一會兒工夫就回來了，端來滿滿一碗還溫溫的稀粥。他站在房門的陰影裡，悄悄地聽著她們說話。好奇心放歪了地方，前一眼看上去還是個大孩子，這一眼看上去已經是個小大人。

一定是那根菸，她一生中抽的第一根菸，讓她看人的眼光變了。春雨暗想。她當時還不知道，這根菸只是一個開頭，身後還會跟著許許多多根菸。抽過這根菸之後，一切都不是原先的樣子了：門裡站著的那個男孩，外頭天上的那輪太陽，她的肺，還有她的心，都顯得老舊了，皺皺巴巴的。似乎只有春梅沒變。她此刻正在全神貫注地分著小虎帶來的那碗粥，她一半，春雨一半，不多不少，正正好好的兩份。其實春梅也變了。不，應該說是幸枝也變了，只不過她變成了孩子。

「他們要在這附近蓋一個倉庫，還會有更多的人要來。二十個？三十個？說不準。現在有六個女人伺候他們。你自己心裡算個數。得想法子讓他們分心，玩幾把紙牌，唱個小曲什麼的，省得他們總來煩你。要是真來了，就得想辦法讓他們趕緊完事。有些本事你是可以學的。」

媽媽桑發覺小虎還一直待在房裡沒走，勃然大怒：「你怎麼還在？這是你一個小屁孩該聽的事兒嗎？滾，找你媽吃奶去！」她大聲吼道。

小男孩給轟了出去，夾著尾巴跑了。

春雨發覺自己竟然在抿著嘴兒偷笑。這種時候還笑，沒心沒肺。可是臉都沒了，要心要肺做什麼？她就是忍不住要笑。就不怕下地獄嗎？還怕什麼呢？她已經身在地獄。

「這個給你們。」粥很快又喝完了，托盤上放著兩只空碗。女人往托盤上咚地扔了兩枚硬幣。

春梅疑惑地看著女人，不解何意。

「把這玩意夾在你屁股蛋中間，夾緊一點，再緊一點。每天練，練到它不會掉下來了。對付那些個畜生，你得有力氣。」女人面無表情地解釋道。

一陣死一樣的沉寂。

「我受不了啊。」春梅喃喃地說，又淚眼婆娑地哭了起來。

媽媽桑的臉緊了，擠出一團醜陋的輕蔑。

「受不了也得受。」她丟下這句話，轉身走了。

4

「文枝，你的水！」小虎的聲音在門外響起。

媽媽桑告訴過她，從她們住的地方走十分鐘的路，就有一眼水井。她們可以到水井那裡揹身子洗衣裳。要是哪一天實在**太累**了，小虎也可以挑水給她們送過來。這一家子，一人一天限一桶水的量，小虎一個人只能挑這麼多。媽媽桑管她手下的那幫人馬叫「一家子」。

「放那兒吧。」春雨有氣無力地回了一句。她一身的疲乏懶散，一點兒都不想動彈，更別說起身開門。

她知道小虎沒走，還在門外站著。她想像著他踮著腳尖，細竹竿似地身子趴在門上，屏著呼吸往裡偷看的樣子。每個影子都有重量，小虎的影子很輕，卻黏糊糊的，像擤在地上還沒被風吹乾的鼻涕。就是這股子黏糊糊的感覺一下把她惹毛了，一股氣上來，她突然就有了勁，從蓆子上噌的跳起來，朝著門口衝過去。

「你到底要幹什麼？」她刷地一下甩開了門，大聲咆哮著。

小虎沒防備，幾乎摔進了她的懷裡。在她刀子似地目光之下，他的身子一點點地縮小，想說話，卻期期艾艾的不知說什麼好。
她看見他的額頭上有一道傷，上邊的血還沒有全乾。
「怎麼啦？」她問。
他終於把氣喘勻了，矮下身子，把兩桶水提過了門檻，放到春雨和春梅睡覺的蓆子邊上。
「挑水，滑了一下。沒事。」他的嘴角扯了一扯，算是個笑的意思。
她現在落到老鼠洞裡了，老鼠的世界自有老鼠的規矩。即使低賤如鼠，老鼠從娘胎裡出來，也知道找比自己弱的那隻欺負。她感到了一絲羞愧。
她取出自己的手絹，捏了一個角放進水裡浸溼了，來幫他清洗傷口。
「這座房子是做什麼用的？我是說從前，你知道嗎？」她隨口問道。
「從前是大牢，乾隆爺手裡就是了。你瞧瞧這個窗，這個牆，人進去了，是逃不出來的。」
「你是怎麼到這兒的？」她半心半意地接著問。
「我們村子離這裡才三里地，日本人來抓人做苦工。我家有兩個哥哥，運氣好，都逃過了壯丁，沒給抓著。楊阿叔，就是我們村長，就跟我爸說：『你家兒子都沒去打日本人，這回輪到你家出一個丁，替村子頂個名額。要是這個兒子死在日本人手裡了，你還剩下那兩個。』」
她默不作聲地聽著。按理說她該說句什麼話來安慰他，可是她沒有。她心裡再也沒有什麼憐憫可以給出去，無論是給人，還是給老鼠。她已經從裡到外地乾涸。

「那個媽媽桑，是個什麼人？」她很快換了話題。

「她叫紀代，是個雜種，一半中國人，一半日本人。她在滿洲是開窯子的，開了好多家，賺了好多錢。後來她家男人打仗死了，他們就把她帶到南方來，接著開窯子。」

窯子。話聽著扎心，卻是實情。是的，就是窯子。這個地方像煤坑，灑多少層石灰也蓋不住底下的那個黑。你可以管它叫一家子——紀代就是這麼叫的，可這個一家子不是一家子三姑六婆的親戚，而是一窩婊子。

「你怎麼什麼都知道？」春雨好奇地問。父親傳給她的那份精明，在她的血液裡沉睡了十六年，這一刻突然就醒了過來，倏地打開了她的另一隻眼睛——現在她才知道紀代說的三隻眼睛是什麼意思。就在這堵固若金湯密不透風的石頭牆上，她突然看見了一條隱隱約約的縫。而能帶領她穿過這條縫隙逃出這個「逃不出去」的老鼠洞的，很可能是一條沒有上鎖的鬆泛的舌頭。

小虎沒想到春雨竟會把他的話當回事，一時樂得頭重腳輕，生怕她一會兒興致涼了，便禁不住把他知道的事，全都熱巴巴地倒出來講給她聽。

「我從小耳朵比狗還尖，我阿爸說的。」他的聲音興奮得哆嗦起來。「什麼也逃不過我的耳朵，就是老鼠嘀嘀咕咕說話我也聽得清。我每天給小林送水，一天送好幾趟。他愛乾淨，最費水了。別人都無所謂，個個髒得像豬。他跟紀代說話，有時候不想讓別人聽見，就說中國話。我都聽見了，可我從來都不出聲。」

「小林是誰？」

「他們的頭，就是那個臉上有塊胎記的人。」

春雨的心臟停跳了一拍。畜生。毛孔裡蒙著塵土，眼中布滿血絲，半邊臉上歇著一隻邪惡的蝴蝶，嘴裡呼出餿臭。就是這隻畜生在她還沒完全長成的身體裡捅下了痛入骨髓的第一刀。**記憶給予生命**。她曾經在哪本書上讀過這句話。她不想給那個畜生生命，但是她也殺不死她的記憶。誰也無法主宰記憶。記憶有它自己的行事規矩，它想讓誰活就讓誰活。

「他們讓你出去嗎，從這兒？」她突然問。

「有時候他們讓我出去買東西。」

「那你有機會往東溪那個方向走嗎？」她說到「東溪」的時候絲了一聲，彷彿那個地名溜出口的時候硌疼了牙齒。

「他們想吃魚的時候，我就會去東溪，那裡的魚市，賣的魚最新鮮。」

春雨深深地吸了一口氣，再一絲一絲地往外吐，使勁穩住自己的聲音。

「最近，你會去那兒嗎？」她能管住自己的聲音，卻管不住自己的嘴唇，嘴唇在得得地抖。

「廚師有時候問我討主意到底煮什麼好，我可以告訴他吃魚。」話在從腦袋瓜子往外走的路上，他覺出了自己的重要。他心裡猜著她八成和那幾個女人一樣，是求他從外頭的店鋪給她買些這裡沒有的東西，一盒香菸啊，一包皂角什麼的。

這條裂縫，或者說這條路，來得有點太容易了，她有點信不過。不僅信不過他，也信不過自己。

「下回你去東溪買魚，能拐到昌盛街二十五號，給我爸捎個信嗎？」她試試探探地問。

他的臉刷地一下白了。女人在他身上激起的興奮，對他來說還是陌生的。他不懂什麼是腎上腺，但他懂什麼是害怕。害怕是從祖宗那裡傳下來的老面孔，他一眼就認得出來。

「我不知道那地方離魚市有多遠，我一定要四點之前趕回來，不能耽誤煮飯的。」他避開她的眼睛，舌頭突然就不那麼利索了。「他們要，要砍頭的，要是發現了。」

沒錯。什麼事都不值得丟了性命。人惜命，老鼠也是。

可是總得試一試。

她擼下耳環，把它們放到小虎的手中。那是她過十五歲生日的時候，母親送給她的禮物。十五歲不過是一年以前的事，卻恍然已如隔世。

「拿去給你媽戴，金子的。」她疲憊地說。

他戰戰兢兢地捧著耳環，彷彿手心歇著一隻隨時要螫他的蠍子。過了一會兒，他等著手慢慢地穩了，才把耳環捧到窗口，對著光線仔仔細細地端詳著。那耳環在日光之下射出一道他從未曾見識過的光，黃燦燦的，赤熱，又冰冷。突然間他把一隻耳環塞進嘴裡，嘎地咬了一口。她被他嚇了一跳。只見他的臉裂了，露出兩排黃褐色的大虎牙，一汪大大的歡喜，鼻涕似地流了一臉。

「是真金。楊阿叔說過，金子是軟的，一咬就有牙印。」

他突然收住了話頭。她知道他在想事兒。她幾乎能聽見各樣的想法在他的腦殼裡走過，一個挨著一個，猶豫不決地說著悄悄話。

她默默不語地等待著。她有的是耐心，她的耐心可以像水一樣慢悠悠地滴穿岩石。她在等著他腦子裡那些想法排著隊一一走完。小孩的天真好奇後頭，跟著一個少年人的輕狂，再往後就是一個大人越長越肥的貪心，而走在最後的，就是一個老頭散發著餿味的恐懼。這就是他腦子裡裝的東西。幾分鐘的時間裡，他的想法已經走完了一生的路途。她的目光已經變得這麼犀利。才兩天啊。不過兩天是別人的日曆，在她自己的日曆裡，已經過去了兩生兩世。

「這個我拿了沒用，我媽死了，我家也沒有女娃。」他猶猶豫豫地想了半天，最後還是把耳環還給了她。

他的話說完了，卻又像沒說完，她在空氣中聞出了一絲還沒講出口的念頭。

她琢磨著他沒說出來的心思到底是什麼。是貪心？還是害怕？什麼都有可能，什麼也無法確定，於是她決定賭一把，把賭注押在了貪心上。她已經丟失了一切，她還有什麼可以丟失的呢？

「說不定我以後再來問你要。」他說。這一刻他的模樣有點像淌著口水的狗，也有點像仰望月亮的蛤蟆。

她鬆了一口氣。她的直覺沒錯，她押對了賭注。

春梅還在睡，蜷曲著身子用體溫給自己取暖。在夜晚的恐怖降臨之前，還有一個長長的磨人的白天。睡覺是春梅打發這段時間的唯一途徑。老鼠的一天就是這樣開始的。

春雨長長地看了小虎一眼，走過去，掩上了門。

屋裡更暗了，空氣中充滿了各樣懸而未決的可能性。她開始解衣服上的扣子。在昏暗的光線裡，她赤裸的身子閃著微光。兩團冰冷的、危險的、灰白的肉，包圍在幾條柔和的曲線之中。

他身子往後猛地一縮，呼吸急促得亂了套。他們中間只隔了半步路，這半步路卻像是一堵薄膜似地牆，他的呼吸攪得牆躁動不安。牆終於被捅破了，是他動的手。一隻溫熱的黏糊糊的手掌捂上了她的胸脯。那隻哆哆嗦嗦的手急切地想告訴她他什麼都懂，可是它到底還是沒見識過女人，無知是遮掩不住的，他深感羞辱。他的嘴唇分開了，一串聲音從那個漏口裡溜了出來，含含混混的，沒人聽得懂。

「你帶個口信給我爸：他老婆，第四房的，死了。叫他給她風風光光地辦個喪事，請人來好好做個道場。」

她不知道他在沒在聽，或者聽了進沒進心，所以她就又說了一遍。說完了，又補了一句：「不要告訴他我和我姊，我們在這兒的事。」

過了很久，他才回了一句話。

「他們都說她好看，」他怯怯地指了指睡在草蓆上的春梅。「要我說你比她好看。」

5

夜拖著沉重的步子來了。走道裡傳來各種嘈雜的聲音：呼喊聲，詛咒聲，香菸扔過來傳過去的響動，脫靴子解皮帶和卸下槍支時發出的咣噹撞擊聲。

這是一座石牆圍起來的監獄，前朝留下的，老舊了，也醜。一條公用走道的兩側，各是一排幽黑骯髒的房間。一側的房間稍大些，住著都是日本人，官銜高的住一頭，官銜低的住另一頭。對過那一側都是小房間，裡邊住著中國人，有抓來當差的苦力，有廚房的幫手和洗衣娘，還有那幾個**女人**。這一座房子裡的人，做的都是不同的事，一撥人下班了，另一撥人才開始忙碌。

穿插在所有嘈雜之間的，是紀代平靜而掌控一切的聲音。只有見識過世界轟然倒地又拍拍屁股站起來的人，才會擁有這樣的聲音。外頭那些人說的話急促生硬，每一句後頭都翹著一條突兀地高高吊起的尾巴，聽起來雲裡霧裡的。那是陌生的東洋話。春雨猜想這會兒走道上的人在談價碼，消息和鈔票正在換手。

跟屋外的喧譁相比，屋裡是死一般的沉寂。春梅一直沒說話。她的沉默是孫猴子的金箍棒，她用這根棒在四周畫了一個刀槍不入的圓圈，她躲在裡邊，誰也不看，誰也不聽。春雨和春梅之間，掛著一塊皺巴巴的、當簾子使的被單，這會兒整個扯上了。這是給門外那些男人預備的，他們隨時都會闖進來，在簾子兩邊各行己事。這塊破布簾就像是太陽，把她們一天的時辰分割成日和夜。簾子扯上的時候，她們就要被分隔開來，各自應對夜晚的苦役；簾子打開的時候，她們會重新見面，開始她們可以歇息的白天——假如老鼠也有歇息的時候。

紀代事先交代過春雨和春梅：那些男人來的時候，不要喊叫也不要反抗。「沒有用的，你抗不過他們。」她面無表情地說，彷彿她在談論的，是一隻叮咬人的蚊子，或者飯碗裡的一顆小石子。「一個月？兩個月？倉庫一完工，他們立馬走人。天下管他是什麼仗，也有打完的一天。他們拔腿走了，你們也拔腿走。不過是沾了一身泥，好好洗個熱水澡，就乾淨了。將來改個名字，搬個家，找個老實巴交不愛刨根問底的男人嫁了，一切從頭來過，不就得了？」

在這之前，紀代到底「從頭來過」了多少回？

透過簾子布料的孔隙，春雨可以聞得出春梅的動靜。春梅在流汗，一會是冷汗，一會兒是熱汗，她的身子在冷熱交替中一會兒硬，一會兒軟。

「姊？」春雨試探著叫了一聲。

春梅沒回應，也沒翻身。

「至少，媽可以入土……」春雨的喉嚨裡湧上一團東西，堵住了她的聲音，就說不下去了。她是想說**入土為安**的，可是母親是有眼睛的，死了也還睜著，她能心安嗎？現在不能，將來也不能。

外頭的腳步聲越來越近，終於在她們門前停了下來。門只不過是件擺設，一句謊言，因為掛鎖和插銷都已經被卸除。誰想進來都可以隨時進來，一隊螞蟻，一群蟑螂，一絲風，一條蛇，一根陰莖，或者一個鬼魂。哦不，鬼魂是不需要門的。鬼魂自己就是門，從這個世界通往另外一個世界的門。

這時她聽見有人在門外提到了自己的名字，那個奇怪的、不屬於她卻貼在她身上的東洋名字。

「文枝和幸枝兩姊妹，長得最好看的，我專門留下的，小林桑。」紀代的聲音壓得低低的，接近於耳語，語氣是恭謙的，卻帶了點小小的戲謔。「叫你手下的別那麼生猛，她們年紀還小，有點**傷著**了，那天。」

春雨的心猛然扯了一下，因為她突然明白過來紀代在和誰說話。是那個臉頰上長著一隻黑蝴蝶的男人。

「新的，這副耳環？是赤金的吧？又掙了一筆？」小林半帶嘲弄地說，口氣並不嚴厲。他的漢語說得還算流利，有一點小小的口音。

「別人送的，好不好看，你說啊？」紀代回答道。一陣輕輕的小女孩般的吃吃笑聲交織在她的話語中，那語氣幾乎要走到調情的邊緣上了，卻又戛然而止。在獸欲太多而身體不夠的時候，這個讓別人喊她媽媽桑的女人，會不會打開她的大腿救一下急？春雨暗問。

春雨閉上眼睛，對屋裡的那個影子輕輕許了一個願。在清醒和沉睡中間那無數個朦朦朧朧的意識夾層裡，她看見過這個幽黑的、說不出形狀的影子，像一縷輕煙那樣，從一面牆飄浮到另一面牆。在它飄進她眼簾的那一刻裡，她立刻就意識到了它是鬼魂。這座房子裡囚禁著許多個不情不願、永遠嚥不下氣的鬼魂，一朝又一朝，一代又一代。它是它們中的一個。其實，它不是一個，而是一群。它是它們的合體。

剛開始的時候，它警覺地保持著距離，躊躇游移試試探探的，但看得出來它有話要說。她能感覺現在它就在她身後，它的氣息在她的後頸脖上留下一絲陰森森的刺癢。**我害怕**。它對她說。她很驚訝她竟然聽懂了死人的話。在她心底某個幽暗的角落裡，媽媽桑的話語突然跳了出來：**你的頭頂有一團火，鬼見了你都怕**。她猝然猛醒它為什麼不敢近身，因為它和她中間隔著一股威懾的力量——那是她的生命之火。

她心中突然跳出了一個閃念，那閃念見風就長，長成了一個想法。想法太怪誕了，連她自己都覺得荒唐，但她還是忍不住想把這個想法傳給了那個依舊在屋角徘徊的影子。鬼魂是怎樣說話的？她只能靠直覺揣測。她把呼吸壓得悠長，沉靜，緩慢，她在用這種方式安撫它，讓它感覺安全。它似乎聽懂了她的意思，漸漸地就不再滿屋亂竄，安靜了下來，但是它還是不敢趨近。

他們各踞房間的一角，展開了一場靜默無聲的對話。空氣繃得有些緊，兩下都心懷狐疑，各揣鬼胎。漸漸地，他們明白了彼此本無惡意，便都放鬆了下來。就在這個老鼠窩裡，他們談成了一樁交易。這樁交易能否真正兌現，還得等稍後揭曉，真正的考驗尚未來到。這間屋子裡發生過多少驚駭之事？跟那些事相比，這樁交易應該算是一件最簡單無害、最仁慈的小事。

門被撞開了，衝進來兩個男人。他們的身後，還排著一隊男人，在急不可耐地等著輪到自己。兩個男人進門後迫不及待地分開，各挑了簾子的一邊。

「私の名前はサチエです。」（我叫幸枝）。

春梅的聲音從簾子那邊輕輕地飄了過來。她只會說這一句日本話，是紀代教給她的。這個晚上，她會用夢囈一樣迷惘遲緩的聲音，一遍又一遍地重複這句話，彷彿這話是鎮靜藥，過幾分鐘就得再服一劑，來麻痺神經。

一個男人朝著春雨這邊沉沉地走了過來，手裡擎著一支蠟燭。其實天花板上已經有了一盞燈籠，在屋裡灑下一片泛泛的昏黃色的光。這裡不需要明晃晃的燈光，燈光礙眼而多餘，牲畜做這種事不挑時間也不挑地點，光天化日之下，沉沉暗夜之中，對牠們本無區別。可這個男人挑剔，非得要有自己的燈。他走到蓆子邊上，低下身，稻草不安地呻吟起來。春雨的眼睛被他顴上跳躍著的那隻黑蝴蝶螫了一下，辣辣地疼。**小林**。這個名字能讓夏天下起雪來，把鮮花變成蜘蛛，教世上所有的蝴蝶從此成為噩夢。

跟兩天前在路邊攔住她、爬到她身上的那個人相比，他看起來有些不一樣。剛剛洗過澡，身上有一股還沒有被水沖乾淨的肥皂味。那是小虎一桶一桶從井裡挑過來送到他門裡的水。今天晚上他看上去依舊齷齪，卻是乾淨的齷齪。

從那天到現在之間，他似乎長了點病態的耐心。他慢慢地脫下她的衣裳，把她的兩腿分開。他把蠟燭挪近來，開始專注地仔仔細細地查看她的身體，彷彿那是一幅至關緊要的作戰地圖，必須在某次戰役之前精確詳盡地考察熟知，而這次戰役能決定一場戰爭的勝負。

突然間，她發覺自己丟失了重量，身子如羽毛般地浮到了天花板上，從一個角落飄到另一個角落。她冷漠茫然地往下一看，只見地上的草蓆上躺著一個全身赤裸的女孩，一個男人正趴在她身上，一寸一寸地嗅著她的肌膚，如同狗在聞一隻陌生的獵物。

一股欣慰湧了上來，她如釋重負。屋子裡的那個影子，那個所有冤魂的化身，已經兌現了他們之間達成的那樁交易——他們如約互換了位置。現在她進入了它的角色，一個沒有軀體的靈魂，而它也進入了她的，成為了一具沒有靈魂的軀體。她千瘡百孔的靈魂失去了軀體的羈絆，浮游在天花板上，看著地上那隻人獸時，已經沒有元氣燃起憤恨和厭惡。殘存的唯一一兩力氣，只夠她對眼前的場景擠出一絲有氣無力的嘲笑。天花板上這個猶如前世化石般蒼老的靈魂，怎麼可能會居住在一個十六歲的花樣胴體之中？

荒謬啊荒謬，一切都是如此荒謬。

小林的蠟燭斜了，灼熱的燭淚一滴一滴地落到她的肌膚上。哦不，那不是真的她，那不過是她丟棄在地上的一堆肉和骨頭，是她蛻下的一副皮囊。每一絲疼痛都是真的，但不是她的疼痛，因為她不在那個軀體之中。

小林還在細細考察那具軀體。他完全還可以沒完沒了地繼續他的研究，可是他的欲望失去了耐心，他的身體開始掙脫腦子的遊戲。兩腿之間的那隻野獸腫脹起來，流出渾濁的淚水。他劇烈凶猛近乎滑稽地抽搐著，進入了她那具空殼般的軀體。

他的野獸終於滿足了胃口，安靜了下來，但他並不著急離開。在這座監獄城堡中，他是啄食順序中地位最高的那隻鳥，他只按自己的行程表行事，沒有人可以左右他的時間。等在門外的那群猴急的人，布簾那頭傳來的頻繁動靜，他完全不為所動。隔著那塊破布，春梅在一次又一次地跟不同的人介紹著她的東洋名字：「私の名前はサチエです。」每重複一次，她的聲音就又低弱了幾分。

他慢條斯理地站起來，繫上馬褲上的鈕扣，他們的目光意外地相撞。春雨覺出了身體的沉重羈絆，瞬間明白她和鬼魂之間那樁異想天開的交易時限已到，她的靈魂重新回到了那具她曾心甘情願欣喜若狂地屏棄了的軀體。現在她只有自己了，她再也沒有可以指望的同盟。

她沒有避閃他的目光。她久久地，深深地，錐子一樣地盯著他看，追討著一個她永遠也不可能得到的回答。在她的注視之下，他公牛一樣的眼睛突然裂開了一條極細的縫隙，從裡滲出一絲難以捉摸的情緒。或許是良心——假如他也有良心，或許是惱怒，或許是兩者的混合體，她無法分辨剝離。那絲裂縫讓春雨心中一震，她明白此刻任何一絲差池，都有可能引發一場爆炸。

在這滿世的喪心病狂之中，還有什麼東西能靠自己的根基站穩，不被所有的殺戮和毀壞所撼動？她只要一樣東西，一樣就夠。她要趕在他的良心還沒被惱怒完全銷蝕之前的那個小瞬間裡，找到這樣她自己也說不清楚的東西。

或許，慍怒只是虧損的良心發出的悲切之聲。她的腦子裡突然閃過一絲靈感。她決定立即採取行動。

「你母親，還好嗎，小林桑？」她聽見自己顫聲問道。她的聲音雖然柔弱，卻是鎮靜的，心底裡她知道她已經邁出了驚險的一步。

他一動不動地怔住了，面頰上的蝴蝶一下子安靜了下來。從滿洲到江南，他的馬靴已經踩過了幾千公里的戰區。他不是菜鳥新兵，他深知燒殺奸掠都是戰爭的組成部分，但他從沒料到對話居然也是。這些年裡，一路上他制服了多少女人，年輕的，年老的，俊俏的，醜陋的。大多極度害怕，不敢吱一聲；有的哭哭啼啼乞求留下一條性命；也有的嚎叫，踢蹬，撕咬，抵死想從他手下逃脫。但是從來沒有一個女人敢冒險和他進入一場談話，無論是關於他母親的，還是關於別的任何話題。

他茫然地看著她，滿心狐疑，竟一時不知如何對應。

6

春雨走進春梅的房間時，發現春梅還在睡覺。

之所以說「春梅的房間」，是因為春雨不再住在這裡。在小林的要求下，更準確地說，是在小林的命令之下，春雨最近搬進了小林的房間。「在什麼山說什麼話，現在你去他那裡，也就是最好的指望了。」紀代帶著發自內心的歡喜，向春雨道賀，彷彿春雨就要嫁入王侯之家，或者剛剛一腳踢到了一桶金子。媽媽桑說話，從來都有一套，倒也說不上紅口白牙地撒謊，她只是把事實稍稍修繕一下，在粗皮糙肉的真相表層，這兒補一小塊白，那兒塗一層蠟。

世上萬事，一旦發生必有道理。打仗有打仗的道理，停戰有停戰的道理，媽媽桑掙個盆滿缽滿，自然也有她的道理。但是無論媽媽桑怎麼說，春雨都清醒地知道自己的處境。擺在她眼前最簡單的現實就是：從前她被扔進了叢林面對百獸，如今她面對的，是一隻野獸。

現在她在小林的房間裡過夜，早上等小林一出門去工地，她就回到春梅的房間。她回來當然是想看看春梅，但最重要的是，她想踏踏實實地睡上一覺。在小林那裡，她每一夜都把心提在嗓子眼裡。小林的床畔時時刻刻擺放著手槍和刺刀。躺在這樣的人身邊，誰能安安穩穩地合眼？

昨天夜裡，睡夢中她突然感到一陣刺熱，猛然驚醒過來，發現小林提著一盞煤油燈，在照著她的臉。燈罩幾乎貼上了她的臉頰，她甚至聽得見她的頭髮在滋滋作響。她嚇得魂飛魄散。小林對她的身體有一種病態的興趣——是外科醫生面對解剖臺上的屍體時所持有的那種興趣。每一個匪夷所思的角落和折疊之處，都讓他無比興奮。興許有一天，她睡著的時候，他會把她的肚腹剖開，帶著一股置身事外的鎮靜，用顯微鏡般的細緻入微，來一絲不苟地研究她的內臟，就像他對待她的皮囊一樣。想至此，她不禁打了個寒顫。

除了起床吃飯，別的時間裡春梅幾乎都在睡覺。白天是平淡無奇的，時間緩慢地拖曳著，長得無處打發，就如同是一個缺乏標點符號的句子，一頁又一頁地延續下去，無休無止。最安全省心的消磨方法，就是一睡百了。遇到天氣晴好的時候，這裡的女人們都會走出房間，靠在外邊的石頭牆上，晒晒太陽，扯著些無關緊要的雞毛蒜皮——那是她們在囚禁中所能想像得到的唯一自由。即使在這樣的時刻裡，春梅也幾乎足不出戶。

被日本人抓來做苦力的人中，有一個在村裡原本是做木匠的，媽媽桑叫他給姊妹倆各釘了一張小木床。春梅躺在床上睡覺時，總是四肢攤開，兩條腿大張著，兩隻胳膊舉過頭頂，鬆鬆地捏著個拳頭，好像身上依舊壓著個男人，男人還沒走，她就睡著了似地。春梅以這樣的姿勢入睡，天天如此，一成不變。每天看上去，似乎又比前一天消瘦了些。她一日一日地羸弱下去，顴骨在臉頰上投下一片黑黲黲的陰影，眼角輕輕地垂掛下來。她才十七歲，正往十八歲的路上走，地球引力就已經和她交上了手。

春梅甚至都懶得揩洗身子，或者換洗身下的床單。春雨一推開門，外頭新鮮清洌的晨風在屋裡悶腐的空氣中拉開一道口子，呼地冒出一股混雜著汗水、口水、鼻涕和男人欲望殘渣的複雜氣味。春梅絲毫沒有在意。她沒有心思也沒有氣力從床上起身，她只是懶得動彈。

誰的日子都苦，但春梅似乎比別人熬得更苦，因為她的心不肯放過她。她的心在片刻不停地監察著她的一舉一動一言一行，在嘲諷她，審判她，苛責她，甚至在睡夢裡也緊追著她。在亂世裡，沒心沒肺是老天賜給人的慈悲禮物，但是菩薩在發放禮物的時候繞過了春梅，春梅沒有拿到她的那一份。

你能了結她的苦楚。

突然間，春雨聽見屋裡傳來一個輕微的聲音。與其說聲音，倒不如說是空氣中一絲微微的顫動。轉過身來，她發現了**它**，那個無形無狀的黑色影子，躲在屋中一個陽光無法探及的死角裡。它從來都在，潛伏在某個角落，有時候隱身，有時候向她顯現，但都是隔著一兩步的距離，從來不會靠近她。

她的手抑制不住地抽搐了一下，但不是因為害怕。害怕是熟客，她早已習以為常，而是因為一絲先前沒有過的興奮。路走到絕處，就遇上了鬼，鬼在她的腦子裡開了一扇人意想不到的新門。

沒錯，她能。她是世上唯一一個能結束春梅劫難的人。

春梅從前真是好看啊。「她就是生錯了時候。」母親常常感嘆，聲氣裡帶著懊悔，彷彿那都是她的過錯。「假若天下還是皇上的天下，真說不準她就會給選進紫禁城，往皇上身邊一站，享一世榮華富貴。」有一回母親曾這麼半真半假地調侃。

和三千妃嬪為伍。春雨是想這麼頂嘴的，最終還是忍住了。她是別人肋骨上永遠的刺，她得學會收斂。

回頭看來，一切都如明鏡般清楚，她和春梅實在是不一樣的人。她能忍得下文枝，能拚了死勁在文枝的皮囊底下透一口自己的氣，而春梅不能。春梅得殺了身上的那個春梅，才能給幸枝騰出地盤。對春梅來說，世上萬事從來就是非此即彼。在春梅的詞典裡，沒有**彼此**，也沒有**一起**。滅了春梅留下幸枝，是一個緩慢的凌遲過程；可是滅了幸枝，卻也留不下春梅，兩個只能同歸於盡。春梅沒有這份膽氣，既挨不過慢刑，也下不去狠手。

可是我有。春雨對自己說。

春梅的頸子纖細頎長，像天鵝，有幾根青筋在蒼白透亮的肌膚之下隱隱顯現。她已經瘦成了一把裹了層薄皮的骨頭。可憐。可怕。春雨的心沉了下去。她的手可以在春梅細細的頸脖上圍成一個完美的圓圈。一分鐘？三分鐘？春梅可能都不用醒過來目睹幸枝的屠戮過程。那是一朵花的死法，乾淨，利落，美麗優雅。

春雨正要伸出手去，春梅突然睜開眼睛，倏地坐了起來，沉沉地喘著粗氣，臉上浮起一層茫然麻木的迷霧。

「我看見媽了。」她緊緊地拽住春雨的手，喃喃地說。那聲音幾乎算得上和善，甚至還隱隱含著一絲信任。

自從那天媽媽桑來她們的房間，轉達小林要春雨搬過去住的意思之後，春梅還是第一次主動開口和春雨說話。

春梅不是唯一一個疏遠春雨的人。媽媽桑手下的「大家子」裡，無論是廚子，洗衣娘，還是幹活的差役，每個人都躲她遠遠的。甚至連小虎也是如此。當他們在昏暗的過道上迎面走過時，當小虎把井水挑到小林門前時，他那雙從她身上第一次參悟了女人胴體奧祕的眼睛，居然躲閃著不肯正視她。

扔到叢林裡餵給群狼的，是罹難者，值得同情和憐憫。而單單扔給一隻狼的，卻是遭人唾棄的婊子。他們在她的周圍築起了一道輕蔑之牆，把她孤單地圍在中間，而她一奶同胞的姊姊，也成了砌牆用的一塊磚頭。但是春雨佯裝啥也沒看見。再亂的世道，人也想活下去，她用不著為這個道歉，就像人用不著為了吃飯或呼吸道歉一樣。春雨只能用水滴石穿的恆久耐心，等待著這道牆上出現第一條裂縫。

她沒想到這條裂縫那麼快就出現了。她也沒想到這條裂縫會是她的姊姊。

「媽跟你，說什麼了？」春雨小心翼翼地嚥下了堵在喉嚨口的那團哽咽。

「糊里糊塗的，聽不明白，好像是說冷。」春梅隱隱記起來母親的一句話。

「我要把你弄出去，給媽掃墓。」春雨脫口而出。那話似乎沒經過她的腦子，出了口倒把她自己嚇了一觔斗。

「怎麼弄？」春梅怔怔地看著春雨，一臉疑惑，彷彿還在睡夢之中。但一忽兒工夫，她就清醒了過來。「當然是靠他。」她一點兒都沒想掩飾她的輕蔑。

春雨無話可回。這個想法是突兀地冒出來的，太新太嫩了，還需要大把時間慢慢打磨成形。或許她能在小林的情緒中找到一個缺口，再次把母親的概念抬出來，販給小林。先給他兜售一個籠統的抽象的母親概念，再慢慢地把話題縮小到一位具體的母親——她的母親——身上。母親是世上最穩妥的貨物，兜售的過程中多半可以喚起憐憫。這個話題最能揪住人心，幾乎沒有冒犯的風險。一個母親的利用價值，可以一路延伸到她的身後。

「你起來洗洗吧，就現在。你要是身上有味兒，他們能像扔塊抹布一樣，隨手把你處置了。」春雨緊了臉，若有所思地警告春梅。

春雨伸出腳，把一個半滿的水盆勾到春梅的床前，又從褲兜裡摸出一個瓶子。瓶子是紀代給她的，裡頭裝的是高錳酸鉀粉末。紀代吩咐她每天，或者說，每夜，完事時洗一洗，「沖掉那些男人。」春雨隨時隨刻都把這個瓶子帶在身邊，她每天使用藥粉的頻率，遠遠超過紀代交代她的次數。

天爺，多麼精緻絕倫的玩意兒。紀代把瓶子交給她的時候，第一眼看上去，她就被它異乎尋常的形狀和設計給迷住了。瓶子的質地是半透明的玻璃，底色是一層沉穩的赭石，有一絲隱隱的橙黃穿透其間，讓瓶身變得輕盈澄澈。細長的瓶頸一路延伸開來，沿著一條曲線漸漸過渡到一個豐腴飽滿的肚腹——那是一個完美的赤裸的女人側影，能挑起無限遐想，卻又乾乾淨淨的，並無一絲猥褻之意。最亮眼的還是瓶面商標上的圖像：一片清朗無雲的碧空，襯托著一枝清新的、帶著露珠的、恣意盛開著的櫻花。這樣的紅粉。這樣的湛藍。那瓶子美得讓她幾乎不敢透氣，都讓她忘了裡頭裝的是什麼勞什子。一個人能如此憎惡肉身，卻癡愛那層裹著肉身的皮囊嗎？不可思議。

她擰開瓶子，用瓶蓋量出一小杯藥粉，灑到水盆中。水裡現出了一朵深粉色的花蕾，花蕾慢悠悠無精打采地開出了一朵大花。花瓣鬆散開來，在水面上漂浮遊走著，最終化為一片無形無狀的淡粉。春雨心不在焉地看著這片淡粉被水漸漸吞噬融化。

「洗吧。」她招呼春梅來到水盆邊上，給她遞過去一條乾淨的毛巾。她並沒有意識到這一刻她的神態舉止和母親有多麼相似。在這短短幾個天塌地陷大災大禍的日子裡，她已經不知不覺地成為了母親，儘管還要過很多年，她的肚腹裡才會懷上一個真正屬於她的女兒。

逃脫苦海的朦朧希望，一下子讓春梅長出了力氣。她從床上下來，褪下褲子，蹲在水盆上清洗著下身。春雨沒有轉過臉去。她們已經無遮無擋地見過了彼此所有的不堪，她們之間再無祕密可言，再也不須迴避。

「要是你真能從這裡出去，就直接去找劉家姆媽。不等她開口，就說你要把盒子裡的珠寶分她一半。這事你不能心疼。你一小氣，就給了她由頭，說她壓根就沒見過那個盒子。當時旁邊也沒證人，你說一套，她說一套，永遠說不清楚。」劉家姆媽是她們家的緊鄰，那天她們急著要去父親那裡報喪，情急之中，就把母親留下的珠寶盒託付給她保管。

「剩下的首飾，變賣了還夠你的盤纏，想去哪兒就去哪兒。趕緊找個有頭有臉的老頭子嫁了，將來你就再也不會落到我們現在這個地步。」春雨說。這話不是新話，母親死前說過，她只是在不經意間重複了母親說過的話。春梅蹲在一旁聽著，絲毫沒想到春雨嘴裡頭頭是道的逃亡計畫，其實只是臨時湧上心頭、還沒想好就已出口的夾生想法。

「那你呢？」春梅哭出了聲。

春雨大大地鬆了一口氣。從前的春梅，那個哭哭啼啼、驚惶失措、柔弱無助的罹難小姐，終於又回來了。不過這一次，春梅的眼淚不是為自己流的。這一次她是害怕失去她的妹妹，她在這世上剩下的唯一一件參照物。現在把春梅和春雨捆綁在一起的是兩條繩子，一條是骨血，另一條是恥辱。恥辱把人拴在一起的力量，遠大於愛。

「不是我殺了他，就是他殺了我，要不然就是同歸於盡，就看誰出手更快。」春雨隨意地、幾乎有些滿不在乎地答道。

春梅大聲嚎哭了起來，身子劇烈地抽動著。

「行了行了，你就是哭出一缸子眼淚，也救不了誰。我會活下來的，一定會的。」春雨壓低了嗓門，耳朵像野地裡的兔子那樣，異常警覺地支楞了起來，聆聽著四下的動靜。「小虎告訴我日本人的庫房工地在五孩村，離這兒只有一里地，夜裡只有兩個哨兵站崗。這消息要是傳到有些人的耳朵裡，你知道會有什麼事。」

過了好一會兒，春梅才領悟了春雨話裡頭的意思，臉色煞地白了。她抬起頭來，驚魂未定地看著春雨，水盆上的那半截身體，扭成了一個僵硬得幾乎有點滑稽的弧形。

春雨對一切視而不見，置若罔聞，她的心思正飄浮在千里之外。各種各樣的想法帶著初生的急切，沒等長成，便紛紛亂亂地飛過她的腦子，她一時頭暈目眩。但是她最終壓下一切飛塵，不露聲色地對春梅說了一句：「快洗吧，我要睡會兒覺。」

春梅身下的水盆裡，那一汪澄明潔淨的粉紅，已經變成了汙濁的泥水。

7

這幾天，小林一直工作到很晚，他們正在趕工期。

他們手裡正在修建的，是長江以南最大的一座軍需庫房。冬季即將到來，他們急需一個穩妥的地方儲存補給。五孩村坐落在一小塊盆地之中，身後倚傍著連綿的山川，與外界隔絕，是個易守難攻的安全之地，所以被日本人看上，做了庫房的地點。只是他們沒有料到：在這個通常乾爽的時節裡，竟會淅淅瀝瀝沒完沒了地下雨。意外的雨天帶來了一系列的施工延誤；由於過度勞累，幾天中死了三個苦力和幾隻騾子；上海總部又發來一封言辭犀利的苛責電報。幾件糟心事加在一起，就把小林推到了耐心的極限。

在往駐地走的路上，文枝的臉蛋莫名其妙地浮現了出來。她是他觸手可及的一條逃路，順著她的身體進去，他雖然不見得能進入快樂，但至少可以立即進入忘卻。一想起他可以隨心所欲地對她做的那些事，蜘蛛網一樣纏繞著他的鬱悶和沮喪就裂開了一條縫，他心裡湧上一股怪異的躁動不安。

走到房門口，他發現門半開著，有一絲細細的柔和的聲音從門縫裡溜出來，拴住了他的步子——那是文枝在哼著曲兒。她的嗓門壓得低低的，聲音模糊不清。

小小……蜘蛛……織網，

……一團又一團，

……又一團，

……

文枝正坐在飯桌邊上，縫補著她的破布衫。這幾個女人被帶進這裡時，除了身上穿的那一套衣裳，什麼也沒有，所以她們大多只能挑個晴朗有風的日子，輪班換洗衣裳。幾個女人脫了衣裳，赤裸裸地躺在被窩裡，讓另外幾個女人替她們把髒衣物洗了晒乾。媽媽桑把自己的一件舊布襖借給了文枝穿，文枝這才能縫補自己的衣裳。屋裡燈光很暗，她得把臉貼在煤油燈緊跟前，才能看得清針腳。燈蕊輕輕搖曳，火苗在她臉頰上投下一片橙黃色的光，這時候她看起來像是一幅年代久遠的油畫上的人物。小林不僅怔了一怔——這是一個陌生的、他不曾見過的文枝。

他聽不太清文枝曲子裡的詞兒，調子似乎是輕快的，可打著那調子的聲音裡，卻藏著一縷哀傷。那調子在她的聲音裡走過，就黏上了一股說不出來的溫柔。他心裡怪異地扯了一扯，便有些不安，因為他覺出來裡頭有樣東西被碰了一下，似乎稍不留神就要碎裂。

「什麼鬼東西？」他吼了一聲，嗓門震得房間嚶嗡作響。

一片死一般的寂靜。所有的聲音都結成了冰。

他很少跟她說話。他可以隨時隨地、隨心所欲地進入她的身體，有的時候她還在睡覺，有時候他剛剛醒來，有時候晚飯正吃到一半。她一言不發地隱忍著，她身體上的每一個毛孔都捂上了蓋子，沒有冒出一絲一縷的情緒。她就像一團發了酵的麵粉一樣，麻木地順從著他的蠻力。他們都知道沉默的力量，他們都懂得沉默是可以用來攪擾安寧的，他們也都懂得用沉默來拒絕被別人攪擾。

沉默是一堵牆，只要她被放置在那堵牆外，他的良心就安然無恙。一旦沉默被打破，她開口說話，走進了他的思緒，他就在不經意間准許她擁有了自己的感受和意志，她也就成為了與他在某種意義上平等的人。**她與他是平等的**。天，假如他允許這樣的想法——哪怕只是一絲一毫——進入他的腦子，那他就等於在那一瞬間承認了自己是畜生。他那位在北海道種田的父親有一次曾用過來人的口吻告誡他：屠夫在宰牛的時候，是絕對不能看著牛的眼睛的。

她被他的聲音嚇了一跳，抬起頭來看著他，手裡的針落到了桌面上。從她呆滯的眼睛裡，他看見了自己陰森威嚴的影子。

「是我媽唱給我們聽的，兒歌。」她顫顫地回答道。「是給我和姊姊，催眠的，在我們很小的時候。」

他的心裹著鐵甲鋼盔，刀槍不入。但是有一次，她曾經從那副盔甲上找到了一個小孔。從那個小孔裡，她驚鴻一瞥地窺見了他的情緒。她發現世上竟然也有一樣事情，能讓他心軟。

那就是他的母親。

他隨身帶著一張他母親的照片。有一次他把照片放在枕邊，她鋪床的時候碰巧看見了。那是一個四十出頭的農家婦人，面孔紅撲撲的，皺紋深刻，身子半欠著，站在一片水稻田中，疲乏得已經沒有力氣對著照相機做出笑顏。她身邊站著兩個少年人，其中一個看起來像是年少時的小林——但她從未問過他。

他站在房門投下的那片陰影之中，從頭到腳被雨水溼透，神情木楞，彷彿她的話裡有樣東西，壓得他動彈不得。

「你媽，是做什麼事的？」他嘶啞地問。他聽見自己的聲音時，有一種夢幻般的不真實。他竟然有和她說話的欲望，這是一種從未有過的陌生感覺。

「死了，就在那天，我被……我來到這兒的時候。我不知道她是啥時下葬的，我也不知道她葬在哪兒。」

整個白天裡，她已經把這幾句話在心裡走過了一遍又一遍，所以當她真的對著他大聲說出這話的時候，她是平靜鎮定，面無表情的。那個她已經等候多日的時辰，終於到了。時機瞬間即逝、可遇不可求，她絕對不能讓它從她的指縫裡溜走，但同時，她也知道不能因為魯莽而有任何閃失。

沒有回音。

她知道他聽見了，因為他頰上的蝴蝶動了一動。他步履沉重地朝她走過來，屋裡的空氣陰沉沉的，險象叢生。毫無防備之間，她被他一把揪起，拋到了床上。他幾乎連褲子都沒脫，就直接地蠻橫地進入了她的身體。他向來如此，這一次並未比平日更凶猛。她以為她已經習慣了他不可預測喜怒無常的情緒爆發，卻沒想到每一場驚恐都帶著與先前不同的新痛楚。從第一次到現在，唯一的區別是：在面對突兀的痛楚時，現在的她已經長出了更厚的繭皮。

很快就完了事，但燒灼般的疼痛卻在記憶中縈繞，久久不肯離去。她背對著他，身子蜷曲成一團，身下的蓆子已經被雨水和汗水溼透。她的頭微微地轉過來，豎起耳朵，不露痕跡地聆聽揣摩著他的動靜。他就在她的身後，四肢攤開地躺著，身子紋絲不動，氣喘得很粗，像隻盛夏裡中暑的狗，筋疲力盡，卻又無比警醒。

熬過。

在無邊無沿的黑暗深處，母親的臉突然浮現了出來。母親深深地望著她，目光炯炯，眼中充盈著牽腸掛肚的哀傷。母親並不經常出現，但每一次出現的時候，總是帶著這兩個字，彷彿她來到這個雜亂無章、充滿偶然因素的宇宙之中的唯一使命，就是給她的女兒傳遞這句話：**熬過**。熬過這場能在肌膚上鑽下洞眼的雨，熬過那把在她的睡夢中嘶嘶作響的刺刀，熬過那些遍布蚊子臭蟲和男人陰莖的長夜，熬過那個愚笨殘忍的十六歲。

假如她沒法熬過，春梅一定得熬過。春梅熬過了，她就能在春梅身上繼續活著，因為她們血管裡流淌著的，都是一樣的血。假如她能有選擇，她倒寧願是春梅在她身上活著。在今天之前，她不知道自己有多想活。哪怕天塌了，地陷成一個無底的坑，東溪燒成灰，哪怕她的親姊姊得死，她還是想活。這麼想是遭天譴的，愧疚也許會咬上她的腳後跟，不過那都是以後的事。在良心還沒找上她之前，愧疚會一直沉睡。這是在打仗，誰能經過了一場戰爭，還能連身子帶靈魂毫髮無損？

然而在此刻，她用不著為自己的自私負疚。那只不過是一個閃念而已，完全沒有可能成為現實。不存在什麼非此即彼的艱難選擇，也不存在什麼保全他人的高尚犧牲。事實遠比任何設想簡單：靠春梅的那點膽氣，絕無可能完成春雨精心籌謀的逃亡計畫。春雨是兩人中的強者，想要拯救世界，自然是輪到她去死。

「小林桑，你能發個善心，讓我姊姊幸枝回一趟家，找一找我媽葬在哪裡，給她燒炷香嗎？」她怯怯地說，說完了，便屏住呼吸等候著懸在頭頂的那把劍落下來。可是劍一直沒落。而他，也一直沒有吭聲。

他們從床上起身，小虎給他們送來了晚飯，兩人在沉默中三下兩下地吃完了。飯後她就跟往常一樣，給他預備洗澡水和毛巾，然後擦乾淨了蓆子。這一整個夜晚，他們就再也沒有說話。

第二天一大早她醒來時，看見他正在穿靴子，準備出發到工地去。

「三天。她必須在三天之內回來，你姊姊。」他下達這道指令的時候，眼睛並沒有看她。

春梅當天早晨就走了。

「他沒有真指望你還會回來。」在大門口分手的時候，春雨對姊姊說。她撒了謊，這個謊聽起來很真。她說這話的時候，臉上每一根肌肉都老老實實地待在該待的位置。春梅知道她在撒謊嗎？也許知道，也許不知道，也許根本就沒想要知道。對於即將遠行的人來說，為什麼還非要背負行囊呢？

風漸起，嗚嗚咽咽的帶著秋日的涼氣，颳得她們的頭髮如野草般紛紛揚揚。她們道了別，其實更像是永別，因為兩人心底裡都不知道這一別之後，她們還能不能在近期再見。或許，她們永遠不能再見了。

春雨拿自己的性命做賭注，跟小林立下擔保：春梅一定會準時回來。這事聽起來魯莽，倒也不完全是愚蠢，因為她已經用父親身上那種生意人審時度勢的精明，設想過了各種可能的風險。在和小林鬥智鬥勇的過程裡，他倆誰也無法穩操勝券。輸了在意想之中，贏了也只是僥倖。她已經走對了一步棋，給春梅打開了逃離之門，接下來的事，就只能看老天的心情了。老天喜怒無常，她只能靜靜地等候該來的一切，並不期待奇跡。

8

夜晚溼漉漉的，空氣中布滿了陰雲，把小林的心情壓得更加抑鬱，眉頭蹙得幾乎能擰出水來。他向來陰沉寡言，可是今天晚上，他的心境比往常更加惡劣，春雨可以聞得出空氣中的魔癘之氣。

他們在沉默中吃完了晚飯。日本人的伙食是分開做的，大體上有雞肉，雞蛋，時不時也有豬肉，偶爾也能吃上牛肉，再搭配些當地種植的瓜果菜蔬。附近幾里路之內的村莊裡，家禽基本都已經被搜集到了這裡。這個範圍很快就需要擴充了，因為廚房的供給已經捉襟見肘。不過這都是些不足掛齒的小事，輕而易舉就能解決。只要是皇軍想要的，比如食物，比如苦力，再比如女人，那都是指頭輕輕一彈，就能立即到手的。

春雨的晚飯只是糙米和水煮白菜，除了鹽，便是清湯寡水。從她被帶到這個地方那天起，她就再也沒嘗過肉的滋味。

小林坐在板凳上，用滿滿一盆清水和一條毛巾，開始了他每個夜晚都要重複一遍的清洗儀式，那是介乎於沐浴和沖涼之間的一套繁瑣過程。白天他在工地的時候，小虎就已經給他挑來一桶桶新鮮的井水，存放在水缸裡，等著他晚上回來時用。他一瓢一瓢大手大腳地往身上澆著水，滿屋都是刷拉刷拉的濺水聲，泥地上積起一個個小水窪。

「覺得不夠好嗎？」他揚起下頜，指了指桌上他留下的那只飯碗，咕囔著問了一句。碗差不多空了，但還沒全空，碗底上鋪著一張煮老了的黃怏怏的菠菜葉子，葉子上躺著一隻燉雞翅。那是小林吃剩下東西。直到這一刻，她才猛然醒悟：有些人的剩飯，是給另一些人的賞賜。

「吃。」他從嘴裡哼出一個字。一紙詔書，一道法令，帶著至高無上不可違逆的權柄。

她默默地撿起那隻雞翅。一股久違了的油腥味勾得她的腸胃發出一陣恬不知恥的歡呼，但是她的喉嚨卻擋著路：那隻雞翅上長著她嚥不下去的骨頭。他注視著她的目光越來越沉，每眨一次眼睛，都像是敲下一記重錘，把雞骨頭鐵釘似地砸下她的喉嚨。她疼得抽搐起來。恐懼是家常便飯，日子捱到這一程，恐懼已經磨去了它最初的毛邊和威力。可是今晚的恐懼長著一口新牙，咬起人來有一股新的威風。她不是毫無準備，但時辰來到時，她依舊不知道該怎樣應付。

原先和小林說好，春梅最遲也該是今天中午回來的，可是她沒有回來。小林的每一口呼吸裡，似乎都充盈著關於春梅下落的疑問。春雨保持著沉默，盡可能地縮小著體積，避開小林的雷達屏幕。她身上的每一根神經都扯得緊如琴絃。琴絃隨時可能繃斷，但是她不想成為那隻扯斷琴絃的手。

小林洗完了澡，就用洗剩的水來擦洗軍靴。靴子已經走了太多的路，拇趾頂出一個圓包，鞋身完全變了形，到處沾滿了溼泥，鋸末和騾子的屎。盆裡的水一下子變成了一汪臭烘烘的泥，他看著幾乎要嘔。

「再挑點水來，快！」他衝著門外嚷道，樓道裡震盪著長長的回聲。

「立馬就來！」樓道的那一頭，嚶嚶嗡嗡地傳來小虎的回話。

外頭黑得伸手不見五指，天邊正醞釀著一場大風雨。從住地走到井邊，平日裡大致需要十分鐘，可是在今天這樣的夜晚，十分鐘可以輕而易舉地變成十五分鐘，二十分鐘。春雨在心裡悄悄盤算了一下，小虎嘴裡的「立馬」，應該至少是半個小時。

她拿出一副紙牌，洗了一輪，又洗了一輪——這是她向他發出的無言邀請。有些夜晚，他會有興致和她玩幾把名為「誰是將軍」的紙牌遊戲。兩人各出一張牌，大的吃了小的，直到對方手裡再也沒牌剩下。這個玩法很簡單，簡直就是小孩子家的玩意，不用記什麼規矩，也不用想著怎麼出牌。更重要的是：兩個對家之間基本不需要對話。小林挑了這種最不燒心的玩法，就是為了放鬆，好忘掉白天那些爛糟糟的事。春雨也有意無意地挑著他的興致，因為在工地勞乏了一天的小林，往往玩上三五局，就會打起哈欠。今夜她比哪個夜晚都更迫切地需要分他的心，因為她知道她命懸一線，而這條線，就是他的情緒。

這會兒春梅該和她的同學接上頭了。那是一幫頭腦發熱的人，自發組成了一支抗戰小隊。此刻她應該和他們在一起，走在前往重慶或是延安的路途中。戰爭塗抹在她身上的汙泥，她只能用血來清洗。水不行，水太溫文。春梅是無法獨自面對鮮血和恥辱的，春梅需要人群。

小林朝著飯桌走過來，身上飄散著一股子肥皂和菸草的氣味。他用鷹一樣的眼睛，定定地看著春雨洗牌分牌，臉上帶著捉摸不定的沉思。

「文枝，你想沒想過哪天把我殺了？」他冷不丁問她。

煤油燈的火苗顫了一顫，滿屋跳動著陰森怪異、彼此追逐噬咬的黑影。空氣變得濃稠僵硬，呼吸突然成了一樁苦役。

春雨坐在散亂地堆著紙牌的桌子邊上，所有的感官剎那間吱地一聲緊急剎停。時間在不知所措間飛馳而去，她猝然猛醒，腦子重新啟動，像一臺馬力巨大的機器一樣飛快地運轉起來，把紛至沓來的想法一一整出了頭緒。小林問她的話，無論往左往右，怎麼答都是錯，沒有什麼穩妥的中間道路。否認是過於愚蠢的低級謊言，是對小林智力的侮辱，只能激起他更狂烈的憤怒；而承認則等同於降罪與自身，她無法預知真相的代價有多昂貴，是不是會貴到致命。一樣是死，就死得好看一點。江南人常常愛評論人的吃相，其實死相也是緊要的。滿天飛塵終於漸漸落地，她心裡清朗了起來。

「你說得沒錯，我是這麼想過的，有時候。」她的聲音從桌子那頭傳過來，是一種聽天由命的平靜。

他愣住了。有些真相，本來就像日光一樣通透澄明，然而親耳聽見，還是扎心。

這次是他陷入了沉默。頓了一頓之後，他才開口：「那你為什麼沒有，殺了我？」

「可能是，我想活下去吧……」她輕輕地、略微有些猶豫不決地回答道。她的臉上閃過一絲怯怯的、似乎帶著歉意的笑容。就在她咧嘴一笑那一瞬間，她看起來幾乎就像是一個小女孩子，在為一句剛剛出口的話而惴惴不安，覺得這話有些魯莽不合時宜，但心底裡卻又明白，這話她不得不說。

她的話無法不讓他震驚，她那些簡單平實的、孩童般的真話。她不是不懂得怎樣撒謊，她只是心下明白：編得再巧的假話，帶給她的害處還是大於一句粗糙的實話，就比如今晚。在她無聲的貌似順從的外表之下，藏著一副永不入睡的機警的眼睛。她知道他的心思意念，勝過他知道他自己。

她在他心裡激起了種種複雜的情緒，其中有一種是嫉妒。他不敢相信他竟然會嫉妒她。她比他小了這麼多，在體力上完全不是他的對手，可是她身上竟然儲存著這樣一股寧靜而持久的耐力。她一直在用這樣的耐心抗衡著他。她讓他想起水。他可以在暴怒中掰彎鋼管，砸碎岩石，但他卻無法擰動水。他們在進行著一場殊死的角力，他使的是力氣，她使的是誠實。誠實是天下最殘酷的兵器。他不知道她的誠實帶給他更多的是盛怒，還是震撼。

「你知道我接下來會問你什麼吧？」他從牙縫裡擠出這幾個字，口氣是克制的，卻帶著一股陰森森的寒氣。

該問的那個問題，終歸躲不過去，還是來了。

「知道。」她緩慢地答道。

「那麼，你有什麼話說？」

天邊傳來一陣滾雷，那聲響越逼越近，近到跟前，窗櫺格瑟瑟地抖了起來。一道耀眼的閃電之後，暴雨轟然而至。雨被狂風颳成一條條鞭子，抽得房子和路面發出疼痛的呻吟。

這個時節不是雷雨的時節，雷雨來得有些蹊蹺。**世界末日**。春雨暗想。她一動不動地坐著，突然間心灰意冷。命已經在老天爺的手裡了，她再無力氣和老天抗爭。該做的已經做下了，該說的也已經說出了口，再也沒有回頭的路，覆水難收。即使她可以從頭來過，也不見得能有什麼起色。春梅此刻大概正在外頭的某個地方，平安地活著。假如春雨非死不可，那也是她的一死換得春梅的一活。小林沒贏，她也沒輸。兩軍對壘，他沒打下什麼可以誇口的勝仗，她也沒有吃下什麼奇恥大辱的敗仗，他們打了一個正正好好的平手。

「我不知道我姊姊到底怎麼了。」她低聲回答說。

這時房門突然被撞開了，一個人影從門外跌跌撞撞地衝了進來，雙膝一軟，癱在地上。是小虎。他渾身溼透，牙齒凍得格格相撞，鼻孔裡淌著血。他挑水回來的路上摔了一大跤，一只桶裡的水灑得七七八八，另一只桶的竹箍鬆了，水漏得只剩了個底。

小虎從地上爬起來，拎起水桶，踉踉蹌蹌地走到屋角，把桶裡剩下的水倒進了水缸，那點兒水還不夠打溼一條乾毛巾。

「去，再挑一擔回來。」小林板著臉說。他的下頷扯得很緊，緊得歪到一側，頰上的那只蝴蝶漲成了黑紫色。

小虎朝春雨看了一眼，她知道他在央求她說句話，可是她避開了他的目光。今夜地獄之門大開，沒有人能夠平息老天的怒氣和困獸的瘋狂。今夜所有的命都懸於一線。今夜沒有道理可講。

「我明天一早就去挑，小林桑，一大早，行嗎？外頭打閃，那個雨，實在太大。」

小林臉上的蝴蝶翅膀開始撲扇。小虎雖然是田間長大的，卻沒有覺出屋裡有風。

「要不，我去接點雨水，拿明礬過一過，一樣的……」

小虎突然噎下了沒說完的半截話，因為他看見小林在朝牆壁走去。牆上掛著他脫下的軍裝，還有他的槍。

槍聲並沒有響起，但整座房子卻被一聲尖叫劈成了兩半。那聲刺耳的、地獄厲鬼般的嚎叫，一下子把沉睡的村莊攪醒了，孩子的哭聲、狗的狂吠聲匯集成一陣驚天動地歇斯底里的嘈亂。

春雨轉過身來，發現地上有幾根東西在抽搐蠕動著，像是被魯莽的鋤頭不小心砍斷了的蚯蚓。過了一會兒她才醒悟過來，那是刺刀剁下的指頭。她只覺得喉嚨一緊，有東西湧了上來。還沒來得及擠出一個字，便天旋地轉地吐了。雞翼，菠菜葉子，米飯，所有的一切。

「八格，你們都當我是傻子，是不是？」小林倚靠在牆上，腳前淌著一條漸漸濃膩起來的血水。他的聲音聽起來筋疲力盡，孤獨而絕望，彷彿來自一穴千年古墓。

9

一整夜春雨都睡得很不安寧。意識之間的隔層似乎被撕開了，紛繁蕪雜的畫面、場景和想法，如一縷縷青煙，穿越睡和醒中間的層層朦朧地界，一路飄浮彌漫，不肯消散。

凌晨時分，她做了一個怪異的夢，夢裡她似乎看見了一場地震和一場風暴交織在一起的場景。驚天動地的巨響，天空像一塊巨大的玻璃似地掉落下來，摔成一地碎茬。颶風和火焰。熾熱和嚴寒。拖著黑影的男人和女人在惶亂地逃竄，彼此踩踏著，發出驚恐的尖叫……那一切彷彿是從萬花筒裡看出去的地獄景象。她猝然驚醒，發現自己一身被冷汗溼透，心卡在喉嚨裡，跳得如同野馬奔騰。

小林已經起來了，衣服穿了一半，正站在窗前，焦躁不安地朝外察看。天空被窗框裁成小小的一方，顏色看起來有些奇怪，是水波一樣顫動著的黃色，中間夾雜著一道道灰與黑。遠方隱隱傳來一陣沉悶的劈啪聲。

「八嘎，庫房！」小林暴怒地喊了一聲。

春雨突然明白過來，那是爆炸之後的火焰。她剛才的夢境是一面哈哈鏡，照出來的場景雖然扭曲變形，但追根尋源，底板終究還是真事。

過道上傳來一陣騷動和嘈雜，半睡半醒、迷迷瞪瞪的說話聲，沉重的腳步聲，門被急促地打開關攏的聲音。一個衛兵衝進了小林的房間，用斷斷續續的日本話焦急地向小林報告著什麼事。小林一邊聽，一邊飛快地穿完了軍裝，長短武器全部準備就緒。兩人簡短地說了幾句話，衛兵就飛奔而去。緊接著，過道上響起幾聲尖銳刺耳的哨子，至此整座房子都已經透透徹徹地醒了。

小林緊跟在衛兵身後跑出了房間，一邊跑，一邊大聲喝道：「快跑，你！」

過了幾秒鐘，春雨才明白過來小林是在對她說話。

她拿腳勾過布鞋，套進去，惶亂地跑出了房間。過道很窄也很暗，此刻已經站滿了士兵。他們剛從床上爬起來，有的穿好了軍服，有的衣衫不整，都還來不及刷牙，空氣中彌漫著濃烈的口臭。他們把她推搡到一邊，擁擠著朝前挪動著。她遠遠地看見過道盡頭的媽媽桑和兩個女人。她朝她們搖了搖手，但她們似乎沒看見她。一轉眼的工夫，她們就不見了，消失在那股急切地朝大門湧去的人流之中。

凌晨清冽的空氣猛地抽了她一巴掌，她一下子被摑醒了，原來她已經走到了監獄外頭。幾乎一個月了，她的腳從未踏出過這扇鐵門，外邊的世界對她來說已經生疏了。那些樹木，那條路，那片昏暗的、被灰煙熏黑了的天空，還有那些匍匐在朦朧的曙色之下的連綿起伏的山嶺。她茫然地夢幻般地跟著人流往前走著，很快就發現她跟不上了，越來越遠地落在了隊伍之後。

「文枝！」

突然間，春雨聽見前頭的人群裡有人在喊她的日本名字。是小林。他站在離她大約二十多步遠的地方，轉身朝著她，舉起了手裡的來復槍。

「是幸枝幹的，對嗎？」他聲嘶力竭地吼叫著，每一個音節都充滿了被愚弄之後的憤怒。沒有人告訴過他，他是剛才走在路上時，才把所有的疑點連成了一條線的。

春雨全身僵硬，腦子變成了石頭。腿是第一個從恍惚中驚醒過來的，蠻橫凶猛地扯著她的身子，朝邊上一條小徑狂奔。小徑是附近的採藥人開出來的，很窄很長，彎曲綿延地通到林子深處。她好久沒晒過太陽，沒得過油星子的滋潤，也沒能好好睡過幾覺，如今腿腳瘦弱得像兩根竹竿。腿不是從前的腿了，她的身體卻是懂事的，沒有悖逆反抗，而是順服了竹竿的引領。她不知道這條小徑會通往哪裡，可是她已經沒有時間去想，現在管事的是腿。腿把身上的每一兩力氣都聚在一起，不顧一切地逃生。遠離那些人，遠離那陣怒氣，遠離那根黑森森的槍管。

沒用的，肉做的身體永遠也跑不贏鐵做的槍彈。她聽見常識在她的耳邊嘀咕。可是，常識不是唯一的聲音。還有另外一個聲音在厲聲斥責著她，喝令她不要理會常識，只管朝前奔命。**總是會有一線生機，一個小小的奇跡的。興許菩薩此刻正醒著，睜著眼睛看守著她。**這聲音是從她靈魂至深之處發出來的，用紀代的話來說，就是頭頂的那團火在說話，而且聲氣越來越強壯。

她不知道自己跑了多久，因為時間已經失去了尺度和權威。然後她就聽見身後傳來一聲響。那響聲有點像她和春梅在家門口那條街上聽到的新年爆竹，但比爆竹沉悶。她覺得被什麼東西推搡了一下，有些刺癢和酥麻，但不是疼——疼是後來的事。當她看到身上的布襖上滲出一團黑褐色的溼斑時，她才覺出了疼。

過了一會兒她才意識到那是血。她被槍子打中了，在肩上。

她又踉踉蹌蹌地往前走了幾步，就面朝下撲通一聲栽倒在地上。狗在吠叫，公雞在打鳴，麻雀在嘰嘰喳喳地呱噪著。漸漸地，周遭的一切都靜了下來，靜到她都能聽見自己的呼吸在噗嗤噗嗤地攪動著塵土。路上空無一人，小林的人馬已經消失得無影無蹤，彷彿從來就不曾存在過似地。她躺在那條天曉得會通往哪裡去的採藥小徑上，獨自一人，身上流著血。

然而，她自由了。

這是真的嗎？她會不會又陷入了另一個夢境？夢境千層糕似地，一層又一層，她不知道自己是爬到了表面，還是依舊纏繞在中間的某一層。

小林錯失了他的目標。小林是世上最精準的狙擊手，這樣的失誤對他來說簡直不可思議。記得有一回他站在窗口，遠遠地射中了院子裡跑過的一隻野兔。後來衛兵把死兔子拿進屋來，卻找不到彈孔，因為子彈是從一隻眼睛裡穿進來，又從另一隻眼睛裡飛出去的。

老天有眼。菩薩果真在什麼地方遙遙地看著他們，讓小林的手發顫。

或許，發顫的還不只是小林的手，還有小林的心。

10

她這一輩子都沒有和土地這麼親近過。土地被雨水浸潤得油黑，散發著腐葉和鳥糞氣味，布滿了家禽留下的泥爪。土地沉默無語卻又無所不知，收納了落在上面的一切，消化著舊年的死亡，孕育著來年的新生。

她神志是清醒的，只是由於失血，感覺有一點兒疲乏。興許還不止是一**點兒**。身下這張溼泥鋪成的床，正在誘勸她放下心裡的那點鬥志，全然放鬆地進入一場甜蜜的、再也沒有時間邊界的睡眠。在監獄那個耗子窩一樣的房間裡，她睡著的時候也是醒著的，身上的每一根神經都像獵犬的鬃毛一樣豎立著，時時刻刻警醒留意著周遭的動靜。刺刀，手槍，煤油燈，男人的手和陰莖，每一樣東西都有可能毫無預兆地跳起來，朝她發起進攻。現在身下的這張床把所有壓在睡眠上的重量帶走了，躺在上面她都能聽見身上的神經融化成了一灘軟醬。

由它去吧，你把心放下來。那張床用輕柔的、讓她無比安心的聲音，在她的耳畔絮絮低語。

就在她要沉沉睡去的時候，她腦子裡飛過一個可怕的閃念。那閃念帶著一股徹入骨髓的寒意，把她一下子激醒了。

這一回她若沉睡過去，就和從前哪一回的睡眠都不同。這一回的睡眠是罌粟花，嫵媚妖豔，卻帶著一個有毒的種子莢，能引著她走入一條不歸路。這一回的睡眠沒有醒來的時候。她不能連抗都不抗一下，就把第一個重獲自由的早晨，順從地交給那場永恆的睡眠。她想強逼著自己坐起來，但實在是太疲乏了，動彈不得。心還戀戰，身子卻已繳械。

就在那時，她感覺耳膜上有一絲酥癢，一陣輕微的模糊的震顫。興許是地底下的樹根在翻動身子，興許是樹上的葉子在打哈欠。漸漸的，那絲震顫有了形狀，變成了聲音，越來越近，越來越響。那是人跑動的腳步聲。一陣新的恐懼揪住了她的心，她失血的靜脈裡突然湧上一股腎上腺素。她竭盡全力想用膝蓋頂著身子站起來，卻沒能站穩，搖晃了幾下，就在站和坐中間的那個姿勢上停住了，半蹲半跪在地上。天空在旋轉，樹木也是，清晨的第一縷天光扎進眼裡尖利如碎玻璃茬。

小徑深處出現了一隊人馬，穿著襤褸的沾滿了溼泥的軍裝，身上背著五花八門不成套的槍支。即使是春雨那樣的外行人也能一眼看出：這群人的裝備實在很破爛。她隱隱聽見他們斷斷續續的說話聲，便略微安下些心來，因為她聽懂了他們的話——他們不是日本人。

這群人不約而同地注意到幾步之外有一個年輕女子。說女子實在有點誇張，其實就是個小女孩。她跪在地上，半邊身子血跡斑斑，一隻胳膊朝上舉著，彷彿在向一個看不見的神明乞討著什麼。他們的步子慢了下來，最終謹慎地停住了。雙方都在相互審視，女人眼中帶著一絲如釋重負之後的希望，而男人們的眼中，卻是重重的疑雲。

「你是誰？」一個稍長幾歲、看起來是這群人的頭的男人，朝著她走了過來。

他走到她緊跟前時，她才看清這個男人只有一隻耳朵。另一邊原該是耳朵的地方，現在只剩下一個蠶豆大小的洞眼，周圍是一圈暗褐色的、高低不平的疤痕。

「帶我走吧，你們。」她央求道。可是她只找到了一半聲音，另外一半太虛弱了，沒能走出舌頭就已死在路上。

「你怎麼啦？」有一個戰士問她。這個戰士是這群人裡個子最高的，看上去也是歲數最小的。他做了個含混的彎腰動作，神情猶猶豫豫的，似乎是要查看她傷勢。

她怔住了。讓她不知如何作答的，與其說是那句問話，倒不如說是他問話時的語氣。那份意外的溫存和關切，突然就鬆開了繫著她神經的那根繩子。她癱軟下來，從頭到腳簌簌地顫抖。她得先把心鍛成鐵，才能講得了她所經歷的災禍。她無法跟一個未曾去過地獄的人，三言兩語說清地獄的模樣。她的舌頭不是生來講這樣的事的，他的耳朵也不是生來聽這樣的話的。

她已身心俱疲，不想再作解釋。

「說來話長。」她嘆了一口氣。

「二娃，走了。日本人要追上來了。」單耳男人對那個高個子的小士兵說。

二娃。他叫二娃。春雨暗自記住了這個名字。

電閃雷鳴間，春雨一下子明白了這些人是誰。

「剛剛炸了五孩村的，是你們吧？」她問道。這個突然的醒悟讓她又有了些精神頭。

還沒容春雨回過神來，單耳男人已經風也似地從腰間拔出一支短槍，對準了她。

「你是怎麼知道的？」他從牙縫裡擠出一句話，眉心緊蹙，滿臉狐疑。

她又給逼到了前一天晚上的困境。無論她開不開口，無論她回的是什麼話，都同樣是錯。不開口是藐視，開口只能在真話和假話中挑一頭。真話通往不為人知的恥辱，假話導致不可預測的盛怒。她是落在蜘蛛網裡的一條蟲子，無論怎樣掙扎，都只會越陷越深。假若她身邊有黃曆，今天一定是個凶日中的凶日。天還這麼早，日頭都還未出齊全，她就已經犯在了兩路人馬的道上。這兩路人馬雖然彼此為死敵，對付起她來，卻出乎意外地一致——他們都想叫她死。

敵人的敵人，未必就是朋友。

她墜入了深深的絕望。

「我挨了，日本人的槍子。」她有氣無力地說，只覺得方才新添的那股子氣力，又漸漸散盡了。

「長官，她看上去不像是奸細。」她聽見那個叫二娃的高個子小兵在怯怯地、畢恭畢敬地對他的長官說。

「日本人為啥要殺你？」單耳男人把槍收回來，接著追問她。

「我姊……」春雨突然頓住，她已經踩到了陷阱的邊緣。她是和春梅拴在同一根繩子上的，只要她把春梅挑出來扔在眾人面前，她就不可能不暴露那根繩子，還有拴在繩子那頭的自己。她們是誰，就再也藏掖不住了。

「真得走了……再不走，就晚了……」春雨看得出來，焦急正如傳染病似地在這群人中蔓延開來。單耳男人也染上了，但他還是比他們沉得住氣。

「村裡一會兒就有人走動了，會有人幫你的。」單耳男人把手槍掖回到皮帶裡，就要帶著他的人馬，沿著他們先前就籌劃好的路徑逃離。

「我姊姊，是她把日本人庫房的消息，送給你們的。」春雨再也顧不得了，脫口說出了姊姊。到底是誰送出的消息？其實她和小林同樣不知底裡，他們只是猜測，但都不是瞎猜，他們猜得大致靠譜。

那個不能見天日的祕密，終究還是路人皆知了。這會兒她在他們面前，是赤身裸體的。他們中的每一個人都明白了，她是**那種女人**。

「帶我走吧，求你。」眼淚猝不及防地從她的臉頰上滾落下來，在地上砸下一個個小小的坑。她沒想哭，眼淚自作主張地來了，彷彿是從別人心中生出，僅僅只是為了方便之故而借用了她的臉而已。

「你這個樣子，咋走路啊？我們是要跑的，要快跑。」二娃瞅了她一眼，又瞅了瞅他的長官，顯然不知如何是好。

單耳長官的眉毛扯了一扯，疑慮漸漸消散，讓路給了不耐煩。

「要是帶上她，大家全得死。」他焦急地對二娃說。

眾人一下子靜了下來，是那種可怕焦慮不安的沉默。他們都知道手上沒多少時間了。

她已無生路，只能是豁出去了。她跪著往前挪了一步，不顧一切地拽住了二娃的袖子，用眼神無聲地懇求著他。沉默積攢了力量，但那力量正在消散，她必須抓住最後一絲時機。「救我。」她的嘴唇無聲地翕動著。

她已經在心裡數過了他們的人數，共是九個人。在這九個男人中，只有這個被他們叫作二娃的年輕士兵，是唯一一個她能說得上話的人。從他的臉相上看得出來，興許她還能指望得上他。他有一張被日頭晒得黧黑、簡單淳樸的種田娃的臉，除了田裡的勞作，他還沒見識過外頭的世界，還沒有來得及被世間的炎涼和油滑熏染。

「長官，我們不能把她留在這兒等死啊，她姊姊幫了我們。」二娃說。他還想最後試一把，看能不能說服他的長官。

「怎麼個救法？」單耳男人不為所動，只是他的臉繃得不那麼緊了。

「我背她。我九歲的時候，就幫著我爸扛番薯口袋，還有宰了的牛。我有力氣。」二娃說。

「你要帶上她，那就是你自己的事了。要是跟不上了，沒人救得了你的小命。到時候別說我沒告訴你。」單耳長官揮了揮手，把這個話題決絕地斬斷。

「快點，你！」二娃把將身子一矮，讓春雨爬上來。那口氣與其說是商量，倒不如說是命令。

春雨一愣，一時不知所措。從她記事起，這一輩子她從來沒被哪個男人背過，哪怕是她自己的親生父親。她是想活下去，每一根汗毛都想，但不是這種活法。她若讓他背著，她就把自己的性命壓在他的身上了。而她手裡，也就捏上了他的性命。十有八九，他的性命會送在她手裡。

可是，還有別的辦法嗎？

她攀在最後一絲力氣上，猝地站了起來，又往後仰了一仰，彷彿害怕離二娃太近就受了他的蠱惑似地。隨後，她迅雷不及掩耳地伸出手去，一把拽住了二娃的步槍。眾人一下子給驚住了。

「你結果了我，趕緊走。我只是不能再落到他們手裡，真的，不能。」她的聲音裂成了碎片。

眾人扭過臉去，不敢接她的目光。她的眼睛裡蒙著一層冰一樣的哀傷，那哀傷碰到哪裡，就把那裡凝固成一座冰川。這個女人弱得像一根指頭就能捅破的綿紙，卻有一副凜冽的俠義肝膽。男人們自愧不如。

「少囉嗦，你這個婆娘，你不是要我們都死在這兒吧？」單耳男人厲聲喝斥道，徹底截斷了她的廢話。「我們還是照先前的計畫，要是被日本人咬上了，就留兩人在後邊掩護。省著點子彈，別瞎開槍。記得留下最後一顆子彈，你們都知道幹啥用。」他然後又轉身對二娃說：「你得多留一顆。」

還沒容得春雨多說一個字，她已經身不由己地爬到了二娃的背上，像一隻被螞蟻馱著的死蠅子，渾渾噩噩地朝前挪動了。

11

日本人帶著不可抑制的惱怒，用閃電一樣的速度追逐著他們。確切地說，日本人是惱羞成怒，既恨對手的無孔不入，也恨自己的粗心大意。工地剛開工時，他們戒備森嚴，可是再嚴的防守也抵擋不了時間的磨損，漸漸的，他們就鬆懈了下來。中國人的突襲雖然不完全在他們的意料之外，但他們還是難以置信：五孩村這麼個地圖上永遠都不會出現的小地方，幾乎與世隔絕，竟然也能被對手滲透。

嚴苛的徵兵法已經把當地的青壯勞力消耗殆盡，為了徵集苦力和維持工地的每日給養，日本人已經耗盡了心思。整整一個月風雨泥濘之中的勞作，一座幾近完工的大規模庫房，這一切辛勞轉瞬之間在一股濃煙中化為烏有。在綿長多雨的冬季到來之前，將會有多少輛裝滿軍需品的卡車，排著看不到頭的長隊，等待著找到一個可以卸貨的地方？一想到這幅景象，懊惱和憤怒就把這群日本人燒成了瘋狂的狼。

聽到爆炸的消息之後，全部駐地人馬火速趕到已經淪為一堆廢墟的工地，分成了兩支隊伍。一支由三個人組成的小隊人馬留在了原地，評估損失程度，其餘的人手忙腳亂地開始搜尋破壞者留下的蛛絲馬跡。一串溼腳印馬上把他們引上了追捕之途。

日本人本來很快可以追上中國人的，但是他們偏偏在一個交叉路口迷失了方向。那個路口長著茂密的灌木叢，很難繼續追蹤腳印。土地是多疑而警覺的，一聞出外人的氣味，立刻像蚌殼一樣緊緊地合攏了嘴，不肯吐露任何線索。

日本人在路口停了下來，猶豫了片刻，最後還是憑直覺挑選了一條看起來人煙更為稀少的路。他們大概只浪費了五分鐘。在太平年月裡，五分鐘只是宇宙運轉過程中一粒可以忽略不計的時間塵埃。可是在這樣一場追捕和逃離的鏖戰中，五分鐘的延誤是至關緊要的，它可以決定孰死孰生。等到日本人終於回到正路，繼續全速追趕時，那支由單耳男人指揮的九人小部隊，已經快到大黑圈了。

大黑圈是當地人起的地名，說的是藏在山地之中的一小塊地盤。那地方雖小，卻是三個縣的接壤之處。那地盤被好幾撥人馬佔據著，有土匪、盜賊、販賣煙土的、走私槍火的，甚至還有一個製造假幣的小山頭。在大黑圈，官府這個詞具有完全不同的含義，法典是用來擦屁股的草紙。自大清皇帝進關起，那兒就是個三不管的地界。大黑圈是最危險，也是最安全的地域，有如風暴之眼。這也是為什麼單耳長官會選了這裡來躲避日本人的追蹤。

日本人雖然傲慢不可一世，有時頭腦發熱，但也不至於昏庸無知。日本人深諳叢林戰術，知道兵匪之間的同與不同。雖然大黑圈裡各個山頭鬥得不可開交，狗咬狗一嘴毛，但只要官府把腳踩進來，他們縱有天大的冤仇，也會立馬放下，因為官府是他們的共同仇人。官府一旦攪進來，小狗之間的互咬，頓時就變成了小狗聯手對付大狗的混戰。日本人就更不用說了，日本人是仇人中的仇人，狗群中的狼。他們要是魯莽地闖進大黑圈，頃刻之間就能把那場狗與狗的混戰翻個盤，讓大狗小狗聯起手來，一起打狼。

日本人不想把自己變成一片肉，送到那群混戰不休的狗群嘴邊。只要炸庫房的那群人一進入那個三不管的地盤，這場遊戲就算完了。

那支九個人的小隊伍在日本人前頭飛速逃離。日頭這會兒已經完全露出臉了，升到了樹枝的分叉處。陽光遭雨水洗過，潔淨清新，在枝杈間隨心所欲地甩下一團團白色的光斑。人腳所過之處，草葉窸窸窣窣地分開，灌木叢彎下腰來迎迓，又從他們跟前飛馳而過，彷彿生著翅翼。春雨覺得世上萬物都在飛，而她則是唯一一樣靜止不動的物件。

二娃的步子很穩。春雨忍不住暗生驚歎——她沒看出來他竟然有這樣的蠻力。等到後來太平了的時候，他會把這一切當成個笑話來講，滿不在乎地說她那點兒體重，還比不上半袋番薯。他說他才學會走路不久，就幫他爸扛過整袋的番薯了。**連牛都吹得不像**。春雨暗想。她覺得出來，她壓在他背上的重荷，快把他的肌肉拉扯到極限了。

一路上她都閉著眼睛，不敢看路，也不敢看人。她的身子太虛，這半天裡受到了太多的驚嚇，而速度也是一種驚嚇。二娃跑得太快了，速度帶給她的既是欣慰也是害怕。欣慰的是每跑一步，他們離日本人又遠了一步；害怕的是二娃的力氣會不會很快使盡了，最終像一條扯得太過了的橡皮筋那樣，在某一刻裡突然綳斷。

一直到目前，二娃還都跟得上眾人的步子。她把他變成了一匹馱獸，而且是一匹不同尋常的馱獸，因為他馱的是不同尋常的貨物。他把她的命攬到他身上，那是他自己情願的，並沒有人逼他。他只是有一副娘胎裡帶出來的好心腸，他的好心腸不肯放過他。

再往前走著，她就覺出了他的疲乏，一股溫熱的男人氣味正從他軍裝裡往外滲出，她的布衫染上了他的汗潮氣。他的身體在奔跑中顛顫著，沙沙地磨蹭著她的傷口，現在她才真正覺出了疼。可是，真正嚙咬著她的還不是槍傷，而是越來越沉重的擔憂和焦急。

不要老往壞處想。怕什麼，就來什麼，天底下的倒楣事都是想出來的。母親的聲音在她耳邊響起。從前只要她和春梅為哪件事惴惴不安擔憂犯愁時，母親就會這麼數落她們。不過這會兒誰的話也沒用，她的心大門洞開，不祥的預感像洪水一樣地湧進來。母親的話只是一袋沙包，大壩決堤的時候，她想拿母親的話來堵，哪裡還堵得住？心裡剩下的那點僥倖的希望，已經被焦慮沖得一乾二淨。

母親說得沒錯，她的預感很快就變成了現實：日本人越來越緊地咬上來了。雖然兩軍相隔很近了，但也還沒到可以精確瞄準的距離。日本人開始胡亂射擊。皇軍身邊有替他們挑彈藥箱的苦力，他們不用像中國人那樣省著子彈。

突然間，二娃的步子慢了下來。也許是一根骨頭，也許是一條筋，也許是一塊肌肉，撐得太久，過於疲乏，也不跟身子商量一下，就自作主張地綳斷了。他的身子就像是一只被扎了一個洞眼的車輪胎，蔫軟了下來。

眼見得跟不上了，另一位戰士就伸手過去想幫他扛槍，可是他打死不讓，彷彿讓人扛槍是天大的恥辱。過了一小會，他就又追了上來。他身上綳斷了的那個地方——天曉得是哪裡——似乎又神奇地焊接上了。他繼續跟著眾人的節奏朝前跑，可是春雨覺得出來他不再是先前那匹力大如山的馱獸了，他的腳似乎在拖著走。眾人都拚了命想甩掉身後那群緊咬著不放的狼，所以誰也沒有注意到二娃身後留下的那串血腳印。春雨在二娃背上，更看不見身後。

這時人群突然發出一陣驚呼。他們的長官，那個單耳男人，被一顆流彈擊中了，傷處就在胸口上。眾人停了下來，圍在他身邊，無助地看著他的身子在疼痛中扭動著，一股鮮血像泉眼似地往外冒著。沒人說話。這裡沒有新兵，每個人都見過槍傷，心下明白這是沒得救的那種傷。單耳男人的眼睛大大地睜著，裡頭落著一輪黯淡蒼白、綻著裂縫的、毛玻璃似地太陽。一隻看不見的手，正掐在他的命脈上，隨時就要掐斷，可是疼痛還攔在路上，冷冷地不為所動地阻擋著手。單耳男人耗盡全力抬起一根指頭，朝一個說不明白的方向指了一指，嘴唇翕動著，卻沒有發出聲響。他的副手是唯一一個猜懂了他意思的人。

「他叫我們走，快，不能耽擱！」他發出了命令，口氣堅決，不容辯駁。眾人都明白他已經替代了長官的位置，便都服從了他的指揮，全速朝前行進。片刻之後，他們聽見身後傳來一聲沉悶的槍響，然後是一串在泥濘中跋涉的滯重腳步聲——是副長官追上來了。他手裡握著兩把手槍，一把是他自己的，另一把是單耳長官的。

「再有五分鐘就到大黑圈了，快點！」副長官回到隊伍，嘶啞地對眾人說。

幾分鐘後，他們就到了一條小溪邊上。溪流很狹窄，水再往前繞一道彎，就漸漸開闊起來了。他們脫下布鞋，開始涉水，周遭突然安靜了下來——日本人停止了追逐。他們終於進入了大黑圈的地盤。

他們涉過溪流，筋疲力盡地癱倒在對岸的石灘上，大口大口地喘著粗氣。此時他們才不約而同地想到了長官。昨晚睡下時，他說他認識大黑圈一個黑道上的頭，販煙土的，掙下不少錢。到了大黑圈，就要敲他犒勞大家吃頓大魚大肉的好飯。**你們一個也別給我死在路上，要死也得吃了這頓飯才死**。他說。到頭來，他們都在，他卻被丟在身後了。不，他是被他們親手殺死的。

每個人的心裡都空了一塊。

今天凌晨，日本人的庫房在大火中煙消雲散，他們風風光光地贏了一個回合。可僅僅幾個小時之後，他們卻已經失去了慶祝的心情。現在他們想到的是代價。有什麼東西值得他們丟棄自己的長官和戰友嗎？哪怕是一座日本人的庫房？這個問題盤旋在每個人的心頭，但卻沒人敢問出口。打仗哪有不死人的？但他們還沒有習慣死亡，尤其是這樣的死亡。

誰也不想說話。這一刻的沉默帶著威嚴，重重地壓在頭頂。他們坐在河岸上，無聲地看著溪水急急朝前流去，撞上石頭的時候，就像個愚頑貪玩的小姑娘似地，甩出一串歡快伶俐的水花。此刻他們只想靜靜地一動不動地待著。早上出發時，他們需要聚成一支隊伍，此刻他們卻渴望孤獨。只有在孤獨中，他們才敢看自己手上沾的那團血，良心上染的那塊汙漬。他們已經不是早上出發時的那群人了。

「二娃呢？」有人驚叫了一聲。這時他們才發覺二娃和春雨都沒在——他倆沒跟著大家過河。眾人趕緊涉水回去，搜索了一番，發現他倆躺在一片壓扁了的狗尾巴草上，彼此相隔一兩步路。她是從他的背上摔落下來的。兩人都面如死灰，昏迷不醒，她是因為失血過多，而他，則是因為腿上的傷。

等他們看到二娃的傷勢時，都忍不住驚歎：他的腿上中了三顆子彈。他竟能拖著這樣一條腿，背著一個女人，跑了這麼遠的路，幾乎一路跑到了終點。若沒有神靈附體，憑凡人肉身，如何可能？不過戰友們的大驚小歎，二娃一句也沒有聽見，因為他和春雨都被立即送去了附近的一家野戰醫院，和隊上的人分開了。

後來，當二娃清醒過來可以開口講話的時候，見到春雨那副幾乎要掏出腸子來的感恩戴德模樣，便很不以為然。他以一個十七歲少年人的認真，一本正經地告訴春雨：這一路是她救了他的命。要不是他的背上壓著一條別人的性命，第一顆子彈射中他的時候，他就可能癱軟下來了。那三顆子彈裡，第一顆傷得他最深最狠。

12

春雨失了很多血。這是第一次，但不是唯一的一次失血。在接下來的三十年裡，春雨還會一次又一次地經歷各種各樣的失血。她把這一切都歸咎於小林的子彈——就是這顆子彈開啟了失血的先例。小林的子彈讓她突然明白過來血原來是這麼緊要的一樣東西。在那次受傷之前，她從來沒把血當一回事，就像她沒把呼吸，或者空氣當回事一樣，一切都理所當然。

血是她命中的魔鬼。在她多事動盪不安的一生中，她經歷過三次嚴重的、幾乎致命的失血。一次是中彈受傷，一次是宮外孕，還有一次是在生女兒阿鳳的時候。但血也不僅僅是謀命的惡魔，它也有仁慈之心。當她成為了母親，被逼到窘境時，她身上的血一瓶瓶一袋袋地化成了桌子上的飯食和女兒身上的衣裳。說阿鳳是泡著她的鮮血養大的，雖然有些聳人聽聞，倒也沒有太離譜。

在後來的日子裡，當春雨回首一生，想起這些淒惶的舊事時，她對血在自己命中扮演的角色感覺複雜。愛，敬畏，尊重，感恩，厭惡，甚至懼怕，各種情緒相互交織。若要她只挑一樣，她可能會挑懼怕。她害怕終究有一天，她的血會消耗殆盡，她會成為一個憔悴乾癟、毫無用處、形影孤單的老太婆，身上再也沒有什麼東西可以拿來救人，世上也再沒有什麼人需要她來救助。

這些都是後話，是發生在她生命的下一個章節裡的故事。那時候血就會成為一個貫穿始終的主題，一條把各樣糟心事連成一體的結實耐用的線索。而在此刻，她躺在醫院的病床上，僅僅只是靜靜地歇息著，等著血管裡淺下去的血像潮汐那樣，到了時辰就慢慢回漲。

她右肩上的傷是單顆子彈所致的，沒觸及任何要害部位，除了失血過多，傷勢並無大礙。醫院沒有給她輸血，因為血庫的存貨不多了。這是一家潦潦草草搭建起來的野戰醫院，治療重點自然要放在受傷的士兵和游擊隊員身上。

他們給她清創止血消毒，包紮了傷口，又給她端來一碗菠菜雞蛋湯和一盤水煮豬肝——那是鐵含量很高的飯食，據說可以促進血液再生。最後給她注射了一針鎮靜劑，幫助她入睡。接下來就得看她的運氣了，畢竟她還很年輕，身體容易復原。

第二天，她在一片嘰嘰喳喳的鳥啼聲中醒來。純粹出於慣性，她朝床那頭偷偷掃了一眼。她沒看見那只枕頭——那只旁邊通常擺著一把手槍的枕頭。一陣頭昏目眩的恍惚之後，記憶開始一點一滴地回歸。她心中湧上一股熱潮，先是不可置信，緊接著是如釋重負。熱潮漸漸退下，她只覺得有無數根細針在輕輕地扎著她的身體——那是激動和興奮。她扭過臉看見了肩膀上的繃帶，一顆心終於砰地落了地。**熬過**。母親的話應驗了。她熬過了小林分手時咬她的最後一口。這僅僅是一天前的事，記憶還很鮮活真切。

她現在是在另一重天，另一個世界，另一種日子裡了。她的日子裡再也沒有那個陰暗、潮溼、汙穢、耗子洞似地監獄了。她的世界裡再也不會有小林。

窗外射進來的陽光很刺眼，她猜測大約快到正午了。她已經在這張小得幾乎裝不下一個成人軀體的病床上睡了差不多整整一天了。這是什麼樣的一場酣睡啊，沒有一條皺摺，沒有一個夢，沒有一絲心事。無論醫生護士是怎麼說的，她打心裡認定就是這一覺，把她從死神的門前拉扯回來的。在這場長長的深不見底的休憩裡，她身上的每一道開關每一個閥門都關上了，不再無休無止地苛求血液來提供燃料。這一覺讓她的血管歇足了勁，又長出了新力氣。她對睡眠的迷信，一直維繫了一生。七十餘年之後，當她作為一個名叫蕾恩的老人，奄奄一息地躺在多倫多城裡的松林養老院時，她依舊堅定不移地相信一場好覺是一帖萬能藥，包治百病。

旁邊的創傷病房裡傳來傷兵的呻吟和呼叫聲，像一把鈍剃刀似地刮著她的神經。她立即想起了二娃。昨天發生的事，真是個解不透的謎。他腿上帶著三處槍傷，背上背著一個大人，一連幾個小時馬不停蹄地奔跑，卻在離目的地近在咫尺的時候，突然崩潰倒地。他該是知道他們能活了，才敢懈怠下來。當時他和她都絕對不會料到：這樣驚天動地的俠義壯舉，在短短幾年之後，還會被重複一次。那是在另外一場戰爭、另外一個國度裡。

她倏地起了床，找護士打聽二娃的病房在哪裡。

13

在養傷的路上，春雨走得很順，而二娃卻沒有那樣的好運氣，一直磕磕絆絆。他的傷口很快出現感染，醫院正處在抗菌素青黃不接的尷尬時段裡，也沒什麼別的辦法可以改善他的狀況。持續不下的高燒和大劑量的止痛藥，讓他陷入了譫妄和昏睡的循環，無邊無沿，周而復始。

春雨一邊養傷，一邊就把貼身照看二娃的責任攬到了自己身上。她從護士手裡接管過來各樣瑣事，給他擦洗身子換洗衣裳、餵他吃飯吃藥、伺候他如廁。每當春雨的手靠近二娃身上的隱祕地域時，只要他是清醒的（這樣的時間並不多），他就會帶著少年人特有的局促不安，推脫拒絕她的幫忙。她讓他閉嘴。「行了，行了，別傻了，一分鐘就完事的。乾淨了，才能殺死細菌。」她對他說話的姿態和語氣帶著撫慰也帶著威嚴。

見到男人赤裸的身體和鮮血、盛滿了穢物的便盆和弄髒了的床單，春雨連眉頭都不曾扯動一下。經驗老道的護士在邊上看著，忍不住驚歎，被她那份冷靜、幾乎不帶任何情緒的麻利勁兒折服。這樣年輕的女子，又從來不曾接受過任何醫學訓練，做起事來竟能有這份沉穩和嫻熟。在她這個歲數上的女孩子，通常臉皮都很薄，脆弱得像塊輕輕一碰就要碎的玻璃，這種尷尬和血腥的事，別說是伸手，她們連看都不能看。

護士誇她，她只是靜靜地聽著。她們並不知道好話也傷人，尤其是無知的好話。夜裡回到自己的病房，躺在冰冷的床鋪上，心底的哀傷和絕望才漸漸浮現上來。她的成熟穩重冷靜麻利並非是時間的禮物，她還只有十六歲，大把的時間還等在前頭。她是被小林一夜之間催熟的。小林的群狼從她的青春裡撕走了一塊最緊要的東西——天真、羞澀和面對尷尬時臉紅的權利。戰爭伸出一根腫脹流湯的指頭，粗蠻地戳進她的少年，攪亂了生命的自然循環進程。她還沒來得及成為某一個男人靦腆的女友或者稚嫩的妻子，就已經變成了所有男人穩若泰山的母親。

每天到了這個時候，她就渴望能抽上一根菸。抽菸是紀代教給她的習慣。紀代沒有騙她，紀代對她說的話，有的好聽，有的難聽，但都是實話。菸果真是一樣好東西，能教她平靜下來、忘記一切糟心的事。可是她不能在這裡抽菸。在這個地方，她這個年紀的正經女子，是絕不會抽菸的。

二娃的感染逐漸惡化，高燒持續不退。有一天，在幫護士給他換繃帶的時候，春雨發現有兩條蛆蟲在他的傷口上蠕爬。她假裝咳嗽，把竄到了喉嚨口的那聲驚叫使勁噎了回去。要救他的命，除了截肢，已經沒有別的出路了。在兩針嗎啡之間的那個空檔裡，醫生跟二娃說了這事。二娃平日那張好強的臉皮，剎那間脫落了下來，她看著他在她眼前土崩瓦解。

「剩了一條腿，我還怎麼幫我阿爸在田裡幹活？」二娃耗盡全身剩下得那點殘力，拄著胳膊肘在床上猛地坐了起來。一股怒氣如火山衝出地面，他狂喊了起來，嗓門震得房子瑟瑟發抖。

「現在他們能做結實管用的木肢了，你很快就能學會怎麼用。」醫生有氣無力地說。這一整天他都在連軸轉地做手術，此刻已經筋疲力盡。

「哪個女人會嫁給一根木頭，除非她腦子壞了？」二娃冷冷一笑，反問醫生。

「可是你終歸還是要命的吧？活下去才是最緊要的。」醫生用創傷外科人員特有的就事論事語氣，堅決地截斷了這個話題。要在從前，他也許會坐下來好好地說幾句安撫的話，但現在不是從前。「召集手術人馬，每天一早。」他對護士長發了一道簡潔的指令，就回寢室休息了。戰爭是個刪繁就簡的過程，溫言細語，同理心，耐心，心理學，哲學，甚至神學，那都是太平年月的事。

人都散了。春雨坐在二娃窗前，想找句話說，搜腸刮肚，終無所得。

二娃一動不動地坐著，眼睛惘然地盯著一個莫名的遠方，目光空洞，錯亂，彷彿浮游在另一個世界。他的牙齒在格格相撞，似乎正在忍受高燒帶來的寒戰。春雨知道一扇門關上了，她甚至聽得見門框撞擊的砰然巨響。世上沒有炸藥能炸得開這樣嚴實的門。他被關進了門裡，孤孤單單的一個人，無助地面對著一個無動於衷的世界。他眼中的絕望把她的心扯成了碎片。

「天不會塌下來的，總還有指望。」她輕柔地、小心翼翼地說，說完了又覺得難堪。她的安慰裡沒有骨頭，經不起盤詰。

「什麼指望？」他呆滯地問。她聽出了苦澀和怨恨。

一直壓在心底的愧疚，到這一刻終於浮上表層，幾乎堵住了她的呼吸。

那天日本人的飛機來東溪投炸彈，假如她堅持跟母親一起回家取首飾盒，那至多就是再送上一條命而已。速速的死，就免去了後來慢慢的煎熬；假如那天她和春梅去父親家報喪時沒有挑近路走，那麼小林就會是落在別人日子裡的噩夢；假如在那座乾隆爺建造的監獄裡，她沒有如此絞盡腦汁地籌劃了春梅的逃離，那麼那些爬滿蛆蟲的傷口和一條木腿的日子，就不會輪到二娃來忍受。她的身子也許依舊汙穢，但良心卻是乾淨的。不對，假如她能救卻不救春梅，眼看著春梅在她面前枯萎死去，那她愧對的，就不是二娃，而是春梅。往左走是愧，往右走也是愧，亂世容不下乾淨的良心。

這麼多的「假如」、「那就」，這麼多可能的前因和未知的後果。有一隻看不見的神祕的手，在隨心所欲地捉弄著人的命運。有人把這隻手叫作神靈，沒有人能和祂講道理，更別說討價還價。但無論如何，有一件事是明明白白地擺在她面前，毋庸置疑的：是她最終斷送了二娃的一生。就在那短短的讓他背著逃命的半天裡，她引著他走上了一世的厄運。

「要是真到了那一步，我就嫁給你。我是說，我不在意你的，木腿。」她平靜地說，彷彿在和他談論著天氣，或者下一頓的飯食。其實這話是一顆炸彈，驚著了他，也驚著了她自己。到此時她才終於明白負疚和感恩的真正威力。相比之下，愛算個什麼東西？愛是一件蒼白無力、既信不過也無法指望的廢物。

她的話揚起一地飛塵，有一小陣子他們都看不清彼此的臉。他的嘴張開著，嘴唇抖扯著，卻沒有聲音出來。

他久久沒有說話。他是個簡單的人，但這一刻的沉默卻不是簡單的沉默。她不能不多心。她心底有一塊碰不得的痛處，輕輕一蹭就會讓她疼得跳起來。

「我知道，像我這樣的女人，沒有正經男人會要我的。」她喃喃地說，眼中盈盈欲淚。

他突然明白過來他們已經不知不覺間把話帶上了一條彎路。他從沒想過要往那條路上走，但是他卻已經在不經意間傷著了她。

「我沒這麼想過。我是，我不是，那個意思。」他結結巴巴，拚命想找個法子修補。可是他腦子不夠使，沒有春雨那份伶牙俐齒的巧勁。他不知所措。

他們就把這個話題撂下了，後來也沒有再提起。她替他整好枕頭，扶著他找了個舒服的姿勢躺下。她天衣無縫地回到了那個無微不至的護理員角色。新注射的嗎啡很快起了作用，他的感官麻木了，進入一陣接近於昏迷的深沉睡眠之中，所有的心事都擱置在了半空。

春雨沒有回到自己的病房，那天她在二娃的房間裡過了夜。一個荒誕不羈的想法，毫無預兆地鑽進了她的腦子，彷彿有一位未知的、不可思議的神明，在冥冥之中給她指了一條路。

她想起小時候母親曾經在她和春梅身上用過的一個土方子。唾沫，母親的唾沫。但凡遇上蟲咬蚊叮、久久不癒的小傷口、腳趾頭生出的水泡，或者身上長出的溼疹，母親總是往上面塗口水。「最好的藥方，不花一分錢，包除百菌。」母親總是這麼說。春雨和春梅在學校裡東鱗西爪地學了些摩登學問，回家聽到母親說這樣的話，就忍不住嘲笑母親無知，不懂科學。**唾液療**

法大師。這是她和春梅嘲笑母親的話。可是這會兒她卻想在二娃身上試一試母親的土方子。明天早晨，截肢就要成為現實，這是走到絕路之前的最後一個招數。

夜深了，病房裡其他傷員都沉沉地睡著了，春雨開始舔舐二娃的傷口，往上塗抹著唾液。

燕窩。春雨想起了一件舊事。

小時候，有一回父親到馬來做生意，回來時捎了一包當地的珍稀土產燕窩。父親給她和春梅講了燕窩是怎麼做出來的過程。「那邊的燕子用口水把海草、羽毛還有植物纖維黏糊起來，給牠們的小寶寶做窩。」那天父親看起來神態比往常放鬆，竟溫言細語地叫姊妹兩個品嘗燕窩燉出來的羹湯。寡淡的，白裡帶黃，中間漂浮著幾根紅絲，也是淡淡的。

「那是燕子的血。燕子做了娘，可憐見的，有時候把唾沫吐光了，就吐出血來。」聽了父親的解釋，她們吃了一驚，不知怎的，心中就生出了厭惡。湯原先只是寡淡而已，父親的一個「血」字，立刻教嘴裡的東西變了味，她們忍不住想吐。

「多少工夫，多少心思啊，燕子比人懂。」母親驚歎著，看父親的目光裡裹著一絲哀怨。

燕子媽媽的唾液裡，除了愛，也有愧疚嗎？是不是愧疚和愛一樣，都教人上心？愧疚會不會比愛更教人上心？愧疚難道不也是一種愛？或者說，愛不也是一種愧疚？

舔舐，塗抹，乾嘔，啐吐。她的舌頭走過一寸又一寸的皮肉。一輪又一輪，周而復始，直到她完全乾涸，全身再也沒有一絲氣力。

天快亮的時候，二娃被身上沉沉的重量壓醒了。一陣恍惚之後，他猛然意識到那是春雨俯在他的胸脯上，像塊木頭那樣地睡著了，空氣中飛揚著一陣細細的蠅子翅膀飛過似地喘息聲。

她被他的目光螫疼了，一下子驚醒過來，伸了個懶腰，迷迷瞪瞪地為自己的失職道歉。在清晨第一絲半明不暗的天光裡，二娃看見了一個陌生人。那人憔悴、蒼白、形容枯槁，肌膚上的汁液已經耗盡，像皮革一樣地乾涸龜裂。

14

一條木肢的淒慘命運，終究還是跑慢了一步，沒追上二娃。他逃脫了。這天早上，他的高燒終於退了下去。

唾液療法趕在柳葉刀和抗菌素之前，救了二娃。

即使是在最荒誕的夢境裡，春雨都不會想到她的「唾液療法」會從一張嘴傳到另一張嘴，一個病房傳到另一個病房，最終滾雪球一樣地滾成了一個傳奇故事。年復一年，護士長都會把這個故事作為一個奉獻和愛心的典範，講給實習護士聽。有幾個年輕醫生捎帶著聽見了，就很不以為然，因為他們讀的是不同的教科書，信的是不同的上帝。

一九四五年夏天，日本人投降之後，醫院就變成了一家民用醫療機構。但沒過多久，就又開始接收小股傷兵。這一回的傷兵，來自內戰戰場。唾液療法的傳奇故事，也跟著從一場戰爭流傳到另一場戰爭。經過一輪又一輪想像力十足的口口相傳，故事的原汁還在，但已增加了許多新味，因為每一張嘴都往裡添了作料。直到五〇年代來臨，新政府站穩了腳跟，事情才起了變化。

政權更迭，醫院有了新領導。新領導覺得唾液奇跡的基調跟新的社會風氣格格不入，落後，不文明，沒有科學依據。這種傳說帶給人的形象，不適合一家立足於服務新時代的現代化醫院。於是，這個已經在眾人口中活了十數年的傳奇故事，流傳範圍一下子縮小到了小心翼翼的耳語。再後來，就徹底靜默了。那時春雨已經從醫院辭職，她巴不得她的前塵往事，能像灰燼一樣在新的天候裡消散，她渴望成為沒有過去的人——這是後話。

二娃住了兩個月的醫院，終於完全康復。一九九四年底，他重返前線，回到了他的老部隊。「等仗打完了，要是我的手腳都還齊全，我會回來找你。」這是分手時他對春雨說的話。

為什麼找我？二娃沒明說。那一刻春雨覺得他有點含糊其辭。一個因抓丁而陰差陽錯地當了兵的農家孩子，能有多少心機？春雨提醒自己不要多心。她一點都沒想逼他把話講清楚。真相總是殘酷的，而她的真相，又比別人的更為殘酷。既然有一個這樣的過去，若還想活下去，就得把心打磨得粗糙一些，不能那麼纖細精明。他一身膽氣救了她的性命，可她也救過他一回，同樣毫不惜力。他對她的俠義和她對他的俠義，若放在天平上衡量，應該是相差無幾的。她欠他的債，已經還上了，雖然恥辱依舊還在，愧疚卻不再扎心。

不，她錯了。若真有天平可以衡量彼此的情分，應該還是他佔先，因為他救她的時候，既不知道後來他會需要她，也沒指望她會來救他。他才是真俠義。

他們相互道別的時候，空氣中彌漫著一絲淡淡的哀傷。戰爭把他帶進她的生活，他是一朵火苗，在她孤單行走的時候為她暖暖地照了一會兒路。可是戰爭帶來的，戰爭也收走。她有些捨不得他，但她什麼也沒說。

很快她就驚訝地發現她感覺如釋重負。在她周圍，二娃是唯一一個知道她祕密的人。「我們是往大黑圈撤退的路上碰到她的，她中了流彈。」當醫院的護士問起他們是怎麼認識的時候，她曾聽見二娃這麼跟人解釋。他說的是實話，但又不是全部事實。他的嘴很緊，不該說的話，永遠不會走出他的嘴唇。醫院裡似乎沒有人懷疑他的話裡有什麼可疑之處。

但心底裡，總還有一個細小的聲音在時不時地提醒她：說不準哪個時刻，他的嘴唇就會漏風。要是他走了，永遠不再回來，他跟護士們說的那些事情經過，就會被固定在一個永久不變的版本之中。她的隱祕就只屬於她一個人，她再也不用提心吊膽。

傷好了之後，醫院決定留下她來做護士助理。她做事勤懇，遇上危急狀況能沉得住氣，而且隨叫隨到、毫無怨言。這些優點很快就使她成為醫院裡最離不開的職員——當然也是地位最低成本最小的職員。儘管薪俸少得可憐，但這份工作畢竟給她提供了住宿和一日三餐。即使沒有醫院的這份工作，她也沒想過回東溪生活。東溪是她回不去的家。沒有母親和姊姊的東溪，和世上任何地方都沒有差別。不，東溪還有記憶。她不需要記憶。

二娃答應會給她寫信。剛開始他還真給她寫過信。二娃沒上過幾天學，寫信對他來說是一件燒腦的事。他的信不會超過一頁，大多乾巴巴的，泛泛地報告些日常起居的瑣事，完全看不出情緒。即便是這樣的流水帳，他下筆時還得小心，怕走漏了軍情。

日本人宣布投降之後，他原本就稀稀落落的來信，就徹底停了。日本人戰敗前也是狠拚過幾回的，最後的幾仗打得很是血腥，春雨自然想到他有可能戰死了。還有一種可能是他回老家了——他從前就時常說起回鄉的事。他可能回鄉幫他阿爸種田去了，將來娶一個妻子，生一堆孩子。孩子長大了，也像他一樣，幫著阿爸在田裡勞作。這就是一個農家男子可以預見的生活。無論他是戰死還是回鄉，她都沒指望還能聽到他的消息。雖然偶爾她也會想起他來，但感覺恍然如隔世。這一頁算是翻過去了。

真正讓她揪心的是春梅的下落。自她們在監獄門口分手之後，她就再也沒有春梅的消息。她到底去了哪兒？延安還是重慶？還活著嗎？活得怎樣？春雨一無所知。

抗戰勝利之後，春雨跟老家的父親和姊妹們聯繫上了，然後就回了一趟東溪。乍一見面，大家免不得說起些別後的傷心事，哭天抹淚地感嘆一番。感嘆完了，春雨和她同父異母的姊妹之間，竟再也找不出什麼可說的話。戰爭在她們中間劈下了一道誰也跨不過去的壕溝。溝那頭是她的姊妹，她們——包括那幾個比她年長的——一直生活在東溪，被隔在殘酷齷齪的現實之外，在某種程度上依舊還是天真的孩子。而陷在溝這一頭的，是她自己，一個歷經滄桑的十七歲的老太婆，有太多的往事可以回首，卻沒有多少未來可以期盼等候。

在東溪她編了一個故事來解釋她的神祕失蹤。時間、地點、事件先後順序。她把各樣的細節小心翼翼地編織成了一個可信的版本。故事太複雜，她得事先把它寫在一個筆記本上，反覆走過幾遍，省得出現前後矛盾。可是她的故事裡只有她一個主人公，並沒有涉及春梅。後來的幾年裡她一直暗暗擔心哪天春梅會突然出現，闖進她重新鋪就的生活軌道，把她精心編織的謊言當場炸成一堆齏粉。

那次重聚之後，她和東溪那頭的人就疏遠了。

15

在遼闊廣袤的北方原野上，內戰已經全面鋪開。市面上流傳著兩個渠道的新聞，各自毫不相讓地搶奪著民眾的耳朵。第一個渠道是國民政府的新聞部門，公開合法，所以嗓門很大，毋庸置疑地佔據著主導位置；第二個渠道來自和國民政府唱反調的共產黨人，嗓門受到壓制，只能在地下流傳，主要是以祕密電臺和油印傳單的方式出現。兩者都以同樣的熱情活躍在市面上，各說各話，各自精采。同樣一場戰役，雙方各有戰報，同時宣稱大獲全勝；對戰爭的最終結局，雙方都以同樣的樂觀態度，預測自己將是最終的勝利者。

在醫院的更衣室、護士臺、員工食堂裡，眾人聊天的話題，大多是關於戰局的。春雨帶著一種置身事外的冷漠，默默地聽著同事們的竊竊私議。**朝前推進，向後撤退，勝仗，敗仗，各踞一方，南北分治**……這些字眼聽起來很遙遠，雲裡霧裡的，對她來說沒有多大意義。外頭的世界裡物價飛漲，街頭巷尾沸反盈天的民憤，也沒有過多地擾亂她的心境。醫院包了她的住宿膳食，碗裡的米飯越來越糙，青菜上的油星越來越少，她的薪水現在大概只夠買幾包草紙，但她還不至於馬上餓肚子。再說她沒有家累，一個人吃飽了全家不飢。她不是不想抱怨，她只是沒有力氣。

從東溪回來後，春雨就如輕塵似地漂浮在一種沒有坐標、無精打采的懶散之中。她眼睜睜地無助地看著自己越來越遠地漂離現實。

護士助理從來就不是她想做的事。說實話她並不真的在意她的病人。無論是肺癆吐血還是慢性腹瀉，天底下的病容都是差不多的，形容枯槁，骯髒發臭，哼哼唧唧，疑神疑鬼，極度怕死。還有那些查不出任何病症卻總懷疑自己病入膏肓的人。她日復一日年復一年地被這樣一群人包圍著，不得脫身。唾液療法的傳奇故事，至今還在醫院裡流傳著，但已經成了扎在她耳朵裡的一根刺，嘲諷著她曾經的愚蠢和無知。這樣的事，一個人三輩子興許才會輪上一次，純粹是同情，或者是愧疚的產物。她是過來人，見也見過了，做也做過了。現在的她既沒有口水可以給，也沒有人值得她拿口水去救。

有一天，她隨意瞄了一下日曆，心裡突然一抽，一陣惶恐湧上來，幾乎讓她全身癱瘓動彈不得。那天是她的生日，她二十歲了。

為了活下去，她已經跟命運撕咬摔打了一路。可是，假如她僅僅是為了活下來，卻又不知道到底該怎麼活，那豈不是枉費了先前付出的心力和膽氣？**活著只是一口氣**，母親曾經這麼說過。但她不想僅僅是為了一口氣而活著。平生第一次，她冷靜地意識到：她需要一樣實實在在的東西，一件事情，一個新的焦點，能把她扎扎實實地墜到地面上。她想**真正**活著。

這件事最終還真來了，就在一九四九年的暮春，那時她已經在醫院工作了差不多五年。

有一天早晨，她剛剛換上護士服，就意外地聽見有人在廣播裡喊她的名字。「上海來的長途電話！」接線員大聲叫嚷著，聲音裡的興奮藏掖不住地漏了一地。醫院裡一年到頭很少有長途電話進來，更別說是從上海來的。上海，天爺，那是另外一個世界。

電話那頭是春梅。

「你聽廣播了嗎？我們佔領上海啦！」春梅的尖叫聲傳得很遠，整個護士臺都能聽見，語氣是那樣的親近熟稔，一下子把五年的距離抹除得一乾二淨，彷彿她們昨天晚上剛剛見過面。她沒問**這些年你還好嗎**？也沒說**天啊，找你可真不容易**。

「猜猜我現在在哪裡？在外灘！」聽起來春梅身邊有好多人，都在等著用電話，嘈雜的聲浪幾乎淹沒了她的話。「給我們一點時間，等我們安定下來，你就過來和我們一起住。」

她們的對話非常簡短，不停地被斷斷續續的交流聲和人群的歡呼聲所打斷。大部分時間裡都是春梅在說話，春雨幾乎沒機會插進一個完整的句子。在這樣匆匆忙忙的對話中，春雨還是得出了——更精確地說，是推斷出了——兩個結論：第一是春梅從那座破監獄逃出來之後，投奔的是共產黨部隊，而不是國軍；第二是春梅還沒有和老家的父親聯繫過。

掛上電話之後，春雨才突然想起來她沒問春梅是怎麼找到她的，也沒問春梅說的「我們」是什麼意思——她根本來不及。不過這只是些無關緊要的細節。上海的誘惑大如天，世上人只要腦子正常，誰能抵擋得住那樣的勾引？她還沒掛電話，就已經決定要去上海，沒有什麼東西可以攔住她的腳。

四個月之後，春雨收拾了行裝動身去上海。醫院所在之地交通不便，她先是坐舢板，再轉了兩趟汽車，最終才坐上了火車。這是她平生第一次坐火車，第一次單獨出遠門。她沒有回頭。那家身處寒酸小縣城的寒酸小醫院，現在已經被她留在身後了。她連名字都懶得去記，更懶得說給旁人聽。只是當時她還不知道：她在這家醫院裡度過的那幾年，儘管寡淡乏味，卻是她整個成年生活中最風平浪靜的日子。

第六章

夢與夢的相遇

1

喬治．懷勒一覺醒來，覺得眼睛被什麼東西螫了了一下，是桌子上那座電子鬧鐘上的數字顯示：二〇一一．十二．三十一，〇七：一六。很刺眼。這是一年裡的最後一天，但他卻不知身在何處。

窗簾縫裡漏進來一絲半明不暗的晨光，把一串抽象的圖案扯進了他的眼簾：深色的方塊，中間穿插著一些邊緣模糊的綠色曲線。他迷迷糊糊地記起來，這是一角牆紙。過了一會兒他終於醒悟：此刻他身處上海，正在外灘附近一家叫和平飯店的賓館裡。

他一動不動地躺著，想把腦子裡紛亂的記憶碎片一一收拾起來，重塑一遍這幾天裡他旅行去過的地方。多倫多到溫哥華；溫哥華到上海；上海到溫州；溫州到東溪；東溪到水嶺（水嶺是五孩村所在的縣，而五孩村現在已經變成了鎮）；水嶺到五里（五里是春雨工作過的那家醫院的所在地，如今醫院已經不復存在）；五里到溫州；溫州再回到上海。

他的意識還在那條旅行線路中睡睡醒醒進進出出，耳邊卻有個聲音在不停地催促著他起床。**趕緊記下來，省得忘了。**他知道那是他剛才做的那個夢留下的影子，在提醒他記得夢境中發生的事。中央空調剛剛醒來，還在懶洋洋地打著哈欠，慢慢地加大馬力向上攀援。在這樣一個冷入骨髓的清晨，誰能抵擋得了一張帶有記憶海綿床墊的床舖帶來的舒適和溫暖呢？再等一小會兒。他對那個聲音說。他打發走了那個已經越來越遠的聲音，又回到了腦子裡那張想像中的地圖，上面標註著他和菲妮絲剛剛去過的那些地點。

這些地方在菲妮絲的手稿裡都出現過。差不多七年前，他們度蜜月的時候他就來過上海和溫州，但這一次帶給他的印象卻與先前不同。菲妮絲用文字把它們再次挖掘了出來。沒有什麼地方能禁得起這樣的挖掘。文字重塑歷史也重塑地理。

假如此刻他身邊有個地球儀，可以讓他把這幾個地方畫在上面，他會看見一些混亂穿插的線，但卻不會是圓圈。蕾恩（或者說春雨）沒能走完地球儀上的一整個圓。他和菲妮絲的這一趟旅程，就是追隨著蕾恩的足跡，以小規模快進的模式，重走一遍她一生走過的路。

當然，此行還有另外一個目的，這個目的目前尚未完成——那就是把蕾恩帶回家。準確地說，是把蕾恩的骨灰帶回家。

家。一個多麼尋常、卻又多麼捉摸不定的詞。

當他還在聽力康復系讀書的時候，他輔修的專業是語言學。這個專業在他身上點燃了一股異類的激情，讓他養成了鑽研詞典的習慣。在那個前網絡時代裡，他會深深鑽入詞意和詞源的汪洋大海之中，把各種詞條藏入他當年像照相機一樣精準的記憶之中。這種癖好並無什麼實用價值，但卻會時不時給他一些長臉的機會，尤其當他在課堂上顯擺詞條，教資歷尚淺的年輕教授們不知如何對應，贏得班上幾個女同學另眼相看的時刻。那個時候的他，純粹就是一個虛榮心爆棚、愛出風頭的半大孩子。他的記憶現在開始退化，可是他居然還能記得一些年輕時幹過的蠢事，他不免感覺驚訝。比如說，他竟然還記得詞典上關於「家」這個字的定義：

家——你所居住的一座房子，一處公寓等，尤其是當你和你的家庭一起居住時；或者當它被當作一處財產，可以由你購入或者售出的時候；一個由居住在一起的家庭成員所構成的社會單位；一個人的起源之地……

這個詞條裡的多種定義之間應該不具備排他性。假如每個定義都被當成單獨的個體，切實地存在於其他定義之外，那麼就會產生一個很現實的可能性：蕾恩的骨灰有權利回到好幾個家。非要較真起來，假如一個人在一生中經歷過幾次遷移，居住過好幾處可以籠統地定義為「家」的地方，憑什麼他／她一旦死了，卻只能被限制在一個最終的安息之地？自由主義者甚至可以爭論，說這樣的行為是對靈魂的歧視。

就是沿著這樣的思路，他們在規劃蕾恩骨灰的最終安息之地。也許是一個，也許是數個。蕾恩走前的心智已經太糊塗了，完全沒有留下什麼可以模糊地與遺囑相似地吩咐。菲妮絲在一團雲霧之中艱難地揣測著蕾恩沒有說出口的遺願。喬治和菲妮絲的大致想法是把骨灰分成兩份，一份放在加拿大，一份放在中國。畢竟在蕾恩不同的生活階段裡，這兩個地方都充當過蕾恩的「家」。

加拿大這邊的安排相對簡單，多倫多東部的士嘉堡區很自然跳出來成為他們的地標，因為蕾恩已經在這個區域居住了二十年。

他們在士嘉堡的懸崖公園附近找到了一處合宜的地方。墓園不大，藏在一片茂密高大的松牆之後，中間有一條彎彎曲曲的小徑，兩邊栽種著白樺樹，樹幹上睜著一雙雙大眼睛，警覺地守護著死者的地界。天氣清朗的日子裡，人們可以沿著小徑一路走到一個制高點，清晰地看見安大略湖一路閃閃爍爍蜿蜒而去，最終消失在地平線上。

墓地離他們的住處不算最近，但是交通很方便，一趟公共汽車就到。假如菲妮絲不想自己開車的話，她可以坐公交過來，在這裡坐上半天，聽聽音樂，看一本閒書。萬一正和喬治處在冷戰期，她還能在這兒清清靜靜地修復一下心情。他倆中間還有千絲萬縷的愧疚需要一一清算、消除、埋葬。

菲妮絲動身去上海之前，他們已經把蕾恩的一部分骨灰安葬在這兒了。一穴小小的墓地，一塊簡簡單單的墓碑，用中英文標註著姓名、生卒日期，還有「母親」二字。

而中國那邊的安排，現在看來要比他們想像得複雜。原先的想法自然是把母親的骨灰送回溫州，歸葬在父親的墓穴中。後來菲妮絲和一位在城市規劃部門工作的朋友聊了聊，想法就起了變化。

父親原先是安葬在溫州西郊的一片坡地上的。因地形相對陡峻，那塊地在當年是無法耕種的廢棄之地。那是四十多年前的事了。在過去的三十年裡，溫州城隨著南來的季風，爆炸式地發展起來，把城市推出了三倍大的面積。在這個過程裡，市中心遷到了新區，而父親的墓地正處在新城中心的周邊地段，就成了一塊人人垂涎的寶地。這塊寶地被捲進一輪輪重新劃區的瘋狂旋風之中，父親的墓地已經遭遇了兩次遷移。據那位朋友說，第三次遷墓雖然聽起來不可思議，但誰也無法保證不會發生。

蕾恩骨灰入土的事，就這樣擱置在了半空。

菲妮絲還在睡覺。她昨天大半夜都在床上翻來覆去地攤著燒餅，直到黎明時分才漸漸安靜下來。她身子睡著的時候，腦子還沒睡，蕾恩留下來的祕密沉沉地墜掛在每一條皺紋上。還好，今天不用著急，她還可以多睡會兒，因為他們早上沒有什麼安排。下午菲妮絲會去看梅姨，喬治會和一對在賓館裡結識的美國夫婦一起去看一個畫展。到傍晚，菲妮絲就會把梅姨帶到賓館來，大家一起吃一頓年夜飯。

這些日子裡，只要能擠出片刻的安靜時間，菲妮絲就會坐下來修改回憶錄的第二稿，連在旅途中也是如此。**不能等，趁現在腦子裡的印象還鮮活，一等就等蔫巴了**。她這樣跟喬治解釋。

每一次與梅姨見面聊天，都會給菲妮絲留下一些新鮮的、與先前不同的印象。同樣的一件事，如果在不同的場合裡敘述，就會顯露出一些前後不一的地方。有時是時間地點上的小差別，有時是情緒和語氣上的微妙變化。那些紛至沓來、有時相互矛盾的信息急切地闖入菲妮絲的意識之中，她得從中篩選，決定吸收採納哪些片段，把它們保存在她的手稿裡，成為某個事件的真實版本，而這個版本可能每天都會產生變化。喬治在旁看著，深感沮喪：這樣一個液態的瞬息萬變的記錄過程，似乎正把菲妮絲帶入一個離終極敘事版本越來越遠的境地。

觀察菲妮絲寫作真是個讓人心悸的過程，從頭到腳全然地沉著平靜，不動聲色，動作單一，彷彿已經被變成了一臺人肉打字機。連電腦鍵盤都染上了黏液質特性，慢吞吞地吐出一個個乾癟的單音節，與任何情緒嚴密絕緣。滴，答，滴，答，滴，答，那聲響裡帶著手術科醫生式的冷漠精準和無動於衷。這不是現實中的那個她，寫作汲走了她的生氣。

她寫的那些文字，和她寫這些文字時的姿勢，中間隔著一個宇宙的距離。**情緒呢，都到哪兒去了？難道冰塊可以催生出火焰？**他暗自琢磨。

後來，就發生了一件簡直可以用靈異來形容的事：他開始在夢境中潛入她的夢。在他的夢中，他觸碰到了浮游於她夢境之中的想法和情緒。他現在終於知道她的情緒都去了哪裡——那些憤怒，那些愧疚，那些嘲諷，那些責備。他無法用聽得懂的詞語，跟她，甚至跟他自己，來解釋這個現象。假如非要強行解釋，一定會聽上去像是荒誕不羈的玄學，或者更糟糕，像無知者的迷信。

也許他的潛意識成了一名黑客，破解進入了她潛意識的密道。兩股潛意識通過一條神祕的不需要語言的溝通渠道，彼此靠近，相互吸引。它們沉默地、深沉地、毫無廉恥地赤裸相呈。完全的理解。毫無保留的信任。

這是他能夠想得出來的最靠近真相的描述。除了神學之外，他在生活各個階段裡學到的各門科學知識，此時完全不能解釋和支撐這個現象。可是，神學難道不也是一門科學嗎？

我的書名呢？昨天夜裡，他做了無數個紛亂的相互交纏的夢。在其中的一個夢裡，他聽到了一個沉默的聲音，在固執地索求著他的回應。那是她在問他。或者說，是她的夢在追問他的夢。

然後就在淩晨時分，在最後一輪亂夢和最初一絲醒意之間的那個模糊地帶裡，書名突然自己鑽了出來。他把它牢牢地拴在記憶中，可只撐了一小會兒，終於被另一潮睡意捲走，他又迷迷糊糊地睡了過去。

等他終於徹底醒來時，一絲驚恐立刻揪住了他的心。那個奇跡般出現在夢中的書名還在嗎？他立即開始梳耙記憶。感謝上帝，它還安然無恙完美無缺地待在原處。他飛快地爬下床來，赤裸著上身，光著腳丫子，直奔辦公桌，打開抽屜，尋找鉛筆和賓館的信箋。

歸海。他火速寫了下來。奔向海的河流，在他的夢境裡是複數的。複數在這裡是一個至關緊要的細節。他幾乎聽得見河流找到另一條河流時的碰擦廝磨聲。它們相遇，碰撞，粉身碎骨，然後相融，變成一條更大的河流。一個疼痛和狂歡的過程。複數使得一次尋常的相遇，變成了一樁非同尋常的壯舉。

他如釋重負。游移不定的記憶終於被白紙黑字鎖定，承擔起了終將承擔的責任。

2

下午三點半左右，菲妮絲到了梅姨的住處。早上是梅姨的娛樂活動時間，通常不接待訪客。合唱團排練，書法課，象棋比賽，五花八門的活動，都是療養院安排的。梅姨現在住在一家專門給離休幹部提供服務的療養院裡。離休幹部的另一個名稱是革命老前輩。若讓梅姨重複這個詞，她會去掉那個「老」字。

梅姨的腦子和身體都好到能教比她年輕許多的人羨慕嫉妒的地步，但兩年前她還是決定搬去療養院住——她小心地迴避了「老人院」這個詞。她決定搬到那裡的原因，是她實在不喜歡買菜燒飯這類的瑣事。即使在年輕的時候，她也不怎麼擅長做家務。可是僱個貼身保母在旁邊走來走去，也是一件同樣讓她膩煩的事。家務和保母兩下相比，她可能更膩味保母。是的，**保母**。不是**家務助理**，不是**同志**。至少不再是。時代已經變了，從前的老詞翻了新，又在市面上流通。從前的人實誠，是什麼就叫什麼，鐵鍬不叫農具，保母就是保母。

她決定搬去療養院的另一個原因是孤獨。當然，這個原因她是打死也不會承認的。陳伯伯已經去世好多年了，她不在乎嘗試著交幾個新朋友。可是一搬到療養院，她馬上發現身邊的人並不是她想要交的那類朋友。她不喜歡老態龍鍾的鄰居們，在她眼裡他們是一群腦袋瓜子已經蛀空了、混吃等死的人；她也不喜歡那幾個舉止輕浮的年輕志願者們，他們來這裡的目的只是想得到一封有助於上學或者求職的推薦信；她更不喜歡那些匆匆忙忙拼湊起來、完全沒有什麼內涵的娛樂節目。梅姨對療養院的不滿，寫在紙上可以繞地球三周。可是說歸說，倒也沒見她拉下任何一場集體活動。她是世上最忙碌的孤單老婦。

下午這個鐘點通常是梅姨一天裡精神頭最足的時候，因為她剛睡完一個長長的午覺。她馬上就到八十五歲了，可纏著她妹妹春雨的那些疾病，在她身上幾乎沒有蹤影。每一年單位都會安排她做一次詳盡的體檢，每一次她都會收到一份在她這個年紀來說罕見的奇跡般完美的體檢報告，甚至連白內障或痔瘡都與她無緣。除了視力漸漸退化，偶爾有點便祕，她幾乎找不到看醫生的理由。

可是今天，菲妮絲一進門就發現有些不對——屋裡的空氣中飄浮著一股被濫用之後的沉悶和陳腐。

梅姨從躺椅上半抬起身子，無精打采地跟她打了個招呼，不似平常看見她時的那副熱情模樣。今天的午睡沒有盡職，梅姨從中走出來，看起來卻疲乏憔悴。菲妮絲外出了一個禮拜，咋一回來，突然就留意到了歲數在梅姨身上啃下的齒痕。

母親的去世似乎卸下了梅姨身上的枷鎖，鬆開了梅姨的嘴。梅姨講起年輕時經歷過的那段難以磨滅的恥辱，就彷彿在講述一部多集電視連續劇裡的一個情節。菲妮絲把母親帶給了梅姨，梅姨把妹妹回贈給了菲妮絲。菲妮絲的母親是裝在一只雕著精緻花紋的金屬罐裡的，而梅姨的妹妹卻是藏身於一個不忍卒聽的生存故事中的。母親版本的故事菲妮絲熟稔於心，而梅姨妹妹版本的故事卻是她要在蚌殼裡苦苦尋找的那顆珍珠。

真相有價。梅姨已經付出了代價。一只毀壞的蚌殼，就是珍珠的代價。

菲妮絲心中充滿了歉疚和懊悔，決定今天不再追著梅姨發問了。

菲妮絲從背包裡取出筆記本電腦，放在梅姨躺椅邊上的小茶几上，開始給梅姨放這一趟旅行的照片。梅姨原先說好跟他們一起走的，卻在最後一刻變了卦。

照片很多，有景致也有人：東溪的街景；外公祖宅的舊址，現在已經拆了，原地蓋起了一幢高樓；春雨和春梅當年讀書的中學，近年經過多次擴建，已經認不出來了；外公和外婆的墓地；還有和大姨以及五姨一起吃晚飯時的合影——她倆是唯一還活著、且仍舊住在東溪的姨媽了。

梅姨默默地看著照片，偶爾簡短地插上一兩句話，打聽某個地方或者某個人名。菲妮絲看不出來她臉上的表情。即使有，也藏得很深。菲妮絲覺得她給梅姨看那些照片，就如同是遞給梅姨一個陳年舊月裡採摘下來的橘子。剝去乾澀的時間表皮之後，露出來的那些橘瓣，早已失去了原先的形狀和質地。那是餿了的記憶。

「她們都想見你一面，問清明節你能回去一趟，給外公外婆掃墓不？」菲妮絲小心翼翼地傳達了兩位姨媽的意思。

梅姨久久不語。

「晚了，現在說這些。」梅姨的聲音漸漸低弱了下來。

什麼太晚了？是她們的邀請來得太晚？還是梅姨錯過了接受邀請的時機？菲妮絲暗自揣測著梅姨的心思，但卻沒有追問。

接下來放的那張照片是一座破舊不堪的老式平房，石頭砌的圍牆，窗戶很小，看上去像是一隻充滿怒氣的拳頭在牆上砸出來的窟窿。房子顯然已經廢棄多年了，遍身都是傷疤，那是偶爾的維修和長久的失修交替留下的痕跡。都不用走近，只要眼睛一落上去，就能聞得出霉味和鏽跡。

菲妮絲的手停了下來。她看見梅姨的眼睛掃過了照片，但她不知道梅姨是不是看清了石牆上釘的那塊牌子：

浙江省省級文物保護單位

清朝老監獄

建於一七九〇年前後，乾隆皇帝在位期間

梅姨的眼皮簌簌地顫動起來，像一隻受了驚嚇的蛾子。猛然間她從躺椅上跳了起來，朝菲妮絲的筆記本電腦撲過去，啪的一聲合上了蓋子，動作敏捷得如同一個十八歲的女孩子。

「別讓她看見這個！」梅姨聲嘶力竭地喊道。

「誰？」菲妮絲被梅姨嚇了一跳。

梅姨哆哆嗦嗦地指了指屋角，喉嚨裡堵上了一塊東西，想嘸，卻沒力氣，剛才那陣突兀的爆發，已經讓她筋疲力盡。

菲妮絲突然明白過來，梅姨的手所指的是屋角的那個衣櫃，裡邊擺放著母親的骨灰罐子。

3

「梅姨，你逃出來之後，是怎麼找到共產黨部隊的？你好像沒講過這一段吧？」

鐵石心腸啊。菲妮絲暗暗斥責自己。她沒能管住自己，還是決定要追根究柢。有些問題她不能不問，她顧不得梅姨了。日子還長，往後還有很多場盡忠職守的午覺可以彌補，讓梅姨慢慢恢復，可是留給自己的時間已經不多了。過完元旦，她就要和喬治一起飛回多倫多。國際長途電話是靠不住的，她沒法指望。

「這有什麼好說的。」梅姨把身子支在躺椅的靠墊上，半帶著睡意說。

「從那個鬼地方出來後，我找到了一個同學，她天天嚷嚷著要離家出走。她表哥是個混江湖的，什麼阿貓阿狗都認識。他把我們帶到一個游擊隊駐地，那些人是通新四軍的。我還以為有多難，沒想到就這麼簡單。最大的麻煩不是這個，是在前頭，我得想法子把你外婆的首飾盒從那個女人手裡討回來。老母豬臉一抹，不認帳了。一張大柿餅臉，板得一本正經的，虧她還能掌得住，滿嘴鬼話連篇。一條街上住了這麼久，從來不知道她是戲精，撒起謊來不打一個磕巴。」

說著說著，梅姨的精神頭就漸漸上來了。

「那後來是怎麼討到手的？」

「別看老母豬那副樣子，倒是生了隻還像個人樣的崽，她兒子實在看不下去了。」梅姨這話是從鼻子裡哼出來的。

菲妮絲禁不住給逗樂了。梅姨似乎正在經歷一條妙趣橫生的返祖之路，隨著她身體漸漸老去，她的舌頭越來越鬆泛了，從她舌尖溜出來的話，越來越像毫無禁忌的童言。

返祖。

對，就是這個詞。母親是不是也走過了這條路？塵埃已經落定，菲妮絲終於看清了，母親也曾如此。在母親生命的最後幾年中，那些怪誕的、不可捉摸的、孩子似地舉動，正是她返祖路途上的一個個小步子。母親就是這樣一步一步地爬回到了她的少年時期，那條充滿了恐懼和恥辱的黑窄巷子。

現在菲妮絲回想起來，母親心中的恐懼其實一直都在的，只是年輕的時候，在動盪不安的年代裡撫養一個孩子、操持一個家庭，那些瑣碎的艱難日常佔據了母親的心，暫時淹沒了她的恐懼。而在她漸漸老去之時，她的心空了，恐懼全力追上，收復失地。

感謝上蒼，恐懼如今再也無法碰觸到母親了，死亡洗淨了所有的舊跡，教一切歸零。

「我媽說你那時候整天唸叨著改造社會，你們學校的同學，個個都是滿腔熱血。」菲妮絲說。

「她知道個啥？」梅姨帶著一絲嘲諷，輕輕一笑。「我只是想出去看一看世界。在東溪我能有什麼機會？你外婆絕不會鬆開她的拴狗鏈，一絲一毫都別指望。東溪那破地方能出什麼有意思的事？乏味得要死。再說了，人年輕的時候總是要犯點傻，一聰明起來，就是老人家了。」

菲妮絲不禁一愣。從她記事起，母親對她說到最多的人，就是姨媽春梅，比世上什麼人都多。**你梅姨那一肚子激情啊，你梅姨那份誠心啊，你梅姨解放上海時那個興高采烈啊，你梅姨那一腦子改變世道的抱負啊。你梅姨……你梅姨……你梅姨……**梅姨身上的變化，是什麼時候開始的？或許這一切，從頭開始就是一場戲，只是母親的鼻子不靈，沒嗅出裡頭的貓膩？

「能不能跟我說說，你是怎麼認識陳伯伯的？」菲妮絲踮著腳尖小心翼翼地朝著這個話題靠攏，彷彿在趨近雷區。那天當她第一次邁進梅姨的房間時，就已經注意到屋裡沒有一寸空間裡擺放著與陳伯伯相關的紀念品。沒有一張照片，沒有一枚戰爭紀念章，甚至沒有一粒粉塵，黏帶著陳伯伯的氣息。陳伯伯似乎從未在梅姨的生活裡存在過。

「他又不是唯一一個對我有意思的人。」梅姨撿起了話頭，卻又沒有完全沿著那個話題走。菲妮絲看著她神情寧靜，沒有爆炸的危險，就放了心。「他的勤務兵才真是對我上心呢。這個小伙子長得那個好，跳進河裡洗澡的時候，天爺，那一身的腱子肉。那個時候，人人病病殃殃皮包骨頭，你輕易可找不見一個像他那個壯實樣子的。有一回我著了涼，沒胃口，他爬到樹上給我摘棗子，摔斷了一根骨頭。」

一陣少女般的紅潮泛上來，泡軟了梅姨高聳嚴峻的顴骨。

「可是老陳是那裡最大的頭啊。你外婆信的是舊黃曆，老套是老套了些，可是有一件事上她想得一點沒錯：一個女人就是需要一把大傘，防備著下雨。這一輩子，雨太多，傘不夠。」

人都是因為恐懼才結婚的，歷來如此，一成不變。菲妮絲不知怎的，就想到了自己和喬治。

「那我媽呢？她怎麼就沒聽外婆的？」菲妮絲問完了，才明白這是她最想知道的問題。

梅姨把身子朝後挪了挪，幾乎躺平了，眼睛半睜半合，彷彿在苦思冥想著一句合宜的回話。

「你外婆當然也是這麼吩咐她的，可是你媽的心從來都不在那兒。她不想男人，只想生娃，越多越好。她就是一隻母雞，活著就是為了下蛋、孵雞仔。她不在意睡在哪個雞窩裡。」

菲妮絲心裡扎進了一根刺。母親走了，她才分外覺出了刺的疼痛。她沒有回話，沉默就是她的話。

梅姨伸出一隻骨節嶙峋的手，拍了拍菲妮絲的大腿——那是她半心半意的道歉。「我這張大嘴巴。」

每個老人心裡都住著一個小孩。從心到嘴那條通道上原先有把鎖，日子久了，長了鐵鏽，又使得太過，如今已經鎖不上了。現在他們想什麼就說什麼，話語一路暢通無阻。小孩的嘴只是殘酷，老小孩的嘴才真正致命。

「有一回老陳說起我跟你媽。老陳好多話壓根就是狗屁，不值得往心裡裝，那一回說的倒還不太離譜。『你手裡拿什麼都像是抱了顆炸彈，春雨手裡拿什麼都像是抱著個娃。』這話就是他說的，你說好笑不？」

如此鮮活。如此真切。

「你媽想要什麼，就得了什麼。她有了你。」梅姨說，一絲朦朦朧朧的微笑，水似地流過她臉上那片美麗的廢墟。

4

七〇年代末到八〇年代初那幾年裡，袁鳳在上海上大學，是梅姨家的常客。她去梅姨家常常是因為學校食堂的伙食實在太差，她想在梅姨家吃上一頓熱騰騰的營養晚餐。梅姨家又恢復了有保母的日子，小保母是揚州人，做得一手好淮揚菜，袁鳳多年難忘。

文革結束後，重新啟用老幹部，陳伯伯被提升到市政協副主席的位置上。那是一個光鮮亮麗的虛職，伴隨著一張燙著金字的名片，一輛由他使喚的汽車和一名專用司機。他之所以得了這份獎賞，當然是因為他的資歷夠老。但是資歷並不是唯一的原因。另一個原因是在前頭那十年裡，他的手還算乾淨——文革期間他並未施害於人。除了他自己，全世界的人都知道論學歷、論年齡、論身體狀況，他都不適合擔任實職了。他身後排著一長隊的年輕人，正在虎視眈眈地盯著他騰出來的那個空位置。

新時代來了，每天飯桌上的熱門話題已經變成了怎樣用最快的速度摳錢致富。仗還是有得打的，只是不再使用步槍和手榴彈。他當年的驍勇，如今已經找不到合宜的戰場。他被提拔到了一個有名無實的高位，這個位置和現實世界之間，隔著一道堅實的屏障，輕而易舉地就把他推到了權力的邊緣地帶。他成為了一樣文物，他存在的唯一意義，就是為了證明過去的歷史並非虛構。

他晚年的唯一安慰，是居住在山東的兒子，也就是他唯一的子嗣，最終解開心結，和他恢復了聯繫。儘管兒子始終沒學會像別的兒子那樣地愛父親，但至少他心滿意足地接受了父親留給他的遺產。那可不是一個小數目。陳伯伯花起錢向來手指縫很緊，原來他是把省下來的每一個銅板，都留給了兒子。那是他身後的道歉，為這聲道歉他準備了差不多半個世紀。梅姨也是事後才看清楚的，雖是扎心，卻也無可奈何。

文革一開始，梅姨和陳伯伯就被趕出了那座法式別墅。後來在不同的時期裡，他們又搬遷了幾回，最終在一個高級住宅區安頓下來，住進了一個寬敞舒適的三室一廳公寓單元。在陳伯生前和身後，梅姨都在那個公寓單元裡住了多年，直到她最後決定搬入高幹療養院。

在袁鳳的印象中，陳伯伯是一個緘默木訥的人，看上去比他的實際年齡要老一些——那時候他才六十多歲。雖然面無表情，但依稀能感覺到有一絲莫名的惱怒隱藏在面孔之下，耐心地等候著時機。他一旦開口，那必是聲如銅鐘。他時常爆發出一陣陣要把骨頭扯散的驚天動地的咳嗽，後來她才知道那是肺疾的早期症狀。他長年累月抽菸，那些菸留下的菸油一層一層地蝕透了他的肺葉。「煙囪都比他的肺乾淨。」梅姨時常這麼嘮叨著，語氣裡充滿了絕望和厭惡。

陳伯伯越上歲數，菸就抽得越凶。別說是戒菸，連少抽幾根的意思都絲毫不曾有過。幾年之後，他被診斷出了肺癌，直到最終病死，他的菸癮絲毫未減。

在飯桌上，陳伯伯偶爾也和袁鳳聊幾句天，問起她學校的情況。宿舍環境怎樣，食堂伙食如何，有什麼文體活動，有沒有專門的軍訓課程，如此等等。每一次他們見面，他問的都是同樣的問題，她永遠不知道他在沒在聽她的回答。直到他死後，袁鳳才第一次意識到：陳伯伯為了找到一個能和她聊天的話題，曾經如此絞盡腦汁。

有一天，他突然拋開有關她大學生活的枯燥對話，嘗試了一個沒被觸及過的話題：「家那邊，怎麼樣？」當時梅姨正在廁所裡，他壓低了聲音問她。

袁鳳立即明白了陳伯伯話裡的意思。袁鳳工作過多年，積攢了足夠的工齡，她上大學的學費和生活費都是公家出的，這就把母親從泥潭深淵中解救了出來——家裡是絕對沒有能力供她上學的。但與此同時，袁鳳也把母親推進了更深的窘境，因為母親失去了她上班時的那份薪水——那是她們家唯一的收入來源。

「我爸的撫卹金恢復了，家裡還過得下去。」袁鳳含含混混地回答說。

過得下去。父親的撫卹金一個月僅二十元，自從市場開放之後，物價飛漲。過不過得下去都得過，母親難道還有別的出路嗎？袁鳳不敢想像母親是用什麼法子修補她每月支出中的那些窟窿的。火柴盒早就讓路給市面上那些眼花撩亂的打火機了，信封現在全是機器製造。南風正勁，吹來了各式港臺風格的服飾，沒有人再穿手織毛衣。母親靈巧自如的手指和組裝技術，是屬於前朝的老本事了，如今早已被淘汰，再也派不上用場了。

當然，總還是會剩下一條出路的。那條路自古就有，無比牢靠，極有可能永遠不會消逝。

那就是母親的販血之路。每一次當**血**這個字在袁鳳心裡蹦出來的時候，她都會情不自禁地打個寒顫。但她從來沒有告訴過梅姨和陳伯伯她們家的真實處境。乞丐的驕傲，那是母親手中的火把，母親舉了一生一世，亮給世界，尤其是亮給她的姊姊和姊夫看。那支火把自小就已經在袁鳳的皮肉上烙下了印記。

「我聽說上頭正考慮在溫州建一所新大學。他們太缺人才，到處在挖年輕人。你讀完了書，要是能回到老家工作，那就趁了她的心。」陳伯伯說。

聽說。那時溫州還沒有飛機也不通火車，從上海到溫州，要坐一天一夜的船。陳伯伯該長著多長的一副耳朵，才能聽說這樣的消息。

在袁鳳的記憶中，這是唯一一次陳伯伯和她談到了母親，儘管是隱晦迂迴的。

袁鳳大學畢業之後，主動要求分配回溫州，在那所新成立的大學裡當了一名教師，從而再次回到了母親身邊。

「你結婚之前，你媽大老遠從多倫多打電話給我，把我嚇了一跳。平常你媽很少給我打電話，小氣鬼，怕花錢，這你都知道。那天她腦子倒是清楚的，只是心裡有點不爽。」梅姨的話把菲妮絲從沉思中拽了出來。

「是因為我嫁了個洋人？還是因為她覺得我嫁了人，就把她扔下了？」菲妮絲立刻覺察到自己的語氣裡意想不到地帶著一根刺——那是嘲諷。

梅姨嘶嘶地笑了起來：「她擔心你。她說我們袁家的女人不討老天歡喜，命裡注定總是為了不該有的理由嫁人。你外婆是這樣，我是這樣，她自己也是這樣。你媽擔心連你也是這樣。你媽說她一病，就把你嚇住了。你是害怕她走了，就剩下你一個人，所以就慌慌的找了個人嫁了。」

菲妮絲覺得胃裡突然抽了一抽。她知道謊言讓人反胃，但她沒想到真相也是如此。母親的腦子是糊塗了，但那團雲霧還沒有完全遮蔽住她的眼睛，她還能看得清她的女兒。

「她說對了嗎？」梅姨緊追不捨。

母親活著的時候，為什麼從沒這麼問過她？她嫁給喬治是因為愛情嗎？菲妮絲自問。這算是個問題嗎？在她年輕的時候，萬物都是憑票計畫供應的，愛情也一樣。她早就把這一生中配給她的愛情消耗完了。良善也是限量供應的，只是份額沒那麼緊，所以她還剩了一點到今天。少少的一點良善，興許能走得比愛情更遠。

「你覺得我為什麼等到這一把年紀了才嫁人？這麼多男人裡，只有他一個人願意讓媽搬過來住。」菲妮絲脫口而出。這幾乎不算是回答，可是此刻她卻找不到比這個更好的回答。

「你媽不全是下蛋的母雞。其實我們幾個裡頭，你媽才是真正有過機會的，是她自己錯過了。他們本來當時就可以結婚的，可是你媽說要等你高中畢業，開始工作了再說。**等我阿鳳真正長大成人**，她是這麼跟人說的。誰想到後來弄得一地雞毛，真是腦子進了水……」

「你在說什麼呢？」菲妮絲聽得一頭霧水，忍不住打斷了她。

「你不知道那件事？我是說你媽跟那個叫孟什麼來著的？孟龍，想起來了。那次你們闖下了那個禍，都過去幾年了，他還不停地纏著她，託朋友帶信給她，求她過去。他說他在香港站住腳了，認識了幾個人，路子也寬了。可你媽打不定主意，是因為你。那個時候你超過十八歲了，法律上已經成年，要是沒逃成再給抓住了，這一回你的檔案裡就會留下紅錄。可是她打死也不能把你一個人留在溫州啊。」

菲妮絲耳中響起一聲尖利的噪音，世界就像是一只巨大的摩天輪，戛然踩下剎車，毫無預兆地停住了。她看見梅姨的嘴唇在一張一合地翕動著，有聲音在半空中飄浮。那聲音忽遠忽近，失去了邊角，猶如洩了氣的輪胎那樣蔫軟乾癟，聽是聽見了，卻完全沒聽懂。

「沒見過她那個樣子……像個小女孩……他給她寫的那些詩啊，嘖嘖……每個星期……」

這兩個月，一路都經歷了些什麼啊？意外匍匐在每一個路口，等待著對她發起狙擊。她以為梅姨的炸彈都扔完了，卻沒想到她把最凶猛的、能教人粉身碎骨的那一枚，一路留到了最後。

可誰能說得準，這究竟是不是最後一枚呢？

一陣怪異的幾乎無法形容的感覺，從胃裡冒上來，漸漸充盈了她的胸腔，身子脹得幾乎要碎裂。可是她心裡明明有一個深不見底、什麼也填不滿的洞啊。無邊的滿，無底的空，她忍不下那交加的難受。

現在菲妮絲終於想明白了：在一九七〇年那個春風和煦的夜晚，孟龍欲說還休的到底是什麼話。他是想告訴她關於他和母親的事。孟龍已經溜到舌尖的話裡帶著致命的毒汁，假如說出了口，她說不定會當場死在他的話裡。可是中間卻突然生出一樁意外，期中考試闖出來擋在了他們的路上，仁慈地瓦解了他的計畫。四十年過去了，他的刀刃已經鈍了，鏽跡斑斑。而她的面皮，也已經磨成了一副盔甲。真相來的時候，依舊像地震，只是不再致命。

菲妮絲站起來，近乎麻木地在房間裡一圈一圈地踱著步，想把這個新版的真相緩慢地平和地轉告給身體的每一個部分。沒錯，新的真相。母親的死和姨媽令人恐怖的記憶力，已經從根基上重塑了她一生的經歷。她很久很久沒有開口，直到震撼已經被身上的每一個毛孔吸收和接受。

「他比她小了這麼多，我以為，對他來說，她幾乎，幾乎是他的媽。」菲妮絲結結巴巴地說。

梅姨嘶啞地笑了，五官遊走著，臉上汪起一團近乎於幸災樂禍的欣喜。

「六歲？還是七歲？最多八歲而已。有什麼大驚小怪的？春雨生下來就是做媽的料子，那股子母雞護小雞的樣子，男人見了都要發瘋。你知道老陳臨死的時候，最後留下的是什麼話？他說要把他的骨灰送回到他山東老家，跟他的娘葬在一起。這些年我都跟他白過了？我算個什麼？到頭來，他要的是他的娘親。活著的時候幹麼去了？他還能到處走動的時候，過年了連封信也懶得給他媽寫。這就是男人，全是一個模子裡出來的。」

菲妮絲站在窗前，看著外頭的天一下子就暗了下來，冬天的傍晚來得就是如此急切。所有的葉子都落盡了，所有的鳥都飛走了，去到一個陽光更明豔率性、樹木更青翠蔥蘢的地方。長長的一年，為什麼偏偏要挑這樣一個蒼涼的夜晚了結？

希望永駐人心（註：英國十八紀詩人亞歷山大．波普的名句）。誰在妖言惑眾？

「幸好他們單位沒隨著他胡來。」梅姨接著說：「上頭說他那個級別，身後哪兒也不能去，只能去老幹部公墓。這是規定，沒得商量，就把這事結了。輪到我翹辮子的時候，我先告訴你吧，我要離他遠遠的，能多遠就多遠。活著跟他綁了一輩子，夠長了。死了，老天可憐我，多少給我點自由。」

梅姨還在絮絮叨叨，菲妮絲卻早已經不在聽了。

母親為她放棄了愛情，她也為母親放棄過愛情。她十七歲的時候就這樣做過了，在大鵬灣的那艘漁船上，她任由孟龍獨自游向了暗夜。在血脈面前，愛情是外姓人。只是母親活著的時候，她們都不知道彼此曾經的選擇。母親蚌殼裡的那枚珍珠，不是戰爭中的那場恥辱，不是瓶子裡的那些粉末，而是母親想要告訴她：無論再有多少次選擇，她選擇的永遠是女兒。

5

水沒有皮膚。

在夢中，菲妮絲聽見她腦子裡的想法在相互聊天。思想有一套單獨的循環系統，長著屬於自己的五臟六腑、筋骨血脈和感覺器官。思想不仰賴身體，自成一體地呼吸，觀察，交談。思想自說自話，身體只能遙遙地看著，插不上嘴。

此刻的想法是關於水的。

不像樹木、動物和人類那樣，水沒有皮膚。皮膚是身體的邊界，水沒有皮膚，也就沒有邊界。水從細如髮絲的縫隙裡穿過，稍稍借點力，就能爬上山坡，又能輕巧自如地落到低窪之處，升騰蒸發，在半空凝固，變成雨，或是雪，然後回歸最初始的狀態。周而復始，永無盡頭。

水流至地角天邊，沒有固定的名字，到了哪兒，就有了那地方的名字。它可以叫九山河，也可以叫甌江，也可以叫大鵬灣，或者叫安大略湖。無論叫什麼名字，無論成為什麼形狀，骨子深處，它就是水。水在一個岔口分了道，又會在另一個岔口匯攏，總能彼此尋見，相互連接。水永遠也不會真正消亡。水永遠自由。

菲妮絲身子醒過來了，思緒卻還陷在夢境中。

「早安。」喬治已經起床了，正在用賓館裡的熱水壺，煮著二〇一二年的第一壺茶。

「我想，謝謝你，喬治。」菲妮絲迷迷瞪瞪地呢喃著。

「為啥？」喬治轉過身來，疑惑地問。

「是你把我縫補起來了，我已經破得不像話了。」

他端過來一杯茶，在床沿上坐了下來。「你既然已經縫成片了，這會兒糊弄著可以出門嗎？想不想早飯之前散散步？」

她打了個五臟六腑都露出來了的大哈欠，點了點頭。窗縫裡漏進來絲絲縷縷的音樂聲，她一邊聽著，一邊慢慢地起身下床。外灘要是醒了，天下就沒有人還可以再睡。

「剛才你有沒有夢見河，或是海什麼的？」喬治問。

菲妮絲吃了一驚，倒也沒到被嚇住的地步。最近喬治時不時就要發一陣瘋，跟她說些玄玄乎乎的事，她已經慢慢習慣，見怪不怪了。

「你怎麼知道的？」她從他手裡端著的茶杯裡啜了一口茶，就醒透了，好奇心開始蠢蠢欲動。

「我看見你額頭上有水波紋走過。」

她沉默了一小會兒，讓身上的雞皮疙瘩慢慢消停下來。等她再開口的時候，她的聲音是低柔的，帶著夢幻般的若有所思。
「喬治，媽告訴我了，她的骨灰想去哪裡。」

一稿　二〇二二・六・八—二〇二二・十二・二十二
二稿　二〇二二・十二・二十三—二〇二三・一・十二
三稿　二〇二三・一・十三—二〇二三・二・二十四
於多倫多、溫州

（本翻譯項目得到溫州大學人文學院鼎力支持，特此鳴謝。）

附錄

感情和米飯、肥皂一樣，曾經有過限額

張翎

我是南方人，在一個幾乎萬物都是限額供應的年代裡長大成人。那時米，肉，料酒，菜油，糖，布料，甚至連洗衣服的肥皂，都須憑票購買。一九八六年我出國留學時，糧票還在使用之中。我們習慣了，覺得那是天經地義的事，限額不僅成為了我們的生活方式，也塑造了我們的思維模式。

我們從小就學會了自我克制和節省，極為小心翼翼地支配著那少少幾樣我們所擁有的東西，包括感情和情緒。以父母為例，他們幾乎從來沒有擁抱過哥哥和我，也沒有彼此擁抱過。親吻的場面，只能在罕見的幾部外國電影裡過過眼癮，那些電影通常是從當時的友邦，比如阿爾巴尼亞，南斯拉夫或者羅馬尼亞進口的。在公共場合顯示的愛，只能嚴格限制於一個對象，那就是我們的偉大領袖。

童年的記憶中，食品的匱乏是一條粗壯的主線。有葷菜的日子，一年中也只有那麼幾次：過年，婚嫁，或是大壽宴。為了讓孩子得到最起碼的蛋白質營養，我母親操碎了心，在我們家那個寸草不生的後院養了雞。她樂此不疲地用鉛筆在蛋殼上號下日期，以便記錄雞蛋的新鮮程度。有一天早上，我發現她四仰八叉地躺在泥地上，像個瘋婆子似地哭嚎著，原來夜裡進來了一個手法嫻熟的小偷，盜走了雞籠裡的一隻萊克亨雞。

面對肉食的短缺，街坊鄰居們家家各有奇招。至今我還清晰地記得一場緊鄰之間活色生香的對罵、粗口在空中狂飛濫舞的情景——那是因為其中的一家在另一家的窗口下蓋了一個豬圈，氣味從牆上的每一個毛孔滲入鄰人的房間。在《歸海》這部小說裡，袁鳳（即後來的菲妮絲）對食物永無休止的渴求，只是我童年目睹現象的折射而已。

我出生的那一年，中國發生了一件波及千家萬戶的事，即反右運動——這是針對天真而口無遮攔的知識分子的一次全國性修理活動。我那時還太小，記不得運動本身的具體細節。幾年過後，我到了上學的年紀，竟意想不到地從中得益（儘管當時我並不自知）——假如這樣一件悲哀的事也有「益」可言的話。那些打成右派的人中，有許多是卓有成就的學者和專業人士，正所謂的「精英」一組。有些人就被處理下放到偏遠地區或者小城鎮，在小學校裡教書。比我年長五歲的哥哥，他班級裡就來了一位中文老師，那人是全國聞名的作家。而我的音樂課老師，則是全國頂尖的音樂院校的畢業生。儘管那時我還是個毛孩子，我還是留意到了課堂上他們講到情有所鍾、學有所成的專業時眼中閃耀的熠熠光彩，儘管在日常生活中，他們顯得那麼低眉斂目戰戰兢兢。在我白紙一樣天真的心目中，他們似乎是從另外一個星球上來的動物，隨時能把我們一陣風捲走，帶入一個陌生神奇的國度。《歸海》中那位讓袁鳳丟了魂的半人半神的英文老師孟龍，就是從我兒時的記憶碎片中走出來的人物。現在我已經無法辨識他身上到底哪一部分屬於事實，哪一部分純屬想像的產物。

我整個童年和少年時代裡，身邊都環繞著一群強悍的女人。在戰亂和此起彼伏的社會動盪之中，我外婆生養了十一個子女（還不算幾次小產在內），其中十個孩子活到了成年。在那個嬰兒存活率極低的環境裡，這幾乎算得上是奇跡。我外婆以難以想像的勇氣、韌性和豐富的生活智慧，呵護著這樣一大家子，在戰亂和貧困之中活了下來。我母親和她所有的兄弟姊妹們（無論男孩還是女孩），都得到了按那個年代的標準來說很好的教育。從我剛學會走路起，我就不停地聽到我母親家族裡那些女子非同尋常的生存故事。《歸海》中的春雨，《勞燕》中的阿燕，早就深深根植於我心中，她們只需要一個合宜的時機，就會猝然跳到紙上，冒出第一片芽葉。

我移民到加拿大之後，完成了兩個碩士學位，並做了十七年的臨床聽力康復醫師。在我見過的失聰病人中，有一部分是從戰場上下來的退役軍人、從世界各個兵燹災荒之地來到加拿大的難民。戰爭，災難，以及這些事件對人類心靈產生的久遠影響，在我看來並非往事。多年在診所的工作經歷讓我意識到：創傷是切實存在、近在眼前，與個人生活息息相關的。

我遇過一位韓戰老兵，曾經做過戰俘。當我走進測聽室時，我的亞裔面孔和身上的白大褂，讓他驚恐失態，狂叫不已。我也曾見過一位二戰老兵，戴著他平生的第一副助聽器，聽見辦公室鳥籠裡金絲雀的婉啼時，忍不住流下了眼淚。「這是自諾曼第以後，我聽過的最美麗的聲音。」他對我說。

還有一次，一位來自前蘇聯的科學家病人讓我大吃一驚。當我們在閒聊中偶然談起多倫多東郊一個叫匹克嶺的鎮子上的房價時，這位平時性格溫存的紳士，突然毫無緣由地大發雷霆。後來我才知道：他是車諾比核災事件的倖存者，多少年來，他完全無法忍受居住在核電站附近的想法，哪怕只是一種遙遠的不著邊際的設想也不行。而匹克嶺鎮，正是以其所在的核電站聞名。

戰爭和創傷相對來說還是容易定義的，但是它們所產生的藕斷絲連般的後續影響，卻是難以捉摸、含混不清、常常容易被人忽視的。在《歸海》中，我把這種後續影響叫作spillover（溢出物）。《歸海》中的主人公春雨一生的軌跡，以及她與袁鳳之間複雜的母女關係，就是這些溢出物流淌過的印記。人類最致命的敵人就是遺忘。在書寫《歸海》的過程中，這句話一次又一次地在我的心中迴盪。

原文刊於二〇二三年五月十九日《愛爾蘭時報》（*The Irish Times*）

新人間叢書 392

歸海

Where Waters Meet

作　者—張翎
譯　者—張翎
副總編輯—羅珊珊
責任編輯—蔡佩錦
校　對—江淑霞、蔡佩錦
內頁排版—新鑫電腦排版工作室
封面設計—蕭旭芳
行銷企劃—林昱豪

總 編 輯—胡金倫
董 事 長—趙政岷
出 版 者—時報文化出版企業股份有限公司
108019台北市萬華區和平西路三段二四〇號四樓
發行專線—(〇二)二三〇六—六八四二
讀者服務專線—〇八〇〇—二三一—七〇五
(〇二)二三〇四—七一〇三
讀者服務傳真—(〇二)二三〇四—六八五八
郵撥—一九三四四七二四時報文化出版公司
信箱—10899臺北華江橋郵局第九九信箱

時報悅讀網—http://www.readingtimes.com.tw
思潮線臉書—https://www.facebook.com/trendage
法律顧問—理律法律事務所　陳長文律師、李念祖律師
印　刷—家佑印刷有限公司
初版一刷—二〇二三年七月十四日
定　價—新臺幣五二〇元

時報文化出版公司成立於一九七五年，
並於一九九九年股票上櫃公開發行，於二〇〇八年脫離中時集團非屬旺中，
以「尊重智慧與創意的文化事業」為信念。

歸海 / 張翎　譯著. -- 初版. -- 臺北市：時報文化出版企業股份有限公司, 2023.07
408面；14.8×21公分. --（新人間叢書；392）
譯自：Where waters meet
ISBN 978-626-353-937-2（平裝）

885.357　　112008249

ISBN 978-626-353-937-2
Printed in Taiwan